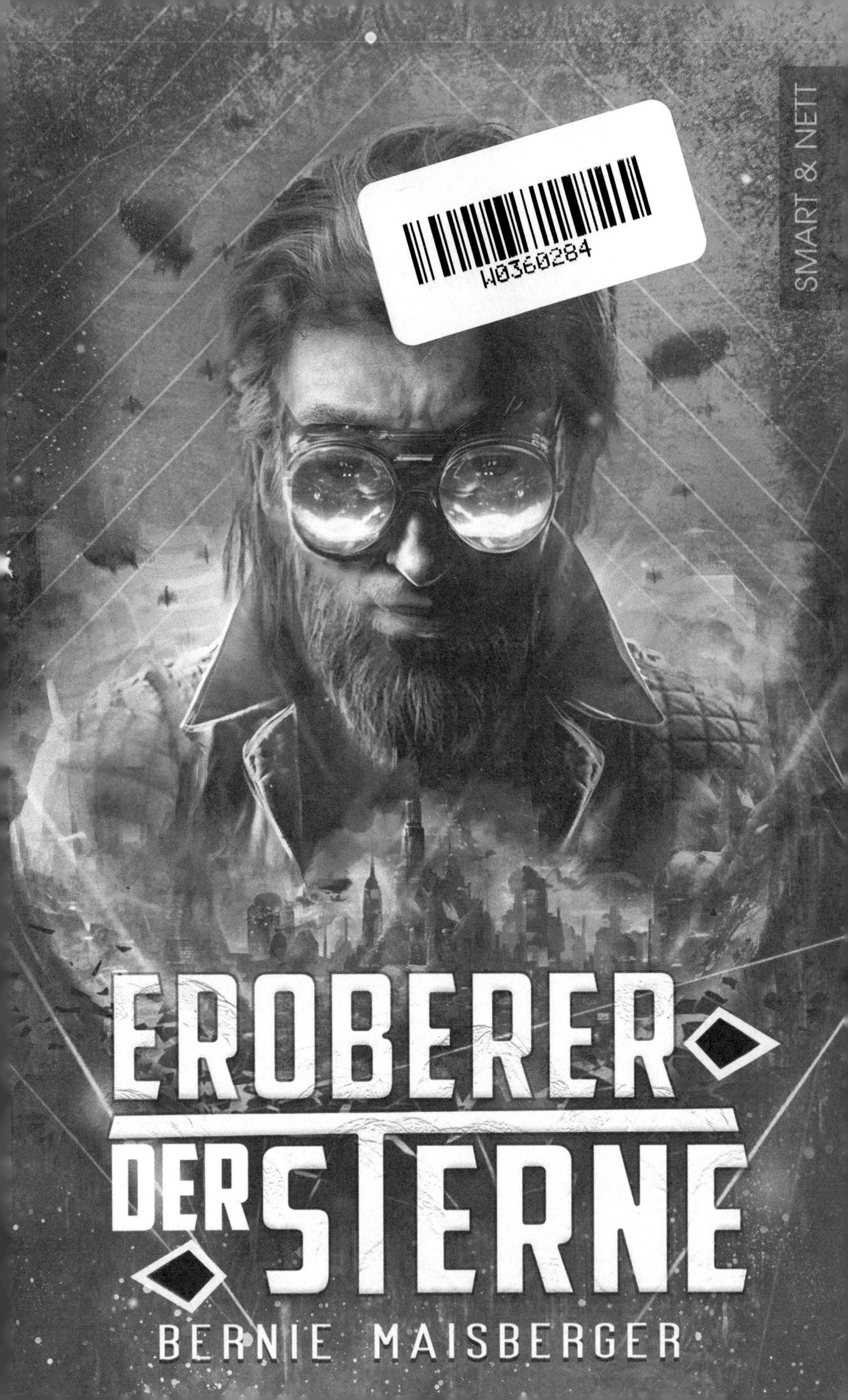
SMART & NETT
EROBERER DER STERNE
BERNIE MAISBERGER

Dieses Buch ist meiner Familie, meinen Freunden und Unterstützern gewidmet, sowie all jenen, die sich im Herzen das Kind bewahrt haben.

Bernie Maisberger

Kapitel 1

Der Stein der Macht

Zec blinzelte sich den Schlaf aus den Augen. Sein Genick fühlte sich steif und krumm an, so als hätte ihm jemand eine eiserne Halskrause angelegt, die ihm seinen Kopf gewaltsam nach hinten drehte. Das kam wohl daher, dass er während seines komatösen Schlafes seinen Kopf in die Armbeuge gesteckt hatte und in verdrehter Haltung auf einem Tisch lag. Auf der furchigen Tischplatte vor ihm hatte sich ein kleiner Spuckesee gebildet. Prinzipiell wusste er nach solchen Saufgelagen eigentlich immer, wo er sich befand, doch heute Morgen stand dieser Erkenntnis eine schier unüberwindliche nebulöse Wand aus pochendem Schmerz gegenüber. Undurchdringlich und brüllend schmerzhaft. Wenn er den Kopf auch nur ein wenig hob, drohte ihm das Stechen zwischen den Augen mit ungeahnten schmerzlichen Konsequenzen. Es roch scharf nach Essig und Seife. Ihm wurde übel von dem ätzenden Gemisch, das unerbittlich in seine Nase drang. Eine ekelhaft ätzende Kombination, vor allem dann, wenn die Galle im Rachen brannte. Die Putzkolonne schickte sich gerade an, die Gaststube von oben bis unten durch zu schrubben und so viel er durch seine verschleiert, verklebten Wimpern wahrnehmen konnte, hielt er sich alleine in der inzwischen ausgekühlten Stube auf. Typisch, er lächelte gequält in sich hinein. Absturz, alles was er derzeit brauchte, besser gesagt Abstürze. Wie viele es in den letzten Monaten gewesen waren, hatte er längst vergessen, so etwas zählte man nicht. Betäubung und Vergessen. Doch so sehr er sich auch bemühte, die Schatten der Vergangenheit waberten in undurchsichtigen Gefühlsnebeln durch die zerrissenen Nervenstränge seiner Existenz und zersetzten langsam aber sicher seine natürliche Wahrnehmung. Ein

Knall neben ihm ließ ihn hochfahren. Langsam begriff Zec, wo er sich befand, und konnte die Quelle des schädelberstenden Geräusches ausmachen. Leni, die feist geformte Besitzerin dieses ehrenwerten Etablissements mit dem Namen *Scheinheilig*, hatte einen leeren Bierkrug mit solch übertriebener Wucht neben ihm abgestellt, dass es an ein Wunder grenzte, dass dieser dabei nicht zerbrach.

»Auf auf! Der Tag ist nicht zum Schlafen da. Hast du heute nichts zu tun? Zec, ich bitte dich, wir müssen heute noch bis in die späte Nacht schuften und haben wirklich keine Lust, dich vor die Türe zu tragen!«

Leni konnte erbarmungslos sein und so sehr er sie und vor allem ihren wogenden Busen leiden konnte, so viel Respekt hatte er vor ihrem Regiment. Da gab es kein Wenn und Aber, nur ein Gehorchen oder Schmerzen erfahren und oft genug hatte er ihre harten Kopfnüsse spüren müssen. Zec wusste, dass genau jetzt der richtige Zeitpunkt gekommen war, diese Kneipe auf dem schnellsten Weg zu verlassen. Abrupt stand er auf, starrte schiefen Kopfes an die Decke, einen Punkt suchend, der ihm Halt geben konnte. Als die erste Welle der Übelkeit in ihm hochkroch, wandte er in einer zackigen Bewegung den Kopf Richtung Ausgang und begann, sich zur Türe zu bewegen. Etwas mechanisch zwar, aber zügig, wenigstens mit Haltung und Rhythmus. So hatte er im Übrigen auch die letzten Monate dieser zermarternden Depression überstanden. Die zweite Welle Übelkeit ließ ihn anfangen zu laufen, weil er wusste, was die dritte Welle bedeutete, durch den Türrahmen hinaus auf den inzwischen gut besuchten Marktplatz. Konnte er sich zurückhalten? Nein, unmöglich, eine Explosion bahnte sich an! Schnell suchte er sich den Weg zum Hauseck und entleerte sich in einem druckvollen spritzenden Schwall um die Ecke. Ein zweites, drittes und schließlich, fast nur noch tröpfelnd, dafür mehr würgend, ein viertes Mal. Zec keuchte. Vorbei? Ja. Welch eine Wohltat, oh, das tat gut! Zec öffnete die Augen. Zunächst einmal konnte er die Szene nicht so recht erkennen, denn seine Augen tränten noch etwas, die Welt schwamm. Doch allmählich erschien sie bunter und vor allem sichtbarer. Oh Kacke! Verdammte ...!

Vor ihm standen zwei Aufpasser in Uniform, zwei von den Fiesen mit den roten Armbinden. Diese Vollpfosten glaubten in all ihrer Dummheit, dass die wilokische Rasse, der sie angehörten, die Allerbeste sei und alle anderen Geschöpfe nur Diener ihrer Spezies wären. Voll, über und über mit Kotze besudelt, tropfte es ihnen von Nase und Wangen, um sich auf der dunkelblauen Uniform einen Weg zu bahnen und sich dort schließlich fest zu setzen. Sie sahen ihn erstaunt an, dann an sich selbst hinunter, wieder zu ihm und hechteten los. Zec sah sie noch nicht einmal kommen, als er schon einen Schlag in der Magengrube hatte, dann auf seinen Kopf und es wurde finster.

* * *

Als er Stunden später erwachte, fühlte er sich erstaunlich fit und ausgeschlafen. Der Kater hatte lediglich noch den Charakter eines lauen Lüftchens. Inzwischen steckte er solche Exzesse verhältnismäßig schnell weg, regelmäßige harte Übung. Sein Atem hatte jedoch den Geruch eines wilokischen Abfalleimers und hielt bestimmt sämtliche Ratten und Mäuse auf Abstand. Vorsichtig, ohne die Augen zu öffnen, horchte er in die Umgebung. Schlüsselgeklimper. Er versuchte sich zu erinnern. Nach und nach gelang es ihm. Alles, was gestern geschah, kam ihm langsam wieder in den Sinn, all das, was schlussendlich auch seinen Absturz zur Folge gehabt hatte. Die ganze verdammte Geschichte.

Sein Vorgesetzter hatte ihn zurecht gewiesen, Halmar, dieser Vollidiot. Einer von den absolut Linientreuen, eine Null in seinen Augen, aber na gut. Dieser Halmar jedenfalls hatte etwas gemeint von wegen: Zec würde seine Quote nicht erfüllen, ständig nur versprechen, aber nicht liefern; das solle und müsse besser werden und vor allem solle es zügig gehen, weil seine Zeit hier sonst abliefe und zwar endgültig. Er, also Halmar selber, habe erst vor Kurzem, fast im Alleingang, eine nicht gerade kleine Gruppe Widerständler eliminiert, warum sowas nicht mal ihm, also Zec, passiere. Bla bla bla ...! Man kennt sie ja: diese dumm bescheuerte Arroganz, die all diese Typen ausstrahlen, die aufgrund ihrer Skrupellosigkeit über andere herrschen. Zumindest über diejenigen, die sich das gefallen ließen. Und da kam Zec auf die nicht gerade überraschende Idee, dass es an der Zeit wäre, mal so richtig nein zu sagen, und das tat er dann auch. Gut, vielleicht hatte er etwas übertrieben; vielleicht war die Ohrfeige am Ende doch nicht so gut gewesen. Der petzte jetzt bestimmt bei General Tschengil, die feige Sau, Halmar konnte ihn mal kreuzweise ...

Aber jetzt, wo befand er sich jetzt? Ach ja, die Saufkneipentour, die dann im *Scheinheilig* endete. Wahnsinn: diese Sause würde bestimmt als Höhepunkt in seinen Annalen stehen und das auch noch mit einem absoluten Erinnerungsloch. Das Letzte, was ihm in den Sinn kam, waren die beiden vollgekotzten Aufpasser. Äh, alles klar! Er befand sich also in einer Ausnüchterungszelle oder so etwas Ähnlichem. Na, dann konnte er ja noch ein bisschen schlafen. Er streckte seine Gliedmaßen aus, drehte sich auf der harten Pritsche zur Seite und entspannte sich.

Gerade dämmerte er in diesen Zustand des wohltuenden Ruhens hinein, als ihm eine Stiefelspitze zwischen die Rippen fuhr.

»Hey Zec! Aufstehen!«, brüllte da irgendwer.

Moment, diese Stimme kannte er doch.

»Antreten, Sucher Zec!«, schrie Halmar ihn im Befehlston an.

Zec setzte sich auf die Pritschenkante, stützte seinen Kopf auf die Fäuste und starrte zu Boden, während er die Schimpfkanonade seines Vorgesetzten über sich ergehen ließ. Von wegen unfähig, schwach, ohne Ehre, krank im Kopf, ein Säufer und so weiter und sofort, die ganze Litanei eben.

Als sich Halmar, nach Luft hechelnd, endlich beruhigt hatte, antwortete Zec: »Holst du mich jetzt endlich hier raus?«

Er sah seinem Vorgesetzten vorwurfsvoll ins Gesicht.

»Ich hab keine Lust, hier zu versauern, und dass ich die beiden Pisser vollgekotzt habe, das kann schon mal vorkommen, oder nicht? Und das mit der Ohrfeige ... jetzt stell dich mal nicht so an! Als ob wir uns damals auf der Sucherschule nicht ständig geprügelt hätten. Tut mir leid, jetzt hör aber endlich auf, du Memme.« Halmar starrte ihn entgeistert an, seine Lippen bewegten sich fassungslos, als suche er nach Worten, um etwas Geistreiches zu erwidern. Seine Gesichtszüge entgleisten und man sah ihm an, dass er nicht so recht wusste, wie er nun reagieren sollte. Plötzlich fing er laut an zu lachen und prustete:

»Sag mal, was ist bloß los mit dir? Was ist aus meinem Kumpan geworden, aus dem einst besten Sucher weit und breit?« Er lachte ihn weiter aus, während er die Gittertüre öffnete und mit einer Geste andeutete, dass es nun Zeit wäre zu gehen.

* * *

Das alles war vor etwa zwei Tagen geschehen. Zec hatte daraufhin tatsächlich frei bekommen, um sich zu erholen oder wie Halmar es nannte, zur Besinnung zu kommen. Das passte ganz gut, denn es würde ihm sein geheimes Vorhaben erleichtern. Ein flüchtiger Bekannter hatte sich inzwischen zu einer interessanten Quelle entwickelt, der er vermehrt folgte. Dieser Kerl hatte womöglich Verbindungen zum alten Widerstand, von dem man gedacht hatte, es gäbe nur noch ihre Gräber. Man munkelte sogar von den Königskindern, welche sich im neuen alten Widerstand befänden. Einige Haudegen der letzten Schlacht sollten darunter sein, und viele junge Wilde aus den Katakomben der Bergwerke. Ein gefundenes Fressen für einen Sucher wie ihn, denn Verrat und Lüge gehörten zu seinen schärfsten Waffen und vor langer Zeit war er der Beste von allen gewesen. Sucher zu sein bedeutete: Vertrauen auszunutzen und den giftigen Dolch der Lüge in das Herz der Ahnungslosen zu stoßen. Wenn es ihm gelänge, dieses Nest auszuheben, würden ihm seine Vorgesetzten so ziemlich alles verzeihen. Wahrscheinlich käme es soweit, dass Halmar ihm dann die Füße lecken musste, ein verführerischer Gedanke, aber er hatte völlig andere Pläne. Zec suchte nicht deshalb nach Antworten, weil er in diese Organisation eindringen oder sie gar zerstören wollte, sondern weil ihn diese Geschichte tatsächlich interessierte. Der Widerstand gehörte zur Geschichte seines eigenen Volkes, also zu ihm selbst.

Er erinnerte sich noch vage: damals, er war jung und ängstlich gewesen im Alter von etwa zwölf Zyklen. Die Eroberer überfielen brutal das Königreich Salom, übernahmen es mit der Hinrichtung des Königspaares auf dem Marktplatz und seine Eltern starben bei der Schlacht um die Stadt. Plötzlich waren sie verschwunden, ohne ein Wort des Abschiedes, eine Fata Morgana aus Erinnerung, die im Laufe der Zeit immer mehr verblasste. Seine Eltern standen den Monarchen von einst ziemlich nahe und hatten einen sehr hohen Rang inne. Wie weit diese Verbindung reichte, fand er erst vor kurzem heraus, als er das geheime Archiv unter einem erfundenen Vorwand durchforstete. Die beiden gehörten zur Leibgarde und in den Adern seines Vaters floss das Blut der königlichen Linie, zwar nur entfernt, aber immerhin. Und er, Zec? Die Soldaten der neuen Herren nahmen ihn gefangen und verschleppten ihn zu den Minen, wo er vier Jahre lang schuftete, stärker, listiger, schlauer und vor allem härter als je zuvor wurde. Zec hatte sich schnell integriert, seinen Stand in der Gruppe hart erkämpft und man sah ihn alsbald als neues Ausnahmetalent an. Die Eroberer schätzten niemanden mehr als diejenigen, welche sich durch Überlegenheit auszeichneten. Zec kam ins Internat hoch oben im Steinernen Meer, um eine Ausbildung zum Sucher zu beginnen. Sie führten ihn in das große Spiel des Täuschens, des Lügens und Betrügens ein. Aufgabe des Suchers war es, durch Verstellung und Verkleidung das Vertrauen von verdächtigen Personen zu gewinnen, sie auszuspionieren und eines Vergehens zu überführen, und Zec war Feuer und Flamme. Er wollte etwas tun, auch für etwas nützlich sein, er wollte irgendwie eine Aufgabe haben und so kam es, dass er seine Ausbildung mit besten Auszeichnungen abschloss und zur Belohnung mit fünf weiteren aussichtsreichen Kandidaten eine Weiterbildung am *Geistesbildungs-Institut* in der Hauptstadt der neuen Herrscher bekommen sollte. Was für eine Ehre! Der nun schon junge Mann, ausgebildeter Sucher, Zec mit Namen, sollte dort vereidigt werden, den letzten Schliff bekommen und einer der Ihren werden. ***Ein Eroberer der Sterne.***

Schon bald bestieg er eines ihrer monströsen riesigen Luftschiffe, ein Segelschiff, das an einem Zeppelin hing, gigantisch in den Ausmaßen, an Steuer und Backbord mit schlagkräftigen Kanonen ausgerüstet, aber ohne der üblichen Segelmasten. Der Zeppelin thronte stolz in blutrot über dem Deck und am Heck wehte die Flagge der Besatzer im Wind. Ein goldener Drache auf dunkelblauem Grund und dasselbe Wappen prangte, weithin sichtbar, auch in der Mitte des Zeppelins. Sie segelten etwa drei Wochen lang, in einer irren Geschwindigkeit durch die Lüfte, berauscht und frei, hoch oben, den Sternen nahe. Hier wollte er bleiben. Zec schrie vor Glück seine Freude in den Wind und vergaß dabei immer mehr sein früheres Leben, seine Familie, sein Volk und seine Herkunft. Der Schmerz saß nur noch als kleiner kaum wahrnehmbarer Punkt in einem tiefen Winkel seines Herzens und er dachte nicht im Traum daran, ihn dort jemals wieder hervor zu holen.

Eines Tages rief es vom Ausguck her: »Land in Sicht!« und wie auf Kommando hatten sich alle Passagiere nebst Matrosen auf Deck eingefunden, auch der Kapitän und die Offiziere ließen es sich nicht nehmen, ihr Heimatland, ihre Stadt, gebührend zu begrüßen. Der Name dieser Stadt lautete Hól. Es war die Hauptstadt der Wilokie, Eroberer des Königreiches Salom und vieler anderer freien Völker. Sie nannten sich selbst *Die Eroberer der Sterne*. Wilokie.

Kaum hatte das stolze Flugschiff den Stadtrand passiert, stiegen von überall her Vögel in die Lüfte, oder halt, das waren keine Vögel. Kleine Äffchen mit Hautflügeln näherten sich, und versuchten das Schiff zu umkreisen, wohl um sich den einen oder anderen Leckerbissen zu schnappen. Hätte die Schiffshupe nicht ein durchdringend hohes Signal, bei dem einem fast die Ohren platzten, von sich gegeben, so hätten diese Flugaffen bestimmt das gesamte Schiff übernommen. Es handelte sich um Nexe, wie Zec später erfuhr.

An der Reling stehend und nach unten durch die immer wieder durchbrochene Wolkendecke guckend, erspähte man alsbald etwas schier Unfassbares, eine wahre Monsterstadt. Bis an den Horizont reichend in ihrer Ausdehnung, hell erleuchtet mit blinkenden Lichtern in der Abenddämmerung. Eine unglaubliche technische und architektonische Meisterleistung, verschachtelt in schier endlosen Formen und Farben, chaotisch und gleichzeitig systematisch in ihrer Struktur. Sie bestand quasi aus drei Hauptebenen. Ganz unten befanden sich Straßen, Plätze, Fußgänger, Pferdefuhrwerke und andere ihm unbekannte Fortbewegungsmittel, darüber ein ziemlich weitläufiger, sich nach oben erstreckender, Wohn- und Geschäftsbereich, dessen unterschiedliche Ebenen sich durch eine Vielzahl von Terrassen und Gassen miteinander verwoben. Ganz oben, dem Himmel und den Sternen nahe, auf den flachen

Dächern der hochaufragenden Wohntürme, die Landeplätze und Andockstellen der Luftschiffe. Durch alle Plateaus wickelten sich Brücken und Straßen, die verschwanden, um anderswo wieder aufzutauchen. Große, schwere, dampfende Maschinen stampften rauchend durch Tunnel und über bizarr gestaltete Eisenbrücken, hielten in Bahnhöfen, um Menschenmassen von Arbeitern und Sklaven in ihren Waggons aufzunehmen und dann wieder in die entfernten Fabriken zu entschwinden. Beißender graugelber Rauch lag stetig auf dem unteren Teil der Stadt, während sich die Elite auf ihren Balkonen und den pompösen Hochgärten im goldenen Sonnenschein räkelten.

Egal wo man hin sah, es wimmelte von Luftschiffen in allen möglichen nur erdenklichen Formen und Farben, als müssten sie sich in ihrer Eitelkeit übertreffen, schwebten sie kreuz und quer nach für den Betrachter nicht ersichtlichen Verkehrsregeln durch die Lüfte. Da gab es die normalen Transportschiffe, ehemalige Segelschiffe, denen der Mast genommen worden war, welche dafür aber einen Ballon oder Zeppelin bekommen hatten. Sie transportierten hauptsächlich Waren aus den entferntesten Winkeln des wilokischen Großreiches zu den Lagerhäusern und Großmärkten am Rande der Stadt. Die etwas schlankeren, filigraneren Frachtschiffe hatte man für Geschäftsreisende und andere Passagiere umgebaut. Wer etwas auf sich hielt in der Stadt Hól, nannte ein mehr oder weniger aufwendiges, schickes fliegendes Segelboot an vielerlei Ballons oder Zeppelinen hängend sein Eigen und schipperte am Himmel wichtig durch die Gegend. Von Holzklasse bis komfortabel, je nach Größe des Geldbeutels, konnte man eines dieser außergewöhnlichen Modelle erstehen. Natürlich waren sie üblicherweise sündhaft teuer, selbst für die Bürger von Hól, doch es gab genügend Wilokie, die sich diesen Luxus leisteten, selbst wenn sie sich bis ans Ende ihrer Tage verschuldeten. Ein schickes Fluggefährt zu besitzen bedeutete, dass man es geschafft hatte, als wohlhabend und erfolgreich galt und sehr viele Bürger waren das durchaus, denn schließlich profitierte man immens von der Ausbeutung der unterjochten Völker. Wenn man es geschickt anstellte und keine Skrupel kannte, konnte man es weit bringen in Hól. Diese Stadt bot die Möglichkeit, der Bedeutungslosigkeit zu entgehen oder in ihr zu verschwinden. Abgesehen von den protzigen Luftschiffen gab es schließlich noch die Gleiter, Flitzer und Luftroller. Diese Fortbewegungsmittel benötigten keinen Ballon, sie flogen einfach so, wie von unsichtbaren Geistern getragen durch die Lüfte. Nein, sie flogen nicht, sie flitzten, ständig in Bewegung, Tag und Nacht, wie die Stadt selbst.

Die höchsten und mächtigsten Bauwerke, die Herrschaftssitze der reichsten Wilokie, ragten weit über die übrigen Bauwerke der Stadt hinaus. Wuchtig eindrucksvolle Kolosse, von welchen kunstvolle Statuen und teils furchteinflößende, aus Stein gehauene Monster auf den Betrachter hinabblickten. Sie wechselten sich mit filigranen Verzierungen in Form von Steingirlanden und Blumen ab, welche dezent die architektonisch verzogenen und verformten Gebäude säumten. Symbole von unüberwindlicher Größe und Überlegenheit, ausgerichtet auf Eroberung und Anhäufung des höchst möglichen Gewinnes. Gold, schlussendlich Reichtum überhaupt, sicherte diese Macht, deshalb regierte dieses Land auch derjenige, der am meisten bewegen konnte. Der König ohne Krone hieß Cran. Hell erstrahlte sein goldschimmernder Palast im Zentrum der Stadt und erhob sich in seinem Glanze und seiner Pracht über all die anderen prächtigen Häuser. Hier bei den Wilokie war sein Einfluss grenzenlos, niemand konnte ihm auch nur annähernd das Wasser reichen. Einem Gottkönig gleich bewegte er seine Untertanen wie unbedeutende Figuren über ein Spielbrett und seine Gier schien grenzenlos. Deshalb schickte er immer wieder Boten in weit entfernte unerforschte Gebiete des Planeten Jùl, ließ Völker und Kulturen ausfindig machen, um sie zu erobern, auszuplündern, zu zerstören oder um sie sich als Sklaven zu halten. Das Königreich Salom, Zecs Heimat, war nur eine weitere Ressource, die es auszubeuten galt. Bedeutend zwar aufgrund ihrer Rohstoffe und den schmackhaften Genussmitteln, aber dennoch nur eine unter vielen.

All das wusste der junge Zec damals noch nicht. Er blickte, mit offenem Munde, staunend auf diese quirlige, lebendige Stadt. Man empfing die frischgebackenen jungen Sucher mit Jubel und öffentlichen Darbietungen; zu ihren Ehren gab es Musik und ein üppiges Festessen. Wie Helden tätschelten hohe Würdenträger ihnen die Wangen und schlugen ihnen anerkennend auf die Schultern. Erst später erfuhr Zec, dass sie dies aus Verachtung und voller Hohn getan hatten, denn die neuen Sucher galten als Hochverräter am eigenen Volk und waren schlussendlich die Garanten für eine zukünftige vollständige Versklavung der eroberten Reiche. Als sie schließlich, nach einer Nacht im besten Hotel der Stadt, den sogenannten Himmelsplatz der Wilokie betraten, war Zec bereit, ein Sucher der Wilokie zu werden, ergeben und treu bis in den Tod. Bald schon erhielt er zusammen mit den fünf anderen Sucherschülern seines Landes, darunter auch Halmar, die Weihe vor der überlebensgroßen Statue Crans.

Cran höchstpersönlich schüttelte ihnen dabei die Hände, grinste und schlug ihnen kräftig mit der flachen Hand ins Gesicht.

Dabei schrie er: »Wer ist euer Herr und Meister?«

Sie antworteten mit stoischem Blick: »Das seid nur ihr, Cran der Strahlende.«

Dieses Szenario hatten sie immer und immer wieder geübt. Im Internat hatten sie lernen müssen, sich unter Schlägen normal zu verhalten, aber trotzdem fühlte sich dieser Schwur ziemlich echt und bindend an.

Die nächsten drei Wochen Weiterbildung am *Geistesbildungs-Institut* beinhalteten im Großen und Ganzen das Pauken und Auswendiglernen der ewig langen wilokischen Gesetzestexte und Regeln. Zudem sangen die Gelehrten wahre Loblieder auf die wilokische Rasse und ihren hochwohlgeborenen Anführer Cran. Sie bläuten ihnen von Anfang an immer wieder ein, welch ein Glück sie doch hätten, endlich in den erlauchten Kreis der Eroberer der Sterne aufgenommen worden zu sein, sie wären etwas ganz besonderes, ihrem eigenen Volk an Wissen und Macht weit überlegen und hätten deshalb auch das Recht, es zu kontrollieren und anzuleiten, denn die Zukunft gehöre dem Fortschritt, also den Wilokie, den Eroberern der Sterne, und sie könnten nun alles erreichen, wenn sie sich nur gehörig anstrengten. Niemals sollten sie vergessen, dass es nur eines gab, das es für einen Wilokie zu tun galt, nämlich, so lange zu erobern, bis die Sterne ihnen gehörten. Fortschritt und Wissen seien der legitime Sieg über die unterdrückten Völker und kämen diesen sogar zugute.

Im Grunde genommen gestaltete sich die Zeit im *Geistesbildungs-Institut* der Stadt Hól als eine der eintönigsten in Zecs Leben. Er lernte Tag ein Tag aus irgendwelche unsinnigen Texte, um spät abends steinschwer und müde ins Bett zu fallen. Oftmals wünschte sich Zec in die kalten feuchten Bergwerke Saloms zurück. Nur jeweils an einem Tag in der Woche erlaubten es die Aufpasser, dass sie sich unter ihrer kundigen Begleitung die Stadt ansehen durften. Natürlich nur ausgewählte Plätze, sicherlich eindrucksvoll in Architektur und Charakter, in Aussehen und Form, aber für die jungen Sucher zutiefst langweilig, denn sie dürstete es nach Abenteuern, Kämpfen und Siegen, Gold und vor allem nach Frauen. Sie standen in Saft und Kraft und wollten einiges davon loswerden. So sahen sie bald dem Tag ihrer Abreise mit Freude entgegen, um sich selbst und den Wilokie zu beweisen, aus welchem Holz sie geschnitzt waren.

Als sie schließlich wieder in ihr Heimatland Salom zurückkehrten, war Zec ein vereidigter wilokischer Sucher, der hungrig nach Erfolgen strebte. Betrüger, Banden von Verbrechern, Drückeberger und Tunichtgute, Mörder, Diebe und besonders beliebt, Widerständler, fielen ihm reihenweise in die Hände.

Selbst wenn sie um Gnade flehten und nach ihren Angehörigen schrien, blieb Zec hart. Meistens landeten sie am Galgen oder wurden von einem Turm geworfen. Er verdiente immens gut dabei, da es Prämien für jede erfolgreiche Mission gab. Er erwarb Ansehen und Respekt bei den wilokischen Eroberern, Hass und Feindschaft bei seinen Landsleuten.

Bald schon besaß er ein Haus im schöneren Stadtteil Som und ein Geheimversteck im düsteren Stadtteil Dom, von dem nur er wusste, und wo er nach seinen Streifzügen Ruhe fand. Zec besaß bald den Status einer Legende: man fürchtete, achtete und hasste ihn zugleich, denn er war der beste und gefährlichste Sucher weit und breit. Nur wenige kannten sein wahres Gesicht, da er es wie niemand anders verstand, in Verkleidungen und Rollen zu schlüpfen. Nach der Eroberung Saloms hatte man die beiden ursprünglichen Städte zusammengefügt: die neue Stadt hieß nun Sodom. Die Wilokie hatten sie einfach kurzerhand umgetauft, eine grausame aber geschickte Art und Weise, wichtige kulturelle Merkmale eines Volkes zu verändern und ihnen somit ihre Identität zu nehmen.

Der Stadtteil Dom war ein Inferno, wenn nicht sogar der Untergang schlechthin, Schornsteine loderten in den Himmel und die Menschen zogen Stofffetzen über ihre Münder, die verhindern sollten, dass sich der giftige Staub in ihre Lungen fraß. Ruß bedeckte in allen nur möglichen grau-schwarz-gelben Facetten den Himmel und waberte schwer und giftig über die Stadt. Die Sonne, nur als heller Schatten über dem schlierigen Nebel zu erkennen, blinzelte ab und an durch die tiefhängende Giftwolke. In Dom sah man selten einen blauen Himmel. Wer dort lebte, musste, nein, war verflucht, ausgestoßen aus der neuen Gesellschaft, welche die *Eroberer der Sterne* erschaffen hatten. Abgelehnt im Kampf ums Dasein verbargen sich viele vor den Augen der neuen Herrscher. Hier vegetierten diejenigen, welche nicht das Glück hatten, hochwohlgeboren und reich zu sein, von der hart und grausam arbeitenden Bevölkerung, bis hin zu den im Untergrund lebenden Außenseitern, welche die Herrschaft der Wilokie immer noch nicht akzeptierten. Sie lebten und atmeten Dom, mit Stolz und Würde.

Zec zog es immer wieder wie magnetisch in diesen Ortsteil, zum einstigen Haus seiner Eltern, in dem jetzt Wilokie wohnten. Damals, als seine Eltern noch lebten, gab es hier noch keine Fabriken, keine Luftschiffe, keine Schornsteine, keine Wilokie. Er hatte dieses *Davor* in guter Erinnerung, in schönster Erinnerung, viel schöner als die Blendung und Gehirnwäsche der Wilokie zu strahlen vermochte. Und wenn etwas so hell erstrahlt, dass es die Blendung übertrifft, geschieht das, was auch dem jungen Sucher Zec passierte und ihn für immer verändern sollte. Es geschah immer öfter, dass er in Erinnerungen schwelgte und dabei die Nähe zu seinen früheren Mitbürgern suchte. Diese Seite in ihm strebte nach Gemeinsamkeiten, fernab von Vorschriften, wilokischen Gesetzen und eines schönen Tages lernte er ein hübsches Mädchen kennen und lieben. Moja, seine geliebte Moja.

Eine leidenschaftliche, tiefe Liebe umgab die beiden und eine wunderschöne Zeit, in der die Spionage für die Wilokie in den Hintergrund geriet. Sie sahen sich fast jeden Tag, liebten, neckten und kosten sich. Gemeinsame Unternehmungen und wunderbare Essen in den teuersten Lokalen der Stadt, in solchen, von denen man über die Schlucht auf den Fluss Exxos schauen konnte, der die Stadt teilte, standen auf der Tagesordnung. Aber auch kleine geheime winzige Kneipen im Stadtteil Dom, zwischen verwinkelten Gassen und schäumenden Bächen, suchten sie auf, während sich ihre Zukunft in unzähligen Facetten malte und verzierte, bis jede Nuance zwischen ihnen stimmig schillerte. Ihre gemeinsame Zukunft atmete weit offen den Duft von Freiheit und Zweisamkeit.

Diese Liebe blieb seinem Vorgesetzten General Tschengil nicht unbemerkt und er stellte Zec alsbald zur Rede, warum er denn in letzter Zeit so unkonzentriert sei, und so weiter und so fort. Er kitzelte den Namen des Mädchens aus ihm heraus, indem er sich, in alter Suchermanier, sein Vertrauen erschlich und als Freund ausgab, der ihn bei seiner ersten großen Liebe beraten wollte. Als Zec zwei Tage später wieder bei ihm erscheinen musste, teilte er ihm mit, dass dieses Mädchen beim Widerstand sei und sofort eliminiert werden müsse. Er, Zec, dürfe sogar mit dabei sein, besser gesagt, er müsse dabei sein, denn es sei ja sein Kontakt, und schließlich habe er ihn ja auf die Spur gebracht. Das sei ein Befehl, und die Mission müsse ausgeführt werden, und würde sogleich starten. Gleiter und Flitzer standen bereit, und darin schwerbewaffnete Aufpasser in Uniform. Wie in Trance stieg Zec in einen Flitzer, unfähig sich zu wehren, und dann startete ein bestialischer Angriff auf ein Wohngebiet im Stadtteil Dom. Mit ihren Luftdruckgewehren mähten sie alles nieder, was ihnen in den Weg kam. Unschuldig oder nicht, groß oder klein, alt oder jung, jeder vor Ort war Feind. Sie hatten tödliche Giftpfeile in ihren Waffen, nicht, wie sonst bei den Aufpassern üblich, ein Betäubungsgift. Mit einer Gruppe wilokischer Aufpasser lief Zec los und erreichte einen Marktplatz, auf dem, umzingelt von scharf zielenden Wilokie, sich etwa ein dutzend Widerständler ängstlich um einen Brunnen drängten. Alle noch blutjung, die Hände erhoben, sich ergebend. In der Mitte sein Mädchen, seine Moja. Er eilte zur Absperrung und spähte zwischen den Aufpassern hindurch, da hörte er auch schon: »Gebt Luft!« und das Ploppen unzähliger Luftgewehre. Die Jungen und Mädchen am Brunnen verdrehten die Augen, ihre Blicke starrten ausdruckslos in den weiten Himmel und dann fielen sie in den Staub.

Seine Moja auch. Tot.

* * *

Seither hatte sich so einiges geändert und nach einer langen Zeit der Betäubung und des Entsetzens, der Unfähigkeit zu erfassen, was geschehen war, fing Zec an, die Wilokie zu hassen. Immer und immer mehr wuchs dieses Gefühl, das ihn aufzufressen drohte. Anfangs regte er sich über Kleinigkeiten auf, was die Gesetze betraf, dann über Anordnungen und Befehle seiner Vorgesetzten und schließlich über das gesamte wilokische Herrschaftssystem. Das alles gipfelte in einer abgrundtiefen Abneigung gegenüber seinen eigenen Landsleuten, die sich inzwischen an das neue Leben gewohnt und Gefallen an dem neuen Fortschritt und der damit einhergehenden Erleichterung gefunden hatten. Inzwischen hasste er sie so abgrundtief, dass es bestimmt bald auffiel, ja auffallen musste. Jahre gingen ins Land und der Schmerz und der Hass nagten wie eine hungrige Ratte an seiner Zuversicht und an seinem Glück. Die Traurigkeit hatte viel Platz in den Weingläsern der Spelunken, die mit der Zeit immer schäbiger wurden. Vielleicht befand er sich genau am richtigen Punkt seiner verschobenen Wahrnehmung, dass er darüber nachzudenken begann, woher er eigentlich kam, wo seine Wurzeln sich vergruben. Und je mehr er sich in die Gosse fallen ließ, desto stärker wuchs der Wunsch nach Wahrhaftigkeit. Irgendwann wusste er plötzlich, was er zu tun hatte, besser gesagt, er wusste, was er nicht mehr tun würde. Den Wilokie gehorchen. Und so zerbrach das Band zwischen ihm und den Wilokie, der Bann der Illusion zersplitterte und er sah, was er nicht sehen sollte. Unterdrückung soweit das Auge reichte. Um den Schein zu wahren, spezialisierte er sich auf wirkliche Verbrecher, auf Mörder und Vergewaltiger, Widerständler und Aufständische hingegen rührte er seither nicht mehr an.

Leider hatte er auch mit dem Saufen begonnen, weshalb er sich in den Augen seiner Vorgesetzten langsam aber sicher vom Helden zum Verlierer wandelte. Von der Einsatzzentrale wurde er nur noch für Handlangerdienste eingesetzt, aber das kam ihm gerade recht. Seinen Vorgesetzten erzählte er immer und immer wieder, dass er sei an etwas ganz Großem dran sei, und das dauere eben seine Zeit. Seine eigene Laune hielt er mit Schmuggel und Hehlerei über Wasser, das hatte was Anrüchiges und er konnte diesen Nomies, wie die Wilokie in Sodom unter vorgehaltener Hand abwertend genannt wurden, eins auswischen. Geld hatte er genug, mehr als genug. Nun gut, er hatte sich mehrfach verbotenerweise bereichert, aber wer von den Wilokie tat das nicht. Das Vermögen, das er inzwischen besaß, konnte man hier in Sodom als *überaus reich* bezeichnen. In seinem Geheimversteck würde ihn auch niemand so schnell finden, falls er endgültig untertauchen musste. Zec hatte alles so geregelt, dass er jederzeit aus diesem gottverdammten Laden aussteigen konnte.

Heute wollte ihm sein neuer Bekannter und Geschäftspartner Massek wieder Schmuggelware übergeben, aber keine gewöhnliche. Ein Energiestein reinster Güte sollte es werden. Irgendjemand hatte den Stein bei den Grabungen im Bergwerk entwendet, einen Edelstein von einer Stärke und Kraft die bisher noch nie bei einem dieser seltenen Steine festgestellt werden konnte. Zec hatte schon einige davon geschmuggelt, aber dieses Mal hatte es eine ganz andere Dimension, denn dieser Stein besaß die Macht, das Schicksal eines ganzen Volkes zu verändern. Er hatte beschlossen, dass dies sein letzter Schmuggel sein sollte. Die Sache wurde selbst ihm zu heiß, um es mit anderen Worten zu sagen, diese Sache würde gehörig viel Staub aufwirbeln und wenn der Sturm des wilokischen Militärs losbrach, sollte man am besten ganz weit weg sein. Sollte die Kontaktaufnahme mit dem Widerstand dieses mal wieder nicht funktionieren, würde er mit seinem gesamten Hab und Gut die Stadt verlassen und mit einer frischen Identität ein neues Leben beginnen. Halmar hatte ihn im Auge und wer weiß, was er schon alles über seine Machenschaften wusste. Es handelte sich nicht um die Frage ob sie ihm, sondern wann sie ihm auf die Schliche kommen würden. Er hatte schon so viele krumme Dinger auf dem Kerbholz, dass die Wilokie ihn mindestens dreimal zum Tode verurteilen würden. Nach dieser Sache war Schluss mit ihm und den Wilokie. Endgültig.

So saß er, grübelnd und sinnierend, in einem Restaurant am Rande der Schlucht und starrte in die Tiefe, aus welcher der Fluss Exxos schäumend zurückgrüßte.

Jemand tippte ihm auf die linke Schulter und streckte ihm über die rechte Schulter zur Begrüßung die Hand entgegen. Zec musste grinsen.

»Hallo Massek! Setz dich. Na alles im Schatten Golgathas?«, grüßte Zec durch das erhobene Glas.

»Hallo Zec, na? Wie geht's den Scheinheiligen?«, er grinste breit über beide Ohren.

»Was? Wieso denn den *Scheinheiligen*?«

»Na du hattest doch neulich einen riesen Spaß beim Feiern dort, oder?«

Massek musterte belustigt sein Gegenüber von oben bis unten. Als er Zecs erstauntes Gesicht erblickte, fing er leise an zu kichern.

»Ach, ich verstehe ... du kannst dich wohl nicht so recht erinnern?«

»Ich weiß von nichts«, erwiderte Zec, das Gespräch wurde ihm jetzt schon peinlich.

»Na, du hast ein neues Saufspiel erfunden. Es heißt:
Ersauf den Nomie. Ich kann dir gerne deine Regeln erklären.«

Wieder kicherte Massek.

»Jetzt hör schon auf. Gestern war gestern. Und was hast du heute für mich?« Zec hatte beschlossen, sich hier nicht zum Narren machen zu lassen.

»Ja, schon gut. Ich dachte nur es könnte dich vielleicht interessieren, was deiner Erinnerung so fehlt. Weißt du Zec, genau deshalb mag ich Dich, wegen deiner Untreue. Du hast so eine erfrischend ehrliche Art, aber gut ... kommen wir zum Geschäft. Hier hast du zunächst einmal deine Bezahlung, sieben geschliffene Diamanten. Ausreichend für ein Herrenhaus am Rande der Stadt in den Gefilden kühler Buchenwälder.« Er reichte ihm ein ledernes Säckchen, das Zec sofort in seiner Jackentasche verschwinden ließ. Vertrauen war Ehrensache und die Bezahlung mehr als gut.

»Das Ding hier ist sozusagen eines der wenigen Objekte, die in der Lage wären, mit zentriertem Mut und voller Konzentration die Herrschaft der Wilokie vollständig zum Einsturz zu bringen.« Er reichte Zec eine reich verzierte Truhe, die vollständig aus massivem Blei bestand.

»Leicht wie Luft. Scheint ein ganz besonderer Stein zu sein«, bemerkte Zec.

»Ja das ist er auch. Pass gut darauf auf. Du wirst wie immer handeln, bring ihn an die Grenze des Dschungels der Jùl und übergib ihn wie üblich dem dir bekannten Bauern vor Ort. Du weißt wo und wie du dich durch die Wachposten der Wilokie schleichst?« Zec nickte. Vor lauter Gedanken und Träumen, hätte er fast vergessen, was er eigentlich wollte.

»Massek, du hattest mir auch versprochen, mich mit einigen Leuten bekannt zu machen. Unser Handel ging über die Diamanten hinaus, das weißt du genau.« Massek verdrehte die Augen.

»Schon gut. Natürlich wirst du sie kennenlernen, genau dieser Handel heute wird dir das Tor öffnen. Vorher nicht, weil zu wenig Vertrauen, du verstehst? Falls du mit dem Stein erwischt werden würdest, ist es aus mit dir, das könntest du nie und nimmer erklären. Deshalb die übermäßig reichliche Bezahlung, du weißt was ich meine?« Wieder nickte Zec.

»Alles klar. Und du weißt sicherlich auch, dass ich darauf bestehe und extrem sauer werden kann, falls du diesen Teil unserer Abmachung nicht erfüllst. oder?«, erwiderte Zec.

»Alles klar Boss! Jetzt bring mal erst deinen Auftrag zu Ende und dann reden wir weiter, ja?«

Zec schob die Truhe in seinen Rucksack, legte eine Kupfermünze für den Tee auf den Tisch und verließ ohne ein weiteres Wort die Gaststätte.

Dieser Massek sollte sich nur nicht allzu wichtig vorkommen, denn schließlich übernahm er, Zec, den gefährlichen Teil dieser Mission. Soviel er in Erfahrung bringen konnte, war Massek ein hohes Tier beim Militär der Wilokie und durfte auf keinen Fall mit diesem Handel in Verbindung gebracht werden. Ihm unterstand das gesamte *Kommando Bergraum* Überwachung. Zec hatte sich über diesen etwas zu frechen und forschen Kerl schlau gemacht. Anscheinend ein unbesudeltes Blatt Papier, aber wenn man sich die Rückseite betrachtete, machte der gute Herr dubiose Geschäfte mit unterschlagenen Energiesteinen und das auch noch mit dem Widerstand. Wenn man recht überlegte, handelte Massek wie ein Todfeind des Regimes, was nur zwei Schlussfolgerungen zuließ, entweder war Massek ein Spion des Widerstandes oder aber ein skrupelloser Krimineller. Das galt es herauszufinden und Zec tippte auf Ersteres.

Er winkte ein Flugtaxi heran und bestieg es über die rechte Flügeltür. Als es vom Boden abhob und dem Reigen der unzähligen Flugvehikel, Fuhrwerke, Gleiter, Flitzer und Flugroller folgte, rief er dem Piloten zu: »Bitte zum Kometenplatz«.

Der Taxipilot drehte nach links ab und verschwand im Gewühl der verstaubten Straßen.

Gedankenverloren starrte Zec aus dem Fenster und folgte mit seinem Blick der Hauptstraße, dem immerwährenden Strom, wie ihn hier jeder nannte. »Einiges los heute«, dachte er, als sie gerade in eine Seitenstraße abbiegen wollten, die geradewegs zum Kometenplatz führte. Er selbst sah das kleine Mädchen im blauen Kleid und dem Hund auf ihrem Arm, noch früher als der Pilot. Die Kleine schickte sich gerade an, die Gasse zu überqueren. Zec schrie auf.

»Pass doch auf ...!« Der plötzliche Schrei und die bevorstehende Kollision mit dem Mädchen erschraken den Piloten so heftig, dass er in einer raschen reflexartigen Bewegung das Steuerrad herumriss und direkt auf eine Hausmauer zusteuerte. »Na zum Glück nicht das Mädchen«, dachte Zec. Dann flimmerte die Welt und es wurde dunkel.

Kapitel 2

Würfelspiel

Kolles Zuhause befand sich im vornehmen Stadtteil Som. Er hatte den Luftbus in Richtung Dom bestiegen, der ihn in kürzester Zeit über die Schlucht, zur gegenüberliegenden Seite der Stadt bringen sollte. Hier wohnten die Arbeiter, die armen Leute und die Tagelöhner, hier stank die Stadt zum Himmel, aber hier befand sich auch das kranke, noch intakte Herz der alten Stadt, Dom roch nach Abenteuer. Die unzähligen Gässchen, wie ein Labyrinth ineinander verkeilt, plötzlich in die Tiefe führende Schächte und Treppen, welche abrupt auf einem Vorplatz über Nebenarmen des mächtigen Flusses Exxos endeten. Alte, aber gut erhaltene und umfunktionierte Tempelanlagen mit ihren erhabenen Kuppeln, oder aber Abgänge, die in Lokalitäten führten, wo sich zwielichtige Gestalten trafen und ihren dunklen Geschäften nachgingen. Lusthäuser, Drogenhöhlen und Spielhallen über den engen Schluchten erbaut oder tief in die Felsen gehauen. Märkte und Treffpunkte in versteckten Höhlen tief im Berg, mit Fluchtmöglichkeiten in dunkle Geheimgänge. Das ganze Gebirge in und um Dom, durchlöchert vom unentwegten Graben der Menschen, die sich hier nicht nur ihr zu Hause oder ihre Verstecke schafften, sondern auch unermüdlich nach Bodenschätzen buddelten. Das Heim der Vielen, die im neuen System der Wilokie keinen Platz gefunden hatten, ständig in Habachtstellung vor der Obrigkeit und ihren Aufpassern.

Kolle befand sich auf dem Weg zu seiner Lieblingskneipe, um mit ein paar Freunden noch ein paar Slaks zu kippen. Das süffigste Getränk im Universum, oder zumindest hier im Lande Salom. Im Gegensatz zu Bier oder Wein bestand es aus einer Kräutermischung, die jede Brauerei unterschiedlich zusammenstellte und das Geheimnis der Herstellung streng hütete. Die besten Slaks kamen aber nicht aus Sodom, sondern aus den ländlichen Gegenden Saloms.

Die tosende Gischt des Flusses Exxos, der hier am Beginn der Schlucht von den Felswänden herabschoss und sich in reißenden Wasserfällen ins Tal stürzte, brandete unter der Haltestelle auf und vernebelte das tiefer liegende Tal, durch das er seine Schneise fraß.

Während Kolle sich auf die Haltegriffe der Sitzbänke stützte, blickte er nachdenklich in die brausenden Fluten und das leuchtende Bauwerk, das dort oberhalb des natürlichen Wasserfalles erstrahlte. Auf dem Scheitelpunkt des Dammes, exakt in der Mitte des Stromes, residierte ein einzigartiges Glasschloss, das in Rot und Blaugrün schimmerte. Es bestand aus einem wertvollen seltenen Marmor, immer wieder unterbrochen von mächtigen Glasfassaden, filigranen Türmchen und wunderschön aufwendigen Details, wie beispielsweise kunstvoll gefertigten Wasserspeiern, bunten Glasgirlanden, welche sich um mächtigen Säulen wanden, oder Glaskugeln, die am Tage das Licht einfingen, um es in der Nacht wieder leuchten zu lassen. Ein Waldvolk mit dem Namen Elò hatte es erbaut. Das Volk der Elò, zu der damaligen Zeit mit Som und Dom in großer Freundschaft verbunden, hatte dem Glasschloss den Namen Calim gegeben und es zum ewigen Bindeglied beider Völker erklärt. Eine kunstvoll gestaltete Brücke mit etlichen Rundbögen und Verzierungen führte über die zahlreichen Wasserfälle, während das Gebäude in den aufgehenden Monden schimmerte und glänzte. Calim schien auf dem Stausee, der den Exxos hier zurück hielt, zu schweben. Ein etwas kleineres, mit dem Hauptgebäude verbundenes Lustschloss ragte weit in den See hinein. Blickte man von hier aus auf den See hinaus, ragten dem Betrachter die mit Moos und Büschen überzogenen majestätischen Ausläufer des Steinernen Meeres, dem mächtigsten Gebirgsmassives weit und breit, entgegen.

In der Ferne blickten die ewigen Eisriesen, meist in Wolken gehüllt, ins ferne Tal hinab, wie teilnahmslos zeitlose Giganten der Ewigkeit. Die Elò, welche hier auf Calim einst mit den Bürgern aus Som und Dom ausgiebige Feste feierten, hatten das wunderschöne Bauwerk längst verlassen und waren während der Besatzung durch die Wilokie, in ihr Heimatland zurückgeflüchtet. Die Eroberer hatten das Schloss inzwischen zu ihrer Sommerresidenz erklärt und für Menschen aus Salom gesperrt. Der nahegelegene Stausee lud vor der Kulisse des Steinernen Meeres zum Angeln und Boot fahren ein, aber diesen Bereich zu betreten war den Bewohnern Sodoms bei Todesstrafe verboten. Auch die dort oben liegenden weiten Bergwälder waren der Oberschicht vorenthalten und dienten einzig und alleine den Besatzern als Jagdrevier.

Der Luftbus glitt über dem Tal durch die Nacht, während Kolles Blick der Verspieltheit des Schlosses Calim folgte.

Am Ende der Brücke, über den Wasserfall, führte eine geschwungene Treppe direkt zu einer senkrecht aufragenden Felsmauer. Von hier aus gelangte man auf einer wie von Geisterhand nach oben fahrenden Plattform auf das Plateau des Berges o'Dom, der höchsten Erhebung innerhalb der Stadt Sodom. Eine langgezogene Halle empfing den Besucher nach dem Verlassen der fliegenden Plattform, vollkommen mit Kupferblech überzogen, in oxidiertem Grün, eingebettet in die üppige Vegetation. Kleine Türmchen ragten aus dem Dache und dampften in der kühlen Luft. Es war das größte und vor allem das am höchsten gelegene warme Bad weit und breit. Ein riesiges mit heißem Wasser gefülltes Becken, gespeist aus den vulkanischen Quellen unter dem Gebirge, lud hier zum Plantschen ein, während man die Stadt und den dahinterliegenden See mit Bergblick genießen konnte. Aber auch das nur für die Wilokie und die Oberschicht, als normaler Bürger konnte man nur nach oben blicken, seufzen und träumen.

Einen Vorteil hatte es jedoch, denn die Wilokie hatten über ein aufwändiges Rohrsystem die gesamte Stadt mit heißem Wasser versorgt, eine große Errungenschaft, für die ihnen viele dankbar waren.

Gedankenverloren starrte Kolle auf seine Stadt, die seit etwa 17 Zyklen seine Heimat verkörperte. Er konnte sich gar nichts anderes vorstellen als Sodom. Seine Eltern waren ständig am Malochen, am Erfüllen ihrer Sollzeit, um nicht als faul oder andersartig zu gelten. Und er selbst? Kolle hatte noch nie die Möglichkeit bekommen, vor die Stadtmauern zu treten, das hatte sich einfach nicht ergeben. Zu eng der Zeitplan, der sich voll und ganz seiner Bildung widmete.

Der Pilot des Luftbusses kündigte die nächste Haltestelle an, es war die seine. Behände schwang er sich von seinem Sitz und trat hinaus in die feuchte Dunkelheit.

* * *

Der Vorplatz der Haltestelle und die Gassen vor ihm, zwar beleuchtet, aber schummrig im Nebel, fühlten sich etwas unheimlich an. Kolles Hand verirrte sich in die rechte Westentasche zu seinem Messer. Nein! Er hatte keine Angst. Nachdem er ein paarmal nach rechts und links abgebogen war, gelangte er zu einem Ruheplatz mit einer Linde und einem Ziehbrunnen. Die umgebende Mauer schützte den Besucher vor dem Fall in die Tiefe eines Exxon-Nebenflusses. Ging man einmal um den Brunnen herum, bemerkte man, dass es sich hierbei um eine Wendeltreppe handelte, der man nun nach unten folgte.

Nach etlichen Umdrehungen erreichte Kolle schließlich eine weitere gepflasterte Terrasse, die wie eine aus dem Fels herausgehauene kleine Gewölbehalle über dem gischtenden Wasser weilte. An einem hell leuchtenden Feuer, das in der Mitte des Platzes knisterte, wärmten sich einige Gestalten und schunkelten im Takt der Musik, die dumpf hinter der geschlossenen Türe zu vernehmen war. Im schummrigen Dunst schaukelten gelblich die Laternen seines Lieblingslokals mit dem wohlklingenden Namen »Exzenter«. Vorfreude stieg in ihm auf und so betrat er alsdann das laut schwatzende Gasthaus. Männer und Frauen stießen, gefolgt von lauten Trinksprüchen, mit schweren Bierkrügen oder den kleineren Slak-Krügen an. Manche tanzten gar über die Tische und die Musikgruppe in der Mitte des schummrigen Saals spielte schnelle, lustige Tänze. Tische und Stühle wurden von den meisten Gästen nur vorübergehend besetzt, weil man sich des Öfteren in andere Ecken des Lokals begab, um mit ständig neuen aber bekannten Gästen zu quatschen. Die Bar war stets umzingelt und man erdrängelte sich den nächsten Drink nur schwer. Ein Großteil des *Exzenters* ragte aus der Felswand heraus über den Abgrund des Nebenflusses und wenn man Glück hatte, ergatterte man einen Sitzplatz über dem rauschenden Wasser und durfte auf dem durchsichtigen Untergrund den Nervenkitzel der Höhe genießen. Auch die senkrechte Fensterfront wurde von einer eisenharten Glasschicht umgeben, sodass man das Gefühl hatte, im Freien zu sitzen. Daraus konnte man schließen, dass diese Kneipe noch zu Zeiten des Bundes zwischen Som und Dom mit dem Volke der Elò erbaut worden war, denn nur sie konnten so hartes Glas herstellen und formen. Auf der gegenüberliegenden Seite der Terrasse führte der riesige Saal an der Bar vorbei in die Tiefe des Berges. Im düsteren Zwielicht der Kerzen konnte in Ruhe diskutiert werden. Brett- und Würfelspiele wurden gezockt und nicht wenige spielten mit zwielichtigen Gestalten um ihr letztes Hab und Gut. Offiziell hatte sich Kolle mit seinen Freunden auch zum Würfelspiel verabredet, wobei das dann meist in lautem Feiern unterging. Das *Exzenter* war eine Kneipe mit Charme und vor allem mit einer sehr guten Küche für jeden Geldbeutel. Kolle suchte seine Freunde in der Dunkelheit und fand sie weit hinten in der Höhle, an einer Felswand, in deren Nischen unzählige Kerzen flackerten. Sie hatten es sich an einem geräumigen Eichentisch bequem gemacht und schwatzten angeregt miteinander. Seine Freunde Viez, Ziggy und Layla.

Mit Handschlag und einer gegenseitigen Kopfnuss begrüßten sie sich, aber trotz der Herzlichkeit bemerkt Kolle eine gewisse Ungeduld, so als hätten die Freunde etwas auf den Lippen, was sie ihm sofort mitteilen wollten. Doch zunächst bestellten sie das Wichtigste an diesem Abend, jeder ein Slak.

»Kuntermunter runter!«, riefen sie gleichzeitig, knallten die Krüge auf den Tisch, um sich alsdann den Schaum von den Mündern zu wischen.

»Na? Was geht?«, fragte Viez und beugte sich zu Kolle.

Kolle zuckte die Achseln. Solch einfältige Fragen mochte er am Wenigsten.

»Nichts, wie immer halt. Öde, grau und die Luft ist giftig«, murmelte Kolle.

Layla lächelte, sie kannte die übertriebene Schwermut ihres Freundes.

»Wie, öde und grau?«, schaltete sich Ziggy ein.

»Na ja, das Leben und so ...«

Kolle hasste die Unterhaltung jetzt schon, sie lief in eine völlig falsche Richtung.

»Wie, das Leben ist öde und grau?« Ziggy zog eine genervte Grimasse. Er malochte in den Kohlegruben bis zum Umfallen. Knochenharte, ungesunde Arbeit für wenig Lohn. Das Gejammer des Muttersöhnchens Kolle klang wie Hohn in seinen Ohren.

»Naja, dieser Nebel, der hier jeden Tag aufzieht, nimmt mir die Luft zum Atmen«, entgegnete Kolle. Ziggy wollte gerade etwas erwidern, als Viez geheimnisvoll flüsternd anhob.

»Alles versinkt im Nebel, nichts ist, wie es scheint!«, zischte er geheimnisvoll und grinste verschmitzt in die Runde. Ziggy und Layla sahen begeistert auf, Kolle schien froh, endlich aus der Schusslinie zu sein und als sie die Krüge mit dem Slak erneut zusammenstießen, wussten sie, dass dieser Abend ein ganz besonderer werden würde.

»Weißt du, was ich heute erlebt habe?« Layla begann zu flüstern und legte die Hand auf ihren Rucksack. Sie blickte in die Kneipe, ob irgendjemand Notiz von ihnen nahm, doch alles ging seinen Gang.

Die Kellner wuselten hin und her, die übrigen Gäste waren in eigene Gespräche vertieft und die Band hatte gerade einen Höhenflug. So fuhr Layla mit ihrer Geschichte fort.

»Ich habe heute durch Zufall etwas entdeckt«, um nach einer Kunstpause fortzufahren, »... etwas ganz ganz Besonderes!«

»Ja, und weiter?« Die Freunde rutschten gespannt zusammen und alle Aufmerksamkeit ruhte auf Layla.

»Jetzt passt auf! Heute war ich wie immer mit meinem Luftroller unterwegs, Zeitungen ausfliegen.

Layla arbeitete als Botin für die hauseigene Zeitung der Wilokie mit dem Namen *Der Seher*. Es gab niemanden weit und breit, der seinen Flugroller so schnell und wendig durch die Gassen steuern konnte wie sie. Layla war Botin mit Leib und Seele und trug selbst hier in der Kneipe ihre Pilotenkappe mit der Flugbrille auf dem Kopf. Ihre langen braunen Haare hatte sie zusammengebunden und einfach darunter geschoben. So sah sie fast aus wie ein Junge, wobei ihr hübsches Gesicht sie doch schlussendlich verriet. Sie hatte immer noch ihre Arbeitskleidung an, einen Overall mit unzähligen Taschen und darüber eine leichte lederne Fliegerjacke. Das ganze Weiberzeug langweilte sie nur.

Ihre Eltern hatten ihr, als sie zwölf Jahre alt wurde, gestanden, dass sie nicht ihre leiblichen Eltern, sondern von den Wilokie zu ihrer Erziehung gezwungen worden waren. Der

Schock saß damals tief, dauerte lange an und hatte sie ziemlich entzweit. Layla fühlte sich seitdem entwurzelt und niemandem zugehörig. Weder konnte ihr irgendjemand sagen, woher sie kam und wer ihre leiblichen Eltern waren, noch stellte sich eine Vertrautheit zwischen ihnen ein, wie sie in der Regel zwischen Eltern und Kindern der Fall ist. Sie wusste nur, dass nach der großen Säuberungswelle der Wilokie, in der hunderte Salomer ihr Leben ließen, viele Kinder zu Waisen wurden. Da die Besatzer für die Zukunft unzählige Arbeitskräfte benötigten, brachte man die Kinder in ausgesuchten Haushalten unter und überließ sie ihrem Schicksal. Layla kam als Baby zu ihren Pflegeeltern und konnte sich an nichts aus dieser Zeit erinnern. Sie wurden sich zunehmend fremd und als Layla schon im frühen Alter von vierzehn Zyklen begann, ihr eigenes Geld zu verdienen, ließen ihre Pflegeeltern zu, dass sie ein eigenständiges Leben führte. Sie hatte zwar noch ein eigenes Zimmer bei den Eltern, aber recht viel mehr blieb von ihrer Familie nicht übrig und es sah auch nicht so aus, als wären ihre Zieheltern allzu traurig darüber. Die Arbeitsstelle beim *Seher* hatte sie mit Bedacht gewählt, in der Hoffnung, an dieser Stelle etwas mehr über ihre Herkunft zu erfahren, doch bisher hatte sie sich lediglich bis zur Zeitungsausfliegerin hochgearbeitet.

Layla fuhr fort: »Ich bog soeben von der Volksallee um die Ecke in die Kometengasse ein, als vor mir ein Unfall passierte. Ein Lufttaxi krachte mit solcher Wucht in eine Hausmauer, dass die Fensterscheiben des Geschäftes daneben zu Bruch gingen. Ich beschleunigte und schoss zum Ort des Geschehens. Der Fahrer und sein Fahrgast lagen blutüberströmt im Taxi. Ich wollte helfen und kletterte in das Innere, um den Fahrgast herauszuziehen. Er war ziemlich schwer und ich hatte kaum eine Chance, aber schließlich schaffte ich es doch. Als er draußen auf den Boden fiel, öffnete sich seine Tasche und heraus fiel eine grau-blaue Schatulle. Eine kunstvoll verzierte Truhe, wie ich sie so noch nie gesehen habe. Ich weiß nicht, was mich geritten hat, vielleicht war es die unheimliche Aufschrift auf der Vorderseite oder das Symbol auf dem Deckel; ich steckte die Truhe in meinen Rucksack.«

Layla schlug die Augen schuldbewusst nieder. Nach einer Pause, die sie mit einem charmant frechen Lächeln beendete, fuhr sie fort.

»Dann kamen auch schon die Aufpasser und scheuchten mich sofort vom Platz weg. Ich schwang mich auf meinen Roller und trollte mich. Ich glaube nicht, dass mich irgendjemand erkannte, denn ich hatte die ganze Zeit über meine Kappe und meine Flugbrille auf.

Als ich daheim ankam, verkroch ich mich sofort in mein Zimmer und packte die Truhe aus meiner Tasche. Sie fühlte sich unwahrscheinlich leicht an, so leicht, dass ich mir dachte, irgendetwas ist daran ungewöhnlich, denn das Material aus dem sie besteht, ist massives Blei.«

Viez, Kolle und Ziggy starrten sie an.

»Ja wie? Blei? Du meinst diese Truhe aus Blei ist federleicht?«

Kolle verzog das Gesicht zu einer unglaubwürdigen Mimik.

»Das meine ich ja«, flüsterte Layla.

»Diese Schatulle ist leicht wie eine Feder und ich habe sie angehoben, den Deckel meine ich, und vorsichtig aufgeklappt.«

»Und?«, fragte Kolle neugierig, "was war drin?«

»Ein komischer Stein, der rot geschimmert hat, nein falsch, er hat eher orange pulsiert.«

Laylas Stimme war jetzt tonlos.

»Aber ...«, sie blickte geheimnisvoll in die Runde.

»Was geschah dann?« Die Jungs wurden nervös.

»Die Truhe begann zu schweben, je weiter ich den Deckel anhob. Als ich sie einen Spalt weit offen hatte, zog mich die Truhe mit nach oben und ich schwebte im Zimmer. Ich habe den Deckel gerade noch zuklappen können und stürzte von der Decke auf den Tisch herab. Sofort kam natürlich meine Stiefmutter, ihr wisst doch wie schreckhaft sie ist. Ich habe die

Truhe versteckt, bevor sie etwas bemerkte, doch ich weiß jetzt nicht, was ich mit ihr machen soll.«

Layla kaute nervös auf ihrer Unterlippe.

»Ich hab sie hier drin«, fuhr Layla fort und legte abermals die Hand auf ihren Rucksack.

»Zeig her!«, raunten Kolle und Viez wie aus einem Munde.

»Wie? Du hast sie hier? Du kannst doch so ein gefährliches Teil nicht mit dir rum schleppen!«, flüsterte Ziggy außer sich.

»Wer soll schon wissen, was ich mit mir habe«, äffte Layla ihn nach und schnitt ihm eine Grimasse.

»Vielleicht diejenigen, denen du das Ding gestohlen hast?«, entgegnete Kolle ruhig.

»Ach, die waren bewusstlos«, meinte Layla mit einer wegwerfenden Handbewegung.

»Und die Aufpasser?«, warf Kolle ein.

Layla errötete. Daran hatte sie gar nicht gedacht. Sie war ja nicht irgendwer, sondern als Botin des *Sehers* eindeutig zu erkennen.

»Vielleicht die Aufpasser? Vielen Dank auch! Dann haben wir ab jetzt die ganze Zeit Aufpasser am Arsch, wer will denn das?« Ziggy verdrehte theatralisch die Augen nach oben.

»Ich glaube es ist am sichersten, wenn wir zu dir gehen, Ziggy«, meinte Kolle.

»Wieso denn zu mir? Bist du bescheuert?«, protestierte dieser.

Ziggy war der einzige von ihnen, der alleine lebte. Seine Eltern waren schon lange gestorben, hatten sich in den Bergwerken der Wilokie aufgerieben. Eines Tages, nach einem Unfall im Bergwerk, kamen sie nicht mehr nach Hause und wie das so ist, mit Kindern aus Sodom, die ihre Eltern verloren haben, steckten die Wilokie sie einfach, ruck zuck, in ein kleines Zimmer, gaben ihnen Essen, Trinken und ließen sie für sich arbeiten. Der Vorteil an der ganzen Geschichte; solange er nicht auffiel und seine Arbeit machte, hatte er so ziemlich seine Ruhe.

»Du weißt warum!«, beschwor ihn Kolle.

»Bei dir fallen wir am wenigsten auf.«

»Na gut, aber vorher noch ein Slak«, grinste Ziggy, leerte seinen Krug in einem Zug und bestellte bei der Kellnerin, die soeben vorbei huschte, die nächste Runde.

* * *

Die Freunde nahmen den Luftbus 316, um noch tiefer in den Ostteil von Dom, zu Ziggys Heim zu gelangen. Das dauerte nicht allzu lange, denn es waren gerade einmal zwei Stationen. Dunkel kroch die Nacht über die Hänge des Arbeiterviertels und so erreichten sie kurze Zeit später die Wohnung ihres Freundes.

»Kommt rein!«, zischte er leise, obwohl es keinen Grund gab zu flüstern, aber irgendwie fühlte sich die Stimmung unheimlich an. Sie nahmen an Ziggys Tisch Platz, Layla packte aus ihrem Rucksack die geheimnisvolle Truhe und legte sie auf die Tischplatte.

Sie schimmerte unheilvoll in grau-blau und auf der Vorderseite, über dem Scharnier, konnte man eine verschnörkelte Schrift lesen. *Sternenstaub* stand da.

»Sternenstaub«, flüsterte Viez ehrfürchtig, aber wissend lächelnd.

»Na, dann heben wir mal vorsichtig den Deckel an«, feixte er.

Sie grinsten sich an. Irgendwie eigenartig. Ein mulmiges aber wohliges Gefühl krabbelte über den Magen in ihren Hals.

»Okay, okay, wartet, wartet! Wir befestigen sie am Tisch«, flüsterte Viez.

»Ja, aber wie? Lass mal überlegen.« Layla nahm die Schatulle, drehte und wendete sie, doch es gab nichts, mit dem man sie am Tisch hätte befestigen können.

»Ich hab's!«, rief Kolle.

»Wir heben den Deckel leicht an, schieben in den Spalt einen Gürtel und binden diesen unter dem Tisch wieder zusammen.« Gesagt, getan.

Layla hob den Deckel um einen winzigen Spalt an und der Würfel begann sofort, sich vom Tisch nach oben zu bewegen. Schnell hatten Viez und Kolle den Gürtel zwischen Kästchen und Deckel geschoben und den Würfel nach unten gedrückt. Nun begannen sie, den Gürtel um den Tisch zu ziehen und befestigten ihn mit einem zweiten Gürtel fest an der Unterseite.

Der Würfel war nun einen kleinen Spalt geöffnet und auf dem Tisch festgeschnallt.

»Und jetzt öffnen wir ihn ganz vorsichtig«, flüsterte Ziggy.

Die anderen nickten ernst und wortlos. Layla betrachtete es als ihr Privileg, den Deckel anzuheben.

Als er etwa einen halben Fingerbreit offen stand, fing der Tisch an zu schweben. Erst langsam, dann immer höher, schließlich eine Handbreit über dem Boden.

»Wir müssen uns draufsetzen!«, rief Viez.

Ziggy und Kolle sprangen auf den Tisch, etwa gleich weit voneinander entfernt. Layla öffnete den Würfel weiter und weiter.

Bald schon schwebte der Tisch mit Ziggy und Viez.

Als der Spalt einen Fingerbreit offen stand, befand sich die Truhe gerade noch in Reichweite von Laylas Händen, Viez wollte übernehmen, aber der Deckel fiel zu. Mit einem Krach plumpste der Tisch nach unten und krachte auf den Boden. Viez und Ziggy fielen unter lautem Getöse herunter auf die Dielen. Die Freunde sahen sich verdutzt an.

»Hey Leute, wisst ihr was wir da haben?« Kolle runzelte die Stirn.

»Ja, wahrscheinlich Sternenstaub«, gab Viez verschmitzt grinsend zurück.

»Keine Ahnung!«, entgegnete Layla.

»Auf jeden Fall hebt dieser Stein die Schwerkraft auf. Versteht ihr? Mit diesem Ding kann man fliegen!«, raunte Ziggy.

»Dann ist das Zeug wahrscheinlich in den Flugmaschinen der Wilokie verbaut«, staunte Kolle laut, »Ich hab mich immer gewundert, wie die Dinger funktionieren. Sagt einem ja niemand.«

Ziggy starrte verwundert auf den Würfel.

»Ich weiß was es ist ...! Ich weiß es!«, platzte Viez heraus und tanzte ausgelassen um sich selbst.

»Das ist kein echter Sternenstaub, sondern ein Energiestein, die Nomies nennen das nur so. Ihr habt recht, dieser Stein hebt die Schwerkraft auf, alle Flugmaschinen sind damit bestückt und Blei hebt seine Wirkung auf, deshalb dieses massive Kästchen. Es scheint ein sehr mächtiger Stein zu sein, wenn er schon bei einer winzigen Öffnung des Würfels reagiert, denn normalerweise ist die Wirkung des Bleis auf den Stein stärker. Wir bauen diese Dinger in die Flugmaschinen ein, aber ich habe niemals einen so großen und starken Stein gesehen.«

Viez lächelte ein Stück weit zu triumphierend und alle drehten sich verdutzt zu ihm um.

Er war zwar der jüngste und leiseste unter ihnen, aber er hatte es faustdick hinter den Ohren. Ein sehr gewitzter Kerl, blond, mittelgroß und eher schmächtig, mit einer Vorliebe für außergewöhnliche Erfindungen, mit denen er auf dem Schwarzmarkt handelte. Viez hatte es dadurch zu einem kleinen Fundus an Kuriositäten gebracht und außerdem ein kleines Vermögen angehäuft, das er unter der Bibliothek seines Großvaters versteckte. Viez, der bei seinem Großvater in einem kleinen Häuschen im Stadtteil Som lebte, hatte vor etwa zwei Zyklen eine Ausbildung zum Fluggerätemechaniker bei den Wilokie begonnen. Deshalb wusste er auch sehr genau über die Funktionsweise der Flugmaschinen Bescheid, durfte das aber unter Androhung schlimmster Strafen keinem erzählen, weil strengstes Berufsgeheimnis. Das wurde ihnen immer und immer wieder eingebläut. Sein Großvater hatte ihm viele Geschichten über die alte Zeit, den Widerstand und die neuen Herren erzählt und deshalb nahm Viez es, heute und jetzt, nicht allzu genau mit diesem Geheimnis. Vom Gefühl her hatte er sich schon immer eher zu den Widerständlern hingezogen gefühlt und seinen besten Freunden konnte er diese Erklärung beim besten Willen nicht vorenthalten. Als er nun die verdutzten Gesichter bemerkte, prustete er lachend los.

»Ja meint ihr, in den Flugmaschinen sitzt ein Geist, der die Dinger fliegen lässt?

Passt auf, jetzt ist es eh schon egal. Ich hab' meinen Eid gegenüber den Nomies sowieso schon gebrochen.« Gespannt lauschten die Freunde den Ausführungen und Viez genoss es sichtlich.

»Fangen wir mal bei den großen Schiffen an, den ehemaligen Frachtsegelschiffen und so weiter, die nun an Zeppelinen oder Ballons hängend durch die Luft schippern. Der Auftrieb der Ballons würde niemals ausreichen, um diese Schiffe samt ihrer Ladung zu tragen. Sie sind nur dazu da, das Schiff zu stützen und zu stabilisieren. Der wichtige positive Effekt dabei ist, dass man keine so großen Energiesteine benötigt, weil ein Teil der Last von den Ballons getragen wird. Diese Steine sind dermaßen selten und wertvoll, dass die Nomies sparen wo sie nur können. Die Steine sind so in den Rumpf verbaut, dass sie das Schiff samt kompletter Ladung im Gleichgewicht anheben. Ich hab euch ja schon gesagt, dass das Blei die Kraft des Steines neutralisiert. Der Energiestein ist also in einem Kästchen aus Blei verbaut, das auf der Deckelseite mit einem Bleiband versehen ist. Dieses Band, auf eine Spule gewickelt, ist in seiner gesamten Länge in unterschiedlichen Größen gelocht. Das heißt, liegt das Schiff im Hafen, so ist der ungelochte Abschnitt des Bandes über dem Kästchen und verhindert, dass der Stein seine Kraft abgibt. Zieht der Kapitän auf der Brücke jedoch einen Hebel, bewegt er das Band über dem Kästchen und das Schiff beginnt zu schweben. Das liegt daran, dass sich nun winzig kleine Löcher in dem Bleiband befinden und das heißt, der Stein kann nun schon auf die Schwerkraft wirken. Je mehr der Kapitän nun den Hebel zieht, desto größer werden die Löcher in dem Band und desto mehr kann die Kraft des Steines wirken und das Schiff erhebt sich in die Luft. Die Antriebseinheiten sind am Heck des Schiffes verbaut, die Bremsvorrichtung am Bug. Sie unterscheiden sich nur dadurch, dass sie nicht senkrecht zum Boden wirken, sondern in einem schrägen Winkel verbaut sind. Die Kraft des Steines will ja senkrecht nach oben, was sie nun aber nicht mehr kann. Deshalb schiebt sie das Schiff nach vorne bzw. bremst es ab. Bremseinheiten haben alle Luftschiffe, aber der Antrieb funktioniert bei manchen, aus Kostengründen, nur durch den Wind. Einige Schiffseigner können es sich schlicht und einfach nicht leisten, mächtige, starke Energiesteine zu verbauen. Deshalb arbeiten sie mit kleinen Steinen, die das Schiff lediglich anheben und bremsen. Dort oben am Himmel herrschen sehr starke, rasend schnelle Winde, deshalb klappen einige der Flugschiffe riesige Segel aus und fliegen mit dem Sturm.« Viez' Augen leuchteten. Man sah ihm an, wie ihn dieses Thema begeisterte. »Im Endeffekt funktionieren alle Fluggeräte so.

Dann gibt es natürlich die großen Zeppeline der Nomies. Wie die genau funktionieren, weiß ich nicht, aber es sind die schnellsten unter den großen Luftschiffen und sie haben zusätzlich noch mächtige Dampfmaschinen für den Antrieb der Propeller an Bord. Die Luftbusse, Taxis, Flitzer, Gleiter und Luftroller haben verhältnismäßig wenig Gewicht zu tragen und brauchen deshalb keinen Ballon für den Auftrieb. Leisten können sich die allerdings meist nur die Nomies, außer man hat gute Beziehungen.« Er blickte verstohlen zu Layla.

»Noch Fragen?« Viez lehnte sich wichtig grinsend in seinem Stuhl zurück.

Kapitel 3

Hals über Kopf

Vor ihm saß irgendwer, schemenhaft erkannte er die Umrisse eines Mannes, der ihn aufmerksam musterte. Als dieser bemerkte, dass Zec die Augen aufschlug, begann er sogleich zu flüstern.

»Na? Da hast du ja noch mal Glück gehabt, hätte schlimmer ausgehen können. Zec, jetzt hör mir gut zu. Dieser Stein ist von solch immenser Wichtigkeit, dass wir beide zu unbedeutend sind, um das auch nur annähernd zu verstehen. Du solltest ihn zum vereinbarten Treffpunkt bringen, was ist denn passiert und wo ist die Schatulle mit dem Stein?«

»Ich weiß es nicht, wirklich!«, stammelte Zec noch schlaftrunken.

»Meine Erinnerung endet an der Hausmauer, nirgends sonst, ganz ehrlich!«

»Das glaube ich dir ja auch, nur ist es für meinen Auftraggeber überaus gefährlich, sobald herauskommt, dass der Stein aus dem Bergwerk entwendet wurde. Die Folgen wären katastrophal und zwar für die gesamte Bevölkerung. Es kann sich nur noch um Stunden handeln, dann ist in der gesamten Stadt die Hölle los. Das ist eine dumme Situation«, meinte dieser Jemand, der sein Gesicht dem Schatten zuwandte. Zec tippte auf Massek, konnte aber keine Gesichtszüge ausmachen, geschweige denn die Stimme erkennen.

»Nun, ich kann nur wiederholen, ich weiß es nicht. Ich habe weder einen Anschlag auf das Flugtaxi bemerkt, noch irgendetwas anderes. Wir sind einem kleinen Mädchen ausgewichen, das die Straße überquerte und kurz darauf verunglückt«, murmelte Zec.

»Wir werden uns darum kümmern. Bleib hier im Bett und erhole dich gut, du wirst von uns hören«, sprach der geheimnisvolle Herr, erhob sich und wandte sich der Türe zu. Im Gehen blickte er noch einmal über die Schulter.

»Du kennst nicht zufällig einen Boten vom *Seher* mit einem Luftroller in hellblau?«

Zec dachte nach. »Nicht, dass ich wüsste.«

»Ein Bote des *Sehers* hat dich aus dem Wrack gezogen und vielleicht etwas mit dem Verschwinden der Schatulle zu tun, unsere Nachforschungen laufen«, sprach er und schloss die Tür hinter sich.

Zec ließ sich erschöpft in sein Kissen sinken und dachte nach. Jemand auf einem hellblauen Luftroller, nein, er konnte sich beim besten Willen nicht daran erinnern. Auch nicht, was dann geschehen war. Er wusste nur, dass er sich in einer äußerst heiklen Situation befand, denn diese bleierne kleine Truhe hatte höchste Priorität gehabt. Steine dieser Güte kamen überaus selten vor und wurden strengstens bewacht und auch Zec, Geheimnisträger der Kategorie *Absolut*, wusste beispielsweise, warum die Wilokie sämtliche Berge, Täler und Steinbrüche in unvorstellbar menschenverachtender Arbeit umgraben ließen. Eisenerz, Kupfer, Gold, Silber, Edelsteine oder die Massen an Kohle für die Dampfmaschinen und Loks waren zwar überaus wichtige Rohstoffe, aber eigentlich nur Beifang, es gab da noch etwas. Kleine, orange leuchtend pulsierende energetische Steine, welche die Schwerkraft aufhoben. Der größte jemals gefundene Stein war faustgroß gewesen und hatte bei den Wilokie eine beispiellose Gier geweckt. Energiesteine dieser Größe und Güte kamen höchst selten vor und waren deshalb auch besonders wertvoll. Wo auch immer sie im Bergwerk auftauchten, errichteten die Wilokie sofort eine streng bewachte Sicherheitszone.

Durch die Energiesteine bestand überhaupt erst die Möglichkeit, Fluggeräte zu bauen, die sich über weite Strecken fortbewegten, welche die Distanzen zu anderen Städten und Ländern zu einem Katzensprung werden ließen. Sie garantierten die Übermacht der Eroberer und sicherten ihnen schlussendlich ihre Macht. Diese Steine waren neben Gold und Edelsteinen das Wertvollste, was ein Sterblicher besitzen konnte. Natürlich kam es manchmal vor, dass Leute nach illegalen Schmuggelaktionen von irgendwelchen Killern ausgeschaltet wurden, sowas hielten die Wilokie geheim. Es geschah niemals öffentlich, da man sich nicht die Blöße geben wollte, dass das System an dieser Stelle anfällig war. Diese Steine konnten ein besetztes Volk in die Lage versetzen, ihren Besatzern die Stirn zu bieten, wenn es lernte damit umzugehen und die Wilokie versuchten, diesen gefährlichen Zustand von vorneherein zu vermeiden.

Dieser Diebstahl schien sehr brisant zu sein, denn es handelte sich um einen hochkonzentrierten verhältnismäßig großen Stein ohne Einschlüsse, ein höchst seltenes, mächtiges Stück, mit dem man so einiges bewirken konnte.

Um diesen Stein an den Wilokie vorbei zu schleusen, mussten einige Hebel in Bewegung gesetzt werden und auch bei Massek handelte es sich vermutlich lediglich um einen Mittelsmann. Dieser Energiestein sollte bei jemandem landen, den er nicht kannte. Jemandem, der nun bestimmt nicht erfreut sein würde, zu erfahren, dass sein Schatz niemals ankam. Jemand auf der Gegenseite der Wilokie, möglicherweise der Widerstand selbst, oder aber eines der mächtigen Verbrechersyndikate, die hier im Untergrund ihr Unwesen trieben, vielleicht Gumm selbst, der übermächtige Clanhäuptling, der einen schwunghaften Handel mit jeglichem wilokischen Gesindel trieb. Zec rieb sich den Schlaf aus den Augen und dachte weiter nach.

Normalerweise wurden solche, in den Augen der Wilokie, kriminellen Handelsbeziehungen mit dem Tode bestraft. Zec konnte sich nur allzu gut ausmalen, in welch gefährlicher Lage er derzeit schwebte. Natürlich würde er Halmar oder General Tschengil verklickern, er habe nur den Widerstand auskundschaften und schließlich ausheben wollen, aber das würde in keinster Weise den Verlust eines solchen Steines rechtfertigen. Nie und nimmer, schuldig oder unschuldig, egal. Tod oder Leben traf es da schon eher, er musste hier irgendwie raus. Schon alleine die Tatsache, dass sie ihn ans Bett gefesselt hatten, machte ihn misstrauisch und verbesserte nicht gerade seine Lage, er vermutete was ihm drohte: Hinrichtung durch plötzliches Ableben. Auf seinem schäbigen Nachtkästchen stand ein Glas Wasser, seine Rettung, das konnte er erreichen. Weit und breit keine Schwester zu sehen. So ließ er vorsichtig das Glas nach unten gleiten und klopfte es an den Boden bis eine Scherbe absprang. Dann begann er damit, den Fixierungsgurt zu bearbeiten.

Plötzlich wurde mit einem Knall die Türe aufgerissen. Die Glasscherbe glitt unter das Kissen und er richtete sich auf.

»Schwester Hilde, erschrecken Sie mich doch nicht so!« Hilde blinzelte. Sie war es nicht gewohnt, dass ein Fremder sie beim Namen nannte, denn auf das angesteckte Namensschild sah sonst niemand. Die etwas dickliche Krankenschwester in ihrer hellblau weißen Schwesterntracht schob einen Essenswagen vor sich her und begrüßte ihn etwas verdutzt mit den Worten.

»Guten Morgen, gut geschlafen?«

»Ach haben wir Morgen?«, gähnte Zec übertrieben und streckte sich.

»Na ja, nicht unbedingt. Es ist eigentlich Mittag, aber Sie bekommen aufgrund Ihres langen Schlafes zunächst mal Ihr Frühstück und diese Pillen hier. Die sollen sie unbedingt nehmen, wurde mir gesagt; macht Sie wieder fit.«

Sie legte zwei rote Pillen auf das Nachttischkästchen.

»Ich soll zusehen, wie sie die nehmen!«, sprach sie strengen Blickes.

»Ihr Glas ist kaputt«, bemerkte sie, nahm es und tauschte es gegen ein neues aus.

»So ich muss weiter. Jetzt nehmen sie schon ihre Tabletten!«

Zec griff zu den zwei roten Pillen und tat als schöbe er sie in seinen Mund. Als Schwester Hilde das Zimmer verlassen hatte, legte er sie unters Kissen. Mal sehen für was man sie brauchen konnte. Er kannte einige interessierte Leute, die erpicht darauf waren, diese Pillen zu untersuchen.

Er arbeitete weiter an dem Gurt und schließlich war es getan, danach schlich er sich zu seinen Sachen und zog sich an. Selbst die Geldbörse hatte man ihm belassen und sein Messer, alles schön säuberlich im Spind. Komisch, dachte er. Das passte irgendwie nicht.

Vorsichtig lugte er um die Ecke in den hinter der Tür liegenden Gang, keine Wachen. Auch das machte ihn stutzig. Selbstbewusst trat er in den Flur und schritt dem Ausgang entgegen. Alles frei, kein Arzt, keine Krankenschwestern. Er wurde noch vorsichtiger und sah sich um. Nichts zu sehen und so trat er ins Freie. Das Krankenhaus lag am Ende der Stadt, über dem Exxos mit Blick auf die gesamte Stadt, das Meer und die gegenüberliegende Burg Suome, den früheren Herrschaftssitz der Königsfamilie. Heutzutage diente er als Gefängnis und Hauptzentrale der Eroberer, General Tschengil wohnte dort. Von hier aus hatte man einen atemberaubenden Blick über das Flussdelta, das sich in den tiefblauen Ozean ergoss. Eigentlich ein sehr schöner Anblick, den Zec jedoch nicht so recht genießen konnte, er musste hier verschwinden und zwar schnell.

Er begann zu laufen.

Erst als er über das *Gerippe*, wie hier die größte aller Brücken über den Exxos hieß, in Richtung Dom rannte, bemerkte er, dass ihm ein Luftflitzer folgte. Ein wendiger, schneller Einpersonenflieger und in diesem Fall hellblau, also ein von unten schwer sichtbarer getarnter Flitzer der Wilokie, sie waren also hinter ihm her. Na ja, nicht verwunderlich, dachte er bei sich. Zum Glück wusste er aus seiner langen Tätigkeit als Sucher, wo und wie er gut untertauchen konnte. So sprang er, nachdem er die Brücke überquert hatte und kurze Zeit verdeckt unter Vordächern gelaufen war, in einen Rohrschacht nahe der Straße. Das unterirdische Kanalsystem der Stadt hatte ihm schon oft als versteckter Weg gedient. Kurzerhand klappte er sein Monokel über das Auge, um auf Nachtsicht umzustellen. Die Linse dieses Monokels bestand aus dem Auge einer Piram Echse, nachtaktive, gefährliche Wesen mit giftigen Schwänzen, die sie beim Jagen einsetzten. Die Linsen dieser Echsen verloren selbst in getrocknetem Zustand nicht ihre Fähigkeit zur Nachtsicht. Er hatte sich dieses Monokel vor Jahren einmal von einem Piram Schamanen aus Aspir, der Hauptstadt Pirams, anfertigen lassen. Zec folgte dem unterirdischen stickigen Kanalsystem, bis er wusste, dass er sich in der Nähe seiner Wohnung in der Glatzengasse befand. Von hier aus führte ein Gang schräg nach oben, der schließlich an einer Leiter endete, die zu einem Gullydeckel führte, von dieser geheimen Behausung wusste nur er. Noch nicht einmal seine besten Freunde empfing er jemals in dieser Wohnung. Das letzte Rückzugsgebiet, falls irgendetwas schief laufen sollte. Er öffnete den Gullydeckel und blickte sich um, niemand zu sehen. Der Gullydeckel befand sich im Hinterhof, zwischen aufgehängter Wäsche und leeren Slak-Fässern, im Boden eingelassen. Flink floh er zur Haustüre, steckte den Schlüssel ins Schloss und betrat sein kleines Refugium, ein enges Häuschen, das im Endeffekt eigentlich nur aus drei übereinanderliegenden Zimmern bestand. Während die beiden Wohn- und Schlafzimmer übereinander lagen, gab es noch einen Keller und ein Dachgeschoss. Von dort oben aus konnte er mit einigen Fernrohren und Vorrichtungen bis ins Schloss Suome, also in die Zentrale der Wilokie, sehen und horchen. Der Keller als solches war nicht ersichtlich, sondern nur mit Hilfe eines versteckten Mechanismus zu öffnen. Zec drückte das fünfte Buch in der obersten Etage seines Regals nach hinten und ein Brett im Boden klappte auf. Der eingelassene Ring, den Zec nun nach oben zog, öffnete eine Falltür zu einer anschließenden Treppe, die tief nach unten in seinen Kerker, wie er ihn nannte, führte. Hier befand sich nicht nur sein aufgemotzter Flugroller, sondern neben Waffen, gefälschten Ausweisen, Münzen, Munition, Vorräten und allerlei trickreichem Schnickschnack auch ein Badezimmer, diverse Verkleidungsutensilien, Vorräte und ein notdürftiges kleines Bett zum übernachten, falls es einmal wirklich brenzlig werden sollte. Außerdem konnte er, wenn er musste, von hier aus auch das Kanalsystem betreten und mit dem Roller durchstarten.

Den Schrank mit den Waffen konnte man aufklappen und zum Vorschein kam ein zahlreiches Sammelsurium unterschiedlichster Gattungen. Wurfsterne und Messer, Blasrohre, Steinschleudern, Messer und Dolche, Giftfläschchen, leichte Degen versteckt in Gehstöcken und schließlich Luftpistolen und Gewehre. Alles der Errungenschaft der Wilokie zu verdanken, Mordwerkzeug und alles andere grausige Zeug. Zu Saloms glorreichen Zeiten hatte man die Erfindung solcher Dinge noch nicht einmal in Erwägung gezogen, Waffen gab es zwar, wenn, dann aber nur um zu jagen.

Zec steckte sich zwei Luftpistolen links und rechts in seine Holster, die am Gürtel unter seinem weiten Mantel hingen. Eines musste man den Wilokie lassen, ihre Erfindungen waren tatsächlich grandios. Durch einen Mechanismus, der sich in den Luftwaffen befand, musste man nur den Finger bewegen und schon wurde der giftige Pfeil in einer höllischen Geschwindigkeit abgeschossen. Mit den richtig teuren Pistolen konnte man bis zu dreißig Pfeile in kürzester Zeit abfeuern. Die Reichweite genügte bis zum nächsten Hauseck. Die Gewehre schossen noch viel weiter, weil die Pfeile länger waren und deshalb sehr ruhig in der Luft lagen. Diese schlanken Flugpfeile wiederum trugen ein Gift mit sich, das entweder betäubte oder aber auch töten konnte. Die Aufpasser und die Wilokie selbst luden ihre Waffen mit einem Gift, das den Kontrahenten kurzzeitig lähmte und unschädlich machte, die Soldaten schossen jedoch meist mit tödlichem Gift, das in Sekundenschnelle wirkte. Die

Salomer hatten das leider schon viel zu oft zu spüren bekommen. Schmerzlich erinnerte er sich an seine Moja und wischte die Vorstellung mit einer raschen Handbewegung fort.

Zec ließ sein Allzweckmesser in eine Scheide im Stiefel gleiten und füllte seine Taschen mit Munition und Magazinen. Dabei fiel ihm etwas ein. Er hatte diesen neuen Prototypen bekommen, den er testen sollte, diesen neuen Gleitanzug. Rasch öffnete er seinen Wandschrank und da hing er noch, unausgepackt. Bisher hatte es ihn eigentlich auch nicht wirklich interessiert, was diese Nomies schon wieder Tolles erfunden hatten. Es hieß, wenn man an den Seilzügen, die in den beiden Ärmeln steckten, zog, könne man damit schweben. Eine tolle Erfindung zum Auskundschaften weit oben gelegener Wohnungen oder unzugänglicher Mauern und Gärten. Zum Anpirschen an verdächtige Personen und zum lautlosen Ausschalten unliebsamer Subjekte. Der musste noch mit!

Schnell zog er sich wieder aus und schlüpfte in den leichten, fast durchsichtigen Anzug, der von den Knien aus bis zum Hals reichte. Unheimlich bequem und weich fühlte er sich an und trotzdem lag er stützend auf der Haut. Die Ärmel reichten bis zu den Knöcheln und bargen an ihrem Ende jeweils einen fingergroßen Ring. Das waren wohl diese Laschen, an denen man ziehen musste. Angeblich hatte man diese Gleitanzüge so konzipiert, dass die Kraft des verarbeiteten Energiesteinpulvers ausreichte, dass der oder diejenige damit schweben konnte. Individuell gefertigte Stücke, die an das Gewicht des Trägers angepasst wurden. Keine Zeit das jetzt auszuprobieren. Geschneidert war dieses tolle Kleidungsstück, als wäre es eine der Mode entsprechende Unterwäsche. Völlig unauffällig und bequem zu tragen. Lächelnd zog er sich seine übrigen Klamotten wieder darüber an.

Irgendwie tat es ihm um seinen langen Bart leid, aber der musste weg. Er hatte ihn sich schließlich seit über fünf Zyklen wachsen lassen und inzwischen sah er aus wie ein zotteliger Bär. Lange Männerbärte waren derzeit der letzte Schrei in Sodom. Auch sein Markenzeichen, den goldenen Ohrring, nahm er ab. Die Barthaare fielen in dunklen braunen Wolken in das Waschbecken, wo sie sich wie Schurwolle sammelten. Als er in den Spiegel sah, kannte er sich selbst nicht mehr. Sah er so aus? Er kam sich nackt vor, doch unter diesen Umständen war es das Beste, was ihm passieren konnte, er wollte ja nicht mehr erkannt werden und so verpasste er seinem Antlitz noch den letzten Schliff. Die Haare schnitt er sich kurz und färbte sie blond. Sein Plan, die vollständige Auflösung seiner bisherigen Existenz, konnte nur gelingen, wenn er sich in Zukunft elegant und herrschaftlich kleiden würde. Das vollkommene Gegenteil seines bisherigen, lockeren Lebenswandels, deshalb setzte er sich noch eine silberne Nickelbrille auf die Nase, schnappte sich den schwarzen Zylinder, sein Hemd, sein Sakko, die elegante Hose und die geliebten Lederstiefel. Zufrieden, drehte er sich vor dem Spiegel hin und her, er gefiel sich. Zec durchblätterte die unterschiedlichen Ausweise, allesamt gefälscht, aber mit einer wahren Identität dahinter. Meist wilokische Bürger, die sich beim Suchen nach Reichtum etwas zu weit vorgewagt hatten und nun als verschollen galten. Nach einigem Abwägen entschied er sich für einen Adligen, besser gesagt für den Erben eines wilokischen Goldadels. Samir von Hohenstein, ja, das passte gut und er sah ihm sogar entfernt ähnlich. Zufrieden grüßte er sich zu, nahm zu guter Letzt noch seinen Spazierstock mit dem silbernen Griff, spazierte zur Treppe hinaus und verließ das Haus.

* * *

Die Straßen in diesem Teil von Som waren allesamt gepflastert und die gerade aufgehenden Monde Golgatha und Arax glänzten über den regennassen Steinen, als er in die nächste größere Straße einbog. Er hatte schon eine Idee, wo er suchen konnte. Ein hellblauer Flugroller also, die erste Möglichkeit, wo er nachsehen würde, war das Verlagsgebäude des *Sehers*. Die hauseigene Zeitung der Wilokie mit dem treffenden Namen, befand sich am Amadamplatz. Er schlenderte, die Damen und Herren gemäß seinem ersichtlichen, gehobenen Stand, freundlich grüßend, die Straße entlang und bog schließlich, nach einem ausgiebigen Fußmarsch, in den Amadamplatz ein. Das Verlagsgebäude des *Sehers* überragte die umgebenden Häuser um ein Vielfaches. Ein rustikales, altes Gebäude, in dem zu früheren Zeiten das gesamte Getreide aus der Gegend eingelagert worden war. Man hatte es kurzerhand umfunktioniert und zu einem Teil der wilokischen Machtstrategie gemacht.

Dieses Schundblatt berichtete über alles, was den Wilokie diente, sozusagen das Sprachorgan schlechthin, die Manipulationswaffe der Besatzer und nicht nur das. Wurden neue Gesetze erlassen, Spielregeln, Hinrichtungen, Ermahnungen etc. bekanntgegeben, so fand die Ankündigung zu aller erst in diesem sogenannten Zeitungsblatt statt. Ein gefährliches Medium und vor allem das einzige weit und breit, alle anderen Druckereien hatte man schon längst dicht gemacht. Zec betrat die große Halle als es gerade dämmerte, weshalb die meisten Angestellten dabei waren, in dichtem Gedränge das Verlagsgebäude zu verlassen. Auffordernd stellte sich Zec an den Schalter und betätigte unnötigerweise die goldene Tischklingel.

»Was wünschen der Herr?« Ein kleiner, dünner, etwas buckliger Herr in grauem Anzug und Nickelbrille erschien hinter dem Tresen.

»Ich komme von der Zentrale und hätte ein paar Fragen an Sie.« Er zeigte dem Herrn seinen Dienstausweis und musterte ihn mit kritisch strengem Blick. Der kleine Mann kam ins Stottern und antwortete: »Ja, ja bitte der Herr, was haben Sie für einen Wunsch?«

»Wir haben den Verdacht, dass vorne am Kometenplatz an der Ecke zum Strom, unsere Zeitung nicht ordnungsgemäß ausgeliefert wird. Zudem kursieren Indizien, dass in diesem

Viertel illegale Flugblätter verteilt werden und wir gehen dieser Behauptung mal auf den Grund. Wer hatte gestern Nachmittag Dienst in diesem Gebiet?«

Zec stütze sich fordernd auf den Tresen.

»Warten Sie, da muss ich erst einmal nachsehen. Warten Sie, ich habe es gleich.«

Der kleine Mann wechselte verlegen von einem Fuß auf den anderen, als müsse er aufs Klo, und blätterte dabei in einem dicken Wälzer.

»Ach, hier! Ja, hier habe ich es.«

»Und? Name, Adresse! Geht das nicht ein bisschen schneller?«

Zec tippelte ungeduldig mit seinen Fingern auf der Oberfläche des Schreibtisches.

»Moment bitte ...! Sie heißt Layla Dahl und wohnt in der Siril o'Dom Gasse Nummer 12.«

Der kleine Mann lächelte als hätte er im Lotto gewonnen.

»Na geht doch. Vielen Dank!«, sprach Zec und ein Lächeln huschte über seine Lippen.

»Und jetzt bringen Sie mir schleunigst die Akte der jungen Dame aus dem Archiv. Aber schnell! Und bitte ... alle Akten, auch die noch so geheimen. Dorthin!«

Er deutete auf einen Tisch in der hintersten Ecke des Vorzimmers.

»Sehr wohl der Herr!«

Mit einem Bückling trat er hinter einen dunkelroten Vorhang. Zec musste nicht lange warten und öffnete, nachdem er sich uneinsichtig hingesetzt hatte, gespannt die Akte von Layla Dahl.

Das erste, was ihm auffiel, war die Akte selbst. Sie trug auf der ersten Seite den Eintrag »*Absolut streng geheim*«. Was hatte das zu bedeuten? Die junge Dame war doch nur Ausfliegerin beim *Seher*? Die restlichen, aber wichtigsten Seiten, konnte man nur öffnen, indem man ein Siegel brach. Was solls, dachte er sich, ist sowieso egal, für was sie mich verurteilen. Rasch brach er das Wachs und begann zu lesen.

Als er schließlich fertig war, sah er ungläubig und mit leerem Blick, in die weite Halle. Noch immer herrschte reges Treiben und das Stimmengewirr erfüllte den Raum, während die Leute von hier nach da hetzten und Zec sah einfach nur zu. Was er über dieses junge Mädchen gelesen hatte, verschlug ihm den Atem, unglaublich! Das konnte doch nicht wahr sein und vor allem konnte es nicht wahr sein, dass das alles ihm passierte. Er entfernte die streng geheimen Seiten und steckte sie sich zusammengefaltet in seine Rocktasche. Langsam stand er auf und wandte sich der Rezeption zu. Er knallte die Akte laut auf den Tresen und sah dem Männlein in die Augen.

»Sollte mir zu Ohren kommen, dass Sie über unser Gespräch auch nur ein Wort verlieren … Sie verstehen. Absolut geheim!«

Er machte die unmissverständliche Halsabschneidergeste. Der kleine Mann schluckte.

Zec tippte an seinen Zylinder, drehte sich schwungvoll um und verließ eleganten Schrittes das Gebäude. Das war ja wohl ein starkes Stück, das würde bei den Wilokie einschlagen wie eine Bombe. Er machte sich keine Illusionen, bestimmt hatten die Aufpasser schon längst herausgefunden, wer in der Gegend unterwegs gewesen war und so beeilte er sich, seinen Flugroller zu holen und schnellstens in die Siril o'Dom Gasse zu fliegen.

* * *

Die Luftroller für die Ausflieger des *Sehers* waren allesamt gedrosselt und sie hatten in der Regel nur eine Flughöhe von maximal etwa einer Fußlänge über dem Boden. Dabei flogen oder fuhren sie in etwa in der Geschwindigkeit eines sehr sehr schnellen Läufers. Layla hatte sich ihren eigenen, den sie durch einen glücklichen Zufall ergattert hatte, etwas aufmotzen lassen. Sie kannte da jemanden, der wusste, wie man so einen Luftroller schneller machte und höher fliegen lassen konnte und dieser jemand hieß natürlich Viez. Ihr eigener Luftroller hatte die Farbe dunkelbraun und flog weit über Dachhöhe in nahezu der Geschwindigkeit eines schnellen Flitzers. Layla, ein paar Slaks zu viel intus, torkelte ein wenig, als sie von ihrem Treffen mit den Jungs zurück kam. Zum Glück hatte niemand bemerkt, was sie für Schlangenlinien am Himmel flog. Die Truhe mit dem Stein befand sich gut verstaut in ihrem Rucksack. Die Nacht, bereits dunkel hereingebrochen, gab dem feuchten Nebel, der sich von den Pflastersteinen erhob, einen unheilvollen Charakter.

Gerade als sie absteigen wollte, bemerkte sie in den Augenwinkeln eine Bewegung. Da stand doch ein gut gekleideter Herr hinter der Hausmauer und fixierte sie! Und dann, ganz plötzlich, wie aus dem Nichts, sah sie über sich drei fliegende Flitzer in hellblau. Sie flogen geradewegs auf ihre Haustüre zu. Schnell, viel zu schnell!

Layla musste nur eins und eins zusammenzählen, ganz klar, weswegen die hier waren! Die Wilokie wussten, dass sie den Stein hatte. Vor lauter Panik und ohne zu überlegen, erhob sie sich aus dem Stand über das Haus in die Luft und brauste in Richtung Fluss davon. Die Flitzer drehten eine 180 Grad Kurve, stiegen in den Nachthimmel und befanden sich sofort hinter ihr. Um sie abzuschütteln, schlug sie mehrfach Haken in der Luft, wechselte die Richtungen, bremste schließlich im Flug ihren Luftroller in den Stand herunter, sank sofort in die engen Gässchen der Altstadt von Dom hinunter und brauste zwischen den schmalen Gassen dahin, die nächste links, die übernächste rechts. Sie wusste, wo sie sich befand, deshalb nahm sie den Weg direkt weiter in das Zentrum der Altstadt, wo die Häuser am engsten beisammen standen. Hier und da, auch das wusste sie, konnten ihr die schnellen Flitzer nicht mehr folgen. Am Himmel über der Stadt hätte sie keine Chance gehabt, denn die Flitzer flogen schneller als ihr aufgemotzter Flugroller. An einer extrem engen Stelle bremste Layla ihren Roller ab, sank zu Boden und rollte durch einen schmalen Hauseingang. In einem Hinterhof, der durch ein breites Dach die Sicht nach oben verdeckte, fühlte sie sich vorerst sicher. Vorerst? Sie hatte die Flitzer zwar abgeschüttelt, aber sie konnte sich gut vorstellen, wie das lief. Sollten diese drei Aufpasser keinen Erfolg haben, kamen sofort noch viel mehr von diesen Schergen. Layla kaute verzweifelt an ihren Fingernägeln. Was sollte sie tun? Ziggy. Sie musste zu Ziggy! Unbemerkt und schnell, zumindest vorläufig. Sie konnte nicht mehr zurück, ihr Leben war vorbei. Layla verfluchte sich innerlich. Den Stein an sich zu nehmen war das Dämlichste gewesen, was sie hatte tun können. Vorsichtig guckte sie in das Gässchen hinaus, nichts war zu sehen und doch fühlte sie sich beobachtet und unwohl.

Lautlos bewegte sie sich mit ihrem Roller in Richtung Ziggys Wohnung. Ständig die Augen nach oben gerichtet, aufmerksam, dass ihr ja niemand folgte. Angekommen versteckte sie den Flugroller in einer Hecke und schlich sich an die hintere Seite der Tür, die als Heimkehrmöglichkeit immer offen stand. Hier befand sich eine Rezeption, doch wenn sie Glück hatte, hatte gerade niemand Dienst. So sah es dann auch aus und Layla schlich sich im Vorraum an der Rezeption vorbei, die Treppe in den ersten Stock hinauf zu Ziggys Zimmer und klopfte leise an die Tür.

Ziggy hatte schon geschlafen und sein Gesicht befand sich in einem etwas zerknautschten Zustand, als er die Türe öffnete, außerdem merkte man ihm den Wein und das Slak an, das er in sich hinein geschüttet hatte.

»Hey Layla, was willst denn du schon wieder hier?«, lallte er.

»Ziggy, du musst mir helfen! Ich werde wegen des Steins verfolgt. Sie wissen es!« Layla fing an zu schluchzen.

»Komm rein! Oh, Mann, das ist ja echt Mist, was machen wir denn jetzt?«, Ziggy seufzte ratlos, plötzlich hellwach. Wir müssen dich verstecken und zwar schnellstens.«

»Aber wo?«, fragte Layla.

»Ich kann niemals wieder nach Hau...«, sie vollendete den Satz nicht, stattdessen schluchzte sie erneut.

»Kolle!«, rief Ziggy plötzlich.

»Layla, du musst zu Kolle und zwar schnell!«

Sie verstand nicht, *wieso zu Kolle?*

»Ist doch klar!« Ziggy stand von seinem Stuhl auf. Kolle ist der einzige aus unserem Kreis, der bei den Reichen oben in der Oberstadt im Stadtteil Som wohnt und außerdem sind seine Eltern fast nie Zuhause. Solche Verbindungen sind selten und darauf werden sie nicht so schnell kommen. Viez und ich dagegen werden sehr schnell ins Blickfeld der Nomies geraten, ich schätze wir haben noch zwei oder drei Tage Zeit, bis sie uns dahinter kommen. Bei Kolle dagegen sieht das schon ganz anders aus, gut?«

»Ja gut, machen wir!« Layla wischte sich tapfer die Tränen weg.

Und so stiegen die beiden Freunde auf den Luftroller von Layla und schlichen im Schritttempo durch die Gässchen, bis sie den immerwährenden Strom erreichten und sich in die, zu dieser Zeit nicht sonderlich vielen Lufttaxis, Kutschen und sonstigen Gefährte einreihten. Weit und breit war nichts Ungewöhnliches zu sehen und glücklicherweise erreichten sie das Haus von Kolles Eltern unbemerkt.

* * *

Massek schrie sich verzweifelt die Seele aus dem Leib und verteilte dabei seinen Speichel über die gesamte Tischplatte, in die er sich krallte.

»Verdammt! Konntet ihr nicht besser aufpassen?«

Sira, Sol und Tár, die Piloten der Flitzer, wanden sich wie Aale in den Händen eines Fischers.

»Dass euch Zec entwischt ist, kann ich gerade noch verzeihen. Er ist schließlich einer der besten Sucher der Nomies, aber das Mädchen ...« Er rang sichtlich nach Luft.

»Ihr wisst doch ganz genau, was das bedeuten kann! Falls wir enttarnt werden, ist das nicht nur unser Todesurteil, es kann sogar Krieg bedeuten.«

Die drei Piloten blickten beschämt zu Boden.

»Die Nomies verhalten sich derzeit erstaunlich still und warten auf die nächste Aktion des Widerstandes, wie die Schlange vor dem Kaninchenbau. Aber was rede ich, das wisst ihr ja sicherlich. Wenn die bemerken, dass wir einen Stein dieser Güte geklaut haben, und das werden sie sowieso tun, gibt es reichlich Vergeltungsaktionen, dessen könnt ihr euch sicher sein. Ach, ich könnte ... so ein Mist!« Massek trat gegen seinen unschuldigen Stuhl, der ein paar Pirouetten drehte und geräuschvoll auf den Boden schlug.

»Zec war plötzlich verschwunden und ich konnte ihm nicht weiter folgen. Weg, wie vom Erdboden verschluckt ...«, stammelte Sol kleinlaut, worauf Tár entgegnete:»Das Mädchen fliegt einen verdammt schnellen Roller. Den muss die aufgemotzt haben, anders kann ich mir das nicht erklären«, er errötete, »und die fliegt verdammt gut.«

Massek schlug mit seiner Faust auf den Tisch. Seine Augen waren weit geöffnet und blickten fast schon irre in die Runde.

»Was machen wir jetzt? Deine Standpauke bringt uns jetzt auch nicht weiter und ich denke, dir wären sie auch entwischt. Es ist nun mal so wie es ist, da kann man nichts machen ...«, sprach Sira und sah Massek dabei in die Augen.

»Da kann man nichts machen ...« Massek wurde puterrot. »Hast du das jetzt wirklich gerade gesagt, Sira?« Die Pilotin blickte zu Boden.

»Verdammt noch mal. Ihr bringt sie mir! Das Mädchen hat absolute Priorität. Seht überall nach, checkt alle Querverbindungen, wer hatte mit ihr Kontakt, wer steht ihr nahe, was macht sie in ihrer Freizeit, mit wem trifft sie sich? Den ganzen üblichen Mist eben und morgen will ich Ergebnisse sehen. Stellt einen Trupp mit allen, die zu uns gehören, zusammen. Abmarsch!«

Die drei verließen zerknirscht das Zimmer.

Massek ließ sich schwer in seinen Sessel fallen und packte seine Füße auf den Tisch. Was für ein Irrsinn. Er hatte ja schon einige Steine geschmuggelt, gut daran verdient und vor allem dem Widerstand gedient, aber das war ihm in seiner langen Laufbahn noch nie passiert. Sicher, ein tragischer Unfall und wahrscheinlich war die Zeitungsausfliegerin einfach nur zur falschen Zeit am falschen Ort, sowas konnte passieren. Wurden aber nicht die meisten Schandtaten durch dumme Zufälle aufgedeckt? Ihm wurde heiß und kalt gleichzeitig. Jetzt hieß es Abwarten und Tee trinken. Zec, dieser undurchsichtige Sucher war auch verschwunden, einfach weg. Verdammt! Der wusste genau, wie dieses Spiel lief, dass er sich dünne machte, konnte Massek mehr als nur nachvollziehen, er hätte es genauso gemacht. Vor allem was dieses Projekt anging, hatte man Zec im Dunkeln belassen, zu seinem eigenen Schutz. So musste er natürlich mit dem Schlimmsten rechnen und untertauchen, denn man hatte ihm lediglich gesagt, dass es sich um einen streng geheimen Transport handele. Zec konnte sich aber selbst ausrechnen, dass so ein wertvoller Stein keine Banalität darstellte, schon gar nicht für die Wilokie selbst. Wahrscheinlich nahm Zec an, dass er, Massek, entweder ein krimineller Militär, oder aber ein Spion des Widerstandes war, beides konnte ihm gefährlich werden. Dieser Sucher erschien ihm zwar sympathisch, und es konnte auch durchaus sein, dass er gerade dabei war, sich von den Wilokie loszusagen, aber bei diesen Suchern konnte man nie wissen, auf welcher Seite sie standen. Vielleicht hatte er diese Geschichte auch nur eingefädelt, um den Widerstand auszuhebeln. Zec galt schließlich als einer der Besten seines Faches und unkonventionelle Lösungen waren sozusagen sein Fachgebiet. Massek fluchte in sich hinein und öffnete sich ein Slak.

* * *

Zec, in der Siril o'Dom Gasse angekommen, wollte gerade hinter der Hecke hervortreten und ein Gespräch mit Layla beginnen, als er die Flitzer am Himmel bemerkte und sich rasch in den Schatten des überhängenden Blätterdaches einer Hainbuche zurückzog, als Layla flüchtete.

Behände schwang Zec sich auf seinen Flugroller, der direkt neben ihm stand, und startete senkrecht in den Nachthimmel. Die Schnelligkeit und Geschicklichkeit, mit der Layla ihren Flugroller lenkte, versetzte ihn in großes Erstaunen. Nicht weit vor ihm zischten die drei hellblauen Flitzer aufgeregt im Zick-Zack hin und her und versuchten, zur Diebin aufzuschließen, was ihnen allerdings nicht gelang, da diese geschickt die Schluchten und Täler der Gassen und Häuser ausnutzte. Als er wahrnahm, dass Layla eine Vollbremsung hinlegte und nach unten stürzte, tat er es ihr gleich. In rasendem Tempo legte sie in den Gassen der Altstadt noch eine ziemliche Wegstrecke zurück. Hier konnten die Flitzer nur noch beobachtend von oben folgen. Geschickt steuerte Layla ihren Flugroller durch die kleinen, engen Gässchen. Zec folgte ihr so gut, wie er nur konnte. Einmal verlor er sie fast aus den Augen, sie flog wie der Blitz. Als sie in einem Hauseingang verschwand, befand er sich direkt hinter ihr, lenkte seinen Roller in eine Mauereinbuchtung, drückte sich in den Schatten des Hauses und wartete.

Schließlich und endlich verfolgte er sie weiter zu Ziggy, dann bis zu Kolles Anwesen und wunderte sich insgeheim, dass dieses Mädchen aus der Unterschicht Freunde in diesem reichen Stadtviertel hatte. Das kam ihm mehr als nur ungewöhnlich vor, denn hier in Sodom war es inzwischen verpönt, sich mit den Armen und Ausgestoßenen abzugeben. Soweit hatten die Intrigen der Wilokie es schon gebracht. Zec spuckte verächtlich aus.

Auf dem Anwesen stand eine Laube im Garten: ein kleines, unscheinbar hinter Hecken verstecktes, windschiefes Häuschen, ein Geräteschuppen, aber mangels Zeit hatte man die Hütte bestimmt schon über mehrere Jahre nicht mehr aufgesperrt. Die Eltern arbeiteten so viel, dass sie die Pflege des Gartens inzwischen einem Gärtner überlassen hatten, der regelmäßig vorbei sah, den Rasen mähte, die Hecke schnitt oder sich um die Rosen vor dem Hauseingang kümmerte. Den Schuppen hatten die Freunde schnell ausgeräumt und für die Unterbringung von Layla hergerichtet. Die Fenster hingen sie kurzerhand von innen mit schwarzem Stoff ab und möblierten das kleine Zimmer notdürftig mit Unterwegsmöbeln.

Kolles Eltern hatten sich vorgestellt, irgendwann mit ihrem Sohn eine große Reise zu machen, was sie aber nie getan hatten. Die vielen Unterwegsmöbel blieben als Überbleibsel an diesen familiären Vorsatz zurück.

Inzwischen sah Kolle seine Eltern nur noch selten, denn die verantwortungsvolle Arbeit als Aufseher eines Bergwerkes forderte vor allem einen Tribut: die Zeit miteinander.

»Hast du soweit alles, was du brauchst?« Kolle sah Layla fragend an.

»Alles gut«, erwiderte sie wortkarg.

»Jetzt mal Kopf hoch, das wird schon wieder«, meinte Ziggy aufmunternd.

»Was soll denn wieder werden, verdammt noch mal?!«

Layla sah ihn kampfeslustig an, senkte dann jedoch den Blick. Ziggy konnte nun wirklich gar nichts dafür.

»Ich habe hier einen der wahrscheinlich wertvollsten Steine des Landes, werde von den Wilokie verfolgt und ihr, meine

Freunde, seid wahrscheinlich die nächsten, die ins Fadenkreuz geraten.« Kolle und Ziggy starrten sich an.

»Das ist wohl wahr.« Ziggy überlegte.

Aber er kam zu keinem vernünftigen Schluss. Es gab kein Patentrezept, nach dem sie nun handeln konnten.

»Na, mal abwarten, wir haben alle Augen auf dich«, sprach Kolle und versuchte zu grinsen. Er machte die Bewegung mit Zeige- und Mittelfinger zu den Augen und blinzelte ihr zu.

»Na, das ist ja beruhigend.« Layla rollte mit den Augen, aber sie lächelte gequält. Sie fühlte sich hundemüde und wollte jetzt erst mal schlafen.

»Jungs, ich muss mich hinlegen.« Sie streckte sich auf dem Feldbett aus und die beiden verließen den Schuppen.

»Was machen wir denn jetzt?«, flüsterte Kolle niedergeschlagen. »Na, was schon. Abwarten und überlegen, was wir tun können.« Ziggy bearbeitete verlegen mit seinem Fuß eine Wurzel am Boden.

»Wir müssen auf jeden Fall noch Viez informieren, der weiß noch gar nichts, der Gute. Na, ich hau mich jetzt auf jeden Fall ins Bett«, meinte Kolle, gab seinem Freund einen Klaps auf die Schulter und stapfte Richtung Haus. Auch Ziggy packte seine Tasche und machte sich auf nach Dom. Was für eine Nacht! Aber sie sollte noch nicht zu Ende sein.

* * *

»Du willst mir doch nicht ernsthaft erzählen, dass der wertvollste Energiestein, den wir seit Jahrzehnten in diesen verdammten Minen hier in diesem rückständigen Slom gefunden haben, verschwunden ist?« Der General spuckte das Wort *Slom* abfällig aus und meinte damit natürlich Salom, dieses verdammte Kaff, in dem er Dienst schieben musste, fernab der Heimat. Oh, wie ging ihm sein geliebtes Hól ab. Munai

Tschengil, ein drahtiger inzwischen weißhaariger Mittfünfziger, konnte Stolz von sich behaupten, ein echtes Fleisch und Blut aus Hól zu sein. Dort geboren, aufgewachsen und in die Truppe integriert, als er 12 Zyklen zählte. Militärische Laufbahn und mit viel Durchsetzungsfreude und hinterlistigem Geschick, hoch in der Erfolgsleiter aufgestiegen. Seine ersten Kriege und Eroberungen hatten ihn bald legendär gemacht und als er dann noch bei einem Einsatz schwer verwundet wurde, konnte ihm eine der höchsten Machtpositionen nicht mehr genommen werden. Er hatte es geschafft. Verwalter auf höchster Ebene über ein ganzes Land mit eigener Handelsgesellschaft. Das war er, Munai Tschengil, eingesetzt von Cran, dem Strahlenden höchstpersönlich. Höher konnte er in diesem System nicht mehr aufsteigen, höchstens vielleicht noch in der Politik. Aber nein, das war nicht seins. Tschengil konnte dieses diplomatische Geschwafel, das er zwar perfekt beherrschte, nicht ausstehen. Er mochte, was er tat, auch wenn Salom nicht so recht seinem Geschmack entsprach. Er war hier sein eigener Herr und so sollte es auch bleiben. Die Kriege hatten ihn schwer gezeichnet: er humpelte und die linke Gesichtshälfte war Matsch, sodass er eine Maske auf dieser Seite des Gesichtes trug. Wie eine gierige Schlange musterte er sein Gegenüber und stützte sich dabei auf seinen silbernen Gehstock. Halmar hieß der Bursche, an und für sich ein tüchtiger Kerl und wegen seiner Skrupellosigkeit in der Rangfolge der Sucher bis nach oben geklettert. Einer aus Salom, einer dieser Verräter am eigenen Land, widerlich. Er kannte Halmar schon seit seiner Kindheit, damals, noch klein und formbar. Wie schon so oft hatten die Wilokie fast eine ganze Generation umgedreht und zu ihren Wünschen verändert. Sucher, die aus dem Land kamen, in dem sie geboren waren, das waren die Besten. So auch Halmar.

Munai Tschengil konnte sich noch gut erinnern. Halmar war unter den vielen jungen Anwärtern einer derjenigen, denen eine kometenhafte Karriere bevorstand. Nur einer war noch besser gewesen. Zacharias Bux, oder kurz Zec. Aber von dem hatte er schon lange nichts mehr gehört, zumindest nichts Positives. Ein Säufer, Frauenheld und Spieler, so sagte man sich überall. Doch Zec hatte schon Rollen gespielt und Fälle aufgeklärt, wo andere sich vor Angst in die Hosen geschissen hatten, und es gab eine Zeit, da waren sie gut befreundet, er und Zec. Na egal, Halmar hatte das Rennen gemacht. Er wandte sich wieder seinem Gegenüber zu und fuhr leise fort.

»Ein Stein, aus dem man mindestens hundert Flitzer oder zwanzig Transportgleiter fertigen kann? Einfach verschwunden?«

Die letzten Worte zischte er und beugte sich dabei gefährlich über den Tisch. Halmar sah beklommen zu Boden. Er wusste, dass er in äußerster Gefahr schwebte, vor allem wenn der General leise sprach.

»Leider schon, wir sind noch am nachforschen, aber so wie die Sache aussieht, war es eine Verkettung besonderer Umstände, dass wir den Verlust des Steines überhaupt bemerkten«, stammelte Halmar vorsichtig.

Der General stieß den Atem hart aus.

»Du hast noch nicht mehr Informationen?«

Tschengil zischte jetzt wie eine Schlange. Sein Gesicht wurde rot. Er konnte verdammt wütend werden, auch das wusste Halmar.

»Doch doch, ein bisschen was«, beeilte sich Halmar hinzuzufügen.

»Wir wissen beispielsweise, dass der Stein, nachdem er am Fundort, in den Stollen des Steinernen Meers, entwendet wurde, in die Hände eines gewissen Zec gelangte. Ihr erinnert euch? Genau der Zacharias Bux, der mit mir auf der Schule und in Hól war. Wie er den Stein bekommen hat, wissen wir nicht, nur, dass er einen Unfall mit einem Lufttaxi hatte. Was wir noch wissen, ist die Tatsache, dass eine Verfolgungsjagd auf Zec stattfand. Die Flitzer sahen zwar aus wie die unsrigen, waren es aber nicht. Wir wunderten uns sehr über die Flitzer, die über Sodom kreisten und keinen Einsatzbefehl hatten, hielten sie aber für welche von uns. Wir glauben, dass ...« Halmar blickte auf. Die gesunde Gesichtshälfte des Generals wurde zunehmend röter.

»Sag mal Halmar, bist du eigentlich von allen guten Geistern verlassen? Weißt du, was deine Aussage bedeutet?«, schnappte der General nach Luft.

»Falls das, was du mir erzählt hast, stimmt, handelt es sich hier um die Widerstandsgruppe oder zumindest um ein organisiertes Verbrechersyndikat. Niemand sonst könnte sich Flitzer organisieren und sie noch dazu so aussehen lassen, als wären sie von uns. Schick sofort alle verfügbaren Kräfte, Sucher und Aufpasser los und finde diesen verdammten Zec. Er führt uns bestimmt zu dem Stein. Dann mal Abmarsch, Halmar, und komm mir mit einer Erfolgsnachricht wieder, sonst mach ich dich einen Kopf kürzer!« Die Tonart seines Befehls hatte sich, von einem gefährlichen Zischen, hin zu einem Vulkanausbruch gewandelt.

Tschengil knallte die Türe hinter Halmar zu, dann drehte er sich zu seinem Schreibtisch um und atmete einmal tief durch.

»So, so!«, dachte er, da war es also, das Lebenszeichen des Widerstandes, oder besser, das Herz Saloms schlug noch immer. Der *Herzrhythmus*, wie sie sich selbst nannten. Tschengil konnte es kaum erwarten, diesem letzten zuckenden Aufbäumen den Todesstoß zu versetzen. Wie oft schon hatte er Völker gebrochen, ihre Herrscher vor aller Augen selbst und eigenhändig geköpft, ihre Wohnorte zerstört. Die meisten gaben sofort klein bei oder taten es spätestens dann, wenn ihre Elite starb. Bei manchen Völkern bildeten sich Widerständler heraus, die dann Anschläge verübten und Attentate auf Wilokie unternahmen. Doch bisher hatte er sie durch seine brutalen Strafaktionen immer zu der Einsicht gebracht, dass es besser wäre, mit ihm zu kooperieren; Salom war da anders. Deshalb musste er hier auch immer noch Dienst schieben, denn als endgültig bezwungen konnte man nur ein Land bezeichnen, das den *Eroberern der Sterne* aus der Hand fraß. Und so weit schien Salom noch lange nicht zu sein.

***

Als sich Halmar Stunden später mit seiner Einsatztruppe im Besprechungsraum wieder traf, gab es einige Neuigkeiten.

Ein Aufpasser berichtete:

»Also Zec konnten wir nicht finden, ist auch nicht verwunderlich, der ist bestimmt schon untergetaucht und über alle Berge. Der weiß, was ihm für Hochverrat blüht; aber wir sind an einer gewissen Layla Dahl dran. Sie ist Zeitungszustellerin beim *Seher*. Es wurde beobachtet, dass sie die Letzte war, die Kontakt zu Zec hatte, als sie ihn aus dem verunglückten Taxi zog. Was dann geschah, wissen wir nicht, aber es ist unsere heißeste Spur«, Halmar atmete durch.

»Na, das sind ja wenigstens ein paar gute Neuigkeiten. Wissen wir noch mehr?«

Der Aufpasser fuhr fort: »Wir wissen, wo sie wohnt und dass sie seit einigen Stunden von dort verschwunden ist. Auch haben wir ihr Umfeld gecheckt und herausgefunden, dass sie viel mit ihren Freunden Viez, Ziggy und einem gewissen Kolle herumhängt. Ziggy und Viez sind jetzt nicht so interessant, spannend wird es aber bei Kolle. Er wohnt in der Oberstadt. Seine Eltern sind verhältnismäßig wohlhabend und leiten die Grabungen in den Minen des Steinernen Meeres, das heißt, sie sind fast nie zu Hause, haben aber eine riesige Villa in Som stehen. Die Verbindung ist mehr als nur verdächtig und deshalb haben wir bereits ein Team vor Ort. Auch Flitzer sind in der Nähe stationiert und werden sofort los schlagen, falls die Lage es erlaubt und Sie den Befehl erteilen.

»Gut gemacht! Man kann euch ja doch zu etwas gebrauchen«, Halmar lächelte diabolisch.

»Na los, dann packen wir mal unsere sieben Sachen zusammen und begeben uns zum Anwesen von diesem Kolle Lun. So heißt der doch, oder? Kolle Lun?«

Die Aufpasser nickten.

»Wie sieht er denn aus? Ich meine, nicht, dass ihr mir den Falschen bringt.«

»Er ist schlaksig und groß, hat lockiges schulterlanges, dunkelblondes Haar und trägt oftmals eine flache Mütze. Meist ist er ziemlich gut gekleidet, sie wissen schon, so mit grauem Jackett, dunkler Hose und einer Taschenuhr. Na, der kann sich's ja auch leisten.«

Man sah den Neid in den Augen des Aufpassers.

»Und die beiden anderen, wie hießen die doch gleich? Ach egal. Alle festnehmen, einsperren und verhören! Sofort und Abmarsch! Na wird's bald!«

Die beiden Aufpasser sahen sich irritiert an.

»Na, ihr habt schon richtig gehört. Dieser Fall hat absolute Priorität, es gibt nichts Wichtigeres. Ich will alle vor Ort haben und notfalls das Haus platt machen. Los los, zack zack!«

Kapitel 4

Schmerzhafte Trennung

Zec hatte alles beobachtet und geduldig gewartet, bis Kolle im Haus verschwand und Ziggy sich trollte. Das Anwesen lag nun im Dunkeln, nur der Schein der Laternen von der Straße leuchtete matt in das Innere des Gartens und in der Ferne hörte man das Gebell der Hofhunde. Vorsichtig schwebte er auf seinem Flugroller über den Zaun, immer darauf bedacht, im Schatten zu bleiben. Er verbarg den Roller an der Hecke neben Laylas Gefährt. Egal wie müde Layla sein musste, es gab keinen anderen Weg. Der erfahrene Sucher schickte sich an, sie aus der Hütte zu locken. Zec, Meister im Nachahmen von Stimmen und Dialekten, klopfte leise an die Tür und flüsterte mit fast perfekter Kolle Stimme: »Hey Layla, ich noch mal, Kolle! Hab was vergessen. Komm kurz«, er wartete auf eine Regung. Schließlich hörte er gedämpfte Schritte und die Türe öffnete sich leise knarrend.

»Was ist de...!« Weiter kam Layla nicht. Zec warf sich auf sie, hielt ihr den Mund zu und umklammerte sie mit stählernem Griff. Sie kullerten über den Boden und fielen eine kleine Steinmauer in Richtung Hecke hinunter. Zec presste seine Schenkel um ihren Bauch und nahm ihr so die Luft zum atmen. Nach einigem Gezappel ergab sich Layla in ihr Schicksal.

»Ruhig Layla, nicht schreien, ich bin nicht dein Feind!«, flüsterte ihr Zec ins Ohr. Er ließ sie durch die Nase atmen, was sie mit einem tiefen und gierigen Atemzug dankend annahm.

»Hast du gehört, leise, leise, leise! Nicke, wenn du das verstanden hast.« Layla tat es.

»Ich werde jetzt meine Hand vorsichtig von deinem Mund nehmen. Du solltest bedenken, wenn du schreist, lockst du die Aufpasser an, die hier bald eintrudeln werden.« Er zog vorsichtig seine Hand von ihrem Mund. Sie atmete scharf ein und blickte ihn über die Schulter angsterfüllt an.

Wie, um seine Aussage zu bestätigen, begann es plötzlich um sie herum geschäftig zu werden. Zec legte den Zeigefinger beschwörend auf seine Lippen. Am Himmel tauchten einige Flitzer und mittelgroße Luftschiffe auf und vor Kolles Haustüre standen vier Gestalten mit Luftdruckpistolen im Anschlag. Während diese von der Seite sicherten, schlichen zwei weitere Aufpasser auf die Eingangstür zu. Layla und Zec, die neben ihren Rollern in die Hecke gerollt waren, beobachteten angespannt die Lage.

»Ich zähle bis drei, dann springen wir auf unsere Luftroller und fliehen.«

Layla nickte angsterfüllt.

»Kennst du die alte Spinnerei?« Wieder nickte sie.

»Halle drei im Keller, falls wir uns verlieren. Eins, zwei und drei …«, zählte er.

Sie sprangen auf die Flugroller und erhoben sich sofort über die Hecke. Von unten konnten sie Schreie vernehmen, das Ploppen der Pistolen und einige Geschosse, die an ihnen vorbei zischten. Sie flogen noch eine Weile unter den Baumwipfeln, doch es dauerte nicht lange, bis die Flitzer sich auf ihre Fersen hefteten. Eine wilde Verfolgungsjagd durch Som begann.

Die Flitzer hinter ihnen, ausgerüstet mit Luftdruckkanonen, welche ihnen während des rasanten Rittes etliche Male handlange Pfeile hinterher schossen, kamen ihnen gefährlich nahe. Aber dadurch, dass Zec und Layla einen ständigen Zickzackkurs flogen, blieben die Schüsse erfolglos. Zec staunte einmal mehr, was für einen schnellen Roller Layla flog. Behände steuerte sie ihn durch Gassen und Tunnel, nahe über dem Gehsteig durch Häuserschluchten und Vorgärten, in einer Geschwindigkeit, dass einem schwindlig wurde. Plötzlich richtete sie ihren Roller senkrecht auf und kam mitten in der höchsten Geschwindigkeit in der Luft zum Stehen. Zec schoss verdutzt an ihr vorbei, sowas hatte er ja noch nie gesehen. Auch die Flitzer jagten, an ihr vorbei, weiter hinter ihm her. Zec sah aus den Augenwinkeln, dass einige von ihnen Anstalten machten, umzukehren, aber in der Zwischenzeit tauchte Layla schon in die Altstadt ab und war plötzlich wie vom Erdboden verschluckt. Zec hatte jedoch noch vier Flitzer hinter sich und flog gewagte Manöver, um sie abzuschütteln. Er brauste in Richtung Steinernem Meer, drehte ab, um dem Fluss Exxos im Tal zu folgen und ließ sich senkrecht in dessen tiefe Schlucht fallen. Hier erwischte es den ersten Flitzer der Wilokie, der an einem Leuchtfeuerpfeiler der Straße hängen blieb. In einem grellen gelben Feuerball explodierte die Leuchtlaterne und stürzte mit dem Flitzer zusammen in die Tiefe, wo sie in den Fluten erlosch. Zec flog knapp über den Wellen des Exxos. Er spürte den aufsteigenden kühlen Nebel und die Gischt auf seinem Gesicht. Die drei Flitzer schlossen wieder auf und verschossen wütend ihre Munition, laut war das dumpfe Abfeuern an den Schluchtwänden zu vernehmen. Fast am Ende des Tales angekommen, ergoss sich vor ihnen der mächtige Wasserfall in die Tiefe, während sich über ihnen das Schloss Camin erhob. Senkrecht zog er seine Maschine am Wasserfall entlang nach oben und erwischte, eher durch Zufall, das engste Rundbogentor, durch das brausend das Wasser spritzte. Mit einer artistischen Drehbewegung flog er zwischen Mauer und Wasser hindurch auf die weite Fläche des ruhig da liegenden Stausees. Der Pilot, der ihm am nächsten kam, verlor die Kontrolle, blieb mit seinem Flügel am Brückenpfeiler hängen, drehte sich mehrmals in der Luft um sich selbst und kollidierte mit dem hinter ihm fliegenden Flitzer. Beide zusammen stürzten in den Wasserfall und verschwanden im rauschenden Nass. Zec bekam davon nicht allzu viel mit, er hatte immer noch einen hartnäckigen Flieger am Hals, der ihn nun mit seinem großen Bordgeschütz, einem langen Pfeil, aufs Korn nahm. Zec jagte seinen Roller über die glatte Oberfläche des Stausees in

Richtung Steinernes Meer. Er dachte gerade bei sich, dass er diese irre Geschwindigkeit nicht mehr lange würde halten können, als eine harte Erschütterung durch seine Maschine zitterte. Gerade als er sich einem kleinen Inselchen näherte, das er geschickt im Rundumflug ausnutzen wollte, hatte sich ein Fangpfeil von hinten in die Antriebseinheit seines Flugrollers gebohrt. Das Hinterteil seiner Maschine riss ab, flog in einer rasanten Geschwindigkeit senkrecht in den Nachthimmel und verschwand, während Zec mit dem Vorderteil in den See eintauchte und sich dabei mehrmals überschlug – ein Wunder, dass er dabei nicht bewusstlos wurde. Er ließ sich mit dem Lenker, den er verbissen festhielt, auf den Grund des Sees sinken und tauchte durch das eiskalte Wasser in den Schilfgürtel der Insel ein. Als er leise und vorsichtig zwischen den Schilfstengeln auftauchte, sah er das atemberaubende Glasschloss vor sich und die dahinter leuchtenden Lichter der Stadt; alles erschien friedlich und ruhig. Sein Blick schweifte über den Nachthimmel, kein Flitzer mehr zu sehen, aber das musste noch nichts bedeuten.

Er fror inzwischen erbärmlich, als er mit Bedacht, keinen Laut von sich zu geben, an den Strand robbte. Im Schutze eines dichten Ginsterbusches entledigte er sich seiner nassen Klamotten, schnappte sich seine Luftpistole, schob ein neues Magazin ein, entsicherte und verschwand in den dichten Dschungel der Insel. Dunkelheit umfing ihn, dass man die Hand vor Augen nicht mehr sehen konnte. Glücklicherweise hatte er sein Monokel. Unzählige Male hatte es ihm schon wertvolle Dienste erwiesen: jedes Tier, jeden Vogel, jede Bewegung konnte er in der schwarzen Nacht erkennen. Er tastete sich weiter in der Deckung, den Strand in Sichtweite, als er plötzlich erspähte, was er suchte. Zwei Aufpasser mit kurzläufigen Luftgewehren im Anschlag entstiegen einem gelandeten Flitzer und näherten sich schnellen Schrittes dem Schilfgürtel, jetzt musste er flink sein. Zwar wirkten seine Giftpfeile, die in seiner Luftpistole steckten, im Bruchteil eines Augenblickes, aber schließlich musste er noch einmal Luft nachladen und entsichern. Nackt und barfuß lief er lautlos hinter den beiden her. Als sie den Ginsterbusch erreichten, schoss er dem Aufpasser rechts einen Pfeil in den Hals, rollte sich Richtung See ab und als der Getroffene nach vorne kippte und sein Kollege ihm dumm hinterher sah, schlug Zec den verbliebenen Aufpasser mit einem gezielten Kinnhaken in den Sand. Auch ihm schoss er einen Giftpfeil in den Hals. Dann schleppte er beide in den Schatten der Bäume, sammelte sein Zeug, die Waffen der Aufpasser, deren Geldsäcklein und Habseligkeiten zusammen und warf alles auf den Rücksitz des Zweimannflitzers. Na ja, obwohl die Situation ihn nicht gerade berauschte, musste er lächeln. Sein Luftroller, den er sehr gern gehabt hatte, war zwar hinüber, aber der Flitzer der Wilokie konnte sich noch als sehr nützlich erweisen. Die beiden Nomies würden bestimmt noch bis Mittag schlafen und mit einem pochenden Kopfweh aufwachen. Das geschah ihnen nur recht. Verdammte Nomies. *Eroberer der Sterne*, Vollidioten allesamt. Zec jagte den Flitzer senkrecht in den Sternenhimmel.

* * *

Layla floh Richtung Dom und hatte sich unterdessen in einem Abwasserkanal, der sich aus dem Berg heraus in den Exxos ergoss, positioniert. Es stank himmelschreiend und sie zog sich angewidert ihr Halstuch über den Mund. Das Rinnsal einer bräunlich gelben Flüssigkeit fiel schwer nach unten in die Fluten. Sie blickte über das weite Tal in den Sternenhimmel. Anscheinend hatte sie ihre Verfolger abgeschüttelt und dieser komische Typ hatte sie, so wie es aussah, vor den Häschern gerettet. Wer war er und warum – wusste er von dem Stein? Was wollte er von ihr und überhaupt, wohin nun? Zur alten Spinnerei? Was, wenn es eine Falle war, aber, warum sollte es?

Einzig dem Fremden hatte sie es zu verdanken, dass sie entkommen war. Plötzlich schoss schräg vor ihr, auf der anderen Seite des Tales, ein Flugroller in die Tiefe. Gefolgt von einem Feuerball und einem Flitzer, der in die Tiefe stürzte. Weitere Flugflitzer rasten hinter ihm her. Der Fremde näherte sich der gischtenden Wasserwand. Am Scheitelpunkt stürzten noch mal zwei Aufpasser in den Fluss. Dieser Typ flog echt nicht schlecht, dachte Layla voll Bewunderung und irgendwie konnte sie zum ersten Mal wieder lächeln. Vielleicht sollte sie doch zur Spinnerei? Aus der Ferne tauchte eine Armada an Flitzern und größeren Fluggeräten auf. Sie durchsuchten das gesamte Stadtgebiet; Zeit zu verschwinden. Layla tauchte in den Schatten des Kanalrohres ab und stellte ihren Roller auf einen Sockel in einer Nische des Kanalsystems. Hier musste er vorerst bleiben. Sie schloss ihn so gut es ging ab, packte ihren Rucksack, mit dem sie sich sogar zum schlafen hingelegt hatte, und machte sich auf, das Kanalsystem zu durchqueren, das sie in Richtung alte Spinnerei bringen sollte. Der Stein pochte an ihrer Seite und Layla spürte seine Kraft.

* * *

Viez kam ziemlich spät nach Hause. Zumindest für seine Verhältnisse. Das Ausgehen war nicht so sein Ding, aber die Zeit mit seinen Freunden lag ihm sehr am Herzen. Er bastelte lieber in seiner kleinen Werkstatt oder handelte in seiner Freizeit mit allerlei wunderlichem Plunder. Derzeit arbeitete er an einem schwebenden Murmelspiel. Dafür hatte er sich in seiner Werkstatt einen speziellen Arbeitsplatz gebaut und ihn mit Bleifolie ausgekleidet. Gerade so groß, dass er darin sitzen und werkeln konnte. Alle Utensilien hierfür hatte er sich mit der Zeit von seiner Ausbildungsstätte mitgenommen und das Wichtigste dabei war der Energiestaub. Sie benutzten in der Flugwerft extra Räume, in denen die Steine bearbeitet und auf Größe zurecht gesägt oder gefeilt wurden. Die Steine mussten absolut exakt berechnet und gefertigt sein, damit sie eine präzise Steuerung der Fluggeräte ermöglichten. Dabei fiel natürlich jede Menge Staub und Späne an, welcher bei den Arbeiten aufgefangen wurde. Wenn man sich geschickt anstellte, konnte man etwas davon abzwacken. Viez hatte sich ganz normale Murmeln aus Glas besorgt und diese mit einem Bohrer bis über die Mitte des Durchmessers angebohrt. Dann füllte er den Energiestaub hinein und verschloss das Ganze mit einer Art Harz. Man musste gerade so viel Staub einfüllen, dass die Menge ausreichte, um die Kugel in der Luft schweben zu lassen, aber diese Berechnungen hatte er ja gelernt. Er freute sich schon auf das Spiel mit den Murmeln, die man im Raum schwebend spielen konnte. Das Beste daran war, sie glühten und pulsierten wie Glühwürmchen. Soviel er wusste, gab es diese Erfindung in ganz Sodom noch nicht zu kaufen. Was für einen tollen Preis er da erzielen konnte! Zwei Kugeln noch und er hatte die dreizehn Stück, die nötig waren, zusammen. In Gedanken versunken trat er an die Haustüre und wunderte sich umso mehr, dass in dem kleinen Häuschen, das er mit seinem Großvater bewohnte, noch Licht brannte. Als er den Schlüssel ins Schloss schob, riss sein Opa die Türe von innen so energisch auf, dass sie seiner Hand entglitt.

»Schnell, komm rein«, flüsterte er aufgeregt.

»Was ist denn mit dir los?«, Viez glotzte verdutzt.

»Komm schnell, Vincent! Setz dich zu mir an den Tisch. Wir haben nicht lange Zeit.« Opa zitterte vor Erregung.

Sein Großvater war neben seinen Ausbildern der einzige, der ihn mit seinem richtigen Vornamen Vincent ansprach. Allen anderen hatte er erfolgreich seinen Spitznamen angewöhnt. Viez tat wie ihm geheißen.

»Jetzt pass gut auf, Vincent!«, flüsterte sein Großvater eindringlich.

»Etwa eine Stunde bevor du nach Hause gekommen bist, stand hier ein Vertreter der Regierung, besser des Militärs vor der Türe und hat sich nach dir erkundigt. Ich weiß nicht, was er wollte, aber er klang sehr ernst. Danach habe ich stetig den Garten und die Straße beobachtet, es tut sich einiges da draußen. Wirst du gesucht? Was ist los? Hast du was ausgefressen?«

Viez dämmerte es. Das hatte bestimmt mit diesem verdammten Stein zu tun. Mist! Etwas anderes war nicht möglich. Großvater runzelte, wartend auf eine Erklärung, die Stirn. Nach einer gähnenden Stille fuhr er fort.

»Du musst mir jetzt gar nichts erzählen, wir haben zu wenig Zeit. Ich habe alles, was du für deine Flucht brauchst, in das Geheimfach hinter dem Regal gestellt. Vorrat und so weiter. Auch das Kochbuch von Oma, das du unbedingt intensiv lesen solltest.«

Viez dachte nach. Flucht? Alles verlassen und aufgeben? Ähhh ... jetzt auf die Schnelle? Nein, niemals!

Poch! Poch! Es klopfte laut und heftig an der Haustüre.

»Vincent, schnell, versteck dich! Und egal was passiert, was mit mir passiert oder überhaupt hier passiert: Halte dich versteckt.«

Großvater drückte den geheimen Mechanismus im Regal, das daraufhin zurück glitt, schob Viez unsanft hinein und verschloss das Versteck wieder. Nicht zu spät, denn schon flog in dem kleinen Häuschen die Türe aus den Angeln und herein strömten etwa ein dutzend uniformierter Aufpasser. Im Garten landeten zwei Flitzer, hell erleuchtet und in regem Treiben wurde das Häuschen von noch mehr Aufpassern umstellt. Vincent hörte in seinem Versteck dumpf das Flehen seines Großvaters, die Fragen nach dem Warum und Wieso und die barschen Worte des Kommandanten. Es war schon jetzt schrecklich mit anzuhören.

»Bitte bitte!«, flehte sein Großvater.

»Er ist nicht hier, er war nie hier!«

»Wir haben ihn doch kommen sehen!« Verdammt, lügen Sie mich nicht an!«, schrie der Kommandant.

»Ja, das kann sein, aber er muss gleich wieder abgehauen sein, denn er hat mich noch nicht einmal begrüßt«, entgegnete sein Opa mit fester Stimme.

»Papperlapapp«, knurrte der Aufpasser mürrisch, um daraufhin loszuschreien, »Durchsucht das gesamte Haus, dreht jeden Stein, jedes Buch um. Ich will diesen verdammten Knaben finden und dann Gnade ihm was auch immer!«

Daraufhin wüteten die Schergen durch das kleine Häuschen und zerpflückten es in seine Einzelteile. Sie rissen Regale aus der Verankerung, zerschmetterten Fenster und Geschirr, doch von Viez keine Spur.

Nachdem sie etwa eine halbe Stunde lang mit lautem Geplärr, dem Umstürzen von Möbeln und sinnloser Zerstörung zugebracht hatten, sammelten sie sich wieder alle in der Küche.

»So, Opa«, die Stimme des Aufpasser klang gefährlich erbost.

»Er ist tatsächlich nicht hier, du hast ihn sicherlich gewarnt. Aber wir werden ihn finden und wir werden ihn ganz fürchterlich bestrafen. Sowie auch dich. Du kommst in eine Arbeitsanstalt und so wie ich unseren General kenne, bleibst du dort, bis du krepierst. Packt ihn!«

Viez hörte in seinem Versteck wie sich sein Opa verzweifelt wehrte. Wie er versuchte, am Küchenregal vorbei ans Fenster zu gelangen und in das Geschirr von Oma fiel. Dann ein dumpfer Knall und ein Körper fiel zu Boden. Viez wollte schreien und die Geheimtür aufbrechen, doch im letzten Moment hielt er sich zurück. Er biss in seine Faust. Diese verdammten Nomies. Dann vernahm er die Worte des Kommandanten.

»Fackelt die Bude ab! Brennt das Haus bis auf die Grundmauern nieder!«

Viez erwachte aus seinem Schockzustand. Vorsichtig bückte er sich in dem engen Raum hinter dem Regal und öffnete eine eiserne Luke zu einer Leiter, die nach unten führte.

Sein eigentliches Versteck, seine Werkstatt, ein aus dem Felsen gehauenes kleines Verlies mit einem dazugehörigen Geheimgang in Richtung Bergmitte. Gerade als er sich durch die enge Falltür nach unten zwängte, hörte er das Knistern und brüllen des Feuers über ihm. Viez verschloss die Luke von innen mit einem massiven Eisenriegel und entzündete eine Gaslaterne. Hier konnte er unmöglich bleiben, denn wenn das wunderschöne kleine Häuschen seiner Großeltern in Flammen aufgegangen war, würden die Aufpasser nach Überresten und möglichen Geheimverstecken suchen und unweigerlich auf die Falltüre stoßen. Schnell packte er seine sieben Sachen zusammen und schwang sich den Rucksack auf die Schultern. Natürlich vergaß er dabei nicht, seine wichtigsten Habseligkeiten mitzunehmen. Das Säckchen Gold, das er sich durch den Handel mit den kleinen Erfindungen zusammengespart hatte, ein kleines Vermögen, für das er sich einen Roller hätte leisten können. Der kleine Werkzeugkasten durfte nicht fehlen und sein Bleikästchen mit allen wichtigen Erfindungen, dem unfertigen Murmelspiel und dem Energiestaub landete ebenfalls in seinem Rucksack. Rauch waberte durch die Schlitze der Falltür und erfüllte bald den ganzen Keller. Viez fing an zu husten und wäre der Geheimgang nicht gewesen, so wäre er hier gnadenlos erstickt. Es blieb keine Zeit mehr, den Geheimgang wieder zu verschließen; wahrscheinlich würden ihn die Schergen dieser Nomies ohnehin finden, aber bis dahin war er schon längst über alle Berge.

Vorsichtig, die Lampe im Anschlag und seinen Rucksack geschultert, tastete er sich den schmalen Gang entlang, der einige Zeit weit in den Berg hinein führte und an einer Geröllwand endete. Viez grub sich mit einem Pickel, der für alle Fälle an der Seite des Stollens lehnte, den Weg frei und fand sich in einem breiten, mit Fackeln ausgeleuchteten Gang wieder. Er wandte sich nach rechts und fing an zu laufen. Tränen standen in seinen Augen. Würde er seinen Großvater jemals wieder sehen?

Dieser Gang, das wusste er, endete an einer senkrecht abfallenden Felswand direkt über einem Nebenfluss des Exxos. Von dort aus führte eine Leiter zum oberen Teil der Stadt. Als er dort endlich angekommen war und sich vorsichtig im Schatten der Häuser Richtung östlicher Hafenanlage schlich, wo sich die Werke und Flugwerften befanden, in denen er seine Ausbildung absolvierte, schlug die Glocke vier Uhr. In der gesamten Stadt waren Stimmen und Schreie zu vernehmen. Viez wusste, auf welchem Weg er in die Hallen gelangen konnte und schlich sich an seinen Arbeitsplatz, besser, an seinen früheren Arbeitsplatz, denn heute würde es das letzte Mal sein, dass er diese Hallen von innen sah. Sein Ziel: der Aufbewahrungstresor mit den Antriebseinheiten für die Flitzer. Die waren ein Vermögen wert und genau das, was er für einen Neuanfang benötigte. Er würde Sodom hinter sich lassen.

Die handgroßen, schmalen Antriebseinheiten wurden vor der Montage in einem Tresor gelagert, zu dem nur die Mechaniker den Schlüssel besaßen. Da er sich bisher nichts zu Schulden hatte kommen lassen und überdies einer der Besten seines Jahrganges war, hatte Viez für seine jungen Arbeitskollegen den Schlüssel zur Verwahrung. Viez öffnete den Tresor und steckte sich wahllos mehrere Antriebssysteme ein. Dann verschloss er ihn wieder sorgfältig und sah sich im vorderen Teil der Halle um; er suchte etwas Unauffälliges. Ah ja!

Der Unlackierte dort in der Ecke, an dem hatte er schon einige Zeit rumgebastelt, eine Auftragsarbeit für einen hochgestellten, wohlhabenden Wilokie, der ein besonders schnelles Geschoss haben wollte. Das Schwierige an dieser Arbeit, besser gesagt, die Herausforderung war, den Flitzer so schnell zu machen, dass er während des Fluges bei Höchstgeschwindigkeit nicht auseinander brach, aber das hatten sie noch nicht abschließend getestet. Der bestimmt schnellste Flitzer, der hier in der Halle stand: grau schwarz grundiert, bestens geeignet um sich in den Bergen zu verstecken.

Und so warf Viez seinen Rucksack auf den Rücksitz des schlanken Flitzers, öffnete das Tor einen Spalt, gerade so viel, dass der Flitzer hindurch passte und schwebte vorsichtig aus der Halle in die kühle Nacht. Sofort zog er ihn senkrecht nach oben in den Nachthimmel und jauchzte auf, als er die Kraft der Energiesteine spürte. Entkommen! Aber was nun?

* * *

Ziggy hatte weniger Glück. Er hörte gerade noch das Aufschlagen der Tür und wurde sofort von vier Händen gepackt, umgedreht und noch in seinem Bett gefesselt.

Mehrere Männer schleiften ihn aus seiner Unterkunft und warfen ihn auf den Rücksitz eines Gefangenentransporters. Er sah sich umringt von fies grinsenden Gestalten in Uniformen. Sie hatten ihn erwischt. Der Flug dauerte nicht allzu lange, aber Ziggy konnte erkennen, dass sie sich in Richtung der Burg Suome bewegten.

Das war kein gutes Zeichen, denn wäre er ein einfacher Krimineller gewesen, so hätte das Gefängnis in Dom genügt. Auf dem Vorplatz der Burg endete der Flug und man stieß ihn unsanft aus dem Transporter, woraufhin er stolperte und hart aufs Pflaster schlug. Zwei Soldaten lasen ihn auf und schleiften ihn weiter durch ein Tor in das Innere eines Gebäudes mit vergitterten Fenstern.

Noch benommen von seinem Sturz fand er sich kurze Zeit später sitzend in einem leeren Raum wieder, in dem nichts weiter als ein Stuhl und ein wuchtiger dunkler Schreibtisch stand. Die schweren dunklen Vorhänge waren zugezogen und es roch penetrant nach Schweiß. Kurze Zeit später traten drei Uniformierte in den Raum, wovon einer General Tschengil zu sein schien. Ziggy hatte ihn zwar noch nie im Leben gesehen, aber sein Auftreten und vor allem die Maske, die seine linke Gesichtshälfte bedeckte, waren legendär.

»Sehr schön, sehr schön! Und? Habt ihr ihn schon etwas ausgequetscht?«

Mit diesen Worten knallte er einen Packen Papier auf die Tischplatte.

»Nein«, erwiderte sein Gegenüber, »diese Freude wollten wir euch überlassen.« Der General zog einen spitzen Dolch aus seinem Gürtel und säuberte sich damit genüsslich seine Fingernägel, während er sich betont locker und langsam auf seinen Schreibtisch setzte.

»Nun mein junger Freund, du wirst dich wohl fragen, warum du hier vor mir sitzt, oder kannst du es erahnen?«

Ziggy blickte auf und starrte in das gesunde stahlblaue Auge des Generals.

»Ich, ich ...«, begann er zu stammeln, »ich weiß nicht ...«, fing er an.

»Na, das werden wir ja noch sehen.« Der General grinste aufmunternd.

»Aufpasser, die Instrumente bitte.«

Der uniformierte Aufpasser öffnete in Sichtweite von Ziggy einen ledernen Koffer. Messerchen, Skalpelle, Nadeln, Spitzen aller Art, kleine Zangen und ein Beil. Ziggy konnte sich sehr gut vorstellen, was man damit alles machen konnte. Ihm wurde plötzlich eisig kalt.

»So!«, sprach der General schneidend, nachdem er sich am Schrecken des Jungen geweidet hatte. »Kommen wir mal zum Wesentlichen.«

Er fing an, Adresse, Geburtsdatum, Namen und Lebenslauf von Ziggy bis ins kleinste Detail herunter zu beten; auch, dass man mit ihm bisher in den Kohlebergwerken äußerst zufrieden gewesen sei, erwähnte er und zählte seine Fehlzeiten und Urlaubstage auf. Er endete damit, dass es diese Urlaube wahrscheinlich nicht mehr geben werde.

»Ziggy, du hast dich da in eine sehr ausweglose Situation gebracht.

Nicht nur, dass du dich mit kriminellen Subjekten herumtreibst, nein, du hast sie auch noch gedeckt. Du hast in Kauf genommen, dass den Eroberern der Sterne einer der wertvollsten Steine gestohlen wurde, die es seit dem Bergbau hier in Salom gegeben hat. Sowas muss bestraft werden, das siehst du doch ein? Es scheint, als wärst du ein Verräter, ein Dieb und hast dich der Mittäterschaft eines schlimmen Verbrechens schuldig gemacht.«

Ziggy wurde kreidebleich. Die Realität schwappte ihm wie eine kalte Suppe ins Gesicht.

»Ich, ich ...«, stammelte er abermals und wurde sofort vom General unterbrochen.

»Ich glaube«, und er zog die Luft scharf ein, »es ist vorbei mit dir. Ich kann mir nicht vorstellen, dass sich irgendeine Gerichtsbarkeit auf deine Seite schlagen wird. Das einzige, was vielleicht noch hilft, ist, dass du mir alles über die Vorgänge von heute Nacht erzählst.«

Ziggy presste die Lippen aufeinander. Die ganzen schweren Jahre hindurch, vom Tod seiner Eltern über den Aufenthalt in einer Arbeitsanstalt für Kinder, bis zum heutigen Tage, hatte er den Besatzern freiwillig und ohne zu murren gedient. Zwar hatte er oft darüber nachgedacht, warum seine Eltern in den Bergwerken gestorben waren, doch hatte er sich nie etwas zu Schulden kommen lassen oder sich beschwert; immer fleißig und gehorsam, alles erduldend. Wut kochte in ihm auf. Eine solche Wut, wie er sie noch nie verspürt hatte. Diese Behandlung hatte er nicht verdient.

»Du willst uns also nichts sagen, du kleiner Mistkerl?« Das zerstörte Gesicht des Generals kam dem seinen ziemlich nahe. Der Schweiß unter seiner ekelhaften Maske stank erbärmlich. »Es gibt nichts zu sagen, ihr könnt mich mal!«, presste Ziggy hervor.

Eine klatschende Ohrfeige war die Antwort und holte ihn in die Wirklichkeit zurück. Hoch aufgerichtet stand der General vor ihm und hielt ihm seinen Dolch an das rechte Auge. Spöttisch grinste er. »Du willst doch nicht den rechten Blick auf die Dinge verlieren und aussehen wie ich, oder?« Er drückte den Dolch tief in Ziggys Augenlid.

* * *

»Was hast du dir nur dabei gedacht? Denkst du überhaupt, oder hat dir das Slak schon alle Gehirnzellen weggeätzt?« Kolles Vater kochte vor Wut. Mutter hatte ihr Gesicht in die Hände vergraben und weinte.

»Ich habe jetzt endgültig die Schnauze voll. Wir haben dir bisher alles ermöglicht, eine hervorragende Ausbildung und eine Freiheit, die nur wenige Jungen deines Alters hier in Sodom genießen. Du könntest alles werden, was du willst, jeden Beruf ergreifen, ganz Jùl steht dir offen.« Vater hielt inne und sah seinen Sohn fragend von der Seite an. Dieser blickte auf und erwiderte: »Die Welt der Nomies vielleicht, ja.«

Kolles Vater zog die Luft scharf ein und seine Mutter herrschte ihn an.

»Was fällt dir ein, so abfällig über unsere Wohltäter herzuziehen? Sie heißen Wilokie und nicht Nomies. Und diesen Wilokie«, sie machte eine theatralische Pause, »haben wir alles zu verdanken, oder willst du etwa wieder in die Zeit zurück, wo wir noch Ziegen melken mussten?« Mutter schnäuzte sich. Diese Diskussion hatten sie schon oft geführt und sie ging nie gut aus.

»Es genügt nicht, dass du uns mit deinen Taten beleidigst und in Verruf bringst, nein, der werte Herr hat auch noch die Frechheit, dumm daherzureden. Sag mal spinnst du eigentlich?«

Mutter wischte sich erbost die Tränen vom Gesicht.

»Ist dir eigentlich bewusst«, sein Vater beugte sich zu ihm herab, »dass du verschont worden bist? Sie haben dich deswegen verschont, weil du unser Sohn bist und weil wir eine besondere Position in ihrer Organisation erreicht haben. Wir genießen eine gewisse Immunität und die haben wir uns hart erarbeitet. Selbst du«, er presste seine Lippen fest aufeinander und sein Zeigefinger schnellte in die Luft, »wirst uns das nicht kaputt machen.«

Kolle hätte kotzen können. Soviel Selbstmitleid und Eigenlob hatte er zwar erwartet, aber er empfand es immer noch als Verrat an ihm und der Familie im Allgemeinen. Ja, Verräter waren sie, alle beide! Wasser predigen und Slak saufen, widerlich das Ganze.

»Wir haben entschieden, dich in eine Besserungsanstalt in die Berge zu schicken!«, seine Mutter klang angewidert und streng zu gleich.

»Das ist jetzt nicht euer Ernst oder?« Kolle sah die beiden ungläubig an.

»Doch mein Lieber, und wir können gar nicht anders. Es wird verlangt, dass wir dich in den Griff bekommen, denn die Wilokie schauen jetzt gespannt darauf, was wir mit dir machen und wenn es nicht in ihrem Sinne ist, werden sie diesen Teil übernehmen. Also sei froh darüber, dass wir entscheiden können, wo du hinkommst.«

»Ach? Ich soll mich also freuen, dass ihr mir schon wieder in den Rücken fallt, dass ihr Entscheidungen für mich trefft, ohne dabei zu berücksichtigen, was ich eigentlich will?«

Kolle glühte vor Wut.

»Ach, und was willst du denn?«

Sein Vater gewährte ihm keine Gelegenheit zu antworten. »Siehst du, du weißt es nämlich selbst nicht! Das, mein Sohn«, sein Vater hieb mit der Faust auf den Tisch, »das hast du dir schon alles selbst zuzuschreiben und im Übrigen, weil du immer so herum lamentierst, von wegen wir hätten zu wenig

Zeit für dich, deshalb haben wir beschlossen, dass du in ein Internat bei uns in der Nähe kommst. Nicht weit von unseren Grabungen und wir können dich bestimmt einmal in der Woche besuchen, oder du uns. Das ist doch eine tolle Lösung, wir können uns endlich wieder öfter sehen und du wirst wieder in die Gemeinschaft eingegliedert. Wir haben schon mit unserem Oberaufpasser gesprochen und es ist ihm recht. Das Internat heißt Karst, du kennst es bestimmt.«

Und ob er es kannte. Die Schule lag mitten im Gebirge, in einer ziemlichen Höhe, am Fuße eines Gletschers. Die Elitenschmiede der Wilokie, hier wurde harter, entbehrungsfähiger Nachwuchs für das Militär und die obere Befehlslaufbahn herangezüchtet. Kolle hatte von Eisschwimmen und Gewaltmärschen gehört, von eisigen Kletterexkursen und nächtelangem Rezitieren von Gesetzestexten im Schneesturm. Noch dazu sollten hier nicht nur die schlimmsten Jugendlichen des Landes einsitzen, sondern auch viele Unverbesserliche aus Hól. Schlägertypen ohne Mitleid, geradezu gemacht für das Militär.

Das war noch schlimmer als Verrat, sie wollten ihn brechen, weil sie es als das Beste für ihn ansahen. Kolle sprang wutentbrannt auf.

»Das werde ich bestimmt nicht machen, ihr könnt mich mal! Da gehe ich niemals hin.« Er warf seine Tasse in die Ecke und wollte gerade Richtung Haustüre losstürmen, als ihm sein Vater einen Stoß in die Seite verpasste. Kolle taumelte und knallte an den Wäscheschrank. Verdutzt sah er seinen Vater an, der mit erhobener Hand vor ihm stand.

»Leider dachten wir uns so etwas auch«, zischte er wutentbrannt.

Mutter öffnete die Haustüre und herein kamen vier Aufpasser. Im Garten standen ein Flitzer und ein Gefangenentransporter. Ungläubig starrte Kolle seine Eltern an und ließ sich widerstandslos abführen, er empfand nur noch Ekel. Als er zwischen den Uniformierten zu den Flitzern geleitet wurde, drehte er sich noch mal halb über die Schulter um und schleuderte ihnen seinen Hass entgegen.

»Und wehe ihr besucht mich! Das könnt ihr euch sparen. Ich will euch nie wieder sehen! Ich habe keine Eltern mehr!«

Die Aufpasser drückten ihn unsanft auf einen Sitz, schlossen die Klappe und brausten davon.

Kapitel 5

Spinnerei und Wolkennest

Die aufgehende Sonne tauchte den Horizont des Ozeans in ein stetig heller werdendes Orange, während sich die beiden Monde Golgatha und Arax anschickten, blass hinter den Bergen zu verschwinden. Es würde ein sonnig heißer Tag werden. Zec hatte den erbeuteten Flitzer gut im Kanalsystem versteckt und sich auf den Weg zur alten Spinnerei gemacht. Die Geschäftigkeit auf den Märkten und in den Straßen nahm mit dem heraufziehenden Morgenlicht stetig zu und da er sich inzwischen etwas müde fühlte, beschloss er, sich noch in eine Gaststätte am Rande der Schlucht zu setzen und etwas Ordentliches zu frühstücken.

»Was für eine verrückte Nacht«, dachte er, als er es sich an dem kleinen Tischchen bequem gemacht hatte und gedankenverloren mit seinen Blicken dem Lauf des Exxos bis zum Meer folgte. Er schob dem Kellner ein paar Münzen für die Leckereien über den Tisch und rührte bedächtig mit dem Löffel in seinem Tee. Neben ihm lag die heutige Ausgabe des *Sehers*. Zec schlug sie auf und im selben Moment blickte ihm sein eigenes Bild entgegen. Mist! Er erschrak so heftig, dass er fast seine Tasse umgestoßen hätte. Der Schreck steckte ihm immer noch in den Gliedern, als ihm gewahr wurde, dass es sich um ein altes, noch dazu schlechtes Bild von ihm handelte. Damals hatte er noch einen langen Bart und lange Haare getragen und sah eher wie ein Luftpirat aus – was für ein Unterschied zu seinem jetzigen Erscheinungsbild, dem eines wilokischen Dandys. Trotzdem konnte er nicht anders und sah sich heimlich nach allen Seiten um. Die Terrasse der Gaststätte füllte sich schön langsam mit Gästen der Oberschicht, die hier im vornehmeren Teil von Som den Meerblick genießen wollten. Lässig betont, führte Zec die Tasse zum Mund und schlug die Zeitung abermals auf.

Verschwörung aufgedeckt, stand da. Darunter sein Bild in groß, wiederum darunter das von Layla und das eines anderen Jungen. Danach folgten nochmals zwölf kleinere schwarz weiß Fotografien und Zec konnte darauf Massek und andere bekannte Gesichter erkennen. Holla! Jetzt wurde es spannend. Zec wandte sich dem Artikel zu.

In der letzten Nacht gelang es unseren überaus eifrigen Geheimkräften, eine Verschwörung immensen Ausmaßes aufzudecken. Wie schon seit einiger Zeit vermutet, bereicherte sich eine konspirative Gruppe unter Führung eines Majors der Streitkräfte immer wieder an unserem Eigentum. Die Verräter wurden gestern Nacht in ihren Verstecken überrascht und sollten festgenommen werden, aber diese schändlichen Subjekte wollten sich in keinster Weise in ihr Schicksal fügen und leisteten erbitterten Widerstand. Dabei kam es zu heftigen Schusswechseln und Verfolgungsjagden durch Sodom, bei denen einige unserer tapferen Aufpasser ihr Leben ließen. Sollten Sie den Aufenthaltsort einer der hier dargestellten Personen kennen, ist es Ihre hohe Bürgerpflicht, diese sofort einem Aufpasser zu melden. Unternehmen Sie nichts auf eigene Faust, die Täter sind bewaffnet und überaus gefährlich. Wir weisen zudem darauf hin, dass eine Zuwiderhandlung gegenüber der

Meldepflicht oder gar der Schutz dieser Verräter mit hohen Strafen versehen ist. Diesen abscheulichen Individuen droht die Todesstrafe und ihren Helfershelfern lange Jahre in den Bergbaustollen. Auf die Ergreifung von Zacharias Bux alias Zec (großes Bild) ist eine Belohnung von dreißig Goldmünzen ausgesetzt. Sachdienliche Hinweise können an jeden Aufpasser oder an die Redaktion des Sehers gerichtet werden.

Dreißig Goldmünzen, Zec konnte sich ein Schmunzeln nicht verkneifen. Ein halbes Vermögen hatten diese verdammten Nomies auf seinen Kopf ausgesetzt. Anscheinend bekamen da einige der oberen Wilokie richtig nasse Füße. Zec warf für die Zeitung noch eine kleine Kupfermünze auf den Teller, erhob sich, faltete die Zeitung unter seine Achsel und trat an die Begrenzungsmauer. Sein Blick fiel auf eine kleine Ansammlung von Booten auf dem Exxos, in Richtung des Wasserfalles. Anscheinend bargen sie gerade die Leichen der Piloten, die heute Nacht ums Leben gekommen waren. Während er an der Mauer entlang schlenderte, immer höflich mit seinem Zylinder grüßend, wenn sich Herrschaften seines Standes näherten, überlegte Zec, wie es denn nun weitergehen sollte. Sicher, Layla wartete in der Spinnerei, oder auch nicht. Stand Massek auf seiner Seite? Seit heute wahrscheinlich schon, zumindest konnte er mit ziemlicher Sicherheit davon ausgehen, dass Masseks Leute auch hinter Layla her waren, dem derzeit begehrtesten Mädchen der Stadt. Zec grinste in sich hinein, wurde aber sofort wieder Ernst. Er musste jetzt schnellstens zur alten Spinnerei.

* * *

Ziggy lag auf dem nasskalten Steinboden in seiner eigenen Pisse und konnte sich vor Schmerzen nicht mehr bewegen.

Wie oft hatte man ihn inzwischen gefoltert und verhört? Er hatte aufgehört zu zählen. Er hustete und spuckte Blut aus. Inzwischen kam er sich vor wie eine einzige schmerzende Wunde, nachdem sie ihn in den ersten Verhören lediglich verprügelt hatten, waren sie dazu übergegangen, ihm die Fingernägel zu ziehen. Bisher fehlten drei seiner Nägel, doch sie hatten damit gedroht, ihm im Laufe des Verhöres auch noch die restlichen zu entfernen. Durch seinen großen Zehen hatten sie ihm einen Nagel getrieben, der nun wie wild pochte. Dazu kamen die unzähligen, stechenden Brandnarben, die seinen Körper übersäten. Vermutlich gab es keinen einzigen Flecken an seinem Körper, der nicht schmerzte. Vor lauter Pein hatte er sich bei der letzten Sitzung auch noch in die Hosen gemacht und schämte sich nun vor sich selbst. Trotz allem hatten sie kein Wort aus ihm herausbekommen und das erfüllte ihn mit großem Stolz, ja irgendwie sogar mit einem Lebenswillen, den er sonst noch nie so verspürt hatte. Aber Ziggy wusste nicht, ob er noch einmal die Kraft haben würde zu widerstehen. Schlafen, einfach nur schlafen wäre mal schön gewesen, doch bisher hatten sie ihn immer wieder kurz vor dem Einschlafen geholt und in den Folterraum gesteckt. Eigentlich sollte es wieder an der Zeit sein, aber die Eisentüre öffnete sich nicht mehr. Er robbte unter höllischen Schmerzen in Richtung Pritsche, dort gab es eine schützende Decke in die er sich wickeln konnte. Als er sie schließlich erreichte und sich in die warme kratzende Leinendecke gewickelt hatte, fiel er erschöpft in einen traumlosen Schlaf.

* * *

General Tschengil zog gerade das Räderwerk eines kleinen Vogels auf. Grimmig blickte er auf die vier vor ihm stehenden mechanischen Wundermaschinen. Sie sahen zwar aus wie kleine Spatzen, aber im Inneren beherbergten sie ein kompliziertes Zahnräderwerk und jede Menge unverständliches technisches Zeug, das es ihnen ermöglichte, sich über einen gewissen Zeitraum von selbst fortzubewegen und sich in der Gegend zu orientieren. Leider erwies sich das Aufziehen mit einem Schlüssel, den man im Uhrzeigersinn drehen musste, als eine überaus langwierige Sache, aber das war es nicht, was Tschengil nervte. Er ärgerte sich darüber, dass seine unfähigen, dummen Aufpasser schon wieder alles falsch gemacht hatten. Von den siebzehn verdächtigen Personen hatten sie gerade mal zwei geschnappt und bei diesen beiden handelte es sich anscheinend um die kleinsten Fische. Alles musste man selbst machen. Bevor er General und Verwalter dieses Landes wurde, hatte auch er die gesamte Sucherschule des Täuschens und Intrigierens durchlaufen. Er konnte von sich behaupten, einer der Besten von allen zu sein, ansonsten hätten ihn die mächtigen Entscheider nicht in diese Position erhoben. Sucher wurden nicht nur dazu eingesetzt, versteckte Personen wieder zu finden und dingfest zu machen, sie hatten in erster Linie die Aufgabe, fremde Kulturen zu unterwandern, auszuspähen, die Schwachstellen zu finden, um diese Gemeinschaften und deren Zusammenhalt schlussendlich zu knacken. Die Sucher bereiteten den Weg für die Ausbreitung der Wilokie und Tschengil war Wilokie durch und durch. Das Auffinden von Personen gestaltete sich in der Regel nicht sonderlich schwer, wenn man solch kleine mechanische Wunderdinger, wie diese Suchspatzen zur Hand hatte. In der Regel. Zec war aber nicht die Regel. In früherer Zeit hatte er viele Aufträge an Zec vergeben und dieser hatte die dunkelsten Machenschaften aufgedeckt und die am besten organisierten Widerstandsnester ausgehoben, aber mit der Zeit hatte er sich distanziert, arbeitete zunehmend alleine und nahm vermehrt Aufträge an, bei denen man keinen großartigen Erfolg erwarten konnte. Dabei zog er sich immer mehr zurück und verwahrloste zusehends. Am Ende sah er aus wie ein Luftpirat, argumentierte allerdings immer wieder geschickt, dass dieses Aussehen und sein gesamtes Handeln die Eintrittskarte für gewisse geheime Kreise sei. Nun ja, seine Erfolge konnten in den letzten Jahren nur als äußerst dürftig beschrieben werden. Tschengil hatte schon lange den Verdacht, dass Zec die Seiten gewechselt hatte und der gestohlene Stein warf nun dringende Fragen zu seiner Position auf. Schon mehrmals hatte Zec Zweifel an der Rechtmäßigkeit der wilokischen Eroberungen angebracht. Einmal hatte er sogar gemeint: *Munai*, so hieß Tschengil mit Vornamen, »Munai, ich bin es leid, braven Leuten den Kopf abzuschlagen und ihn unserer sogenannten Kultur vor die Füße zu schmeißen.« Damals schon hätte er hellhörig werden müssen. Aber sie hatten viel getrunken und der Vorfall war schnell in Vergessenheit geraten. Als Entschuldigung hatte er damals gemeint, er würde sich derzeit auf die Rolle seines Lebens vorbereiten, um an den Widerstand heran zu kommen. Dies erfordere, dass er sich in die Situation eines Abtrünnigen der Wilokie hineinversetze, und das klang auch irgendwie logisch, doch der Verlust des Energiesteins hatte ihn, Tschengil, in Sorge versetzt und deshalb musste er wissen, auf welcher Seite Zec tatsächlich stand.

Tschengil wusste nicht im Detail, wie diese Suchvögel funktionierten, aber sie waren in der Lage, vermisste Personen wieder zu finden. Man fütterte sie lediglich mit einigen Informationen, zeigte ihnen beispielsweise Fotografien der gesuchten Personen, und schon waren sie auf Kurs. In der Regel dauerte es in etwa eine Woche, bis der Vogel wieder zurück kam. Deshalb schickte er alle vier, die er besaß, auf die Suche, denn die Zeit begann knapp zu werden. Kam der mechanische Spatz dann schließlich zurück, so musste man ihm nur sofort folgen und wenn man Glück hatte, befand sich die Person immer noch an der Stelle, wo der Vogel sie gefunden hatte. Besser als Däumchen zu drehen und nichts zu unternehmen. Die Anweisung, Zec zu finden, ging zwar an alle in Sodom lebenden Sucher raus, aber Tschengil machte sich keine Illusionen, denn Zec konnte sich unsichtbar machen, wenn er wollte. Er packte die Spatzen, legte einen kleinen Hebel um und warf einen nach dem anderen aus dem Fenster. »Sucht, meine Vöglein, sucht Massek und Zec.«

* * *

Zec nahm den schnellsten Weg zu Fuß in Richtung alte Hafenanlage. Die Strecke führte geradewegs durch die Stadtmitte von Dom, vorbei an unzähligen Kontrollstellen, entlang wichtiger Knotenpunkte. Es herrschte eine systematische Unruhe, ein geschäftiges Suchen und sich wichtig machen. Vielen Aufpassern konnte man ansehen, dass sie sich in ihrem Element befanden, denn über andere zu herrschen und ihr kleines bisschen Macht auszuüben, Angst und Schrecken zu verbreiten, das stand in ihren Charaktereigenschaften geschrieben. Wieso sonst wurde man Aufpasser? Zec spuckte aus. Er hatte sich schon gedacht, dass sie die gesamte Stadt abriegeln und durchsuchen lassen würden, aber die Ausmaße kamen ihm maßlos und übertrieben vor. Auf der anderen Seite, wenn er so recht überlegte, hatte der Stein ein sehr hohes Machtpotential, wenn er aus Sicht der Wilokie in die falschen Hände geriet. Hoffentlich nahm die Präsenz dieser Halbaffen in Richtung Hafen ab, sonst konnte er sich das Treffen mit Layla abschminken. Als er sich auf die Außenbezirke zubewegte, bemerkte er, dass die Aufpasser um Dom herum einen engen Ring gezogen hatten und die Ausfallstraßen streng kontrollierten. Die Reisenden wurden zwar in die Stadt gelassen, aber keiner durfte mehr ausreisen. Wieder einmal machte es sich bezahlt, dass er sich jahrelang im Untergrund herumgedrückt hatte, denn er kannte die Tunnelsysteme von ganz Sodom in- und auswendig. Und so schlüpfte er in der Nähe eines Kontrollpunktes an der Hauptstraße hinter ein Gebüsch und verschwand unter einem Gullydeckel.

Die Sonne stand schon hoch am Himmel, als er das alte Spinnereigelände erreichte, ein Überbleibsel aus der alten Zeit. Die alte Spinnerei hätte längst umgebaut werden sollen, was aber bisher glücklicherweise noch nicht geschehen war. Hier schneiderte man zu Zeiten der Königinnen von Suome die Kleidungsstücke für die Bürger des gesamten Landes Salom. Wer wollte, konnte sich seine eigenen Entwürfe nähen lassen. Beispielsweise für die üppigen Maskenfeste auf der Burg Suome oder im Glasschloss Camin. Die Schneider feierte man damals überall im Land, eine hochangesehene Berufung mit einer bewunderten Stellung in der Gesellschaft. Heute war von all dem Glanz nur noch eine Ruine übrig.

Durch ein Loch im Zaun gelangte Zec auf das Gelände und folgte im Schutze von Sträuchern und Bäumen dem alten Zufahrtsweg, der zum Haupteingang der Spinnerei führte. Das Gebäude, eher ein schlichter, langgezogener Bau, inzwischen arg von Wind und Wetter mitgenommen, endete direkt am Meer, von wo aus ein morscher Steg ins Wasser führte. Die rostigen, altersschwachen Lastkräne knarzten und baumelten lustlos im Wind, der die Wellen schäumend an die Hafenmauern warf. Ganze Heerscharen von Möwen und Enten hatten den gesamten Stegbereich und ein uraltes Segelschiff, das dort vor Anker lag, für sich erobert. Sie krächzten und schrien laut, als er sich näherte, so als verteidigten sie ihr kotverziertes Revier. Zec betrat das Gebäude durch eine Seitentüre neben dem Haupteingang. Vorsichtig darauf bedacht, keinen Laut von sich zu geben und im Schatten zu bleiben, schlich er durch etliche Türen ins Gebäude Nummer drei, wo er sich mit Layla im Keller treffen wollte.

Hier, in dieser sonnendurchfluteten Halle, standen viele kleine Tischchen mit verrosteten Scheren, Nadeln und anderen Schneiderutensilien durcheinander. Stoffreste und Rollen von Nähgarn in unterschiedlichen Farben lagen verstreut in der Halle verteilt; niemand hatte sich die Mühe gemacht, hier aufzuräumen. Ein breiter, mit einem roten Teppich ausgelegter Flur, führte längs durch den Raum und endete an der Türe zum Gebäude Nummer vier. Zec bewegte sich lautlos auf dem Teppich in Richtung Kellertreppe, auf jedes Anzeichen von Regung gefasst.

Wie aus dem Nichts gab der Teppich unter ihm plötzlich nach und er stürzte, einen Schrei des Erstaunens auf den Lippen, in die Tiefe. Er fiel weich, auf Matten, Kissen, Stoffballen und rappelte sich sofort wieder hoch. Eine Falle, ganz klar! Das hatte hier jemand aufgebaut, um ihn zu fangen, oder schlimmer noch, ihn auszuschalten. Nachdem er sich vergewissert hatte, dass er unversehrt war, fingerte er nach seinem Feuerzeug. Die Flamme erhellte den Raum. Er sah, dass er sich im alten Stofflager des Gebäudes befand. Über ihm schimmerte gleißendes Licht durch das Loch, durch das er gefallen war. Der Schatten eines Kopfes tauchte schemenhaft auf. »Na, wen haben wir denn da gefangen?« Das Lachen einer jungen Frau war zu hören.

»Layla? Layla!«

Zec stöhnte vorwurfsvoll und erleichtert.

»Hat das sein müssen? Das hätten wir auch mit weniger Aufregung besprechen können.«

Wieder hörte man ein Lachen. »Ach, nerv mich nicht, jetzt sind wir wenigstens quitt. Was meinst du denn eigentlich, wie du mich erschreckt hast?«

Sie hörte sich tatsächlich entrüstet an.

»Ich hab dich gerettet. Hörst du?«

Zec versuchte seine Stimme ruhig klingen zu lassen.

»Hör zu, Layla, hör mir einfach zu. Du kannst, nachdem ich dir meine Geschichte erzählt habe, entscheiden, ob du mir glaubst oder nicht. Gut?«

Das Lachen verstummte.

»Dann leg mal los ...«, forderte Layla.

Zec erzählte seine Geschichte, ließ nichts aus und beschönigte auch nichts. Er erzählte von seinem früheren Leben, seiner Arbeit als Sucher für die Wilokie und wie er sie inzwischen hasste, diese verdammten Nomies, wie er auch sich selbst manchmal hasste, für das, was er seinem eigenen Volk angetan hatte, ein Verräter, so fühlte er sich oft.

Die Wilokie hätten ihn seinerzeit rekrutiert und ihm Wohlstand und Ansehen versprochen. Sie hätten gemeint, dass es nötig sei, die den Fortschritt bremsenden Subjekte aus dem Weg zu räumen, um für alle Menschen Saloms neue Horizonte zu erschließen. Jung und dumm wie er damals gewesen war, hätte er den Versprechungen Glauben geschenkt. Ruhm und Ansehen waren von Seiten der Wilokie gekommen, sein eigenes Volk aber hatte ihn verachtet. So viele Fehler, so viel Verrat. Er, der ehemalige Sucher, hätte unendlich viel gut zu machen. Nur der Weg zu seinen Wurzeln zurück könne Rettung bedeuten, das Verteidigen der Werte des alten Salom, seiner Heimat. Und er wolle nichts schuldig bleiben, vor allem Mutter Jùl gegenüber nicht. So sprach Zec.

»Weißt du was, Zec?«

Layla sah ihn schief an und grinste hämisch in seine Richtung.

»Du bist ein Verräter, das warst du immer, ich glaub dir kein Wort. Ich soll dir jetzt abnehmen, dass du auf der anderen Seite stehst? Du bist mir ein lustiger Lurch. Was du verdient hast, kann ich hier noch nicht mal aussprechen!«

Sie deutete eine ausspuckende Geste an.

»Layla, wirklich, ich ...«, er senkte den Blick.

»Nun gut, fang mal nicht an zu heulen«, hörte er Layla von oben.

»Werfe mir deine Waffen herauf.«

»Jetzt komm Layla. Lass mal ... na gut.« Zec zog seine Waffen und warf sie durch das Loch. Anscheinend konnte sie nicht anders überzeugt werden. Plötzlich hörte er von oben ein »Pssst, leise ...« dann wurde der Teppich wieder über das Loch gezogen. Dunkelheit umgab ihn abermals. Es roch nach Farbe und moderndem Stoff, ansonsten blieb es still und finster. Gerade wollte er sein Feuerzeug anzünden, als er ein dumpfes Geräusch von oben vernahm. Schlagartig sah er das Loch über ihm wieder offen. Jemand stürzte unter lautem Fluchen herein und landete direkt neben ihm auf den verstaubten Stoffballen. Dann zwei gedämpfte Schüsse von oben, die eindeutig aus Zecs Waffe kamen, ein Aufstöhnen und Stille. Zec zögerte nicht lange und warf sich auf die Gestalt vor ihm auf dem Boden. Diese wehrte sich nach Kräften, hatte aber dem plötzlichen hinterhältigen Angriff nichts entgegenzusetzen. Zec umklammerte ihn von hinten, schlang seine Beine um dessen Körper und drückte ihm mit seinen Armen die Luft ab, bis er in Ohnmacht fiel. Entkräftet entspannte er sich und rollte den leblosen Körper von sich weg. Ein zäher Bursche, soviel stand fest. Laylas Kopf erschien wieder im Loch.

»Moment mal.« Zec hatte sich im Dämmerlicht den Mann vor sich näher angesehen. Nun entzündete er sein Feuerzeug erneut.

»Bei den Hexen von Jùl ..! Das ist ja!«, entfuhr es ihm.

»Was ist?«, flüsterte Layla erstaunt herab.

»Massek! Das ist Massek. Der Auftraggeber, von dem ich den Stein habe.«

»Oh ...«, entfuhr es Layla, »und was machen wir jetzt? Also ich für meinen Teil würde gerne sobald als möglich von hier verschwinden. Wir haben schon genug Staub aufgewirbelt und dass sie hinter uns her sind, ist der Beweis dafür, dass wir unsere Spuren schlecht verwischt haben. Es ist nur eine Frage der Zeit, bis die Nomies kommen.« Laylas Stimme zitterte merklich und man merkte ihr an, dass sie hier nur noch ganz schnell weg wollte. Sie warf ein Seil herunter.

»Komm, lass uns hier verschwinden«, raunte sie.

»Warum plötzlich diese Freundlichkeit, Layla, bekommst du Angst? Na, die solltest du auch haben. Im Übrigen bin ich hier, um dir zu helfen, du musst mich nur lassen.«

»Danke, da verzichte ich drauf«, höhnte sie.

Massek stöhnte, er kam wieder zu Bewusstsein.

»Hallo Massek, mein Freund. Schön, dich endlich mal wieder zu sehen. Ich dachte schon, du wärst tot.« Massek sah ihn erstaunt an. »Bist du das Zec? Wo ist denn dein Bart? Hast dich ja ganz schön verändert.« Dann lächelte er, ja er fing an zu lachen, er lachte und lachte, bis er fast erstickte. Auch Zec kicherte.

»Nicht schlecht, deine Falle«, prustete Massek. »Ist mir schon lange nicht mehr passiert, dass mich jemand so reingelegt hat.«

»Denk dir nichts, mir auch nicht, ich war das nämlich nicht«, erwiderte Zec. »Das haben wir diesem kleinen Luder da oben zu verdanken, die hat sich nämlich auch noch den Stein gekrallt.« Er deutete mit einer laschen Handbewegung nach oben, zum hellen Loch.

»Und dieses kleine Luder will auch die übrigen Waffen nach oben geworfen haben!«, ertönte es frech aus der Höhe. Massek und Zec sahen sich verdutzt an.

»Ihr könnt natürlich auch gerne dort unten verrotten, aber wenn ihr da jetzt wieder raus wollt, würde ich euch raten, mir die Waffen schnellstens herauf zu werfen. Ansonsten kehr ich euch unter diesen wunderschönen Teppich.« Layla grinste frech.

Die Göre hatte sie nicht nur überlistet, sie hatte die beiden auch soweit, dass sie Forderungen stellen konnte. Zec warf die Luftpistole von Massek nach oben, dann kletterten die beiden das Seil hinauf, wo Layla sie mit vorgehaltener Pistole erwartete.

Vor ihr lagen zwei Personen. Ein Mann und eine Frau, bewusstlos von den Pfeilen aus Zec´s Druckluftpistole. Massek sah sie fassungslos an.

»So, jetzt erzählt mal schön.« Layla entsicherte beide Waffen, richtete sie auf die beiden Herren und machte es sich in sicherer Entfernung an einem verstaubten Schreibtisch bequem.

»Ich hätte vorher nur was anzumerken …«, räusperte sich Massek und hob den Finger.

»Äh, falls sich die Wilokie nähern, sind wir hier quasi eingesperrt, die können sich, ohne dass wir es merken, ganz in Ruhe anschleichen. Vielleicht setzen und besprechen wir uns vor dem Haupteingang hinter den Bäumen und beobachten das Gelände, ich meine ja nur mal so. Es nützt gerade jetzt niemandem von uns, wenn uns diese Nomies erwischen, oder?«

»Ja, das fände ich auch nicht schlecht«, pflichtete Zec ihm bei.

»Na gut.«, murrte Layla. »Aber die zwei Gestalten«, sie deutete auf die Bewusstlosen, »die kommen mit.«

So schleppten Massek und Zec die beiden Bewusstlosen vor den Eingang in den Schutz der Platanen. Diese standen hier ziemlich dicht beisammen, ungewöhnlich dicht für diese Bäume. Rundum säumten grünbewachsene Büsche das Gelände, sodass man sich gut in deren Schatten verstecken und die Umgebung beobachten konnte. Der Wind hatte etwas abgeflaut und die Luft war erfüllt vom Zirpen der Grillen und Tschilpen der Spatzen, die sich hier überall in den Gebüschen tummelten. Einer unter ihnen sah ungewöhnlich starr aus und fixierte die Gruppe, das fiel jedoch niemandem auf.

»Na? Du bist also Massek. Dann erzähl mir doch mal deine Geschichte.« Abermals lud Layla die Waffe durch und richtete sie bedrohlich auf ihn.

»Ist schon gut, ich erzähle ja schon.« Massek wusste, dass er spätestens jetzt seine Karten auf den Tisch legen musste. Auch Zec gegenüber konnte er nicht mehr sein doppeltes Spiel spielen.

»Nun, wo fange ich an.« Er rieb sich die Stirn.

»Hast du schon mal was von der Widerstandsgruppe *Herzrhythmus* gehört?«

Layla sah ihn ungläubig an. »Ja, natürlich hab ich das. Ich bin schließlich, oder besser war, Ausfliegerin beim *Seher*. Ich habe jeden Tag dieses Schundblatt gelesen, in der Hoffnung mehr über mich und alles andere zu erfahren. Der *Herzrhythmus* ist die einzige noch existierende Widerstandsgruppe, die den Wilokie immer wieder massiven Schaden zufügt, ein Überbleibsel aus den alten Tagen. Man munkelt, dass sich einige der alten Widerstandskader zu einer großen Gruppe vereint haben, aber niemand weiß genaueres darüber. Der Anführer, soll sogar aus dem alten Königshaus stammen. Du willst doch nicht behaupten, dass du ...«

Auch Zec sah ihn nun neugierig an.

Massek hob beschwichtigend die Arme.

»Ja, wir« und er deutete auf die beiden am Boden Liegenden, »haben euch mit Hilfe dieser kleinen Vögelchen gefunden.« Massek zog vorsichtig einen kleinen mechanischen Spatzen aus der Jackentasche. Leider musste er beim Sturz auf ihn gefallen sein, denn er sah ziemlich verbeult aus, so als wäre er überfahren worden. Massek sah ihn traurig an. Zec musste ob des dummen Ausdrucks auf seinem Gesicht lachen.

»Was ist das?«, fragte Layla neugierig.

»Eines dieser Wunderwerke der Wilokie«, antwortete Zec für Massek.

»Du fütterst dieses Vöglein mit Fotografien und sie fliegen in der Gegend herum, vergleichen die Fotografien mit allen Gesichtern, die sie sehen und führen dich schließlich zu dem Gesuchten. Ich habe als Sucher viel mit ihnen gearbeitet.« Zec machte eine kleine Kunstpause.

»Die gibt es auch als Spinnen, Fledermäuse, Käfer und so weiter.«

Belustigt sah er Layla an, die sich angeekelt wandte.

»Na auf jeden Fall«, fuhr Massek weiter fort, »fanden wir euch auf diesem Weg.«

»Und was wollt ihr von mir? Den Stein?«

Layla richtete wieder bedrohlich die Pistole auf Massek. Dieser hob entwaffnend die Hände.

»Das auch, denn er ist Teil unseres Plans. Aber zuallererst wollten wir euch auffordern, mit uns zu kommen und ...«

Die beiden Bewusstlosen fingen an sich zu regen.

»Kommt, helft mir. Sie brauchen etwas zu trinken.« Massek zog seine Feldflasche vom Gürtel und beugte sich zu der Frau auf der Wiese.

»Hier, trink Sira. Das hilft gegen den Kopfschmerz.«

Der Mann sah dagegen verdutzt in die Runde.

»Was ist geschehen?«, lallte er und griff nach seiner nicht mehr vorhandenen Luftpistole.

»Die Kleine hat uns alle ausgeschaltet. Wir können von Glück reden, dass sie keine Wilokie ist, sonst wären wir längst tot. Darf ich vorstellen, Sira und Sol.« Massek deutete eine Verbeugung in Richtung Layla und Zec an.

»Sehr erfreut«, raunte Layla. »Dann mal hoch mit euren Ärmchen, ihr meint wohl ich glaub euch eure Spielchen? Ihr könnt mich nicht reinlegen, von wegen Widerstand und so, ha!« Sie fuchtelte mit den beiden Pistolen wild in der Luft umher, um damit ihre Entschlossenheit zu demonstrieren. »Seid mal leise!«, flüsterte Zec aufgeregt. »Dort bei dem Hügel, hat sich was bewegt!« Er legte den Finger auf die Lippen, duckte sich hinter die Büsche und bedeutete den anderen, es ihm gleich zu tun.

* * *

»Sie sind da, eine ganze Armee. Da vorne kommen sie den Hügel herab!«, flüsterte er.

»Mist, was machen wir jetzt?« Layla bekam es plötzlich mit der Angst zu tun.

»Wir haben hinter dem Verwaltungsgebäude zwei Flitzer stehen. Da sollten wir jetzt schleunigst hinlaufen«, raunte Massek.

»Lauft los, Massek und ich geben euch Feuerschutz.« Zec sah sie beschwörend an. »Layla, bitte meine Waffe.« Layla sah ihn vernichtend an.

»Sag mal, meinst du, dass ich blöd bin? Jetzt lauf schon und halt dein Maul.«

Zec war so perplex, dass ihm gar nichts mehr einfiel, er starrte sie nur ungläubig an.

»Jetzt lauft los und schaut euch nicht mehr um, egal was passiert! Schnell verdammt noch mal!!«, schrie Sira.

Sie rannten um ihr Leben, den steinigen Weg entlang, über die Veranda zum Verwaltungsgebäude und außen herum auf die beiden grauen Flitzer zu, die dort unter Bäumen getarnt im hohen gelb-grünen Gras standen.

Immer näher kamen sie ihren rettenden Flugschiffen und hatten diese auch alsbald erreicht. Hinter ihnen wurden Stimmen laut, das Geschrei vermischte sich mit dem Ploppen der Luftpistolen und dem Heulen des Windes. Sol und Sira klemmten sich jeweils hinter das Steuer und machten sich startklar, als plötzlich über dem Scheitelpunkt des Hügels und vom Meer her, dutzende Flitzer der Wilokie auftauchten, jetzt wurde es verdammt eng. Massek und Zec liefen, tief geduckt, immer wieder gehetzt über die Schulter blickend, aber die Aufpasser kamen immer näher. Sie hörten die berühmte Sirene der wilokischen Gesetzeshüter und das Schreien eines Aufpassers durch ein Megafon.

»Ergeben Sie sich der hohen Gerichtsbarkeit. Geben Sie auf, Sie haben keine Chance! Im Namen der wilokischen Gesetze, Sie haben keine Chance, ergeben Sie sich.«

Massek und Zec stürmten weiter und erreichten die Flitzer. Als sie die Türen zuschlugen, knatterten Salven von Giftpfeilen an die Karossen ihrer Fluggeräte. Der Himmel über ihnen wimmelte von Flugschiffen aller Art. Darunter auch einige mit richtig großen Harpunen, welche in Stellung gebracht wurden. Sol und Sira brausten über die Ebene in Richtung Meer. Die ersten Harpunenpfeile schlugen an der Stelle ein, wo sie eben noch gestanden hatten. Weitere Flitzer und schnelle Jäger senkten sich zu ihnen herab.

»Du weißt wohin!«, schrie Massek Sira verzweifelt an.

»Mach schon, das ist unsere einzige Möglichkeit!«

Sira jagte ihren Flitzer in einer 180-Grad-Kurve wieder aufs Gelände der Spinnerei und steuerte auf die Stadt zu. Sol folgte. Die gegnerischen Flitzer stürzten vom Himmel herab auf sie zu. Harpunenpfeile schlugen neben ihnen ein und kurze widerliche kleine Pfeile bohrten sich durch die Außenhaut, blieben aber zum Glück auf halbem Weg stecken.

»Verstärkt«, bemerkte Massek trocken und klopfte an das Metall im Innenraum. Sira und Sol ließen sich nicht beirren und wichen gekonnt den Angriffen der Wilokie aus. Layla staunte nicht schlecht über die einzigartigen Flugfertigkeiten der beiden. Sie passierten den Scheitelpunkt des Hügels und flogen haarscharf über die Dächer Doms, in Richtung Exxos. Am Rande der Schlucht ließen sie sich nach unten fallen und glitten in rasendem Tempo über dem Wasser des Flusses dahin, so dicht, dass sie permanent irgendwelchen Schiffen ausweichen mussten. Über und hinter ihnen folgten die Jäger der Wilokie, etwas weniger an der Zahl als anfangs, da dieses rasende Tempo nicht alle Flugmaschinen mitmachten. Dennoch waren es immer noch mehr als genug. Sie hielten direkt auf den Wasserfall zu. Er kam immer näher, aber keiner der beiden Piloten machte Anstalten, abzubremsen oder den Kurs zu ändern. Knapp über der Wasseroberfläche hielten sie weiter, direkt auf das rauschende Ungetüm zu. Weiß und gischtend fiel das Wasser des Exxos herab. Layla und Zec schrien auf. Sira hatte ihre Maschine leicht schräg gestellt und flog geradewegs in die Felswand hinter dem Wasserfall ein, Sol folgte. Auch zwei weitere Jäger der Wilokie konnten nicht mehr abbremsen und schossen durch die Wasserwand. Stockdunkel, plötzlich wieder Licht, ein breiter Tunnel, der immer enger zulief. Sira und Sol bremsten etwas ab, doch immer noch folgten die beiden Jäger. Der Tunnel verlief schräg nach oben und begann immer steiler zu werden. Hier konnten nur wahre Könner heile durchfliegen, aber auch die Wilokie folgten. Sira und Sol erhöhten das Tempo wieder und plötzlich teilte sich der Gang. Sie flogen in die linke Öffnung und dann sofort steil nach oben. Das hatten die Nomies nicht vorausgesehen. Der erste Flitzer zerschellte an der Gabelung der beiden Tunnel. Der zweite Pilot konnte zwar dem Unfall seines Kollegen gerade noch ausweichen, krachte dann jedoch in die aufsteigende Biegung des Rohres.

Sira und Sol verlangsamten abrupt ihre Geschwindigkeit und glitten vorsichtig durch den immer schmaler werdenden Schacht. Auf einmal konnte man Licht am Ende des Tunnels erkennen. Der Himmel, hellblau strahlend, hoffnungsvoll. Sie schossen durch das Loch ins Freie und erhöhten sofort wieder die Geschwindigkeit. Layla und Zec sahen sich um. Sie kamen geradewegs aus dem Brunnen auf Schloss Camin. Dieser stand in der Mitte eines wundervoll blühenden Gartens. Eine Gesellschaft der Wilokie feierte dort gerade eine Grillparty. Die Augen weit aufgerissen staunten sie und hoben die Finger, die Münder weit offen, als die Flitzer an ihnen vorbei in den Himmel zischten. Die Flüchtenden hatten sich etwas Zeit herausgeflogen, doch schon tauchten die ersten Jäger am Scheitelpunkt des Wasserfalles auf und nahmen die Verfolgung wieder auf.

»Schnell in die Berge!«, schrie Massek Sira an.

Das hätte er sich sparen können, denn die beiden Piloten wussten sehr gut, was sie taten und befanden sich ohnehin schon auf dem Weg. Ein paar Jäger folgten, Layla zählte sechs Flitzer. Sie flogen in Höchstgeschwindigkeit, während sie auf die schneebedeckten Gipfel zurasten. Im Schutze der Felsen und Gebirgszüge wechselten sie im Zick Zack den Kurs und sanken, als sie zum wiederholten Male aus dem Sichtfeld der wilokischen Jäger verschwanden, in ein tiefes enges Tal hinter einer überhängenden Wand ab. Einen Haken schlagend steuerten sie direkt in den Schatten einer tiefen Höhle, drehten ihre Flitzer Richtung Eingang, bereit, sofort feuern zu können, falls die Wilokie es wagen sollten, hier einzudringen. Während Sira und Sol im Inneren verweilten, die Hand am Abzug der Druckluftkanonen, entstiegen die anderen den Flitzern und sicherten links und rechts den Höhleneingang. Nichts rührte sich, es blieb ruhig.

»Wir warten, bis es dunkel ist und folgen dann dem Verlauf dieses Tales, ganz tief unten, da wird uns niemand sehen, schon gar nicht von oben. Die verdammten Nomies werden Streife fliegen und das gesamte Steinerne Meer überwachen, wahrscheinlich über Wochen hinweg. Das heißt, dass auch das Geheimversteck des *Herzrhythmus'* in Gefahr ist. Wir müssen sie schnellstmöglich warnen«, flüsterte Massek Zec zu.

* * *

Nach stundenlangem Warten, das allen wie eine halbe Ewigkeit vorkam, verabschiedete endlich die Sonne den Tag und nur die Monde erhellten mit ihrem gedämpften Licht die Felswände des engen Tales, das eher einer Felsspalte glich. Einmal flog ein Jäger an der Höhle vorbei, aber anscheinend hatte der Pilot seine Augen auf den Grund des Tales gerichtet und selbst wenn er in die Höhle gesehen hätte, wäre ihm nichts weiter aufgefallen, dafür war sie zu schlecht ausgeleuchtet. Die Zeit des Wartens war vorüber. Vorsichtig schwebten die beiden dunkelgrauen Flitzer aus der Höhle und sanken sofort auf den Boden des Tales. Das Gebirge hier bestand fast nur aus Felsspalten und Tälern, die, umgeben von hohen Bergen und Gletschern, ein gigantisches Labyrinth auffächerten. Weiße Schneewüsten, kristallene Eisgärten und unbezwingbar hoch aufragende Gipfel würden es diesen verdammten Nomies schwer machen, ihnen zu folgen. Zudem hassten die Nomies nichts mehr als Eintönigkeit und Orientierungslosigkeit. Nicht nur ihr gesamtes System hatten sie auf Sicherheit und auf Gesetzen aufgebaut, auch jedes einzelne Individuum fühlte sich verlassen und ohne Halt, wenn auch nur der kleinste Zweifel an der Richtung bestand. Eine Landschaft wie hier im Steinernen Meer musste für einen Wilokie die Hölle sein, dachte Zec. Nicht ohne Grund hatte der Widerstand hier sein Lager aufgeschlagen. Die zwei Piloten Sira und Sol schienen mehr als nur zu Hause zu sein. Sicher steuerten sie die nahezu unsichtbaren Flitzer durch jede noch so enge, scharfkantige Stelle des Tales.

So schwebten sie über die halbe Nacht dahin, manchmal mussten sie kurz auf eine tief verschneite Hochebene wechseln, um sogleich wieder in die nächste Spalte abzutauchen. Weit nach Mitternacht erreichten sie ein noch höheres, gigantisches Bergmassiv. Weit aufragten die Gipfel in den Nachthimmel, höher noch als das übrige Gebirge. Weit über den Wolken türmten sich die wuchtigen Riesen ins All und griffen nach den Sternen. Beim Anblick dieser unfassbar mächtigen Giganten wurde einem der Name des Steinernen Meeres erst so richtig bewusst.

»Wir müssen jetzt leider hoch hinauf«, warnten Sol und Sira ihre Passagiere vor. »Seid gefasst auf einen erhöhten Druck auf die Ohren. Ihr könnt ihn ausgleichen, indem ihr euch die Nase zuhaltet und hinein pustet. Seid ihr bereit?« Ohne eine Antwort abzuwarten, zogen die beiden ihre Maschinen in Höchstgeschwindigkeit am Steilhang des vor ihnen auftauchenden Berges in den Himmel, bis sie kurze Zeit später in den Wolken verschwanden. Es dauerte eine Weile, bis sich das Grau wieder lichtete und der sternenfunkelnde Nachthimmel vor ihnen glitzerte. Das Steinerne Meer breitete sich vor ihnen über dem Wolkenmeer aus. Wie eine eigene Welt aus Titanen und Giganten und ewigem Fels, Eis und Schnee. Wolken umhüllten, schmiegten sich in weiß-grauen bizarren Schleiern wie Rauchschwaden um das kalte, mächtige Gestein. Ehrfürchtige

Stille kehrte in die Kabinen der beiden Flitzer ein und staunend glitten sie über die wunderlichen Formen der Wolkenlandschaft. Aber der märchenhafte Flug dauerte nicht lange. Sira und Sol näherten sich einem Gipfel, der nur mit der Spitze aus den Wolken blickte. Kurz bevor sie ihn erreichten, tauchten sie nach unten in die Wolkensuppe ein. Der Berg begann immer breiter zu werden und man konnte bald erkennen, dass es sich in Wirklichkeit um eine lange, senkrecht aufragende Felsenbank handelte. Zahlreiche Löcher lugten schemenhaft in der dunkelgrauen Wand. Eines davon, hinter einer vorgelagerten Felsennase gelegen, steuerten sie direkt an. Je näher sie dem Höhleneingang kamen, desto mehr lichtete sich der Nebel, bis die Höhle deutlich sichtbar vor ihnen lag. Plötzlich tauchten schemenhaft Gestalten auf, Luftgewehre im Anschlag.

»Willkommen beim Widerstand«, sprach Massek feierlich in die Runde und Sira grinste durch die Frontscheibe ihres Flitzers.

Kapitel 6

Verzweigte Wege

Ziggys Schlaf dauerte nicht lange. Als ob sie darauf gewartet hätten, holten sie ihn bereits kurz nachdem er die Augen geschlossen hatte. Brutal zerrten sie ihn von der Pritsche, er knallte hart auf den kalten Steinboden. Sein blutig verkrusteter Schädel brummte und der Schmerz bohrte sich unbarmherzig in seine Augenhöhlen.

»Auf, auf du Stück Scheiße! Es wartet lebenslange Arbeit in Dunkelheit und Kälte auf dich. Der oberste Rechtssprecher hat soeben entschieden, dass es für dich keinen sonnigen Morgen mehr geben wird.«

Die drei Aufpasser lachten gleichzeitig bellend und gehässig, während derjenige, der gesprochen hatte, vor ihm ausspuckte. Ziggy versuchte aufzustehen, doch seine Beine versagten ihm den Dienst und knickten unter ihm weg. Überhaupt wollte er nur noch tot sein, nicht mehr hier sein, einfach sterben. Er fiel um und blieb einfach liegen, sollten sie mit ihm machen was sie wollten, nichts ergab mehr einen Sinn, alles Abgrund und tiefschwarze Nacht. Unsanft hoben sie ihn auf und schleiften ihn nach draußen. Ziggy spürte den Wind auf seiner kalt verschwitzten Haut, doch er ließ seine Augen geschlossen.

Tief sog er die frische Nachtluft in seine Lungen. Mehrmals ließen sie ihn fallen und er schlug unsanft mit dem Kopf auf den Boden, die Augen blieben zu. Vielleicht half ja das Totstellen und er konnte mal in Ruhe schlafen, zumindest nur ein bisschen die Augen zu machen. Schon komisch, wie wenige Wünsche man hat, wenn es einem richtig dreckig geht, dachte er.

Auf dem Vorplatz stand ein Flitzer mit einem etwas größeren Innenraum. Vergittert und abgetrennt zur Pilotenkabine.

Zwei Aufpasser saßen vorne und machten sich startklar. Ziggy sah behutsam durch seine engen Augenschlitze. Ein Aufpasser öffnete die hinteren Türen und mit Schwung warfen sie Ziggy, ohne auch nur im entferntesten Rücksicht zu nehmen, in die Kabine. Hart schlug er auf dem Boden auf und abermals fuhr ihm ein stechender Schmerz durch den Schädel, doch seine Augen blieben geschlossen.

»Ich glaub', der ist schon hinüber«, hörte er eine spöttische Stimme.

»Na wenn nicht, dann verreckt er bald in den dunklen Stollen von Kakutt. Wollen wir wetten?« Ein ekliges Lachen erklang.

»Mehr als zwei Zyklen packt der nicht«, meinte einer. »Ich geb' ihm nur einen«, der andere. Und eine dritte Stimme weiter weg gab ihm sogar fünf Zyklen. Er hörte die Wachmänner noch weiter ihre dummen Späße machen und abscheulich Lachen, sein Leben lang würde er das nicht mehr vergessen können. Die Hecktüren des Flitzers knallten zu und durch ein Klopfen auf die Karosse bedeutete man den Piloten, dass sie nun starten konnten. Sie zogen den Gleiter über die Burgmauer hinweg in Richtung des Flusstales. Auf der schnellsten Route wollte man, ohne ständig den Luftfahrzeugen der Stadt auszuweichen, ins Steinerne Meer gelangen. Sie glitten in etwa fünfzig Fuß über dem Wasser, in dem sich verzerrt und bunt die herabblickenden Lichter der unzähligen Häuser und Laternensäulen spiegelten. Ziggy verspürte einen stechenden Kloß im Hals und schäumte vor ätzender Wut. Seine Seele brannte lichterloh und sein Herz schrie nach Rache, nach Vergeltung, Mord und Totschlag. So also dankten die Wilokie, nein diese verdammten Nomies, ihm seinen fast lebenslangen Einsatz, den Verlust seiner Eltern, die mit ihrem Leben für die Gier der Besatzer bezahlt hatten? All die Jahre der Entbehrung, all die Zeit seiner Kindheit und Jugend, in der er in den Bergwerken den Pickel und die Schaufel geschwungen hatte. Ziggy versuchte sich zu konzentrieren und seinen Zorn in Kraft zu verwandeln. Was für Auswege blieben ihm? Er wusste, dass ihm nicht viel Zeit zum Überlegen blieb, aber plötzlich durchlief es ihn wie ein Blitz. Nachdem die Aufpasser ihn in die Transportkammer des Flitzers warfen, hatte er kein Geräusch gehört, dass abgesperrt worden wäre. Kein Klicken des Schlosses, kein Abziehen eines Schlüssels. Die Türen mussten offen sein. Hoffnung keimte in ihm auf und durchfuhr ihn wie ein Energiestoß. Vorsichtig öffnete er seine bis dahin geschlossenen Augen und spähte in das Cockpit. Die Piloten starrten gebannt auf die Wasseroberfläche und konzentrierten sich auf den turbulenten Flug, den der tückische Wind erschwerte, der in der Sommerzeit durch die Schlucht fegte. Er musste es versuchen, auch wenn er dabei drauf ging. Was hatte er schon zu verlieren, sein Leben? Egal.

Schlagartig stürmte er los, ohne Plan, aber mit einer unbändigen Wut im Bauch. Ein lauter Knall ertönte, als er sich mit voller Wucht gegen die Hecktüren warf und diese nach außen aufflogen. Ziggy fiel in eine gähnende Leere. Er fiel weiter und drehte sich mehrfach in der Luft, er fiel und fiel ins Bodenlose. Gerade als er wieder anfing zu denken, schlug er heftig auf und spürte schmerzlich die Härte des Wassers, bevor er betäubt in die Fluten des Exxos sank. Die Strömung riss ihn fort, dumpf, taub und kalt wie der Tod. Dunkle Orientierungslosigkeit umfing ihn. Der Exxos strömte bis zum Ozean in einer enormen Fließgeschwindigkeit und nur die eingebauten Kaimauern und Hafenanlagen an den Ufern schützten die dort vor Anker liegenden Schiffe davor, von ihm mitgerissen zu werden. Immer wieder tauchte Ziggy kurz aus den Fluten auf, einen gierigen Atemzug nehmend, um sofort wieder in die Schwärze hinab zu sinken. Die Piloten des Flitzers drehten bei und suchten verzweifelt nach einem Lebenszeichen in den gischtenden Wellen. Sie hatten durch eine dumme Unachtsamkeit ihre wertvolle Fracht verloren und das würde General Tschengil überhaupt nicht gefallen. Zwar trugen sie an diesem Umstand wenig Schuld, sondern eher die Wachmänner, die den Burschen so leichtfertig in das Innere des Transporters verfrachtet hatten, ohne die Türen abzusperren, aber das spielte keine Rolle mehr, der General würde sie alle einen Kopf kürzer machen. Die gasbetriebenen Scheinwerfer tasteten die Fluten des Exxos ab und versuchten unter die Oberfläche der Wogen zu kriechen, jedoch ohne Erfolg. Das eiskalte Wasser biss Ziggy schneidend in die Haut, doch anstatt dass er fror, fühlte er sich zunehmend lebendiger, quicklebendig sozusagen. Am Leben und auf der Flucht, kühlte der Exxos seine heißen Wunden, entkommen mit einer Chance auf Neuanfang, egal wie dieser auch aussah. Er fing an zu schwimmen und tauchte mit der Strömung in Richtung Freiheit. Es dauerte nicht allzu lange, bis der reißende Strom ihn ins weit ausladende Mündungsdelta geschwemmt hatte. In den gigantischen Hafen Sodoms. Hier lagen nicht nur die riesigen Handelsschiffe der Wilokie und deren Verbündeten vor Anker, auch die kleineren Fischfangflotten und Frachter aus aller Herren Länder gesellten sich hinzu. Das klamm kalte Bergwasser mischte sich mit dem warmen nährstoffreichen Meerwasser und ein enormer Fischreichtum bereicherte nicht nur das Hafenbecken, sondern reichte weit in das Meer hinaus. Das Wasser fühlte sich so wohlig warm an, dass Ziggy sich fast wie in einer Badewanne vorkam. Aufmerksam trieb er an den Hafenanlagen vorbei, im Schutze der Schiffe, hinaus aufs Meer. Er hatte die dort an Bojen vertäuten Fischerboote im Auge und bald schon fand er einen alten heruntergekommenen Einmaster, von dem er annahm, dass er so schnell nicht mehr in See stechen würde. Auch befand sich augenscheinlich niemand an Bord. Als er zur Mündung des Stromes und in das Tal zurückblickte, entdeckte er mindestens ein dutzend Flitzer, die sich auf den Weg machten, die Wasserfläche des Exxos nach ihm abzusuchen. Jetzt wurde es aber höchste Zeit zu verschwinden. Am Heck des Schiffes führte eine Leiter direkt zum Achterdeck. Dort befand sich auch die Kajüte des Steuermanns mit einem mächtigen hölzernen Steuerrad, das sich im sanften Wellengang leicht hin und her bewegte. Um nicht gesehen zu werden, schlich sich Ziggy auf die dem Meer zugewandten Seite und blickte sich um. Ein Versteck musste her. Da fiel sein Blick auf mehrere große Truhen, die hintereinander in Reihe standen und fest mit dem Schiffsboden verbunden schienen. Genau das Richtige. Vorsichtig hob er den Deckel der ersten Truhe an. Segeltüchern Seile und Stoffe. Dankbar schlüpfte er hinein, bedeckte sich mit den Tüchern, die ihn wohlig wärmten und fiel alsbald in einen tiefen bleiernen Schlaf.

* * *

Munai Tschengil stand in seinem Büro am Fenster und starrte auf die bewegte See unter ihm.

Seine Sucher hatten ihm gerade die neusten Informationen über ihre Einsätze mitgeteilt, und die waren nicht gerade erfreulich. Er blickte über den Hafen von Sodom, in dem gerade eine beispiellose Suchaktion stattfand. Sämtliche Aufpasser waren abgestellt worden, diesen miesen kleinen Verräter, der letzte Nacht entkommen war, aufzuspüren. Eine Vielzahl neuer Schiffe versammelte sich vor der Einfahrt, bereit ihre Ladung zu löschen oder aufzunehmen, Einnahmen für ihn und seine Familie. Naja, in Wirklichkeit waren es ja nicht nur seine Gewinne, denn sein Dienstherr war kein anderer als Cran selbst. Herrscher aus Überlegenheit über die Wilokie und den Rest von Jùl. Die Kolonie Salom stand in einer Reihe von Unternehmungen, die der Herr sein Eigen nannte. All seine Kolonien benannte er nach den Ursprungsnamen der Völker, die er unterjocht hatte. So ungefähr acht Völker kontrollierte der achtsame Herrscherkaufmann, zwei weitere versuchte er derzeit, in die Knie zu zwingen. In Hól gab es noch weitere Unternehmer, vor denen weitaus mehr Kulturen die Köpfe senkten. Einer der mächtigsten, der alte Bedlin, hatte derer dreiundzwanzig unterjocht. Doch Cran besaß die Filetstücke, die Länder mit den Energiesteinen. Das machte ihn so mächtig. Und hier, hier in Salom, herrschte Munai Tschengil im Auftrag von Cran dem Strahlenden, dem Herrscher über die Energiesteine, dem Eroberer der Sterne. Tschengil wusste um das Privileg und gerade deshalb passte ihm die Sache mit dem verschwundenen Superstein überhaupt nicht. Zunächst hatte er gedacht, der Stein könnte vielleicht nützen, um der gesamten Widerstands-Sippe endlich das Lichtlein auszublasen, dieses Pack endlich auszuheben. Ein lange gehegter Wunsch, der endlich in Erfüllung hätte gehen können, dann hätte er endlich Urlaub in Hól machen können, zurück zur Familie, die er so sehr vermisste. Heimweh oder irgendwelche schmerzlichen Gefühle, so eine Blöße durfte er sich hier niemals anmerken lassen. Jäh wurde er aus seinen Gedanken gerissen, als es laut an der Türe klopfte und ihm ein Dienstbote ein Kuvert überreichte. Die Neuigkeiten hatten es in sich.

Es hatte sich herausgestellt, dass bei der Sache mit dem Energiestein tatsächlich der Widerstand *Herzrhythmus* die Finger im Spiel hatte, aber leider auch, dass der Widerstand nicht so dumm war, wie er angenommen hatte. Sie stahlen nicht nur den Stein und entkamen, sie hatten auch Zec in ihrer Gewalt, oder dieser war übergelaufen, beides fühlte sich nicht gut an. Tschengil lief vor dem Fenster auf und ab. Es gab noch die Möglichkeit, dass Zec die Gruppe weiterhin ausspionierte, doch bisher gab es kein einziges Lebenszeichen von ihm. Was tun? Es blieb nicht mehr viel Zeit, denn sein großer Meister Cran würde schon sehr bald Wind von der Sache bekommen. *Der Seher* hatte schon mehrfach berichtet, dass der Widerstand wieder sein Unwesen trieb, dass sich die wichtigen Kräfte aus der Zeit vor der wilokischen Herrschaft wieder versammelten, darunter anscheinend auch der Prinz, und da die Boten der Zeitung mit ein paar Tagen Verspätung in Hól eintrafen, konnte er davon ausgehen, dass Cran es bald wusste. Klar, das sah wirklich nach einer tatsächlichen Bedrohung aus. Diese

Bestrebungen der Rebellen, wieder mehr Einfluss zu gewinnen, mussten im Keim erstickt werden, denn sie kosteten vor allem viel Gold. Bald schon käme ein Schnellschiff geflogen, mit Abgesandten eines Untersuchungskommandos, da fackelte Cran der Strahlende nicht lange. Ohne Vorankündigung, mit Einsicht in die Bücher, in das System und in die Suchergilde, völlige Offenlegung konnte ihm passieren. Wenn nichts gefunden werden würde, könnte er vielleicht politisch und gesellschaftlich überleben, aber dieses Mal hatte er ein paar dumme Fehler gemacht und das konnte ihm sehr wohl auf die Füße fallen. Er hatte diesen Massek schon lange in Verdacht, Kontakt zu Leuten zu haben, die im Widerstand oder in irgendwelchen Verbrechersyndikaten steckten. Darum ließ er ihn auch genau beobachten und fand heraus, dass er sich unter anderem mit Zec traf, doch damit nicht genug: sie handelten mit allerlei verbotenem Zeug. Als dann die Energiesteine ins Spiel kamen, schrillten bei ihm alle Alarmglocken: es konnte nicht anders sein, hier befand sich das Einfallstor zur Zerstörung des so verhassten Widerstandes. Das Bindeglied hieß Massek und Zec war an ihm dran, Zec, dieser verschrobene Kerl. Doch irgendwas ging ordentlich schief und als der erfahrene Sucher bei der Alten Spinnerei mit den Rebellen in die Lüfte verschwand, blieb unklar, ob er freiwillig mit ging oder gezwungen worden war. Rätselhaft, denn seither blieb er verschwunden.

* * *

Dunkel und mächtig erstreckte sich vor ihnen, im Dunst des feuchten Nebels, das scharfkantige Steinmassiv, in dem sich der Hauptsitz des Widerstandes befinden sollte. An einigen Stellen durchbrachen die Felsen das wabernde Grau und verschwanden wieder in der trüben Suppe. Ob es hier jemals hell wurde? Layla hatte das Gefühl, nicht mehr atmen zu können.

Ein lähmendes Gewicht legte sich über ihren Brustkorb und ihre Nase fing aufgrund der Feuchtigkeit an zu tropfen. Energisch wischte sie sich das Wasser von der Lippe. Langsam gleitend passierten die Flitzer den Eingang zur Höhle, der sich wie eine breite Wunde quer durch den Berg zog.

Massek grüßte die wachhabenden Kämpfer am Eingang der Höhle, indem er sich an die Stirn tippte. Diese grinsten freudig grüßend zurück. Im Inneren herrschte reges Treiben. Das hohe Gewölbe erstrahlte von Lichtern, als ob es taghell wäre. Flitzer und noch größere Luftschiffe wurden von dutzenden Helfern umher geschoben und überall standen Werkzeugkästen und Gerätschaften. Vor ihnen fuchtelte ein hell angezogener Arbeiter mit Flaggen, um sie auf ihren Parkplatz einzuweisen. Sira und Sol öffneten ihre Luken. Stille kehrte ein und während bisher alle gearbeitet hatten, starrten sie nun in ihre Richtung. Manche hoben zum Gruß zwei Finger vom Herzen, beschrieben einen Kreis und deuteten auf die Gäste. Personen marschierten aus der Dunkelheit eines Ganges, der in den Hangar mündete, auf sie zu.

»Massek, endlich! Ich hatte schon gedacht, wir hätten dich verloren.«

Eine tiefe Stimme hallte von den Wänden wider.

Ein etwa mittelgroßer sportlich wirkender junger Mann trat ihnen entgegen. Die beiden fielen sich in die Arme.

»Ich kann dich doch in diesem Chaos nicht alleine lassen. Du hast ja ansonsten überhaupt keinen Durchblick mehr«, lachte Massek und gab seinem Gegenüber einen Hieb in die Seite, den dieser theatralisch konterte.

»Sira und Sol, habt Dank, dass ihr diesen Mistkerl lebendig zurückgebracht habt.«

Er zwinkerte den beiden zu.

»War gar nicht so leicht«, erwiderte Sira knapp und lächelte säuerlich.

»Na Massek, wen hast du uns denn da noch mitgebracht? Oh, verzeiht, dass ich mich noch nicht vorgestellt habe, mein Name ist Urs.«

Er reichte den beiden Neuankömmlingen seine Hand. Layla starrte ihn an.

»Urs? Der Urs? Ich meine, du bist doch nicht der Nachkomme der Königsfamilie von Suome? Prinz Urs?« Laylas Hand begann zu zittern, doch Urs hielt sie fest in der Seinigen.

»Ja genau, der bin ich. Aber keine Panik, ich bin genauso aus Fleisch und Blut wie du. Und mit wem hab ich das Vergnügen?« lächelte er sie entwaffnend an.

»Ähh ... ich bin Layla. Besser gesagt weiß ich gar nicht, ob ich das wirklich bin. Ich wuchs bei einer Pflegefamilie auf und ob das mein richtiger Name ist, weiß ich leider nicht. Ich bin ... besser, ich war Ausfliegerin für den *Seher* und bin etwas unglücklich in diese Geschichte geraten. Aber nun bin ich hier und ...«, sie stoppte mitten im Satz.

Was laberte sie da eigentlich? Sie senkte ihren Blick und starrte auf ihre Füße.

»Layla also ...« Urs sah aus, als ob er scharf über etwas nachdachte, fing sich aber sogleich wieder.

»Und du bist?«, er wandte sich Zec zu.

»Zec. Ehemaliger Sucher der Wilokie. Ich biete euch meine Dienste an.«

Urs Blick verfinsterte sich mit einem mal. Er drehte sich zu Massek um.

»Was soll das denn? Haben wir inzwischen was mit Nomie Suchern zu schaffen?«

Er spie das Wort förmlich aus.

»Nehmt ihn fest und sperrt ihn weg. Ich will diese Visage heute nicht mehr sehen.«

Er drehte sich auf dem Absatz um und verließ wutentbrannt die Halle.

»So warte doch ...!« Massek eilte ihm hinterher. Doch nichtsdestotrotz nahm die verbliebene Leibgarde des Prinzen

Zec in Gewahrsam und führte ihn ab. Zurück blieben eine etwas ratlose Layla, Sira und Sol.

»Man muss ihn verstehen«, sprach Sol.

»Urs, eher, das ganze Land Salom hat durch diese verräterischen Sucher die besten und mutigsten Leute verloren. Er ist einfach nur vorsichtig und ich denke auch ein wenig sauer auf Massek«, vollendete Sira Sol's Ausführungen.

»Komm mit, wir zeigen dir dein Zimmer. Wir haben heute genug erlebt und jeder von uns kann ein Bad, Ruhe und etwas Essen gut brauchen.«

Mit diesen Worten schob Sira Layla vor sich her, den Gang entlang. Sie passierten dabei etliche in die Felsen gehauene Räume, wie die Küche oder ein Lager. Unzählige Stollen führten wiederum von diesem Gang weg. Ein einziges Labyrinth, dieser Berg. Schließlich gelangten sie in eine matt erleuchtete Halle mit vielen Türen. Sira öffnete eine davon.

»Hier kannst du erst mal bleiben. Ist deins«, sprach sie und überreichte ihr den Schlüssel. Layla trat in das Zimmer und wollte gerade staunend etwas erwidern, als die Türe hinter ihr ins Schloss fiel. Der Raum schien überaus geräumig und besaß sogar ein kleines unscheinbares Fenster, das versteckt unter einem Felsvorsprung lag und in das fließende Grau unter ihr blickte. Davor stand ein Tisch und zwei Stühle. Es klopfte. »Herein!«

Es war Sol, der ihr eine Schüssel mit einem dampfendem Eintopf überreichte.

»Dort in der Felswand, hinter dem Bett«, er deutete nach links auf eine Nische, »findest du ein paar Flaschen Slaks. Schlaf gut, wir sehen uns morgen. Ach ja, falls du baden willst, einfach hier an dem Seil ziehen.« Er deutete im hinausgehen auf eine natürliche Felsvertiefung im Boden und ein herabhängendes Seil.

Layla sah sich weiter um. Schön, das gefiel ihr. Geschmackvoll eingerichtet, mehr als man eigentlich brauchte. Sie zog an dem Seil. Sofort schoss ein Schwall heißen Wassers in die aus dem Felsboden gehauene Wanne und füllte diese. Was für ein Tag, besser konnte man ihn nicht beenden.

Zec saß derweilen niedergeschlagen in einer kleinen modrigen Zelle im Nirgendwo dieser verdammten Felsenfestung. Der Sturm, der vor seiner Zelle tobte, blies unablässig weiße Schneekristalle in seine Kammer, die sich vor seinem vergitterten Fenster zu einem kleinen Hügel vereint hatten. Von den Wänden hingen starr dicke Eiszapfen und die einzige Fackel hing längst verloschen in ihrer Halterung. Verdammt kalt hier. Er zog seinen Mantel enger und wickelte sich so gut es ging in den warmen Stoff. Zum Glück hatten sie ihm die Kleidung gelassen, sonst wäre er längst erfroren, und an Schlafen konnte er nicht im Geringsten denken. War ja eigentlich klar gewesen, dass der Prinz seine Bewerbung abgelehnt hatte. Wie konnte er sich auch nur der Illusion hingeben, neue Freunde zu finden, wenn er vorher der Erzfeind gewesen war. Nichts stand mehr verhasst da, als der Sucher. Er hatte sich dem Traum hingegeben, ein neues Leben zu beginnen, ein Leben in Ehrlichkeit, Wahrheit und Freude. Ein neues Leben für ein Ziel, für das es wert schien zu kämpfen und zu sterben, aber es schien sich so zu entwickeln, dass er dafür starb. Ein trauriger Gedanke. Naja, dann sollte es so sein. Selbst wenn er nun gerichtet würde, schlussendlich hatte er sich für die richtige Seite entschieden. Auch wenn nur er selbst davon wusste und ihm ansonsten niemand Glauben schenkte. Scharf zog er die kalte Nachtluft in die Nase ein. Morgen sollte die Gerichtsverhandlung sein. Vielleicht konnte er sie ja doch noch überzeugen?

***

Kolles Kammer fühlte sich eisig kalt an, dürftig geheizt zwar, doch in der Nacht erloschen die Öfen im Internat, denn es sollte gespart und gefroren werden, damit aus ihnen einmal harte Burschen würden. Er sah den Atem seines Bettnachbarn.

Malli, so hieß der kleine Kerl neben ihm, konnte einem wirklich leid tun. Der schmächtige Junge von etwa zwölf Jahren hatte es innerhalb von zwei Wochen zum Spaßopfer fast aller hier einsitzenden Jungs und Mädels gebracht. Man ließ ihn stolpern oder ganz zufällig in eine Faust laufen, dem Lehrer wurde, bei bösen Streichen, zu allererst sein Name genannt und wenn er weinte, wurde er daraufhin von den Aufpassern verspottet und von seinen Mitschülern verprügelt. So ging der Spaß, an dem sich diese erbärmlichen Nomies ergötzten, weiter und fort, grausam, gemein und niederträchtig. Kolle hatte den Kleinen sehr in sein Herz geschlossen und sie hatten die Zeit auf ihrem Zimmer mit Geschichten erzählen und Karten spielen verbracht. Malli war ein schlauer kleiner Kerl, der eigentlich ganz lustig sein konnte, aber meist traurig vor sich hin starrte. Leider hatte ihm das Leben nicht so gut mitgespielt, aber da war er ja auch nicht alleine. Dutzende Male schon hatte Kolle ihn aus Scharmützeln heraus gehauen oder versteckt. So unwahrscheinlich lange schon mussten sie nun diesen Internatsmist ertragen. Eine zermürbende Zeit des Drills und der Anfeindungen, Kolle hatte bereits aufgehört die Tage zu zählen. Hier wollte jeder nach oben, dorthin wo die Honigtöpfe standen, auf den Gipfel der Wilokie. Wenn alles gut ging, dann nach Hól.

»Ich schaff das nicht mehr ...«, schluchzte Malli, während Kolle ihn schützend an sich drückte.

»Jetzt mal ganz ruhig mein Kleiner. Jeder Tag beginnt neu. Lass dich nicht unterkriegen. Die sind doch in Wirklichkeit nur feige und haben Angst vor deiner Schlauheit und deinem Witz, das macht denen am meisten Angst, denn das ist stärker als ihre Muskeln. Geh' das Ganze mit Humor und Hirn an und ich verspreche dir, du hast bald Ruhe.«

Er grinste den Jungen freundlich an, streichelte ihm über den Kopf.

»Erst heute wieder haben mich alle gehänselt. Die ganze Klasse hat mich als Zielscheibe für ihre Schreibkreiden verwendet. Das hat sehr weh getan.«

Er schluchzte leise, doch die beruhigenden Worte von Kolle hatten ihm sehr gut getan; bald schon schlief er ein und Kolle trug ihn in sein Bett. Er selbst hatte als Neuankömmling bisher nur deshalb keine größeren Schwierigkeiten bekommen, da er sich, so gut es ging, unsichtbar machte. Das hieß, sie bemerkten ihn bisher nur beim Aufrufen seines Namens; unauffällig ging er seiner Wege. Über ihn wurden auf dem Schulhof keine Geschichten erzählt und das sollte vorerst auch so bleiben. Auch hatte er es gut verstanden, Malli manchmal unauffällig aus der Schusslinie zu bekommen und zu verstecken. Mit der Zeit lernte zwar auch der Kleine, wie man unversehens verschwand oder gar nicht erst in Erscheinung trat, trotzdem passierten immer wieder Szenen wie die mit der Schreibkreide.

Als sich Kolle eines Tages mit einem Buch über die Ausdehnung des Steinerne Meeres lesenderweise im Schulhof befand, setzte sich plötzlich jemand neben ihn auf die Bank. Kolle atmete flach, denn neben sich erkannte er Blom. So ein Sonderling aus den oberen Klassen, ein überaus muskulöser, harter Bursche, der sich absonderte, beobachtete und am liebsten für sich blieb.

Blom besaß eine Geschichte, besser gesagt viele Geschichten, und er kam in der Rangfolge der gefährlichsten Jungs auf dem Gelände des Internates an erster Stelle. Selbst die Aufpasser hatten Respekt vor ihm, deshalb ließ ihn auch jeder in Frieden, außer jemand hatte Lust auf eine Prügelei, und wollte seine Kräfte messen. Bisher hatte sich bei dem Versuch jeder eine blutige Nase geholt.

»Na? Was lieste denn da?«, lächelte er freundlich und antwortete selbst auf seine Frage. »Steinernes Meer? Ja, sehr spannend. Vor allem die Schächte, welche von unseren Salomer

Schwestern und Brüdern für diese dummen Nomies durch die Berge getrieben wurden. Man sagt, sie kämen erst am Fuße des Waldes heraus, wo die Elò wohnen. Es ist ein offenes Geheimnis, dass sich diese Nomies nicht in deren Land trauen.«

Während Blom sprach, bedeckte er seine Lippen unauffällig mit seiner Faust. Kolle starrte ihn ungläubig an.

»Du meinst, die Schächte führen durch das gesamte Gebirge? Woher weißt du das?«

Misstrauisch beäugte er ihn.

»Hab mich genauso umgesehen wie du. Man sollte ja seine Umgebung kennen, oder nicht? Falls man mal einen Spaziergang draußen in den Bergen unternehmen will.«

Er grinste verschwörerisch.

»Kannst du mir Literatur empfehlen?«

Kolle rutschte auf der Bank etwas weg von ihm. Der Kerl war zwar nett, aber trauen konnte man hier niemandem.

»Ich an deiner Stelle würde mir die Grabungskarten der Wilokie ansehen, das kann jeder machen. In der Bibliothek unter: *Gesteinsarten – kartographiert.* Dort sind quasi alle Minen, Schächte und die dort enthaltenen Gesteinsarten und Erzadern verzeichnet und natürlich auch, wie man dorthin gelangt. Wenn du Glück hast, findest du ja vielleicht noch einen Energiestein.« Kolle zuckte leicht zusammen, ließ sich jedoch nichts anmerken.

»Gut, danke. Ich werde sie mir ansehen.« Kolle stand auf, um zu gehen. Die Situation wurde ihm mulmig. Blom hielt ihn am Ärmel zurück.

»Falls du was Interessantes entdeckst, sag Bescheid.«

Kolle riss sich los und stapfte wortlos davon.

Malli hatte vor dem Einschlafen wieder geheult und sich das Kissen über den Kopf gezogen. Lange würde es der Kleine nicht mehr schaffen, keine Ahnung was dann mit ihm geschah. Verschwand er einfach oder starb er gar einen grausamen Tod? Hier konnte man mit allem rechnen. Es kursierten unzählige

Geschichten von verschwundenen und verunglückten Insassen. All diejenigen, welche bisher den Versuch unternommen hatten zu fliehen, brachten die Aufpasser spätestens nach vier Tagen wieder zurück, tot oder lebendig. Vier Tage, bisheriger Rekord. Eine Ausnahme gab es jedoch, einen einzigen erfolgreichen Fluchtversuch. Zumindest hatte man nie wieder von demjenigen gehört, er konnte genauso gut auch tot sein. Im letzten Zyklus musste es passiert sein. Trotz aufwändiger Suchaktion konnte er nicht mehr gefunden werden. Die zurückkehrenden Aufpasser erzählten freilich, er wäre in eine Gletscherspalte gestürzt, aber es hielt sich hartnäckig das Gerücht, dass Urs, so hieß der Knabe, es bis zu den Wäldern geschafft hatte. Die meisten Schüler wollten jedoch sowieso nicht fliehen, und diejenigen, die es wollten, erkannte man meist im Vorhinein; Malli war so einer. Allerdings war er vor lauter Traurigkeit und Heimweh unfähig, seine Flucht umzusetzen.

So zermarterte sich Kolle des Nächtens den Kopf über ein kluges Ausbruchsmanöver. Sie befanden sich des Öfteren außerhalb des riesigen Burggeländes, und vielleicht ging es ja während der Exkursionen? Die Schule befand sich in einer riesigen Festungsanlage: diese ehemalige Grenzburg hieß *Karst.* Ein frühes Bollwerk gegen die Bergstämme, noch vor der Zeit des Königreiches Salom. Die Wilokie fanden es absolut perfekt, hier ihre Kaderschmiede, die neue Eliteschule, einzurichten. An den Berg gemauert und halb in eine dahinterliegende Schlucht gebaut, thronte die Internatsburg über der ansteigenden Hochebene und sah auf den weit unter ihnen liegenden Stausee und das Schloss Camin. Sodom konnte man noch schemenhaft in der Ferne wahrnehmen, und die Burganlage Suome nur bei gutem Wetter. Durch ihre Exkursionen in die Gletscher und Täler des Steinernen Meeres hatte sich Kolle schon mehrmals die Gegend genauer ansehen können. Seiner Meinung nach konnte eine Flucht durchaus gelingen, wenn auch nur mit exakter Planung und exzellentem Kartenmaterial; das Fach Jùlkunde hatte sich bezahlt gemacht. Kolle hatte sich, in noch glücklicheren Tagen während seiner Schulzeit, durch diesen trockenen Stoff der Karten und Landkunde gequält, aber als der Drang, Sodom irgendwann zu verlassen, immer größer und drängender wurde, begann er sich immer mehr dafür zu begeistern. Interessanterweise stand in keinerlei Land- oder Seekarte irgendein Hinweis verzeichnet, woher die Wilokie eigentlich kamen, oder wo ihre Hauptstadt Hól lag. So, als ob sie verhindern wollten, dass man sie überhaupt fand. Bald schon machte ihm in Jùlkunde niemand mehr etwas vor, noch nicht einmal seine Lehrer. Hier im Internat gab es jede Menge detaillierter Karten in der Bibliothek; sie mussten zwar am gleichen Tag zurückgegeben werden, aber das war nicht das Problem. Es fiel ziemlich schnell auf, wenn sich ein Schüler anstatt Bücher ständig nur Landkarten auslieh, deshalb begann Kolle die Karten abzuzeichnen. Richtig gute farbige Karten, mit Entfernungsmessungen, Höhen, Tiefen und Markierungen von gefährlichen Stellen. Eventuelle Übernachtungsmöglichkeiten und Verstecke verzeichnete er ebenso. Die geologischen Besonderheiten sowie Höhlen und Schächte entnahm er den Lehrbüchern. Das hatte ihm bald so viel Spaß gemacht, dass er das Gefühl hatte, gar nicht fertig werden zu wollen.

* * *

Ziggy erwachte gefühlte Wochen später. Wie lange er geschlafen hatte, konnte er noch nicht einmal ansatzweise schätzen. Aber es musste lange gewesen sein. Sehr lange. Was war noch mal passiert? Ach ja, der Stein … und Layla … General Tschengil, die Folter und Aua! … sein Kopf. Durst. Hunger und er musste dringend aufs Klo. Neugierig hob er den Deckel der Truhe und lugte über den Rand. Blauer Himmel, frische Luft und das Gekreische der Möwen. Oh, wie schön das Leben doch sein konnte. Weit und breit war niemand zu sehen, und so kroch er aus seinem Versteck.

Er schlich an der Kajüte entlang, um zum Bug des Schiffes zu gelangen, als er vor sich auf den Planken einen Schatten bemerkte, der nicht in das Bild seiner Realität passte. Da flatterte doch etwas; er sah nach oben. Das Hauptsegel befand sich unter Vollspannung und blähte sich im Wind. Er fuhr herum und sein Blick flitzte zur Kajüte des Steuermanns. Oh nein! Da stand einer und hatte den Blick in die Ferne gerichtet. Rasch drückte er sich in eine Nische. Keine Frage, sie befanden sich auf dem offenen Meer, anscheinend auf Fischfang. Ziggy wusste nicht, ob er das nun gut oder schlecht finden sollte. Tastend schob er sich an der Wand entlang, gelangte zum überdachten Mitteldeck und jetzt sah er es erst richtig. Ab dem Ende der Kajüte erstreckte sich ein Dach bis über die Spitze des Buges hinaus. Am vordersten Teil des Buges befand sich noch ein Vorderdeck, das etwas unterhalb des Mitteldecks lag, und dieses war durch ein zusätzliches Dach geschützt. Komische Konstruktion für ein Segelschiff, dachte Ziggy. Gerade in diesem Moment vernahm er Stimmen vom Bug her und duckte sich hinter ein herabhängendes Segeltuch. Leise schlich er sich weiter in Richtung Kajüte, doch als er sich der Treppe näherte, die zum unteren Deck führte, fesselte etwas ganz anderes seinen Blick. Sie steuerten geradewegs auf eine riesige Wolkenbank zu. Moment mal. Zum ersten Mal, seitdem er sich an Bord dieses eigenartigen Schiffes befand, blickte er über die Reling. Blau und in der Sonne glitzernd blitzte das Meer zu ihm herauf, allerdings von ganz weit unten, sehr weit unter dem Rumpf des Schiffes. Sie flogen, verdammt noch mal, sie flogen! Er konnte es kaum fassen: das erste Mal in seinem Leben auf einem Luftschiff! Wenn er das seinen Freunden erzählte! Holla, das würde aber .... Oh! Ernüchterung legte sich über sein Gemüt und brachte ihn wieder auf den Boden der Wirklichkeit. Leise schlich er sich weiter in Richtung Treppe, um der Unterhaltung zu lauschen.

»Könnten uns wenigstens zwei Mann mehr mitgeben. Ist eh schon Arbeit genug für uns drei«, sprach einer und der andere antwortete. »Gefährlich isses auch mit so wenig Leuten. Ach, ist doch immer dasselbe. Die wollen einfach Kosten einsparen und wir sind wieder mal die Idioten. Man müsste mal ordentlich auf den Tisch hauen.«

Wieder antwortete der andere: »Na klar, dann werfen sie dich raus und du weißt ja, wie viele Seeleute es gibt, die unseren Job haben wollen. Hunderte. Da biste gleich weg vom Fenster.«

Sie murmelten weiter und flogen dabei in den Dunst der Wolke.

Ziggy hatte genug gehört. Drei Seeleute an Bord hieß, dass sich gerade niemand in der Kajüte befand. Flugs öffnete er die Türe zu den Schlaf- und Wohnräumen und schlüpfte ins Innere, das erfreulich geräumig schien. Nachdem er sich auf dem Plumpsklo erleichtert hatte und sich dabei grinsend vorstellte, wie seine Scheiße auf dem Deck eines unter ihnen auf dem Meer fahrenden Schiffes landete, packte er sich noch Wurst, Käse, Brot, eine Flasche Wein, einen Apfel aus der Bordküche, eine Kerze und Streichhölzer ein und schlich wieder zurück zu seiner Truhe. Bevor es an den langersehnten Imbiss ging, machte er es sich in der großen Truhe bequem und räumte einige der Segeltücher beiseite. In weiser Voraussicht hatte er den Riegel außen entfernt, damit ihn niemand einsperren konnte. Dafür fixierte er den Deckel von innen. Nachdem er das Essen und den Wein vor sich ausgebreitet und die Kerze entzündet hatte, begann er mit seiner Mahlzeit. Schon lange hatte ihm eine Speise nicht mehr so vorzüglich geschmeckt, gerade richtig, um wieder zu Kräften zu kommen. Danach fiel er wieder in einen tiefen Schlaf.

* * *

Kolles Projekt umfasste insgesamt drei Karten. Die Hauptkarte, eine Umgebungskarte mit sämtlichen Gletschern, Bergen, Flüssen, Tälern und Bergpfaden. Darüber konnten, aus dünnerem, durchscheinendem Papier, deckungsgleich zwei weitere Karten gelegt werden. Die eine zeigte unterirdische Gänge, Flussläufe, Stollen und Bergwerke, während die andere Geheimverstecke und Höhlen preis gab, die er dem detaillierten Kartenmaterial der Wilokie entnommen hatte. Entscheidend würden die ersten zwei Tage sein, aber danach kam das größte Problem an der ganzen Sache. Die Aufpasser der Wilokie schienen das geringere Übel zu sein; das Wetter, der Schnee, das Eis, die Stürme und die Kälte fürchtete er dagegen schon eher. Der einzige Fluchtweg konnte nur durch die Stollen führen. Eigentlich fühlte sich Kolle, nachdem er alle Eventualitäten abgewogen hatte, so dermaßen frustriert, dass er seine Pläne schon aufgeben wollte, denn das Fluchtvorhaben alleine durchzuziehen schien nahezu unmöglich. Bis plötzlich etwas Unerwartetes geschah. Nach dem letzten Eiskletterkurs hatte er einen Zettel in seiner Hosentasche gefunden.

Darauf stand: *»Komm heute Nacht zur östlichen Burgmauer bei den Plumpsklos. Gez. B«*

Konnte die Nachricht etwa von Blom sein? Oder machte sich da jemand einen Spaß und stellte ihm eine Falle? Kolle beschloss, das Risiko einzugehen.

Leise schlüpfte er aus dem Bett, kramte seine Sachen zusammen und zog sich an. Warme, dunkle Kleidung. Zwar pfiff ein Fönsturm durch die Schluchten und Täler, aber hier am Rande der Gletscher wurde es in der Nacht trotzdem oft krachend kalt. Malli atmete ruhig und tief, als Kolle durch die Tür auf den Gang schlüpfte. Im Schatten der Gebäude schlich er zum Ostturm, während der Wind pfeifend durch die Burggänge strich. Plötzlich packte ihn eine eiserne Hand von hinten und zerrte ihn in die Kohlenkammer. »Ganz ruhig«, zischte Blom, »ich bin's nur.«

Als er die Hand von Kolles Mund genommen hatte, drehte sich dieser zu ihm um.

»Netter Plan, mich vor dem Treffpunkt abzufangen.«

Kolle klopfte sich nervös den Staub aus der Kleidung.

»Tja so bin ich nun mal, gerissen und gemein.«

Blom lächelte eine schiefe Grimasse.

»Was gibt es, du wolltest mich sprechen?«, entgegnete Kolle fast schon unfreundlich.

»Kolle, ich hab da einen Plan, ich schaffe das aber nicht alleine. Ich will hier schon lange raus und ich muss das jetzt auch bald machen.«

Seine Augen leuchteten im Dunkeln.

»Und wie hast du dir das vorgestellt?«, gab Kolle zurück.

»Wir brauchen den Grundriss dieser Burg«, antwortete er.

Kolle begann an seinen Nägeln zu kauen.

»Das Problem dabei ist nur, dass du ihn besorgen musst, Kolle.«

»Ach ja? Du weißt, wo sich der Plan befindet, oder?« Kolle verzog spöttisch seinen Mund.

»Ja, das weiß ich, er ist beim Internatsleiter in der Schublade, es gibt hier ansonsten keine Kopie oder sowas. Du brauchst nur eine Stunde, um ihn perfekt abzuzeichnen, ich kann das nicht. Bei mir brechen die Bleistifte wie Streichhölzer, zeichnen ist so ungefähr das Letzte, was ich kann.«

»Und wie stellst du dir vor, dass ich da drankomme?«

»Da hätte ich eine Idee.«

Blom beugte sich noch näher zu ihm.

»Jeden Donnerstag treffen sich die Aufpasser und der Internatsleiter für etwa drei Stunden samt ihrem Chef in der Kantine zur Lagebesprechung. Meist dauert das dann immer länger, weil sie sich mit Slak und Wein zuschütten. Aber in der Zeit wäre die Bude frei. Du musst dich nur im Herrschaftsflügel einschließen lassen und auf deinen Auftritt warten.«

Blom zog besorgt seine Stirn in Falten, um das Wörtchen *nur* zu unterstreichen.

»Also Morgen ...?«, dachte Kolle laut.

Blom starrte ihn an.

»Stimmt. Morgen schon. Wir treffen uns Freitagnacht, also eine Woche später, wieder hier bei den Kohlen. Gut?«

Kolle schaffte es tatsächlich. Am nächsten Tag nach dem Abendessen schlüpfte er flink in den Herrschaftsflügel und versteckte sich in der Besenkammer. Er nahm sich richtig viel Zeit und zeichnete, nachdem er sich sicher sein konnte, allein zu sein, unter dem Schreibtisch des Direktors die Karte in all ihren Einzelheiten nach. Er setzte noch Markierungen an Stellen, die er farblich kennzeichnen wollte. Die ganze Aktion dauerte etwa eine halbe Stunde. Danach huschte er wieder in die Kammer und schlief unter einem Stapel schmutziger Bettwäsche ein.

Als er sich am nächsten Tag nach dem Unterricht die Karte zur weiteren Bearbeitung etwas genauer betrachtete, fiel ihm ein Gang auf, der vom Brunnen aus in Richtung Gletscher verlief. Vom Brunnen aus? Da gab es weit und breit gar nichts, denn der Ziehbrunnen stand mitten im Schulhof, war seit gefühlten Jahrhunderten unbenutzt und rottete vor sich hin. Die Gebäude ringsum befanden sich verhältnismäßig weit entfernt. Wo bitte schön sollte da ein Gang ... ? Ja, genau das war's! Er verlief irgendwo unterirdisch, vom Brunnenschacht weg, deshalb hatte man ihn auch gestrichelt verzeichnet. Nur diese Lösung kam in Frage. Kolle folgte mit dem Stift dem Verlauf des Ganges. Er endete an einer senkrechten Felswand im Tal hinter ihnen, nahe des Weges, den sie immer einschlugen, wenn sie auf Exkursion ins Gebirge zogen. Ein verwegener Plan begann in ihm zu reifen.

Die nächsten Tage fühlten sich grauenhaft an. Mit dem Wissen an die Möglichkeiten einer Flucht am Unterricht teilzunehmen, war schier unmöglich. Ihm fiel fast ein Stein vom Herzen, als der Freitag endlich anbrach und die Lehrer sie nicht allzu sehr mit Fragen und Aufgaben quälten. Während der großen Pause steuerte er durch den Park, um sich etwas zu zerstreuen. Eine Traube von Schülern stand um ein sich balgendes Duo. Malli! Oh nein!

»Dich kleines Arschloch schick ich jetzt zur Hölle. Komm, schrei nach deiner Mami! Oh seht doch, er pisst sich schon in die Hose, der dumme kleine Hosenpisser!«

Ein etwas dicklicher Junge hatte sich auf Malli gehockt, der wimmernd am Boden lag und versuchte, sich zu schützen. Wieder und wieder klatschten die Schläge auf seinen Körper, auf sein Gesicht und obwohl längst überlegen, drosch der andere Junge wie verrückt weiter auf ihn ein. Kolle wartete nicht lange. Laut schreiend lief er auf die Menge zu und stürzte sich auf den Angreifer. Er riss ihn von Malli herunter und schleifte ihn über den Boden, dann ließ er ihn liegen und rannte zu Malli, um ihn aufzuheben. Er nahm ihn auf die Arme und versuchte, ihn weg zu tragen, aber die Meute versperrte ihm den Weg.

»Ach? Wen haben wir denn da? Beschützer der Witwen und Waisen? Du hast dich also bereit erklärt, die Schläge für diesen mickrigen Zwerg einzustecken?«

Ein gut trainierter Junge, dem man seinen Kampfgeist und seine bereits bestrittenen Kämpfe an vielen Narben im Gesicht ansah, trat ihnen gegenüber. Kolle setzte Malli auf den Boden.

»Und du willst der sein, der mir die Schläge gibt?«

Er musste hoch pokern und schnell sein, wenn er hier gewinnen wollte. Der Typ grinste überlegen.

»Ohja, das bin ich. Ich schlag dir deine Zähne aus, dummer Arsch.«

Er ging in Boxposition. Kolle wusste, dass die einzige Chance die er hatte, Schnelligkeit und Rücksichtslosigkeit waren. Der Typ nahm an, dass er es mit einem weichen Muttersöhnchen zu tun hatte, aber ihn hatten schon einige andere unterschätzt. Man sah es ihm nicht an, aber Kolle war in seiner früheren Schule in der Kampfkursklasse der beste Schüler gewesen und hatte mehrfach Wettkämpfe gewonnen. Nicht durch Kraft, sondern durch Beobachtungsgabe und perfekte

Kampftechnik. Hier im Internat hatte er das immer verschwiegen, um nicht in Schwierigkeiten zu geraten. Aufmerksam musterte er sein Gegenüber, ging aber nicht in Kampfstellung, sondern stand nur breitbeinig auf dem sandigen Boden des Schulhofes.

Der Angriff kam vorhersehbar und Kolle ließ den Schlag der rechten Faust über seine linke Schulter abtropfen, indem er sich lediglich geschmeidig zur Seite gleiten ließ. Der Angreifer lief durch die Wucht des Schlages ins Leere und Kolle musste nur sein Bein stehen lassen. Das Großmaul fiel in den Staub. Verdutzt rappelte er sich wieder auf und stürmte auf Kolle los, doch dieser blockte den kommenden linken Haken und verpasste ihm einen Magenschwinger. Der Junge ging in die Knie und röchelte den Boden an. Kolle machte kurzen Prozess mit einem Seitenkick auf seinen Kopf. Bewusstlos kippte sein Kontrahent zu Boden, damit hatte wohl niemand gerechnet. Alle standen still um den am Boden liegenden Schüler, doch plötzlich fingen sich wieder alle und starrten Malli und Kolle drohend an. Langsam bewegten sie sich auf sie zu und ballten die Fäuste. Doch kurz bevor sie losschlagen wollten, ertönte eine Stimme.

»Wer will, kann sich mit mir prügeln. Ich bin heute so guter Laune, dass ich euch gerne alle verdreschen möchte, ihr dummen kleinen Schweinchen.« Vom anderen Ende des Schulhofes sah man unverkennbar Blom heranstürmen. Dieses drohende Szenario hatte eine chaotische Flucht der Bande zur Folge, die in ihrer Aufregung wild übereinander purzelten. Diejenigen, welche es nicht schafften zu entkommen, bekamen von Blom mächtige Backpfeifen und Arschtritte verpasst. Bald schon standen nur noch sie drei auf dem Platz und am Boden lag das Großmaul. Blom untersuchte ihn kurz.

»Dem hast du ja sauber eine verpasst«, grinste er die beiden an.

Auch Malli lächelte und wischte sich die Tränen aus den Augen, die beiden waren seine Freunde. Tolle Freunde.

Als sich Kolle am Freitagabend wieder mit Blom im Kohlenkeller traf und ihm seine Entdeckung mit dem Geheimgang im Brunnen unterbreitete, schien dieser sofort Feuer und Flamme dafür zu sein.

»Wir sollten uns das aber vorher gut ansehen«, gab er trotzdem zu bedenken.

»Könnte ja schließlich sein, dass der Ausgang durch ein Tor oder ein Gitter versperrt ist. Das sollten wir vorher wissen.«

»Stimmt«, entgegnete Kolle, »und dann brauchen wir natürlich noch den richtigen Zeitpunkt für unseren Abflug. Einen, der uns genügend Zeit lässt, hier«, Kolle deutete auf die Karte, »in die unterirdischen Stollen dieser Mine einzusteigen. So wie ich das sehe, können wir ab da einen ziemlich weiten Weg unterirdisch, durch das Gebirge zurücklegen und kommen dann erst wieder hier«, wieder deutete er auf einen Punkt auf der Karte, den er markiert hatte, » nach oben. Nach meinen Berechnungen, sind wir bis hierher etwa zwei Tage unterwegs und schon ziemlich weit vom Internat entfernt. Wenn mich nicht alles täuscht, sollten wir nach weiteren zwei Tagen den Wald hinter dem Steinerne Meer erreichen.« Kolle sprühte vor Begeisterung. Das konnte tatsächlich klappen und mit Bloms Hilfe erst recht. Blom sah ihn begeistert an, seine Augen funkelten.

»Das ist tatsächlich ein sehr ausgefeilter Plan. Ich denke auch, dass das funktioniert. Schreiben wir uns doch mal zusammen, was wir alles so brauchen. Zunächst einmal Fackeln und genügend Kerzen, Proviant ...«

Und so schmiedeten die beiden den Plan, in der Nacht auf den Jùltag die Biege zu machen, deshalb, weil es sich beim Jùltag um den einzig freien Tag im Internat handelte und die Aufpasser die Jungs in der Regel ausschlafen ließen. Das hieß, ihr Verschwinden konnte unter Umständen bis zum Mittagessen unbemerkt bleiben. Wenn sie also gleich am Vorabend nach dem zu Bett gehen aufbrachen, waren sie bis Jùlmittag buchstäblich über alle Berge davon, oder besser gesagt, befanden sie sich dann in den Stollen der Minen. Auch die Ausrüstung hatten sie soweit fertig und Blom versprach, alles Fehlende zu besorgen, er hätte da guten Zugang zu so manchen Dingen. Am nächsten Abend wollten sie sich wieder zur Generalprobe beim Brunnen treffen und sehen, ob sie durch diesen geheimen Gang ins Freie kämen.

Als Kolle aufgewühlt in seine Kammer zurück kehrte, bemerkte er eine Bewegung am Fenster. Malli stand dort, seinen Kuschelhasen im Schlepptau und starrte in die Dunkelheit. Er weinte leise schluchzend vor sich hin.

»Malli? Was ist denn los?«

Kolle trat hinter ihn, bückte sich und umarmte den Jungen. Dieser drehte sich um, fiel Kolle in die Arme und fing bitterlich an zu weinen. Während Kolle ihm beruhigend den Kopf streichelte, rannen Malli ganze Sturzbäche von Tränen über die Wangen.

»Hey, alles wird gut. Komm und kuschel dich zu mir ins Bett, ich pass auf dich auf und bald schon hauen wir von diesem bösen Ort hier ab, gut?«

Malli schluchzte nur noch lauter und drückte sich noch fester an Kolle. So schliefen sie nebeneinander ein, während sich Kolle den Kopf zermarterte, ob er Malli mitnehmen konnte, ob überhaupt und wenn nicht, was dann aus ihm werden sollte. Was würde wohl Blom dazu sagen?

Am nächsten Abend trafen sich Blom und Kolle wieder in der Kohlenkammer. Blom hatte zwei Rucksäcke dabei.

»Für unsere Generalprobe. Ist schon ein wenig Gepäck drinnen, aber noch nicht alles. Wir nehmen es mit und bunkern es schon mal im Gang. Dann müssen wir nicht soviel schleppen, wenn wir uns in den Brunnenschacht abseilen.«

Wie recht er hatte. Die steile Schachtwand, moosbedeckt und glitschig, gestaltete sich als widerspenstiger als sie dachten und einige Male wären sie beinahe in die Tiefe abgestürzt.

Doch schließlich fanden sie das Loch in der Ziegelmauer, aus dem ein kalter Lufthauch kroch. Rasch entzündeten sie die Fackeln und folgten dem steinigen glitschigen Gang. Nach etwa zweihundert Schritten bog er scharf links ab, um dann wieder geradeaus zu verlaufen. Nach weiteren hundert Schritten, eine Rechtsbiegung, und als sie um die selbige bogen, standen sie vor dem Ausgang in die Freiheit. Die Monde Arax und Golgatha standen über den schneebedeckten Bergen und Tälern und erhellten mit ihrem Glanz die eisige Landschaft. Die Stille legte sich wie Watte auf ihre Ohren und nur das Pfeifen des Windes, der sich in den Bergspalten fing, war zu vernehmen. Der Ausgang des Ganges befand sich jedoch in ziemlich schwindelerregender Höhe. Irgendwie mussten sie da hinunterkommen. Blom packte zwei Würste und zwei Flaschen Slak aus seinem Rucksack und reichte ihm jeweils eine.

»Wo hast du denn das Slak her?«, flüsterte Kolle voll Ehrfurcht.

Blom stieß mit ihm an und antwortete:

»Bis hierher ging's ja schon mal ganz gut. Ich hätte da eine Idee für einen schnellen Abgang nach unten«, sprach er und biss in die Wurst.

»Ich bin ganz Ohr. Hast du vielleicht Flügel für uns? Da runter zu kommen ist kein Kinderspiel. Klar schaffen wir das, aber das kostet uns mindestens die halbe Nacht.«

Kolle nippte gedankenverloren und dankbar an seinem Slak.

»Wir bauen uns eine kleine Seilbahn.«

Blom fing an zu lachen, als er den verdutzten Gesichtsausdruck von Kolle sah.

»Natürlich keine echte Seilbahn. Alles was wir brauchen, ist ein Seil und zwei Bremser.«

Kolle verstand nicht recht.

»Was sind denn bitte schön Bremser?«

»Die hakst du in das Seil ein und kannst dich damit ganz bequem in der Felswand abseilen, ohne dass du Angst haben musst, abzustürzen. Du kannst ganz einfach, mit beiden Händen, die an den Griffen befindlichen Bremsen drücken und dich dann nach unten hangeln.«

Blom hatte inzwischen einen sehr wichtigen Tonfall angenommen.

»Ach? Und wo bekommen wir diese Bremser her?«, fragte Kolle.

»In der Abschlussklasse lernst du damit klettern. Heißt, die oberen Semester arbeiten sehr oft damit und zufällig ...« Blom grinste schelmisch, »... zufällig weiß ich, wo sie trainieren. Ich besorge uns welche.«

Die beiden stießen so laut mit ihren Slakflaschen an, dass es unheimlich von den Bergwänden widerhallte.

»Blom ... Ich hab da noch was.« Kolle hatte sich das gut überlegt, aber er konnte einfach nicht anders. »Ich will, dass Malli mitkommt.«

Blom starrte ihn entgeistert an.

»Unmöglich, mit dem schaffen wir das nie und nimmer. Wenn der Kleine nicht durchhält, ist er nur ein Klotz am Bein und macht uns unendlich viele Schwierigkeiten. Nein, das geht nicht!«

»Tut mir leid Blom, aber ohne Malli geh ich nicht. Ich kann den Jungen nicht im Stich lassen. Er wird sterben.«

Blom kratzte sich nachdenklich am Kopf und entgegnete nach einer langen Denkpause:

»Ja, ich verstehe. Nun gut, dann soll es so sein. Ich mag den Kleinen ja auch und weiß, dass er hier keine Chance hat. Komm, gehen wir zurück.«

Sie ließen den Inhalt ihrer Rucksäcke in einer Felsspalte verschwinden und traten den Rückweg an.

Kapitel 7

Elò

Viez, der sich nach dem Diebstahl des schnellen Flitzers aus seiner ehemaligen Ausbildungswerkstätte über das Steinerne Meer davon gemacht hatte, sah, von seiner hochgelegenen Höhle aus über den sich unter ihm ausbreitenden dichten grünen Wald. Was für ein Anblick dampfte da zu ihm herauf, atemberaubend. Sein neues Heim hatte es ihm angetan. Tief atmete er den Duft des heraufströmenden Waldes ein. Von überall her vernahm er das Quaken von Fröschen und ein wildes Durcheinander verschiedenster Vögel. Ab und zu wehte ein frischer Wind einen kraftvollen Blütencocktail zu ihm herauf und hatte dabei das Rascheln der unzähligen Blätter mit im Gepäck. Die Höhle lag an den äußersten Ausläufern des Steinernen Meeres und versteckte sich unter dem Felsvorsprung eines flachen Bergkammes, sodass sie von oben unmöglich zu erkennen war. Falls doch irgendwer nach ihm suchen sollte, konnte er jederzeit in Richtung Wald flüchten. Hier endete nämlich das Herrschaftsgebiet der Wilokie, denn hier regierten die Elò, ehemals Verbündete und Freunde des Königreiches Salom. Viez hatte sich sein neues Zuhause äußerst gemütlich eingerichtet. Sogar einen kleinen Ofen hatte er sich aus Lehm und Flusssteinen gemauert. Der Kamin führte durch ein Loch in der Höhle nach oben in die mit Latschen und Moos bewachsene Felslandschaft. Er hatte die Öffnung soweit überbaut, dass es nicht hineinregnen konnte und sich der ausströmende Rauch so geschickt verteilte, dass er von Ferne wie Nebel aussah. Neben dem Ofen, auf dem er wunderbar kochen konnte, hatte er sich aus Moos und Flechten eine Liegestatt hergerichtet, auf der er des Nächtens schlief. Ein überaus gemütliches warmes Bett, mit Blick auf den Höhleneingang und den darunterliegenden Wald. Zum Essen gab es hauptsächlich Fisch, Früchte, Wurzeln und manchmal Kaninchen, wenn er eines erwischte.

Seit seiner Flucht, hatte er oft daran gedacht, wieder zurück nach Sodom zu fliegen. Er vermisste schmerzlichst seinen Großvater sowie seine Freunde und hätte nur zu gerne gewusst, wie es ihnen ging. Auf der anderen Seite, tat er weder sich noch ihnen einen Gefallen, wenn er sich erwischen ließ. Die Strategie der Wilokie, ihm eine Falle zu stellen, erschien offensichtlich, sie warteten nur darauf, dass er nach dem Rechten sah. Wenn er an seine Freunde dachte, durchfuhr ihn ein bodenloser Schmerz und die Traurigkeit legte sich wie ein Schatten über sein Gemüt. So schnell konnte sich alles ändern, was war denn nur aus allen geworden? Viez versuchte, sich abzulenken und genoss die Stille, die Einsamkeit und die Stimmen des Waldes, die zu ihm herauf wehten. Der erbeutete Flitzer stand, gut getarnt, aber jederzeit startbereit, am Rande des Höhleneingangs. Bisher hatte er sich noch nicht getraut, zu Fuß in den Wald vorzudringen. Die Elò, die hier irgendwo sein mussten, kamen ihm unheimlich vor, deshalb flog er nur in der Dämmerung zu bestimmten, sicheren Stellen in der näheren Umgebung, Lichtungen im Wald oder am Fluss, holte seinen Vorrat und kehrte schnellstens wieder zurück. Er hatte keine Lust auf irgendwen, egal wer es auch sein mochte. Heute hatte er zwei besonders schöne Forellen aus dem glasklaren Fluss gezogen und schürte gerade das Feuer für sein Mahl. Auf dem Tischchen lagen außerdem noch einige Gewürze und süße Kartoffeln, das Essen reichte bestimmt für zwei Tage. Das Holzfeuer roch heimelig vertraut, wie früher bei seinen Großeltern im windschiefen kleinen Häuschen. Immer wieder kamen diese traurig schönen Erinnerungen hoch, aber trotzallem rieb sich Viez die Hände ob der Vorfreude, denn er liebte Forellen und diesmal würde er ein Rezept aus Omas Kochbuch verwenden. Hatte sein Opa nicht gemeint, er solle es sich gut durchlesen? Von Opa hatte er sehr viel über Pflanzen und Tiere erfahren, aber dieser erzählte ihm oft genug, dass er es wiederum von Oma gelernt hatte, die anscheinend ein wandelndes Pflanzenlexikon gewesen sein musste. So hatte Viez gezeigt bekommen, wie man die Kräuter verarbeitete, wie sie hießen, welche giftig oder ungenießbar und welche wiederum in schlechten Zeiten auch das Überleben sicherten. Vielleicht konnte eine Weiterbildung seines Wissens jetzt und in Zukunft für ihn wichtig werden. Zeit hatte er ja genügend und vor allem Lust, diesen Wissensschatz zu vertiefen. Während die Forellen in den Palmblättern schmurgelten und die Kartoffeln vor sich hin zischten, konnte er ja mal rein lesen. Er schnappte sich das Kochbuch aus der Felsnische und schlug es auf. Das Inhaltsverzeichnis bestand aus unzähligen alten Rezepten, die heutzutage bestimmt niemand mehr zubereitete.

»Also Forelle, mal sehen«, dachte er und schlug die entsprechende Seite auf. Doch da stand ganz was anderes. Ein handschriftlich verfasster Text. Er blätterte zum Anfang des Schriftstückes zurück, das anscheinend nachträglich in das Buch geheftet worden war, und las die ersten Zeilen. Er traute seinen Augen nicht.

Mein lieber Junge. Lieber Vincent!

Wenn du diesen Text liest, gibt es deinen Vater und mich nicht mehr. Es ist sehr traurig, dir diese Zeilen zu schreiben, aber ich kann nicht anders. Wir kämpfen seit Monaten gegen einen Feind, der unschlagbar scheint.

Sie kamen wie aus dem Nichts übers Meer, obwohl, aus dem Nichts wäre übertrieben. Uns kam immer wieder zu Ohren, dass sich im Steinernen Meer fremdes Gesindel herumtrieb, das tiefe Stollen in die Felsen trieb und nach Bodenschätzen suchte. Schließlich kamen sie mit riesigen Kriegsschiffen zu Wasser und Luft. Der Himmel färbte sich schwarz, die Sonne verdunkelte sich, so viele Schiffe standen am Horizont. Das Volk Salom hatte dieser Übermacht nichts, aber auch rein gar nichts entgegen zu setzen. Königin Ly kapitulierte bereits am nächsten Morgen. Dafür ist ihr bis heute auch niemand böse, half es doch, ein größeres Blutbad zu verhindern. Trotzdem nahm man die Königin und ihren Gemahl gefangen und köpfte sie sogleich auf dem Marktplatz. Ihre Kinder, beide noch klein, gab man zur Adoption frei. Prinzessin Layla und Prinz Urs. Es fehlt jede Spur von ihnen.

Sie nennen sich Wilokie, bezeichnen sich als die Eroberer der Sterne und haben inzwischen Som und Dom sowie den Großteil des Königreiches Salom eingenommen. Unser befreundetes Volk, die Elò, haben sich aufgrund der Übermacht auf ihr Gebiet zurückgezogen und verteidigen verbissen ihr Land. Einige unserer tapfersten Kämpfer halten noch Teile Doms, aber es ist leider nur eine Frage der Zeit, bis auch sie sich zurückziehen müssen oder fallen werden. Ich schreibe dir deshalb, damit du dir über einige Dinge, die in der Vergangenheit passiert sind, klar wirst. Ich selbst, deine Mutter, entstamme einem hohen Adelsgeschlecht der Elò. Solltest du also jemals mit meinem, also auch deinem Volk, in Verbindung treten, richte ihnen folgendes von mir aus: Mirà und Arno haben erbitterten Widerstand geleistet und sind dafür in den Tod gegangen; der Widerstand existiert weiterhin. Salom und Elò auf ewig verbunden! Sag ihnen das. Bitte! Ich hoffe so sehr, dass sie dich wie einen Sohn aufnehmen werden. Vielleicht ist es dir ja möglich, ihnen diesen Brief zu zeigen.

Nachdem die Wilokie mit ihrer Armee landeten, haben sie sehr schnell damit begonnen, das gesamte Land umzukrempeln. Sie richteten jeden öffentlich hin, der gegen sie protestierte. Diejenigen, die zu ihnen standen, ernannten sie zu sogenannten Aufpassern des Volkes und belohnten sie dementsprechend. Junge elternlose Kinder fingen sie ein, um sie ihren widerlichen Umerziehungsschulen zuzuführen. Vermutlich werden sie dort manipuliert und dann gegen uns ausgerichtet. Som und Dom verschmolzen sie zu ihrem neuen Handels- und Machtzentrum und nannten es Sodom. Unser Widerstand hatte dieser Strategie nicht sonderlich viel entgegenzusetzen. Sie verstanden es sehr geschickt, die Salomer gegeneinander auszuspielen. Nach etwa fünf Zyklen ging das Leben für die meisten wieder seinen gewohnten Gang und unsere Überfälle auf wilokische Einrichtungen sah man bald als Terrorismus gegen das eigene Volk an. Auch viele unserer früheren Freunde orientierten sich in ihrer Not um. Die Wilokie brachten einige technische Erfindungen ins Land, welche so unwahrscheinlich ausgefeilt waren, dass die Salomer sie als Zauberwerk betrachteten. Die Wilokie handelten so geschickt damit, dass sie den Salomern viele dieser technischen Wunderwerke überließen. Sie köderten die Menschen mit ihren Fluggeräten und mit ihren vielen kleinen technischen Erfindungen. Zudem versorgten sie bald ganz Sodom mit warmem Wasser und einer Kanalisation. Viele unserer Landsleute sahen das als eine große Weiterentwicklung. Dass sie uns dafür aber unsere Freiheit zur eigenen Entwicklung und vor allem unsere Kultur genommen haben, davon redete bald niemand mehr. Sie sind uns überlegen und wir können ihnen nichts mehr entgegenstellen, wir wurden zu Geächteten. Die Wilokie jagten uns mit sogenannten Suchern, die sich geschickt in unsere Systeme einklinkten und uns von innen heraus zerstörten. Jetzt sind wir nur noch wenige verstreute Grüppchen von Kämpfern, die sich untereinander vertrauen. Dein Vater Arno ist ein großer Held. Er hat unzähligen Menschen das Leben gerettet und den Wilokie richtig eingeheizt. Egal was dir irgendjemand über ihn erzählt, vertrau mir! Dein Vater ist ein ganz lieber und toller Mann, deshalb liebe ich ihn ja auch so sehr. Ach lieber Vincent, wir hofften so sehr, dich noch einmal sehen zu können. Aber nachdem sie uns unseren Erstgeborenen wegnahmen, hielten wir es für sicherer, dich zu den Eltern Arnos zu geben. Ja, das weißt du auch noch nicht, du hast einen Bruder. Er heißt Xavi und lebt höchstwahrscheinlich in einer der wilokischen Städte. Auch ihn gab man zur Adoption frei und so viel wir erfahren haben, wächst er bei einer sehr wohlhabenden Familie auf, die selbst keine Kinder bekommen konnte.

Wir hätten uns so sehr gewünscht, dass ihr miteinander spielen und aufwachsen hättet können, aber nun ist es leider zu spät. Deinen Großeltern ist es zu verdanken, dass du nicht in die Hände der Wilokie geraten bist. Das nehme ich jetzt mal stark an, wenn du die Möglichkeit erhältst, diesen Brief zu lesen. Denk immer daran, dein Vater und deine Mutter lieben dich von ganzem Herzen und sage deinem Bruder, falls du ihn jemals in deinem Leben sehen solltest, dass wir ihn immer geliebt und nicht freiwillig hergegeben haben. Dein Vater und ich, wünschen dir ein glückliches und erfülltes Leben. Wir lieben und küssen dich!

Deine Eltern, Arno und Mirà

* * *

Fassungslos und traurig starrte Viez auf das Buch in seiner Hand. Er drehte und wendete es, so, als käme es von einem anderen Stern. Einige Male durchblätterte er es fieberhaft, ob sich noch eine Botschaft darin versteckte, aber nichts. Ein Kloß saß in seinem Hals und er fühlte sich müde und abgekämpft. Das Kochbuch von Oma, jahrelang vor ihm im Küchenregal. Hätte er sich doch nur mehr fürs Kochen interessiert, wer weiß, vielleicht wäre sein Leben dann anders verlaufen. Oh Mist! Die Forellen! Geschwind griff er nach seinen selbst geschnitzten Grillgabeln und holte die bereits kohlschwarzen Palmblätter aus dem Feuer. Die Kartoffeln würden noch etwas Zeit brauchen, so wie er auch. Müde setzte er sich an sein Tischchen und las den Brief noch zweimal durch. Prinzessin Layla? Echt jetzt? Naja, konnte ja auch jemand anders sein, aber die Vorgeschichte hätte zu ihr gepasst. Wo sie jetzt bloß steckte?

Alle seine Freunde. Wo waren sie bloß geblieben und was sollte er nun tun? Weiterhin die gute Luft hier oben genießen? Nein, das ging jetzt nicht mehr. Viez starrte auf den Abendnebel, der sich aus dem dunkelgrünen Wald erhob. Die Geräusche des Tages wichen den glucksenden und gurgelnden Lauten der Nacht. Oh wie schön Jùl doch sein konnte und wie grausam die Wilokie, die wie alle anderen Lebewesen auch aus dem Schoße von Mutter Jùl stammten. Vielleicht bestand der Fehler im ewigen Lauf der Dinge darin, dass sich immer das Stärkste und Effektivste Individuum durchsetzte, und nicht das Weiseste und Vernünftigste. Während Viez nun, am Rande seiner Höhle, in die hereinbrechende Dämmerung philosophierte und eine Forelle verspeiste, bemerkte er plötzlich einen warmen orangen Schein im tiefen grün des Waldes. Ein leises Aufflackern und stetiges Glimmen in der Dunkelheit. Es schien verhältnismäßig weit weg zu sein und schimmerte kaum sichtbar zu ihm herüber. Gebannt versuchte er etwas zu erkennen, doch den Lichtschein, der sich am Rande eines waldigen Gebirgszuges befand, sah er nur, wenn er nicht direkt auf ihn spähte, sondern nebendran vorbei. Das konnten nur ... die Elò.

Viez sprang aufgeregt hoch, unschlüssig, ob es eine gute Idee wäre, sich dort mit dem Flitzer mal umzusehen. Was solls, dachte er sich, er würde ganz hoch oben fliegen, so weit, dass ihn bestimmt niemand sah. Es konnte nicht schaden, einige Dinge mit auf den Flug zu nehmen, nur für alle Fälle. Das Kochbuch sowieso, sein Messer und die gerade fertig gewordenen Kartoffeln als Wegzehrung, nur zur Vorsicht, falls es doch länger dauern sollte, außerdem hatte er noch immer Hunger. Die Steinschleuder und das Murmelspiel steckte er in die weiten Taschen seiner Hosen. Alsbald schoss er, fast senkrecht, in den sternenklaren Nachthimmel, immer weiter, immer höher, bis er sich sicher fühlte, von unten nur noch als winziger Punkt wahrnehmbar zu sein. So weit hatte er sich bisher noch nie über den Wald getraut, aus Angst entdeckt zu werden. Er steuerte, das weit weg liegende Ende des Waldes im Auge, auf den orange flackernden Lichtschein zu. Die Geschwindigkeit des Flitzers drosselte er auf sanft gleitend, um auch ja alle Veränderungen des Untergrundes wahrnehmen zu können und im selben Augenblick, als er dies tat, sah er es. Überall im Wald verteilt, weit unter ihm, Feuerglimmen und Lichtspuren so weit das Auge reichte. Kleine, weich und fast unscheinbar gelb leuchtende Lichtpunkte, erstreckten sich wie Leuchtketten durch die dichte Vegetation. Von seiner Höhle aus unmöglich erkennbar, aber von oben herab gut sichtbar. Unter ihm breiteten sich die Behausungen und Wege der Elò aus, aber wie viele das waren! Bei Mutter Jùl, das konnte unmöglich wahr sein. Er rieb sich die Augen und verringerte seine Flughöhe, weite flackernde Leuchtnetze spannten sich über den Dschungel, immer wieder durchbrochen von der dichten Schwärze des Blätterdaches, wuchsen sie auf einen Punkt zu. Der orangene Schein strahlte immer heller, während die Leuchtnetze zunehmend dichter wurden und an Leuchtkraft zunahmen. Viez umgriff den Hebel seiner Höhensteuerung, um die Maschine wieder etwas mehr nach oben zu ziehen, aber sie gehorchte nicht. Anstatt dessen senkte sich die Schnauze seines Cockpits immer weiter nach unten. Panisch zog Viez an den Hebeln. Keine Reaktion. Schweiß schoss ihm auf die Stirn. Der Flitzer raste weiter nach unten, so als würde der Wald ihn wie ein Magnet anziehen. Die Geschwindigkeit steigerte sich so immens, dass es ihn in den Sitz drückte und seine Gesichtszüge dabei entgleisten. Er raste Mutter Jùl entgegen. Bald würde er nur noch ein Klumpen zuckenden Fleisches sein. Viez hatte das Gefühl, seine Ohren würden platzen. Unaufhaltsam rauschte er weiter in die Tiefe, sein Schicksal unabänderlich. Er schrie und riss in hektischer Angst den Griff des Steuerhebels ab, er würde sterben, das fühlte er ganz deutlich. Verschwimmende Farben, Druck auf den Ohren, Atemlosigkeit und ganz plötzlich, Stillstand. Viez wurde so heftig nach vorne in die Sicherungsgurte gepresst, dass er das Bewusstsein verlor. Alles was er noch, wie durch einen milchigen Schleier wahrnahm, war der helle orangene Schein, der blendend vor ihm stand, dann umhüllte ihn Schwärze.

***

Viez erwachte schon kurze Zeit später, als unzählige Hände an ihm zerrten. Ein Stimmengewirr waberte um seinen Kopf. Er stellte sich weiterhin ohnmächtig und fühlte, wie er von vielen Personen von seinem Flitzer weg getragen wurde. Sie legten ihn auf einen weichen Untergrund und summten miteinander eine Melodie. Zeit, die Augen aufzuschlagen. Durch den Schleier seiner noch unscharfen Augen starrten ihn dutzende Gesichter an, fragend, aber ohne Angst. Auch schien niemand der Leute bewaffnet zu sein oder etwas gegen ihn zu haben. Lediglich unverhohlene Neugierde sprach aus ihren dunkelbraunen, blitzenden Augen. Viez richtete sich auf und sah sich, auf seine Ellenbogen gestützt, das Szenario an. Sein Flitzer stand in der Luft, etwa eine Armlänge über dem Boden, vor einem riesigen orangenen, rot auflodorndem Feuer und bewegte sich noch nicht einmal im heißen Lufthauch. Fast alle Elò, die sich auf dem Platz aufhielten, standen um ihn herum und staunten ihn an, es mussten einige hundert sein. Da teilte sich die Menge und auf ihn zu kam ein klein gewachsenes runzliges altes Weiblein. Ihr wettergegerbtes, von Falten durchzogenes Gesicht blickte freundlich aber bestimmt und ihre weißen Haare hatte sie zu einem irre hohen Dutt nach oben gesteckt. Es sah fast so aus, als handele es sich bei der Haarpracht um ein zusätzliches Körperteil. Ihr schlanker Körper steckte in einem lockeren, seidig glänzenden Gewand, das in den Farben blau und grün unaufgeregt ihre charismatische Erscheinung unterstrich. Als sie näher kam, bemerkte Viez, dass sie dezente Ohrringe mit türkisblauen Steinen trug. Um ihren Hals baumelte ein Amulett, welches einen in den gleichen Farben, aber deutlich größeren Stein, in Gold und Silber fasste.

»Na mein Junge, was hat dich denn hierher geführt?«, vernahm er eine weiche warme Stimme in seinem Kopf.

Äh? Hatte sie gerade die Lippen geöffnet? Doch eher nicht, oder täuschte er sich?

»Ich ähh…«, stammelte er, »hab' ein Kochbuch dabei …«, vollendete er sein Satzfragment.

Ich hab ein Kochbuch dabei. Er hätte sich für diesen Satz am liebsten sofort an Ort und Stelle ausgepeitscht. Sowas dummes hatte er schon lange nicht mehr von sich gegeben.

»Ich wollte dich nicht durcheinander bringen«, lächelte das Gesicht der alten Frau vor ihm.

»Aber wir unterhalten uns hier auf diese Weise. Das hat den großen Vorteil, dass das auch über etliche Entfernung funktioniert.«

Das hatte sie jetzt mit den Lippen gesagt. Ich habs genau gesehen, dachte Viez.

»Ja, stimmt, hab ich«, antwortete sie daraufhin und lächelte wieder.

»Ich werde mich mit dir jetzt in deiner Art und Weise unterhalten. Sonst kommst du mir zu sehr durcheinander.« Die Umstehenden fingen an zu lachen und zu tuscheln.

»Du hast also ein Kochbuch dabei. Willst du mit uns zu Abendessen? Wir feiern gerade ein Fest der Dankbarkeit für die Fruchtbarkeit von Mutter Jùl. Du willst doch sicher mitfeiern.«

Sie zwinkerte ihm zu. Benommen nickte Viez.

»Na dann komm.« Sie reichte ihm die Hand und zog ihn von seiner Liegestatt hoch. Er fühlte sich noch etwas schummrig und torkelte die ersten Schritte. Die Menge teilte sich und lief neugierig neben ihnen her, manche versuchten ihn zu berühren und kicherten, wenn es ihnen gelang, aber es fühlte sich keineswegs aufdringlich an, eher vertraut und lustig. Sie bewegten sich auf den Flitzer zu, der immer noch starr ohne die geringste Bewegung kurz vor dem Feuer in der Luft stand.

Viez öffnete die Tür, griff nach dem Kochbuch, schlug die entsprechende Seite auf und reichte es der alten Dame.

Sie sah ihn fragenden Blickes an, nahm das Buch entgegen und fing an zu lesen. Ihre Augen weiteten sich immer mehr, ein Zucken durchlief ihren Körper, während sie gebannt auf die Zeilen starrte. Ab und zu kniff sie ihre Augenlider zusammen oder seufzte kurz auf. Viez nahm jede Regung wahr, die sie tat. Die Stille um ihn herum fühlte sich unheimlich an, nur der warme Wind in den Bäumen flüsterte mit den Blättern. Sie nahm anscheinend sehr persönlich Anteil an dem Geschriebenen. Schließlich endete sie und blickte ihn lange an, aber so, als sähe sie durch ihn hindurch. Eine Träne kullerte über ihre Backen, doch sie wischte sie nicht weg.

»Und du? Bist Vincent?«, flüsterte sie mit belegter Stimme.

Ihr Blick kehrte aus der Ferne zurück und legte sich auf seine Augen.

»Ja ...« Er senkte seinen Blick. Als er wieder aufsah, begann sie zu schluchzen und fiel ihm um den Hals. Plötzlich fing sie an bitterlich zu weinen und Viez wusste nicht so recht, wie er sich denn nun verhalten sollte. Deshalb nahm er sie fest in den Arm und tröstete sie. Die Menge um sie herum stimmte einen leisen melodischen Singsang an.

Plötzlich blickte sie auf, fasste ihn fest an den Schultern und blickte ihm in die Augen.

»Du bist mein Enkel! Mirà war meine Tochter! Ich freue mich so sehr, dass du den Weg zu mir ... nein, zu uns gefunden hast. Mein lieber Vincent, sei uns ganz herzlich willkommen. Ich bin Mará, die Schamanin der Elò und deine Oma.«

* * *

Als sie einige Zeit später um eines der vielen Feuer auf der Waldlichtung saßen, erzählte Viez den staunenden Elò seine

Geschichte. Vom Treffen in der Kneipe, bis zum Lesen des Briefes im Kochbuch. Er versuchte alles so genau wie möglich wiederzugeben.

Mará, die neben ihm am Feuer saß, hatte aufmerksam zugehört, sie stocherte mit einem Stock in der Glut neben dem noch immer hoch auflodernden Feuer und man merkte ihr an, dass sie versuchte, einen Anfang zu finden.

»Wie beginne ich ...«, fragte sie laut und eher sich selbst, dabei sah sie Viez traurig an und fuhr fort.

»Eigentlich hat alles mit den Steinen zu tun. Weißt du, bevor die Steine in unser Leben kamen, lebten wir glücklich und zufrieden mit den lieben Menschen von Salom zusammen. Salom und Elò auf ewig vereint! Das war unser gemeinsamer Leitspruch, vielleicht etwas zu glücklich und unbekümmert, zu naiv und vertrauensvoll. Niemand von uns hätte sich jemals vorstellen können, dass eine Zeit kommen könnte, in der die Gier nach Reichtum und Macht Besitz von den Menschen ergreifen und unsere Kultur der Gemeinsamkeit zerstören würde. Wir hatten alles, was wir zum Leben brauchten. Gesegnet von einer üppigen Natur, von der Fruchtbarkeit Jùls, mussten wir nicht viel tun, um überleben zu können. So konnte sich jeder auf das konzentrieren, was er gerne machte. Eine hohe Blütezeit der Kunst, Musik, Mode und der freien Geister und wirklich niemand von uns rechnete mit dem, was kommen sollte. Wir befuhren die Jùlmeere und mit unseren Schiffen kamen wir weit umher, aber eben nicht weit genug. Denn, wo immer die Wilokie auch herkamen, sie wurden wegen der Steine auf uns aufmerksam. Zunächst gab es nur Gerüchte über Glücksritter im Steinernen Meer, die nach Gold und Edelsteinen suchten. Sie wurden von uns sogar zur Rede gestellt und des Öfteren auch des Gebirges verwiesen, da sie ohne Rücksicht auf Jùl vor Ort sogar Sprengungen vornahmen. Explosionen waren uns neu und erfüllten uns mit Unbehagen und Angst. Doch in Wirklichkeit suchten sie nicht nach Gold und Silber, sie fanden die Energiesteine und eines Tages verschwanden die Fremden, wie sie gekommen waren. Wir vergaßen die Vorfälle und freuten uns wie immer am Leben auf Jùl. Und dann kam der Tag, den ich nie vergessen werde. Ein schöner goldener Herbsttag war es. Die Bäume trugen alle nur erdenklichen Farben und wir alle feierten auf Schloss Camin zusammen das Jùlfest. Wir hatten vom Vortag alle noch einen mächtigen Kater vom vielen Wein und Slak. Salom und Elò vereint, wie immer in feuchter Fröhlichkeit. Der nächste Tag zog blutrot am Horizont herauf, die Monde verabschiedeten sich und tauchten ins Meer, als wie aus dem Nichts plötzlich der gesamte Himmel vor der Feste Suome voll von Luftschiffen stand. Riesige Schiffe, an Ballons hängend. Schiffe so groß, dass sie unsere größten Frachtschiffe um Längen übertrafen. Langgezogene Ballons, mit unzähligen Wilokie an Bord. Viele kleinere Luftschiffe standen zwischen den mächtigen Riesen am Himmel und überall Kanonen, die sie auch sofort abfeuerten. Sie trafen das gesamte Hafengelände und versenkten in kürzester Zeit unsere gesamte Flotte. Das hatte ich am Anfang gemeint, als ich sagte, etwas zu glücklich und unbekümmert, zu naiv und vertrauensvoll. Die Flotte wäre, wenn überhaupt, vielleicht unsere einzige Gegenwehr gewesen und sie hatten sie in den ersten Minuten ihres Auftauchens bereits versenkt. Panik brach aus, als die Wilokie Anstalten machten, an Land zu gehen, doch niemand entkam den neuen Herren über unsere Welt. Zuallererst köpften sie die Königin und ihren Gemahl vor allen Augen auf dem Marktplatz, wer ihnen zu Hilfe eilen wollte, wurde ebenso sofort getötet. Dann nahmen sie sich die klugen Köpfe und Künstler vor, und das waren zur damaligen Zeit viele. Da sie sehr gezielt vorgingen, nehmen wir an, besser gesagt wir wissen es heute, dass sie uns über lange Zeit ausgespäht haben, denn sie wussten, wo die entsprechenden Leute wohnten, und holten sie aus ihren Häusern. Sie töteten nicht alle und auch nicht sofort. Wer sich entschied, mit ihnen zusammen zu arbeiten, hatte gute Chancen, eine neue Karriere zu starten. Als wir, die Elò, sahen, was passierte, versuchten wir sofort, den Widerstand zu organisieren. Es gab eine riesige Zahl an freiwilligen Widerstandskämpfern, die mit uns begannen, gegen die Eindringlinge zu kämpfen, aber unsere Leute fielen wie die Fliegen, wir hatten nie einen Hauch einer Chance. So zogen wir uns bald zurück und kämpften aus dem Untergrund heraus, indem wir Überfälle auf wilokische Transporte und auf strategisch wichtige Kontrollpunkte unternahmen. Doch ihre Rache ließ nicht lange auf sich warten und sie war fürchterlich. Sie töteten so viele unschuldige Salomer, dass wir unseren Widerstand bald aufgaben. Wir beschränkten uns darauf, den Gegner kennenzulernen und zu studieren. Seine Schwachstellen zu finden und ihn mit seinen eigenen Waffen zu schlagen. Auch wir erkannten das Geheimnis der Steine und nutzten es. Wir fanden auch heraus, wie man sie unschädlich machen konnte, du hast ja bereits Bekanntschaft mit unserer Flugabwehr gemacht. Sie machten weiterhin Jagd auf uns, aber vor allem schleusten sie die sogenannten Sucher bei uns ein. Spione, die wir, in unserer Naivität, für rechtschaffenen Salomer hielten. Sie verrieten uns reihenweise und lieferten ganze Verbände ans Messer. Das ging soweit, dass wir uns gegenseitig nicht mehr vertrauten und uns zunächst auflösten. Wir, die Elò, kehrten in die Wälder zurück und bauten unser starkes Abwehrsystem auf, das auch seither von keinem Wilokie mehr durchbrochen wurde. Kleine versprengte Kampftruppen der Salomer leisteten weiterhin erbitterten Widerstand, befreiten viele Unschuldige aus den Gefängnissen und brachten sie zu uns in die Wälder. Hier in den Wäldern lebt eine Großzahl derer, die sich eben nicht mit den dummen Nomies einigen wollten. Vor allem dein Vater Arno hat den Wilokie großen Schaden zugefügt, aber wie deine Eltern dann zu Tode kamen, weiß keiner, doch mit einem Male wurde es merkwürdig still. Totenstill. Über Jahre hinweg geschah nichts mehr, was uns Hoffnung gegeben hätte. Doch eines Tages passierte wieder etwas. Ein Junge überquerte das Steinerne Meer und schleppte sich mit letzter Kraft in den Wald. Sein Zustand so Besorgnis erregend, dass wir fast die Hoffnung aufgaben. Nach Monaten auf dem Krankenbett besserte sich endlich sein Zustand und er konnte wieder sprechen. Es handelte sich um Prinz Urs, der aus der wilokischen Eliteschule Karst entkommen war.«

Mará hielt in ihrer Erzählung inne und betrachtete nachdenklich Viez Gesicht.

»Und jetzt, ist wieder was passiert. Ich schlage vor, du lernst hier erst mal alles und alle kennen und zu gegebener Zeit fliegen wir beide dann zum Hauptquartier des Widerstandes und besuchen Urs. Hast du Lust?«, seine neue Oma lächelte ihn freundlich von der Seite an.

Und ob er das hatte.

Kapitel 8

Sturm der Freiheit

Irgendetwas stimmte nicht. Mitten in der Nacht schreckte Ziggy plötzlich hoch, denn er vernahm Sprachfetzen, Stimmen, die gegen einen fauchenden Sturm anschrien. Er hörte Regen und Hagel, der auf Holz und Blech niederprasselte, das Mahlen, Stampfen und Quietschen des Schiffes, das sich quälend im Orkan verbog. Ohrenbetäubend rissen Blitz und Donner die Nacht in Fetzen, das Schiff schleuderte gefährlich hin und her und Stunden um Stunden vergingen. Die Schreie der Seeleute hörten sich immer verzweifelter an, schlugen zunehmend ins Hysterische um und dann geschah es. Das Schiff wurde abrupt herumgerissen, bekam Schlagseite und verblieb in dieser Position. Zudem fühlte es sich aus Ziggys Perspektive so an, als würde es sich dabei im Kreise drehen. Er hörte nur noch das Fauchen des Windes und ein immer wiederkehrendes Klopfen, ein Schlagen gegen die Bordwand.

So verbrachte er noch Stunden in seiner neuen Lage, bis sich schließlich in den frühen Morgenstunden der Sturm legte und unschuldig die Sonne aufging. Gespannt entriegelte Ziggy seine Truhe von innen, hob den Deckel an und spähte wieder über den Rand. Hilfe! Was war das denn?!! Hastig zog er sich wieder zurück und ließ den Deckel fallen. Das Schiff hatte sich um neunzig Grad gedreht und er hatte direkt senkrecht nach unten auf die Meeresoberfläche geschaut. Also direkt, hieß direkt. Wenn er aus der Truhe ausstieg, fiel er geradewegs in die Tiefe, so tief, dass er mausetot war. Während er überlegte, aß er die Wurst und das Brot vollständig auf und schwemmte alles mit einem kräftigen Schluck Wein hinunter. Danach öffnete er wiederum den Deckel und blickte nun, um einiges gefasster, in die Tiefe. Boahhh… das war so verdammt hoch! Schleierwolken waberten unter ihm dahin, ein Seeadler zog entfernt seine Kreise, unterhalb der Wolken glitzerte das Meer und welch große Ehre, die Sonne begegnete ihm heute auf Augenhöhe. Ziggy glaubte, kleine schwarze Punkte auf dem Meer zu sehen, von denen er meinte, es könnten Schiffe sein, doch sein Blickwinkel veränderte sich ständig und konnte sich nirgends fixieren. Das lag daran, dass sich das Boot beständig um sich selbst drehte. Er grübelte, woran das liegen konnte, und beschloss, der Sache auf den Grund zu gehen. Zum Glück befand sich ein langes Seil in der Truhe, das er sich um die Hüften schlang und an einer Strebe in der Kiste befestigte. Nun steckte er sich noch das Messer und die Gabel ein, als Werkzeugersatz sozusagen, kletterte aus der Truhe und seilte sich zur Reling ab. Behutsam hangelte er sich auf den Knien daran entlang, bis er die Kajüte des Steuermanns am Heck des Schiffes erreicht hatte und da sah er das Unglück, das der Mannschaft widerfahren war. Ein dickes Tau führte in die Tiefe Richtung Meer und daran befestigt war ein

Schleppnetz voller inzwischen verendeter Fische. Das zweite Tau baumelte gekappt auf der gegenüberliegenden Seite des Schiffes herab und daneben hing, kopfüber, einer der Seeleute mit einem Messer in der Hand, dessen Kopf durch die immer wiederkehrende Drehbewegung gegen den Rumpf des Schiffes schlug. Der war so mausetot, wie man es nur sein konnte. Ziggy wurde schlagartig klar, wie sich die Tragödie zugetragen haben musste. Die Crew hatte einen riesen Fang gemacht und wollte diesen gerade einbringen, als aus heiterem Himmel ein Sturm losbrach. Das Gewicht des vollen Netzes drohte das Schiff zu zerreißen und so beschlossen sie, es loszuschneiden. Als sie jedoch das erste Seil kappten, geriet das Fischerboot aus dem Gleichgewicht und das verbliebene Seil an dem das volle Netz hing, zog das Schiff in seine Richtung und kippte es um neunzig Grad. Bei dieser unvermittelten Bewegung wurde die Mannschaft über Deck geschleudert und derjenige, welcher das Seil durchtrennt hatte, an der Bordwand erschlagen. Das Schiff selbst, durch Energiesteine angetrieben, drehte sich nun im Kreis, da diese nicht mehr senkrecht auf die Schwerkraft wirkten, sondern seitlich. Klare Sache, dachte Ziggy, aber was nun? Wenn er das Tau durchtrennte, das das Fischernetz hielt, würde sich das Schiff wieder aufrichten, aber durch die Wucht schleuderte es ihn wahrscheinlich in ein anderes Universum. Außer: Er würde sich so an Deck festbinden, dass er sich keinen Fingerbreit bewegte. So kletterte er nochmals zu seiner Truhe, holte das Segeltuch und weitere Seile, wickelte sich nahe bei dem Tau, an dem das Fischernetz hing, in das Segeltuch und knotete sich mehrfach an die Reling. Nun bearbeitete er das Tau und säbelte an den Strängen. Schon nach wenigen Schnitten begannen die Fasern eigenständig zu reißen und mit einem ohrenbetäubenden Knall riss das Tau, schnalzte nach oben und hätte Ziggy beinahe erschlagen; haarscharf zischte es an seinem linken Ohr vorbei. Das volle Netz mit den Fischen stürzte in die Tiefe und wie ein Katapult richtete sich das Fischerboot wieder auf. Ziggy hatte sich das ganze viel schlimmer vorgestellt, tatsächlich aber verspürte er lediglich einen etwas festeren Ruck und dann lag er festgeschnallt an der Reling. Mit zitternden Fingern löste er die Knoten und richtete sich auf. Wie durch ein Wunder blieben der Mast und das Segel ganz und ansonsten schien das Schiff auch in Ordnung zu sein. Er beugte sich über die Reling des Schiffes und blickte nach unten, auf den winzigen weißen Ring im Wasser, wo das Netz und der Seemann aufgeschlagen waren. »Ruhet in Frieden«, flüsterte er ernsthaft, sich dessen bewusst, der einzige Überlebende dieses Sturmes auf diesem Schiff zu sein. Ziggy stieg die Stufen zur Steuermannskabine hinauf und betrat die Brücke. Zwei Hebel. Wahrscheinlich vor und rückwärts, rauf und runter. Daneben ein Kompass mit einer rot markierten Einstellung. Sodom stand darunter, aber nein, er hatte anderes in Sinn. Ziggy wählte nicht die entgegengesetzte Richtung von Sodom, er wählte den Süden. Das *S* auf dem Kompass. Dann drehte er das Steuerrad in diese Richtung und befestigte es mit der dazugehörigen Vorrichtung. Den Hebel vorwärts in Vollgasstellung und ab die Post. Noch etwas wackelig auf den Beinen begab er sich zur Kajüte. Schon komisch, dachte er bei sich, bis vor kurzem fühlte er sich dem Tode geweiht in Angst, Schrecken, Schmerzen und Dunkelheit, es schien aussichtslos, dem Schicksal zu entrinnen, und nun? Er konnte reisen, wohin er wollte, jeden Tag tun und lassen was er mochte und hatte vor allem, wie aus dem Nichts, vom Universum ein Schiff geschenkt bekommen. Sonderbar dieses Leben, doch wohlan, auf seinem neuen Kahn musste jetzt erst einmal aufgeräumt werden.

* * *

Die nächste Woche verlief genauso schlimm wie bisher. Kolle nutzte die anstrengenden Ausflüge, um sich die triste weiße Landschaft gut einzuprägen. Er bekam das Gefühl, mit jedem Tag stärker zu werden. Auch Malli hatte eine erstaunliche Wandlung durchgemacht. Er glaubte fest daran, dass Kolle mit ihm über die Berge davonfliegen würde. Dieser hatte ihm nämlich erzählt, dass er an Flügeln basteln würde, die es ihnen erlaubten, von der Burgmauer aus in den Himmel zu starten und über das Steinerne Meer einfach davon zu fliegen. Kolle hatte sich vorgenommen, Malli erst kurz vor der Flucht in seine wahren Pläne einzuweihen. Blom indessen hatte bereits alles besorgt, was für ihren Ausbruch von Nöten war. Selbst die drei Bremser stellten keinerlei Problem für ihn dar und so kam endlich der entscheidende Abend, der letzte Abend, nach fast fünf Monaten Tortur.

»Malli, aufstehen, es ist soweit! Heute fliegen wir davon«, flüsterte Kolle und schüttelte den Jungen leicht an der Schulter. Mit aufgerissenen Augen erwachte dieser und starrte Kolle ungläubig an.

»Wirklich? Oh, ich hab noch gar nicht gepackt.« Malli sprang aus seinem Bett hoch.

»Ruhig, leise. Uns darf niemand hören, und«, Kolle versuchte es in Worte zu fassen, »das mit den Flügeln, hat nicht ganz so hingehauen. Wir flüchten zu Fuß.«

Mallis Gesichtsausdruck wirkte ein bisschen enttäuscht. Natürlich hatte er sich sehr auf das Fliegen gefreut, doch er ließ sich nichts anmerken.

»Hauptsache hier weg«, flüsterte er und sein warmer Atem dampfte in die kalte Stube.

»Ich hab schon für dich gepackt und du musst nur noch das in deinen Rucksack stecken, was du unbedingt noch mitnehmen willst.«

Der Junge überlegte nicht lange, schnappte sich seinen Kuschelhasen und das Foto seiner Schwester, das auf dem

Fenstersims stand. Dann zog er sich warm an, packte Handschuhe, Mütze und seinen Rucksack mit dem Proviant, den Kolle gepackt hatte, und folgte ihm in die verschneite Nacht.

Ein leichter Wind trug die Schneeflocken in weichen Wolken vor sich her. Seit etwa zwei Tagen fiel der Schnee ziemlich stetig, aber nicht allzu dicht. Mit ein bisschen Glück bedeckte eine geschlossene Schneedecke nach der Flucht ihre Spuren. Kolle bemerkte, dass Blom ähnliche Gedanken hegte.

»Scheint, als hätten wir ideales Wetter erwischt«, flüsterte er ihnen zu, als die beiden bei der Kohlekammer eintrafen.

»Hallo, Malli!« begrüßte Blom ihn. »Kolle hat mir schon erzählt, dass du mitkommst. Freut mich!« Er beugte sich herab, reichte dem Kleinen seine riesige Pranke und Malli schlug schüchtern, aber befreit lächelnd, in den Gruß ein.

»Kommt! Lasst uns keine Zeit verlieren«, sprach Kolle und wandte sich zur Tür.

Klirrende Kälte hatte sich über die Berge gelegt. Kolle wärmte seine Hände, indem er seinen warmen Atem in die Handschuhe blies.

Im Schatten der Gebäude erreichten sie den Schulhof, in dessen Mitte der alte Ziehbrunnen stand. Blom, der auch die langen, robusten Seile und Steigeisen besorgt hatte, stieg als erster in die Dunkelheit ab und gab mit seiner entzündeten Fackel das Zeichen, ihm nachzufolgen. Vorsichtig seilte Kolle den Jungen ab und folgte sogleich. Alles blieb ruhig. Hier, im kühlen dunklen Schacht, konnte man lediglich das Heulen des Windes vernehmen, der unheimlich über die feuchten Wände strich. Ihre Schritte hallten dumpf von den felsigen Wänden wider, die im Fackelschein bizarre Muster erzeugten. Bald schon gelangten sie an den Ausgang in der Felswand. Auf dieser Seite der Schlucht fegte ein eisiger Wind durch das unter ihnen liegende Tal und die schneebedeckten Hügel leuchteten matt im beginnenden Schneefall zu ihnen herauf.

»So, jetzt kommt der lustigste Teil«, Blom grinste Malli und Kolle an.

»Das ist fast wie fliegen. Kommt, ich zeig's euch.« Und mit ein paar Handgriffen erklärte er ihnen, wie sie ihren Bremser bedienen mussten, um nicht in die tiefe Schlucht zu stürzen.

»Ich werde wieder vorsteigen, Malli nehmen wir in die Mitte und zum Schluss ...» Der heulende Wind verschluckte den Rest seiner Worte.

»Seid ihr bereit?« Blom brüllte inzwischen gegen einen Sturm an. Er hatte einen schweren Stein an das Ende des erstaunlich leichten Seiles gebunden und es vorsichtig in die Tiefe abgelassen. Damit es ganz nach unten reichte, verlängerten sie es zweimal. An diesen Schlüsselstellen mussten die Bremser kurz vom Seil gezogen und nach dem Knoten wieder eingesetzt werden, zwei schwierige Stellen. Zudem reichten die Seile nicht ganz nach unten, bei den letzten drei Metern blieb nur der Sprung in die Schneeverwehungen. Blom verschwand hinter dem Felsvorsprung in der Tiefe. Vorsichtig tasteten sich die beiden an den Rand des Schachtausganges und beobachteten ihren Kumpan auf seinem Weg nach unten. Von oben sah das ganze noch viel gefährlicher aus, als Kolle es sich vorgestellt hatte. Doch Blom sprang von Felsen zu Felsen, so als hätte er nie etwas anders gemacht. Schließlich hatte er ein kleines Plateau erreicht und gab das Zeichen, ihm zu folgen. Malli schlotterte vor Kälte und Angst. Bisher hatte man ihm kaum etwas angemerkt, doch inzwischen begann sich sein anfänglicher Mut aufzulösen. »Ich trau mich nicht.«

»Komm Malli, das schaffst du. Wirst sehen, das macht richtig Spaß«, zwinkerte Kolle ihm zu. Der Junge lächelte gequält, befestigte das Sicherungsseil und tauchte, während der Sturm garstig über die Kante pfiff, zaghaft in die gähnende Tiefe ab.

Kolle bemerkte sichtlich erleichtert, dass Malli sich alles andere als dumm anstellte und nach einiger Zeit den Bremser perfekt beherrschte. Ja, es schien ihm sogar große Freude zu bereiten, in die scharfkantigen, verschneiten Felsen abzutauchen. Die tanzenden, dicht fallenden Flocken vernebelten Kolle nach kurzer Zeit den Blick nach unten. Es hatte rege zu schneien begonnen, aber bald schon hatte der Junge Blom erreicht und Kolle folgte. Auf diese Art und Weise seilten sie sich in der senkrecht steilen Felswand über hundert Armlängen weit ab. Auch der erste Knoten in der Verlängerung des Seils stellte kein Problem dar, da er sich in Höhe einer Felsennase befand, auf der man bequem stehen und umspannen konnte. Doch die letzten zwanzig Armlängen hatten es in sich. Kolle hätte ein Vermögen für einen Flugroller gegeben und dachte voll Wehmut an sein geliebtes Fluggerät. Die gesamte Felswand bedeckte ein blaugrauer Eispanzer, an dem man sich weder festhalten, geschweige denn klettern oder entlang hangeln konnte. Einzig allein Steigeisen und Pickel konnten eingesetzt werden. Das ging zwar auf den ersten Längen, dann jedoch wurde die Wand fast komplett überhängend, sodass das Seil frei in der Luft schwang, ohne Möglichkeit, sich irgendwo festzuhalten. Dummerweise befand sich der Verbindungsknoten der Verlängerung baumelnd über dem Abgrund. Hier den Bremser umzuspannen konnte richtig lebensgefährlich werden. Kolle seilte sich als erster ab. Beim Knoten angekommen, stieg er mit beiden Beinen auf ihn, löste den Bremser, rutschte am Seil nach unten und befestigte den Bremser wieder nach dem Knoten. So weit so gut. Dann seilte er sich bis zum Ende des Seiles ab und ließ sich die letzten Längen in den schneebedeckten Hang unter der Felswand plumpsen. Er hatte es geschafft. Als er sich aus dem Schnee befreit hatte und nach oben blickte, wurde ihm erst gewahr, wie hoch diese Wand war und welche Strecke sie zurück gelegt hatten. Mächtig erhob sich der Berg über ihm, eisig, dunkel, hart und trotzig. Woher sie gekommen waren, konnte er wegen des inzwischen schneidig brüllenden Schneesturmes nicht mehr erkennen. Das Wetter begann zunehmend schlechter zu werden, auch Blom und Malli sah er nur noch als Schemen, weit oben in der Wand. Ihn fröstelte. Stechend jagte ihm der Wind die Flocken ins Gesicht und fror seine Nase rot. Kolle zog sich seinen Schal bis zu den Augen und blinzelte wieder nach oben. Durch die herabfallenden Eiskristalle bemerkte er, dass Malli anscheinend große Schwierigkeiten beim Knoten hatte. Er wand sich und schaukelte unheilvoll über ihm am Seil; das sah gar nicht gut aus. Von hier unten konnte er so gar nichts tun. Die Angst kroch ihm in die Glieder.

Blom sah von oben aus zu, wie Malli sich mit dem Knoten abmühte. Der Kleine hing fest. Wahrscheinlich hatte sich der Bremser im Knoten verfangen. Verflixt noch mal! Er begann sich abzuseilen. Mit Bedacht rutschte Blom vorsichtig am Seil nach unten, der Wind sauste ihm schneidend um die Ohren und das Tau schwang gefährlich über dem Abgrund. Zudem hatte sich auf die Oberfläche des Seiles bereits eine hauchdünne Eisschicht gelegt, was das Fortbewegen mit dem Bremser gehörig erschwerte. Kurze Zeit später befand er sich direkt über dem Jungen.

»Gib mir deine Hand! Schnell«, schrie er gegen den heulenden Wind an.

Malli reichte ihm seine Hand und Blom zog ihn zu sich hoch. Dann befestigte er Mallis Hände an seinem Bremser und kletterte nach unten. Mallis Bremser saß tatsächlich tief im Knoten fest und Blom hatte große Mühe, ihn da heraus zu bekommen. Er befestigte ihn unterhalb des Knotens und kletterte wieder zu Malli hoch, um diesen vorsichtig nach unten gleiten zu lassen. Der Junge griff nach seinem Bremser, erwischte diesen auf Anhieb und ließ sich ins Sicherungsseil fallen. Das hatte jedoch zur Folge, dass sich das gesamte Kletterseil um sich selbst zu drehen begann. Immer schneller, unterstützt vom anschiebenden Sturm, wie ein Karussell kreiselten die beiden Kletterer oberhalb von Kolle in der Eiswand. Blom hatte gerade in das Sicherungsseil des Bremsers schlüpfen wollen, als die Irrfahrt begann. Durch die immense Fliehkraft schleuderte es ihn nach außen, sodass er bald nur noch mit einer Hand das Seil halten konnte. Die hauchdünne Eisschicht tat ihr übriges, er verlor den Halt. Unkoordiniert flog Blom durch die Luft und segelte in die Tiefe. Kolle versuchte verzweifelt seiner Flugbahn zu folgen, verlor ihn jedoch sofort aus den Augen. Malli tanzte immer noch über ihm in der Wand, wie ein Kreisel, hielt sich jedoch verkrampft am Seil fest und schrie um sein Leben. Was für ein Horror. Kolle stand ratlos im Schneetreiben und versuchte einen klaren Gedanken zu fassen, er hatte immer noch das Bild vom durch die Luft fliegenden Blom vor Augen. Ein sirrendes Geräusch ließ ihn plötzlich auffahren und aus seiner Schockstarre erwachen. Malli rutschte immer weiter nach unten. Anscheinend hatte sich, durch die stetige Bewegung, der Bremser gelöst und durch die Eisschicht am Seil konnte Malli nicht mehr bremsen und rutschte unweigerlich weiter nach unten.

»Bremsen ... so fest wie möglich, brems Malli!«, Kolle schrie gegen den Wind an, hatte aber nicht den leisesten Hauch einer Chance, durch das Schneechaos zu dringen. Malli rauschte ab nach unten. Am Ende des Seiles stoppte der Stein, den sie dort zur Stabilisierung angebracht hatten, seinen Fall. Mit einer abrupten Haltebewegung hing Malli im Seil, das gefährlich in Schlangenlinien tänzelte ... und plötzlich riss. Der Junge schrie entsetzt auf und landete direkt neben Kolle im Schnee.

»Malli, Malli!!«, schrie Kolle und fing an, in dem weichen Weiß zu buddeln. Doch da streckte ihm der Kleine von tief unten schon seine Hand entgegen. Er war wohlauf, ohne Schrammen oder andere Blessuren; der Schnee hatte den Sturz federleicht abgefangen.

Als sie sich nun, fest an die Felswand drückend, gewahr wurden, dass sie es geschafft hatten, kehrten langsam die klaren Gedanken zurück.

»Malli, hilf mir. Sammle die Bremser ein und verstau sie. Ich kümmere mich um das Seil.«

Sie hatten Glück im Unglück gehabt. Die Bremser waren nicht verloren gegangen, sondern befanden sich noch in ihrer Halteposition am Seil. Auch das Seil selbst schien nicht weiter beschädigt zu sein und der abgerissene Teil sah verhältnismäßig lang aus.

Wo verdammt noch mal, konnte Blom nur sein? Lebte er noch? Kolle hielt verzweifelt Ausschau. Nichts, nur das schneidende Pfeifen des Windes und die Schneeflocken, die in den Augen brannten. Nachdem sie sich ihre Schneeschuhe angezogen hatten, tasteten sie sich an der Felsmauer entlang in die Richtung, in die Blom davon geflogen war. Die Suchaktion befand sich zwar nicht auf ihrer Route, aber Kolle hatte vor, die vermeintliche Flugkurve nach einem Loch in der frischen weißen Schneedecke abzusuchen. Falls Blom hier eingeschlagen war, musste man das doch sehen. Sie stapften im dichten Schnee über den weiten verschneiten Gletscher, ohne auch nur die geringste Spur eines Loches, geschweige denn von Blom, kein Einschlag, nichts. Kolle und Malli entschlossen sich sogar, nach ihm zu rufen, aber gegen den Sturm kamen sie nicht an und so mussten sie nach etwa einer Stunde die Suche aufgeben und hoffen, dass Blom sich in Richtung Bergwerk aufgemacht hatte. Da es bestimmt schon nach Mitternacht sein musste, blieb ihnen auch nichts anderes übrig, denn es bestand immerhin die Gefahr, dass ihre Flucht doch noch vor Jùlmittag bemerkt wurde. Sie schlugen den Weg zur, im Schneetreiben undeutlich erkennbaren, gegenüberliegenden Bergkette ein. Malli stapfte tapfer vor ihm her und so folgten die beiden stundenlang dem vorgestellten Weg zu den Hütten des verlassenen Bergwerkes. Kolle wusste genau, wo sie sich befanden. Immer wieder hatte er sich diesen Weg eingeprägt. Nur durch eine kurze Verschnaufpause unterbrochen, am Ende ihrer Kräfte, trafen sie noch vor Sonnenaufgang bei den verlassenen, windschiefen, vom Schnee bedeckten Häuschen der Bergarbeiter ein und schleppten sich mit letzter Anstrengung in den schützenden Stolleneingang. Der heulende Wind, der vor dem Schacht tobte, konnte ihnen nun nichts mehr anhaben; das Schneegestöber machte den Blick in das hinter ihnen liegende Tal unmöglich. Es schien, als wäre der Niederschlag noch dichter geworden, als hätten sich die Schneegötter mit ihnen und ihrer Flucht verschworen. Wenn es noch ein paar Stunden so weiter schneite, blieb keine Spur mehr von ihnen übrig; allerdings auch nicht für Blom. Aber Kolle war sich bewusst, dass er schon alleine wegen des Jungen keinerlei Risiko eingehen konnte; deshalb entschloss er sich, sofort in den Schacht aufzubrechen. Malli glitt erschöpft zu Boden.

»Ich kann nicht mehr«, stöhnte er. Kolle betrachtete den Jungen mitleidig.

»Es ist nicht mehr weit. Wir müssen nur noch etwas vom Eingang weg, damit man den Lichtschein unseres Feuers nicht mehr sehen kann. Dann ruhen wir uns aus, wärmen uns auf und essen uns richtig satt. Versprochen!« Kolle wusste zwar, dass es nahezu unmöglich war, dass irgendwer den Lichtschein eines Feuers in dieser Suppe erkennen konnte, aber sicher war sicher.

So schleppten sie sich in eine sichere felsige Nische, entzündeten ein Feuer, aßen zum ersten Mal von ihrem Proviant und wickelten sich in ihre warmen Decken. Kurze Zeit später schliefen sie erschöpft ein.

Kapitel 9

Xavier der Kaufmann

Zur gleichen Zeit stand der Kaufmann Xavier Tschengil an der Brüstung seines Penthouses und blickte über die sich tief unter ihm erstreckenden endlosen Häuserschluchten der wilokischen Hauptstadt Hòl, die in der untergehenden Sonne immer mehr ins Dunkel tauchten. Die Sonne bemalte die metallisch silbernen Fassaden der wilokischen Herrschaftstürme, die sich mächtig aus dem Städtedschungel erhoben, mit orange-goldenem Licht, während die beiden Monde Golgatha und Arax den noch sternenklaren Nachthimmel betraten. Dieser immer wieder faszinierende Anblick ließ in Xavier eine Saite erklingen, die er so normalerweise nicht bei sich kannte und die sowohl Angst in ihm aufkeimen ließ, als auch ein Gefühl der Zufriedenheit erweckte. Manchmal stand er stundenlange hier auf der Terrasse und betrachtete die endlose Weite Hóls, dieser monströsen Stadt, die niemals schlief, in der man sich jeden Tag aufs Neue behaupten musste, um zu überleben. Nun ja, er selbst befand sich in einer etwas anderen, sehr vorteilhaften Position, aber viele andere dort unten kämpften täglich ums nackte Dasein. Unzählige Male schon hatte er sich vorgestellt, wie es denn sein musste, als einer der vielen Sklaven sein Leben für die Belanglosigkeiten der Wilokie hinzugeben, sich Tag ein und Tag aus zu quälen, zu schuften, um dann schlussendlich ohne Anerkennung in einem Massengrab auf dem Friedhof zu landen, unerkannt und ohne Vergangenheit, während die Geschichte von den Herrschenden der Stadt Hól geschrieben wurde. Abertausende teilten dieses Schicksal; sie malochten nicht nur in den Bergwerken oder Schlachthöfen, auf den Baustellen oder in den unzähligen Nachtclubs und Lusthäusern der Stadt, sondern auch in den Haushalten der erlauchten und gut betuchten Gesellschaften. Der gesamte Wohlstand und Luxus des wilokischen Adels und der besser verdienenden Mittelschicht ruhte auf den Schultern der abertausenden, bitterarmen und geschundenen Kreaturen. Es wurde gemunkelt, dass es in Hól mehr Sklaven als Wilokie gab, und wenn Xavier so darüber nachdachte, konnte das auch durchaus der Wahrheit entsprechen. Insofern hatte er Glück gehabt, doch vielleicht gerade deshalb, ging ihm das Schicksal dieser erbarmungswürdigen Menschen so nahe. Die meisten von ihnen wurden als Kinder aus ihren Ländern hierher verschleppt. Fern der Heimat warteten zunächst die Erziehungsanstalten, in denen man sie durch Prügel und andere Gemeinheiten zu Dienern der wilokischen Herrschaft heranzüchtete. Bald schon vergaßen sie ihre Herkunft, ihre Freude, ihren Lebenswillen und ihren Widerstand und fügten sich in ihr grausames Schicksal. Xavier krallte sich in das Geländer. Sein halblanges schwarzes Haar wehte um seine feinen Gesichtszüge. Seine dunkelbraunen Augen folgten den dutzenden Flugschiffen, die nun nach und nach ihre Nachtbeleuchtung anschalteten und funkelnd über der Stadt standen. Darunter fliegende Restaurants, auf denen Köstlichkeiten aus den entferntesten Winkeln Jùls serviert wurden, Spielhöllen und Bordelle hoch über den Dächern dieser verruchten Stadt. Er verfolgte die Lichter der Flugtaxis, welche die Gäste zwischen den Häusern und den Etablissements hin und her flogen, und auch hier auf den Decks: Sklaven über Sklaven. Schluss damit, er hatte zu arbeiten! Sein drahtiger Körper steckte bereits in einem eleganten Anzug; der Ausgehstock und sein Zylinder lagen parat. Die heutigen Einnahmen mussten gezählt und verbucht werden, neue Aufträge erteilt, Verträge geschlossen und schließlich noch eine Sitzung, die sich bestimmt bis Mitternacht erstreckte, abgehalten werden. Das Tagesgeschäft hätte nicht besser laufen können, aber ein Kaufmann seines Ranges musste auch abends ran.

»Auch ich bin in Wirklichkeit ein treuer Diener dieses Systems«, so dachte er traurig. »Ein Sklave in einem goldenen

Käfig, dem man eine vermeintliche Freiheit nur so lange vorgaukelt, solange er funktioniert.« Und er funktionierte gut, so gut, dass man ihn zur Belohnung seines unternehmerischen Geschickes mehrfach ausgezeichnet und befördert hatte. Er seufzte und stieg in sein schnittiges aufpoliertes Flitzercabrio. Noch einmal blinkte die Sonne dunkelrot über die Dächer und versank mit diesem letzten Gruß hinter dem Horizont. Xavier entzündete per Knopfdruck seine gasbetriebenen Scheinwerfer und beschleunigte so stark, dass es ihn tief in die weichen Ledersitze presste. Er hatte diesen überaus teuren Gleiter als Geschenk von seinem Vater erhalten. In schwarz, so wie er ihn sich schon immer gewünscht hatte, Modell Phönix II. Ein Sondermodell aus der erfolgreichsten Flitzerschmiede des Landes. Die Phönix-Gesellschaft entwickelte Fluggeräte aller Art, in jeglicher Qualitäts- und Preisklasse, und die Unternehmung seines Vaters, für die auch er arbeitete, stand mit der Phönix-Gesellschaft in enger Handelsbeziehung. Der Phönix II war beim jungen, adeligen Nachwuchs das derzeit begehrteste Flugobjekt, aber leisten konnten ihn sich nur die Superreichen. Dass gerade er so einen Luxusschlitten sein Eigen nannte, blieb dem Hochadel natürlich nicht verborgen. Klar doch, man erkannte seine Leistungen an und hatte hohe Achtung vor dem Hause Tschengil. Doch trotz allem blieb er ein Nassl, so nannten sie einen nicht reinrassigen Wilokie. Ein Sprössling aus einem unterjochten Land, dem die Ehre zu teil geworden war, bei einer hohen wilokischen Familie aufzuwachsen und von deren Reichtum und Ansehen zu profitieren. Der unverhohlene Neid schlug ihm auf jeder Party, auf jedem Empfang, also überall dort entgegen, wo sich die feinen Damen und Herren die Klinke in die Hand gaben. Im Grunde genommen konnte es ihm ja egal sein, aber irgendwie blieb dieses schale Gefühl, niemals so richtig dazu gehören zu können, an ihm haften.

Berilé, seine neue Flamme, gab ihm wenigstens ein bisschen die Gewissheit zurück, eine besondere Stellung innerhalb der wilokischen Gemeinschaft einzunehmen. Sie scherte sich einen Dreck um Konventionen und Traditionen, im Gegenteil. Sie stammte zwar aus bestem wilokischen Goldadel und galt als besonders begehrenswerte Partie, da sie zudem noch überaus attraktiv aussah. Sie pflegte allerdings eher Kontakt mit Leuten wie ihm, also mit Nassl. Das fand sie irgendwie aufregender, anziehender und erotischer, wie sie meinte.

Xavier hatte sie auf einer Party kennengelernt und sich sofort in sie verschossen. Dabei hatte er eben nicht danach gefragt, aus welchem Hause sie stammte und wie die Einkommensverhältnisse der Familie aussahen. Normalerweise betrachtete man diese Vorgehensweise als selbstverständlich und für umso reicher der- oder diejenige sich ausgab, desto höher stieg er oder sie in der Gunst seines Gegenübers. Ein ständiges Spiel aus Angabe und Strategie, denn die Bekanntschaften und die guten Verbindungen konnten einmal Gold wert sein. Man ging diese Seilschaften nicht der Freundschaft oder Liebe, sondern des zu erwartenden Vorteils wegen ein; doch Berilé schien anders zu sein. Sie langweilten diese Oberflächlichkeiten, aber ehrlich gesagt konnte sie sich diese Langeweile in Hól auch leisten.

Xavier steuerte seinen Phönix II auf ein fast in den Wolken verschwindendes Bauwerk zu, das sich in seiner Protzigkeit nicht nur in Höhe, sondern auch in architektonischer Vielfältigkeit überaus deutlich von den anderen unterschied. Mächtige Drachenköpfe und furchterregende Gestalten zierten in Form von Statuen die vielen filigran gearbeiteten kleinen Seitentürme und Nebengebäude des gigantischen Hauptgebäudes. Dieses wiederum strahlte goldverziert, aufwendig gestaltet und beleuchtet aus diesem ineinander verschachtelten Gebäudekomplex hervor. Mehrere Wasserfälle ergossen sich aus der Höhe bis tief in die Gärten, die den herrschaftlichen Sitz umrahmten. Am stetigen An- und Ablegen der Flugschiffe konnte man sehr gut erkennen, dass es sich hier um einen wichtigen Herrschaftssitz in Hól handelte. Hier residierte, herrschte, lebte und arbeitete Cran der Strahlende. Xavier steuerte seinen Gleiter auf ein eindrucksvolles Nebengebäude zu und landete auf dem Flachdach. Kurz vor ihm hatte an der gegenüberliegenden Dachseite ein schlankes Handelsschiff angelegt. Ein Schiff der Tschengil-Flotte mit einem dunkelroten Zeppelin über dem Oberdeck, auf dem das gelbe Wappen der Familie prangte. Ein Pickel und eine Schaufel, umrahmt von einem Kreis. Die Familie Tschengil hatte sich durch die Ausbeutung von Bergarbeitern ihr erstes Bergwerk verdient und war auf diese Weise schnell in der Gunst Crans aufgestiegen. Xaviers Ziehvater Munai machte zudem beim Militär Karriere und wurde alsdann zum Landesherren befördert. Recht viel mehr konnte man als Wilokie kaum erreichen, außer man spielte das hohe Spiel der Politik mit. Als Landesherr konnte man lediglich reich an Gold und Sklaven werden, aber als Politiker drehte man die Geschicke und Gesetze ganzer Länder und Kontinente wie einen Zauberwürfel in seinen Händen. Xavier hüpfte aus dem Phönix und lief auf eine Frau zu, die gerade Anstalten machte, das Dach zu betreten.

»Hallo Bó! Na alles gut gegangen?«, begrüßte er die schlanke blonde Kapitänin des stolzen Handelsschiffes, der Kavenderou.

»Hallo Xavi. Naja, geht so. Die Ernte ist dieses Mal ausgezeichnet, du wirst sehen. Wir haben viele kleine Steine höchster Güte. Die großen Exemplare sind leider wieder mal ausgeblieben, aber viele kleine sind genauso viel wert«, antwortete sie, während sie sich umarmten.

»Lust auf einen kleinen Drink an der Bar? Deine Mannschaft kann derweilen die Ladung löschen. Du hast die Papiere ja mit dabei oder?« Xavier sah sie abwartend an.

»Natürlich hab ich die. Komm, wir gehen ein Stockwerk tiefer. Ich hab einen Mordshunger und Durst.«

Als die beiden im Restaurant der Tschengil Unternehmung gegessen und sich den einen oder anderen Drink gegönnt hatten, wurde Bó plötzlich ernst. Flüsternd duckte sie sich über den Tisch, peinlich darauf bedacht, dass auch niemand zuhörte.

»Wir haben ein kleines Problemchen, das sich größer ausweiten könnte, als wir es uns jetzt gerade vorstellen können.«

»Was denn?«, wollte Xavier wissen.

»Bevor ich los flog, verschwand ein sehr großer mächtiger und lupenreiner Energiestein. Ich weiß leider nicht, ob er wieder gefunden wurde oder was mit ihm passierte, denn da flog ich schon über'm Ozean. Aber eines kann ich dir sagen: Falls der verschwunden bleibt, gibt's mächtig Ärger.« Sie blickte ihn unheilvoll an und zwinkerte bedauernd mit den Augen.

»Wissen wir, wer es getan hat? Ich meine, so ein Stein verschwindet doch nicht einfach so, oder? Bei unseren strengen Sicherheitskontrollen schlüpft doch noch nicht einmal eine Maus ungesehen in ihr Loch.« Er nippte nervös an seinem Glas.

»Fest steht, dass er weg ist. Gerüchte erzählen die Geschichte vom Widerstand. Du weißt ja, was über Salom geredet wird.« Sie sah ihn schief an.

»Ja ja, ich kenn' die Geschichte und fang jetzt bitte nicht schon wieder mit deiner dummen Fragerei an, wie es mir dabei geht. Mir geht's gut! Wenn wir etwas aufzuklären haben, dann werden wir das ohne Rücksicht auf die Bevölkerung vor Ort auch tun. Meinst du, wir sollten von hier aus handeln?«

»Da wäre ich vorsichtig ...!«, raunte sie ihm zu.

»Dein Vater hat mit seinen Suchern das Spielfeld schon im Griff. Es könnte wie eine Einmischung von außen und eine Intrige deinerseits aussehen, wenn du dich jetzt einmischst.« Mit diesen Worten schob sie eine Mappe mit Papieren über den Tisch.

»Kommen wir zum Geschäftlichen. Hier sind die Dokumente für die Legitimation der Fracht. Gegenprüfen musst du das ganze selber. Ich hau' mich jetzt erst mal in die Falle. Bis morgen dann.« Sie stand auf und wandte sich Richtung Ausgang. Bevor sie hinaustrat, lief sie nochmals zurück zur Bar, krallte sich vier Flaschen Slak und verschwand flink hinter der Tür. Xavier grinste. Viel hatte sich geändert, aber nicht bei Bó. Na dann mal los, der Abend konnte noch lange werden.

Stunden später hatte Xavier Tschengil den korrekten Wareneingang verbucht und in die Bücher eingetragen. Er bereitete die jeweiligen Steine für die entsprechenden Abnehmer vor und erstellte die Rechnungen und Anschreiben für die Kunden. Ein Teil der Ladung, so ungefähr die Hälfte, kam in einen Hochsicherheitstresor. Diese Energiesteine standen für Cran persönlich bereit, der sie über seine vielen Aufbereiter weiter verarbeitete. Als Xavier damit fertig war, stieg er wieder in seinen Phönix II und flog in Richtung Hauptgebäude zur Sitzung mit den Produktionsleitern der Flug- und Schiffswerften; es würde um Preise und Kontingente gehen. Eine unheimlich anstrengende Angelegenheit, denn jeder wollte sich natürlich hohe Anteile zu günstigen Preisen sichern. Xavier fühlte sich müde und ausgelaugt, schließlich hatte sein Arbeitstag schon sehr früh begonnen und schien auch noch lange zu gehen, und zudem wollte ihn Berilé zu einer dieser verruchten Nassl-Partys mitschleppen. Zum Glück hatte er morgen seinen freien Tag.

Endlich, als die beiden Monde bereits im Zenit der Nacht standen, löste sich die Sitzungsgesellschaft auf. Auch die letzten der besonders wichtigen Kunden aus der Flugschiffsparte verließen das Sitzungslokal, in dem sie stundenlang um die aktuellsten Preise und Mengen für die Energiesteine gefeilscht hatten. Xavier blieb standhaft. Es bereitete ihm großes Vergnügen, die sonst so hochnäsigen und forschen Unterhändler dieser mächtigen Werften zappeln zu sehen. Hohe Preise bedeuteten weniger Gewinn in ihren eigenen Taschen. Denn obwohl sie sowieso schon alles besaßen, weit über das hinaus, was sich ein wohlhabender Wilokie je wünschen könnte, konnte es trotzdem niemals genug sein. Wie sie sich wanden, wie sie bettelten, wie sie unangenehm und streng werden konnten. Sehr witzig! Bis hin zur Drohung, sein angeblich ungebührliches Verhalten seinem Vater zu melden. Xavier amüsierte sich prächtig. Er fand es köstlich und es entschädigte ihn für die vielen Stunden, die er mit diesen Lackaffen zubringen musste. Erschwerend kam hinzu, dass sie ihre schlecht ausgehandelten Preise ihren Chefs beichten mussten, die dann natürlich auch selbst weniger im Geldbeutel hatten, aber eigentlich hassten sie ihn für etwas ganz anderes. Sie hassten ihn dafür, dass er, ein Nassl, erfolgreicher die Geschäfte führte und mehr Einfluss und Gold besaß als sie selbst. Nicht umsonst hatte Cran der Strahlende ihn höchstpersönlich ausgezeichnet, ihn, einen Nassl.

Müde, aber zufrieden, ließ er sich in den Sitz seines Phönix II fallen. Mit einem Zischen schaltete er die Gasscheinwerfer an und glitt ruhig und gemächlich über die hell erleuchtete Stadt, die sich in den unterschiedlichsten Farben glitzernd vor ihm auftat. Es gab keinen Grund zur Eile; Berilé würde warten. Über ihm blinkte der Sternenhimmel klar und wolkenlos, eine wunderbare Sommernacht, die von den Wilokie ausgiebig genutzt wurde. Mehrere Male hörte er das Grüßen der besoffenen Gäste von den Lustschiffen herüber wehen und winkte lässig zurück. Wo hatte Berilé nochmal angegeben, dass sie sich treffen wollten? Im Galaxy? Oh ja, das sah ihr ähnlich. Xavier musste grinsen. Ein echt verrückter Laden; regelmäßig fanden dort Razzien der Aufpasser statt, weil die Chance, hier jemand mit illegalen Drogen oder mit Haftbefehl gesuchte Aufwiegler zu finden, besonders hoch zu sein schien; zudem betrieb den Turm ein Nassl. Eigentlich so überhaupt kein Laden für ihn.

»Na was soll's«, dachte Xavier und beschleunigte, um das andere Ende der Stadt endlich zu erreichen. Als er schließlich den nördlichen Stadtteil Ozum passiert hatte, dort wo die Hochhäuser nicht mehr so dicht und hoch standen und die Armut offensichtlich durchbrach, folgte er den Straßenverläufen, die von oben deutlich sichtbar leuchteten. Schmutzige, ungepflegte Gassen und Häuser, ausgefallene Gaslaternen, die niemand mehr reparierte, und jede Menge Animierschuppen, die den sowieso schon armen Arbeitern das Gold und Silber wieder aus den Taschen zogen. Drogen und Prostitution aller Art standen im Armenviertel Ozum auf der Tagesordnung und nirgends in Hól war die Wahrscheinlichkeit, durch ein Gewaltverbrechen zu Tode zu kommen, höher als hier. Und plötzlich stand er da, wie ein Leuchtturm im hoffnungslosen Nebel des Chaos. Der Turm, wie er nur schlicht genannt wurde, nicht sonderlich hoch, aber eindrucksvoll leuchtete er in hellem Licht aus den umliegenden dunklen Wohnblocks des grauen Arbeiterviertels hervor. Breit und verwinkelt konnte der Besucher über mehrere verschlungene Wendeltreppen, welche sich an der Außenseite nach oben schlängelten, die jeweiligen Lokalitäten erreichen; durch Energiesteine betriebene Aufzüge gab es hier nicht. Jedes der insgesamt elf Stockwerke besaß eine Terrasse, von wo aus man verschieden hohe benachbarte Gebäude über eine Brücke erreichen konnte. Auf den Flachdächern dieser Häuser parkten Flugmaschinen in allen Formen und Größen, zudem brachten Flugbusse immer neue Gäste und nahmen wiederum welche mit. Da sich das berüchtigte Galaxy von der obersten Etage bis in die achte Ebene erstreckte, steuerte Xavier das höchste aller Häuser an und landete sicher seinen Phönix II. »Wehe! Nur ein kleiner Kratzer und er würde diesen ganzen verdammten Turm in Schutt und Asche legen!« Er schmunzelte über sich selbst, was für ein typischer Wilokie Gedanke. Nachdem er die geschwungene Brücke zur obersten Plattform des Turmes passiert hatte, bemerkte er, dass seine Garderobe viel zu übermotiviert aussah. Vor ihm auf der Terrasse tummelten sich die unterschiedlichsten Gestalten. Hier gab es keinen Dresscode; eher abgetragene Klamotten von anno dazumal. Nichts, was auch nur ansatzweise der angesagten Mode wilokischer Designer entsprach, schmückte das unglaublich durchschnittliche Publikum. Und wie voll es hier oben war! Ans Geländer gedrängt, dutzende Pärchen und Grüppchen, mit Drinks in den Händen, eine Band, die harte aggressive Rhythmen zum Besten gab, und eine wilde Horde tanzender Leute auf der Tanzfläche vor der Bühne. Auch die Bar, fest in der Hand der feiernden Gäste. Kaum ein Platz zum Stehen oder geschweige denn zum Unterhalten. Xavier kam sich äußerst deplatziert vor. Plötzlich tippte ihm jemand auf die Schulter. Flink drehte er sich in die Richtung um und sah niemanden. Da hörte er ein Lachen von der anderen Seite seines Ohres.

»Na du Rumtreiber? Endlich fertig mit Arbeiten?«

Berilé drückte ihm einen Kuss auf die Wange und schlang die Arme um ihn. Xavier erwiderte den stürmischen Angriff, hob sie hoch, drehte sich mit ihr im Kreis und küsste sie.

»Hallo Berilé, meine Liebste! Hier bin ich nun und stehe nur noch dir zur Verfügung!«

Als er sie so in den Armen hielt, bemerkte er wieder einmal, wie toll sie aussah. Sie trug ihre schwarzen Haare als Pagenschnitt und hatte einen neckischen kleinen Hut mit lila Federn auf dem Kopf. Ihre schlanke, aufregende Gestalt steckte in einem bronzefarbenen Paillettenkleid, das bis zu ihren Knien hinab reichte. Und wie sie duftete! Am liebsten wäre er gleich jetzt mit ihr zu sich nach Hause geflogen. Sie fixierte ihn mit ihren dunkelblauen Augen, kniff sie dabei zusammen und zog eine Schnute. Xavier musste lachen.

»Hochwohlgeboren Tschengil«, gurrte sie, »Bevor du mich hier sofort auf der Stelle vernaschst oder auf die Idee kommst, mich zu entführen, muss ich dir noch ein paar Leute vorstellen. Komm mit!« Sie machte sich los, ergriff seine Hand und schleifte ihn hinter sich her die Wendeltreppe, an den auch hier stehenden Gästen vorbei, ins achte Stockwerk hinunter.

Dort traten sie in einen voll besetzten, düsteren Raum, der stark nach Slak und Schweiß roch. Rauchschwaden zogen durch das Stimmengewirr der feiernden und diskutierenden Gäste. Die Kellnerinnen wuselten in einer Tour mit großen, mit Slak beladenen Tabletts durch die Massen und stellten sie dennoch immer sicher auf den einzelnen Tischen ab. Auch hier spielte eine Band auf einer kleinen Bühne in der Mitte, während sich die Bar auf der ihnen gegenüberliegenden Seite befand.

Sie steuerten auf einen Tisch zu, an dem zwei Pärchen saßen, die sich angeregt unterhielten. »Dürfen wir uns zu Euch setzen?«, zog Berilé die Aufmerksamkeit an sich.

»Oh Berilé! Hallo! Wen hast du uns denn da mitgebracht?« Das Mädchen rechts von ihm, sie hieß Sia, eine etwas rundliche kleine Madame mit lustig frechem Grinsegesicht sprang auf und umarmte Berilé überschwänglich, während sich die andere freundlich grüßend kurz erhob und ihnen die Hände schüttelte. Sie hieß Kalia, war schlank und groß mit schulterlangen braunen Haaren und schien nicht besonders helle zu sein. Zumindest fand Xavier, dass sie einen etwas dümmlichen Ausdruck zur Schau trug. Die Jungs blieben sitzen und grüßten mit Handschlag.

»Das ist Xavier, ihr wisst schon, DER Xavier, von dem ich euch erzählt habe!«, hörte er Berilé mit den anderen beiden Mädchen tuscheln und setzte sich neben die beiden Jungs.

»Na? Recht nette Nassl Party oder?«, fing der eine das Gespräch an und der andere antwortete, »Könnten mehr Mädchen sein, wenn du mich fragst.«

»Wieso? Sind doch viele Mädchen hier oder nicht?«

Xavier sah sich bei seinen Worten um und erblickte tatsächlich jede Menge.

»Naja, das schon. Sind aber keine Nassl-Mädchen. Alles Wilokie-Frauen, die spannende Abenteuer suchen und uns dann in die Tonne treten. Die wollen immer nur das eine, du weißt schon.« Der Typ schräg gegenüber, er hieß Tschem, grinste ihm zu und machte eine unmissverständliche Geste.

Tschem hatte blondes, an einem Seitenscheitel zurückgekämmtes Haar und einen schmalen schwarzen Schnauzbart, der verriet, dass er sein Haupthaar lediglich färbte. An seinem kantigen Gesicht konnte man vermuten, dass er irgendwo aus den Nordkolonien stammte. Xavier fand ihn widerlich. Aber er saß nun mal zusammen mit Berilé am Tisch ihrer Freunde und so versuchte er schnellstens, das Thema zu wechseln.

»Habt ihr schon gehört? Morgen soll das neue Dampfschiff vom Stapel gelassen werden! Ein wahrer Koloss, so eine riesige Dampfmaschine ist bisher noch nie gebaut worden, da stecken jahrelange Entwicklungen drin. Geht ihr morgen auch zum Hafen?«

Xavier hatte mit Absicht diese Geschichte gewählt, da er sich fast sicher sein konnte, damit das Gespräch zu drehen. Seit Wochen gab es in der Zeitung kein anderes Thema mehr. Zur Jungfernfahrt hatten sich sämtliche Eliten und Goldfürsten angekündigt und selbst Cran der Strahlende würde höchstpersönlich erscheinen.

»Oh ja! Natürlich. Schließlich ist es meiner Wenigkeit zu verdanken, dass der Zeitplan für dieses famose Projekt eingehalten wurde.« Der andere junge Herr, untersetzt mit Nickelbrille, rundem Schweinegesicht und dem wohlklingenden Namen Tschom, warf sich in die Brust.

»Ich hatte die Leitung über die Herstellung der Innenausstattung. Wir hatten alle Hände voll zu tun, um die Tische, Stühle, Treppen, sprich sämtliches Mobiliar für das Ambiente in Auftrag zu geben und fertig zu stellen. Wir hatten ja auch nicht lange Zeit, denn …« Es folgte eine lange Arie, über Sinn und Zweck eines Projektplanes und die Einhaltung eines kritischen Pfades, der die Zeitachse immer im Lot bleiben ließ. Dann folgte eine Aufzählung der berühmten Werkstätten, mit denen er zusammengearbeitet hatte, bis hin zu dem Lob, das ihm seitens der Gesellschaft zuteilgeworden war. Xavier hörte schon gar nicht mehr zu. Er fand es derart ermüdend, dass er sich vor lauter Langeweile schon das dritte Slak gönnte.

»… na und dann, an dieser Stelle kommt mein Freund Tschem hier ins Spiel. Er wird morgen mit seinem Sicherheitskonzept dafür Sorge tragen, dass alles mit rechten Dingen zugeht. Dass beispielsweise …« Hier unterbrach ihn Tschem mit einer fingerzeigenden Handgeste, welche die Wichtigkeit seiner Aufgabe unterstreichen sollte.

»Na, wir passen auf, dass nicht irgendwelche Wilden dieses symbolträchtige Ereignis stören. Es gibt hier immer wieder irgendwelche gestörte Nassl, aber auch Wilokie, die meinen, sie könnten die öffentliche Ordnung über den Haufen werfen« Xavier verdrehte innerlich die Augen und bestellte sich das vierte Slak, um sich einzugestehen, dass das Dampfschiff-Thema der völlig falsche Ansatz gewesen war. Tschem und Tschom, die beiden Zwillinge im Geiste, schienen nun erst richtig aufzudrehen.

»Natürlich müssen wir auch dafür Sorge tragen, dass das Protokoll eingehalten wird. Der Ablauf folgt einem strengen zeitlichen Rahmen, der nicht übertreten werden darf, da ein Rädchen in das andere passen muss. Verstehst du? Das muss alles wie am Schnürchen klappen.«

Tschem klatschte in die Hände.

»Aber ich habe ja langjährige Erfahrung und bin ...« Nun kam wiederum eine lange Litanei an Lobeshymnen über die bereits erreichten Heldentaten des blondgefärbten Jünglings, der für sein Alter auch bestimmt schon viel geleistet hatte, aber in Xaviers Augen dumm wie Stroh daher redete. Indes, Xavier bestellte sich sein fünftes Slak und begann immer mehr mit seinen Gedanken abzuschweifen. Nicht in eine bestimmte Richtung, nein, einfach nur fort. Das Gespräch hier fühlte sich schon fast wie Arbeit an, immer dasselbe. Er hatte gedacht, auf einer Nassl Party ginge es anders zu, es würde über andere Dinge gesprochen werden, aber nein, nur Selbstbeweihräucherung und Heldentaten. Widerlich. Schon begann er die Ausführungen von Tschem nicht mehr zu hören und folgte eher dem Gequassel der Mädchen, die sich köstlich zu amüsieren schienen. Urplötzlich hörte die Band auf zu spielen und es folgte ein langer Applaus mit viel Jubelgeschrei. Als das Geraune und Gemurmel in der Gaststätte wieder zunehmend lauter wurde, hatte Xavier endlich genug.

»Entschuldigt mich kurz, ich muss an die frische Luft«, lallte er, erhob sich schwankend, nahm sein sechstes Slak und begab sich nach draußen auf die Terrasse. Er steuerte müde und überaus besoffen zum Geländer, stellte seine Flasche ab und zündete sich ein Pfeifchen an. Die Nacht schien klar herab und von der Straße herauf ertönte der nie verstummende Lärm des ärmlichen Amüsierviertels. Er blickte hinunter auf die wuselnden Lichter, die Pferdedroschken und die wild hupenden Dampfvehikel. Weit und breit nicht die Spur eines Flitzers. Ab und zu ein Luftroller. Vor allem hier, in der nicht ganz so reichen Nassl-Gegend, bemerkte man sehr schnell, dass es nur den wohlhabenden Wilokie in Hól gegönnt war, sich ein eigenes Flugschiff zu leisten. Nebel kroch über das Kopfsteinpflaster, das feucht-farbig das Licht der Bordelle, Casinos und Lusttempel zurückwarf. Hier amüsierten sich die etwas wohlhabenderen Sklaven mit den noch ärmeren aus den umliegenden Slums. Meist selbst verschleppt aus den Kolonien, fallengelassen von ihren Wilokie-Herrschaften, die sich bei den kleinsten Missgeschicken ihrer Dienerschaft sofort nach neuen Bediensteten umsahen. Es musste noch nicht einmal ein Missgeschick sein, vielleicht sah die neue Küchenmagd nur hübscher aus oder konnte ein wenig besser kochen, schon landete die alte Magd auf der Straße, ohne Einkünfte und meist auch ohne Unterkunft. Das Leben in Hól konnte teuer sein und die Wilokie hatten freie Wahl an billigem Sklavenfleisch. Xavier wankte und drehte sich vom Geländer weg in Richtung Kneipe.

»Hallo mein Junge.« Ein Mann trat ihm in den Blick. Xavier brauchte etwas Zeit, um seine Augen scharf zu stellen. Er erkannte den Sänger der Band, der seine Pause dadurch feierte, dass er sich einen Glimmstängel anzündete, der ein überaus würziges Aroma verbreitete.

»Du bist aus Salom nehme ich an? Ich bin Muri. Eigentlich Muriander, aber alle nennen mich Muri.« Er reichte Xavier seine Hand. »Stimmt's?«

»Äh, was?« Xavier war etwas abgeschweift mit seinen Gedanken, besser gesagt, hatte er für den heutigen Tag genug gesehen, diskutiert und gedacht. Er hatte keine Lust mehr dazu.

»Nun, ich vermute, du kommst ursprünglich aus Salom oder täusche ich mich? Schließlich ist das hier nicht nur eine Nassl-Party, sondern auch ein Nassl-Lokal und deinen Gesichtszügen nach zu urteilen ...«

Er lachte und legte bei der Betrachtung von Xaviers besoffenem Zustand seine Stirn in Falten.

»Ja ja, Salom. Da komm' ich her. Aber das ist schon so weit weg, dass es nicht mehr wahr ist«, lallte Xavier.

»Ich war damals noch ein kleiner Junge und kann mich kaum erinnern.«

Erst jetzt betrachtete er den stämmig muskulösen Herren gegenüber etwas näher und versuchte, klarer im Kopf zu werden, doch Muriander kam ihm zuvor.

»Hier, lutsch das. Das neutralisiert das Slak fast vollständig.«

Er reichte ihm ein Lutschbonbon. Xavier nahm es dankend an. Er hatte nicht vorgehabt, so viel zu saufen.

»Das ist für uns alle schon fast nicht mehr wahr. Deshalb treffen wir uns ja hier im Galaxy, wir Nassl.« Der Musiker grinste und beobachtete Xavier beim Lutschen der Medizin.

»Weißt du«, fuhr er fort, »es sind nicht allzu viele von uns hier in Hól. Dafür sind wir den Wilokie zu ungebildet, besser gesagt, zu faul, zumindest in ihren Augen. Aber wenn jemand aus Salom hier Karriere macht, dann ...«

Er beendete den Satz nicht, sondern musterte den feinen Anzug von Xavier.

»Ich hab dich hier noch nie gesehen, wie heißt du denn?«

Er zwinkerte mit dem linken Auge und kratzte sich dabei an seinem schwarz-grauen Bart, der ihm bis auf die Brust reichte. Seinen Lederwams, unter dem er ein weißes Schnürhemd trug, hatte er bis zum Nabel aufgeknöpft. Die dunkelbehaarte muskulöse Brust schimmerte und blinkte von Amuletten und Ketten. Xavier bemerkte erst jetzt, dass er Muriander schon zu lange anstarrte und dabei gedankenverloren an seinem Bonbon lutschte, das auch tatsächlich wirkte. Sein Kopf wurde zunehmend klarer.

»Äh, entschuldige. Xavier Tschengil heiße ich«, murmelte er und seine Hand schnellte nochmals zum Gruß nach vorne, obwohl sie sich vorher schon mal die Hände gegeben hatten. Diese abrupte Geste schien so lächerlich zu sein, dass Muriander zu lachen begann und ihm auf die Schulter klopfte.

»Freut mich, Xavier Tschengil. Ich glaube, ich hab' schon viel von dir gehört. Du hast doch einige Auszeichnungen als Kaufmann bekommen oder?«

»Ja, ein paar, aber das ist mir ziemlich egal«, brummte Xavier und fuhr fort, »sag mal Muriander, weil du vorher WIR sagtest, bist du denn auch aus Salom?«

Seine Gedanken ordneten sich zusehends und er gewann immer mehr die Kontrolle über seine Gedanken und seinen Körper zurück. Das Bonbon wirkte.

»Nein, nicht direkt. Ich bin aus Piram. Aus der Hauptstadt Aspir.« Genüsslich zog er an seinem Glimmstängel.

»Kenne ich nicht«, entgegnete Xavier ahnungslos.

»Kannst du auch nicht, wenn du seit deiner Kindheit nicht mehr in Salom gewesen bist. Piram kennt so ziemlich niemand. Aber die Elò kennst du?«

»Ja natürlich. Das Waldvolk, das uns erbitterten Widerstand leistet und das wir bis heute nicht in die Knie gezwungen haben. Natürlich kenne ich die. Der Grund, warum mein Vater bis heute noch nicht nach Hause gekommen ist.«

Muriander überging Xaviers verbitterten Tonfall und erwiderte: »Nun, wir sind eigentlich auch Elò, haben uns aber in die Bergwelt des Dschungels zurückgezogen und verbringen die Zeit mit Magie, Meditation, Musik und anderen Künsten. Ich geriet eher durch Zufall in die Fänge der Wilokie. Mein Vater und ich weilten zu der Zeit, als die Eroberung Saloms geschah, gerade auf Schloss Calim, um meine Verlobung mit

Shaniella, meiner großen Liebe, zu feiern. Sie war, oder ist, eine der schönsten und klügsten Frauen Saloms und ich liebe sie sehr. Beim Gefecht mit den Wilokie habe ich sie aus den Augen verloren, wurde gefangen genommen und hier her verschleppt. Ich weiß nicht, was mit ihr passiert ist. Da ich kräftig und brauchbar erschien, hat man mich hier auf die Hochbaustellen geschickt. Dorthin, wo sich die Wilokie selbst nicht trauen, auf die Gerüste ihrer hohen Bauwerke. Hunderte, ja tausende sind hier abgestürzt. Ich habe diesen Mist jahrelang gemacht und wäre dabei mehrmals um Haaresbreite draufgegangen. Dann hab' ich wieder angefangen Musik zu machen und ein bisschen Magie zu betreiben.«

Muriander legte eine Kunstpause ein. Fasziniert hing Xavier an seinen Lippen. Zum einen hatte er sich nie auf irgendwelchen Nassl-Partys herumgetrieben, geschweige denn jemand aus Salom getroffen. Bisher hatte er einzig und alleine seiner Karriere und den Wilokie gedient. Vielleicht war sein ganzes Bild der Wirklichkeit Lug und Trug? Vielleicht hatte er nur deshalb so viel gearbeitet und strebte nur deswegen nach dem höchstmöglichen Erfolg, um vergessen zu können? Muriander erschien ihm wie eine Offenbarung.

Ein Nex segelte rauschend heran und landete sanft auf Murianders Schulter.

»Oh, da bist du ja mein Guter. Na? Hast du dich prächtig amüsiert?« Der Musiker kraulte den Nex am Bauch, was dieser mit einem hörbaren Kichern quittierte.

»Darf ich vorstellen, das ist Plopp. Einer meiner besten Freunde und Anführer der Nex Kolonie hier im Stadtteil Ozum.« Wache, orangefarbene Augen blickten tief in Xavier, was diesem sichtlich unangenehm schien. Muriander wandte sich dem Flugäffchen zu.

»Weißt du Plopp, Xavier ist auch aus Salom.« Der Nex sah ihn fragend an, dann wieder zu Xavier.

Dieser erwachte aus seinem Erstaunen. »Oh, du hast einen Nex. Wie schön.«

Xavier wollte schon immer einen haben, aber die Zeit arbeitete gegen ihn. Besser gesagt, er hatte keine Zeit für einen dressierten Nex.

»Nein, so ist das nicht«, antwortete der Musiker. »Ich habe ihn nicht. Wir haben uns und obwohl wir es stets ablehnen würden, jemandem zu gehören, fühlen wir uns doch sehr verbunden.«

Der Nex kicherte.

»Ahja, ich verstehe«, schmunzelte Xavier und fuhr fort.

»Echte Freunde meinst du wohl?«

Muriander rieb sich die Nasenspitze, in die ihn Plopp gezwickt hatte.

»Ja, so könnte man das wohl sagen. Wenn er Lust hat, schaut er bei mir vorbei, säuft die Reste von meinem Slak weg und frisst meine Nüsschen. Nicht wahr, Plopp?«

Der Nex drehte den Kopf zur Seite und tat als wäre er gerade mit etwas anderem beschäftigt. Muriander und Xavier mussten lachen.

»Aber wieso Plopp? Wieso hast du ihn denn Plopp genannt?«, wollte Xavier wissen.

»Hahaha … ja weil dieser kleine Schlingel mit einem lauten Plopp mit mir Freundschaft geschlossen hat.« Wieder kraulte er den Nex am Bauch.

»Eines Tages, ich sah gerade gedankenverlorenen aus dem Fenster auf die Straße unter mir, da … *Plopp*, war er plötzlich da. Der Kleine war doch direkt in meine Fensterscheibe geflogen und starrte mich, mit gequetschter Nase durch die Glasscheibe an. Irgendwie hat er sich an der Scheibe festgeklammert und hatte nun Angst abzustürzen. So ergriff ich ihn und gab ihm erst mal etwas Milch. Die lehnte er ab und deutete auf mein Slak auf dem Schreibtisch. Der Beginn einer großen Freundschaft.« Muriander lachte so laut und lange, dass Plopp sich entnervt erhob und das Weite suchte. Als Muriander mit seinem Gelächter geendet hatte, sprach er: »Scheint, er ist jetzt ein wenig beleidigt, aber das renkt sich wieder ein. Nexe sind nicht nachtragend.«

Er wischte sich die Lachtränen aus den Augen.

»Wo waren wir stehengeblieben? Ach ja, ich wollte dir ja erzählen, warum ich zu dem geworden bin, der ich jetzt bin.«

Muriander strich sich den Bart lang.

»Na, dann ... weißt du, die wilokischen Frauen zahlen gute Preise für einen Blick in die Zukunft oder für andere magische Dienste. Sie sind nicht nur gierig nach Macht, Schönheit und Gold, sie sind vor allem hinter Wissen und Geheimnissen her. Außerdem hatte ich einige Verehrerinnen, die mir so manch einen Wunsch erfüllten. Meine Musik hat mich ein bisschen bekannter gemacht und schließlich hatte ich ein kleines Vermögen beiseite geschafft und mir meine Unabhängigkeit erkämpft. Das ist für einen Nassl hier in Hól selten genug, ich hatte gerade so viel, dass ich mir diesen schönen schlanken Turm hier leisten konnte. Natürlich nur mit Beteiligung meiner verehrten Geldgeberin, die einen Großteil des Gewinnes einstreicht.«

Er grinste, ob des ungläubigen Blickes Xaviers.

»Ach hier bist du!«

Berilé stand in der Ausgangstür zur Terrasse und kam vorsichtig schwankend auf sie zu.

»Ich dachte schon, du hättest uns verlassen. Ach! Und Muriander!«

Sie lächelte ihn vielsagend an.

»Ihr habt euch also schon kennengelernt. Muri ist übrigens der eigentliche Grund unseres Besuches. Ich hätte ihn dir sowieso bald vorgestellt. Tut mir leid, wenn die Party dich bisher gelangweilt hat, mein Süßer.«

Sie schmiegte sich wie eine Katze an ihn und küsste ihn auf die Backe. Muriander konnte sich ein Lächeln nicht verkneifen.

»Leider muss ich wieder auf die Bühne. Wir sehen uns später noch?«

Muriander reichte Xavier seine Hand zum Gruß.

»Mal sehen, hat mich sehr gefreut, dich kennen zu lernen, Muri.«

»Na wie auch immer. Kannst gern mal wieder vorbeischauen. Für jemand aus Salom hole ich das beste Slak aus dem Keller.« Er grinste und verschwand zwischen den laut Applaudierenden, die ihn bereits wieder auf der Bühne erwarteten.

Kapitel 10

Das Gericht

Als Layla des Morgens in ihrem geräumigen Felsenzimmer erwachte, konnte sie zunächst nichts zuordnen. Sie fühlte sich völlig desorientiert und verwirrt, Stille umgab sie. Wie lange sie geschlafen hatte, wusste sie nicht, und auch die Tageszeit malte sich in verschiedenen Grauschattierungen, die am Fenster vorbei zogen. Es klopfte.

»Herein!« Layla bedeckte ihre nackten Schultern. Es war Sira mit einem Frühstückstablett.

»Ich stell es dir auf den Tisch. Wenn du fertig bist, will dich Urs sehen. Läute einfach mit dem Seil dort, dann hol ich dich ab.«

Sie deutete auf einen Strick neben der Tür, der aus dem Felsen baumelte. Nachdem Layla noch ewig in der Wanne verbracht, dabei ihr vorzügliches, üppiges Frühstück genossen und sich angekleidet hatte, läutete sie Sira. Die Pilotin führte sie durch die Gänge der Felsenunterkunft vor eine mächtige Türe.

»Hier ist es, einfach nur klopfen und eintreten. Ich warte solange hier.«

Layla klopfte und ein »Herein!«, ertönte gedämpft von innen.

Eine mächtige lichtdurchflutete Halle tat sich auf, über ihr der freie Himmel, eingerahmt von mächtig emporstrebenden Felsen. Eine riesige Glaskuppel schützte den Innenraum gegen das raue Wetter dort draußen ab. Zeitweise sah man die Sonne und den strahlend blauen Himmel. Dann zogen wieder Wolken und weißer Nebel über die Rundungen des Glases. Der Raum besaß keine Fenster. Hinter einem riesigen Schreibtisch blickte Urs sie interessiert an.

»Na? Hast du gut geschlafen?« Er spielte gedankenverloren mit seinem Füllfederhalter.

»Außerordentlich gut und erst die Badewanne! Ein Gedicht! Hat sehr gut getan, danke dafür.«

»Layla, ich will nicht lange um den heißen Brei reden. Wir wollen den Stein von dir, du hast ihn, genau so wenig wie wir, rechtmäßig erworben, aber auch denjenigen, denen er gestohlen wurde, hat er nicht gehört. Er war schon immer ein Eigentum Saloms und dorthin soll er auch zurück kehren, in unsere Verteidigung, in unseren Widerstand. Darum liebe Layla möchte ich dich bitten, ihn mir auszuhändigen.« Er sah sie ernst an.

»Nun ja, Prinz Urs, wem gäbe ich den Stein lieber als Euch. Ich bin sehr stolz darauf, dass gerade ich es war, die den Stein gerettet hat. Nicht auszudenken, wenn vor mir diese Nomies zur Stelle gewesen wären. Ich finde, dafür habe ich schon eine kleine Gegenleistung verdient.«

Sie blinzelte schüchtern und schlug die Augen nieder.

»Was soll ich für dich tun? In der Tat, das sehe ich genauso liebe Layla und wenn es etwas gibt, das ich für dich tun kann, bitte, sag es frei heraus: was wünschst du dir?«

»Ich will bei Euch Pilotin sein, so wie Sira. Ich fliege brillant und kann Gefahrenlagen gut einschätzen. Vor allem aber will ich eins: zu Euch gehören. Zum Widerstand, der Salom aus den Klauen dieser Nomies befreit. Bitte lasst mich ein Teil von Euch werden.«

Der letzte Satz kam ihr so flehentlich leidenschaftlich über die Lippen, dass Urs lächeln musste.

»Liebe Layla, das hätte ich dich ohnehin gefragt. Wir können so fähige Pilotinnen wie dich sehr gut gebrauchen und würden uns sehr freuen, wenn du mit an Bord kommst. Sira und Sol haben mir schon erzählt, wie geschickt du sie abgehängt hast.«

Layla errötete. Am liebsten hätte sie Urs auf der Stelle umgeknutscht.

»Du kannst dir ein Flugmodell aussuchen. Die Elò haben uns erst vor kurzem wieder fünf Exemplare geliefert. Es gibt drei verschiedene Ausführungen.«

»Wieso die Elò?«, wollte Layla wissen.

»Die bauen unsere Flitzer zusammen. Unschlagbar und gefürchtet werden sie bei den Wilokie werden. Bisher konnten wir gegen die Besatzer noch nicht allzu viel ausrichten. Jahrelang haben wir einen aufwändigen Handel betrieben, um ein wenig Sternenstaub zu ergattern. Wir und die Elò haben Schätze und Kostbarkeiten von unvorstellbarem Wert für kleine, winzige Steine verkauft. Nur um ein paar wendige Gleiter zu bauen, von denen die Hälfte abgeschossen wurde. Unser Kampf schien aussichtslos. Durch den Stein, den du uns bringst, ändert sich das nun. Unsere neuen Kampfgleiter sind aus einer besonders leichten Stahllegierung und aus undurchdringlichem Panzerglas gefertigt. Fehlt nur noch der Energiestein und die Steuerung, das wird zu allerletzt hier bei uns in der Felsenfestung eingebaut. Und da wir ja jetzt einen Energiestein für unzählige Flitzer haben, soll dir einer davon gehören.«

Layla machte einen Luftsprung und reckte die Faust in die Höhe.

»Wann kann's losgehen?« Sie sprühte vor Tatendrang.

»Nun, wir bereiten derzeit alles für einen großen Angriff vor, aber wir müssen noch einiges schultern, bevor wir soweit sind. Zum Beispiel den Stein in die vielen Flitzer verbauen. Aber, und da kann ich dir Hoffnungen machen, der erste Kampfflitzer wird dir gehören. Ich hatte gedacht, dich Sól und Sira zuzuteilen. Ihr drei könntet an der Außengrenze Nomies jagen und dabei die neuen Kampf-Flitzer testen. Ja?«

»Natürlich ja! Ich freu mich sehr, Euch und meinem Land dienen zu dürfen, Prinz Urs.«

Sie verneigte sich tief.

»Komm, lass das und komm mit.« Urs stand von seinem Schreibtisch auf und trat ihr entgegen.

»Ach übrigens, nicht dass wir das Wichtigste vergessen! Hier ist der Stein aller Steine.« Layla grinste und zog die Bleischatulle mit dem Energiestein aus ihrem Rucksack. Ehrfürchtig nahm Urs sie entgegen.

»Ich werde es jetzt nicht öffnen, sonst fliegt er uns noch davon«, grinste er. » Holm!« Eine Wache eilte herbei.

»Trage dafür Sorge, dass dieses Kästchen in unserer Fertigungsabteilung im Tresor landet. Danke Dir.«

Holm nahm das Kästchen entgegen und zog, flankiert von zwei weiteren Wachen, ab.

»Hak dich unter. Wir gehen zu einer Gerichtsverhandlung.«

Layla sah ihn fragend an, doch Urs schwieg eisern, bis sie sich an einem eisernen Tor befanden, vor dem zwei Wachen standen. Im Inneren des holzgetäfelten Saales befand sich an der Stirnseite, ihnen gegenüber, ein großer Eichentisch, der nur über eine kleine Treppe erreichbar, über den Sitzen und Bänken der Zuschauer thronte. Diese reihten sich im Rund um den Tisch auf und waren bis zum letzten Platz besetzt. Es sah so aus, als wären hier alle Bewohner der Felsenfestung versammelt, der gesamte Widerstand. Vor dem Eichentisch standen drei Richter in roten Roben. Als Urs und Layla eintraten verneigten sie sich, das Publikum tat es ihnen gleich und blickte freundlich, aber gespannt in ihre Richtung. Die drei Richter traten würdigen Schrittes hinter den Eichentisch und forderten die Menge auf, sich zu setzen.

»Nun, meine Lieben«, hob Urs zu seiner Rede an, »ich freue mich, euch mitteilen zu können, dass wir ein neues Mitglied unseres Widerstandes begrüßen dürfen. Sie hat uns nicht nur den Stein aller Steine gebracht, sondern auch einen der schlimmsten Feinde Saloms ausgeliefert. Begrüßt mit einem donnernden Applaus: Layla Dahl! Sie wird sich unserem Widerstand anschließen und ab nächster Woche zusammen mit Sira und Sol auf Nomie-Jagd gehen.« Es folgte ein langer, ohrenbetäubender Applaus.

»So, nun aber zu unserem Gefangenen. Er ist sozusagen einer der dienstältesten und schlimmsten Verräter am Volk der Salomer und der Elò. Er hat unzählige gute Leute und Freunde von uns auf dem Gewissen. Er schlich sich in deren Strukturen ein, gewann durch die Vortäuschung von Freundschaft deren Vertrauen und lieferte sie schlussendlich an die Wilokie aus. Viele von ihnen wurden daraufhin hingerichtet oder in den Stollen der Bergwerke aufgearbeitet. Er selbst kommt aus Dóm und seine Familie war einst sehr angesehen. Wir haben in unserer ganzen Zeit des Widerstandes noch nie solch einen gewichtigen Verräter gefangen nehmen können. Da wir aber keine Unmenschen sind, wollen wir uns anhören, was er zu sagen hat: ich rufe Zacharias Bux auf die Anklagebank.« Zec betrat mit gesenktem Haupt und in Fesseln eine kleine Empore neben dem Tisch der Richter, die nun das Verhör begannen. Nach Verlesung seines Lebenslaufes und einiger sehr bewegender Anschuldigungen, erteilte der oberste Richter Zec das Wort zu seiner Verteidigung.

Zec erhob sich und sah in die Runde seiner Ankläger.

»Hohes Gericht, Bürger Saloms, ich bekenne mich schuldig. Schuldig im Sinne der Anklage, ein Verräter zu sein. Es gibt nichts, was mein Verhalten entschuldigen könnte, und ich bin es leid, mich in Situationen zu verteidigen, die ich selbst verschuldet habe. Lasst mich trotzdem auf die perfide Art der Kriegsführung eingehen, die die Wilokie bei besiegten Völkern anwenden. Wir haben es hier mit hochintelligenten Kreaturen zu tun, welche den Charakter ihres Kontrahenten gut einzuschätzen wissen. Es gehört zu ihrer Strategie, Schwachstellen in jeder untergebenen Gesellschaft zu finden und diese zu nutzen. Bei den Salomern ist es das soziale Leben, die Freundschaft, das Zusammengehörigkeitsgefühl und die Freude am Leben. Treibt man in dieses Gefüge einen Keil, so zerstört man das gesamte Volk. Diese Aufgabe hatten wir Sucher.«

Ein entrüstetes Raunen ging durch den Saal, während Zec eine kurze Verschnaufpause machte.

»Die Herangehensweise der Nomies an diese Aufgabe ist allerdings noch perfider. Zunächst suchen sie sich Kinder in einem gewissen Alter, die aufgrund der Kriegsereignisse ihre Eltern verloren und schlimme Dinge erlebt haben. Diese Heranwachsenden sind schwer traumatisiert und wollen nur eins, diesem schlimmen Albtraum entkommen. Sie streben noch mehr nach Anerkennung, Macht und Reichtum, als die anderen, weil das alles Dinge sind, die das Wichtigste im Leben ersetzen, wenn es nicht vorhanden ist. Liebe wird ersetzt durch Selbstdarstellung. So haben die Nomies sich die Kinder Saloms gekrallt und aus ihnen Söldner für ihre eigene Sache gemacht. Wir wurden in ihren Internaten umerzogen und aussortiert: wer besonders geeignet war, den schickte man auf das Elite Internat im Steinernen Meer und die weniger begabten wurden Aufpasser. Die Gehirnwäsche war all umfassend und je jünger die Kinder, desto besser die Manipulation. Bei mir scheint es nicht ganz so gewirkt zu haben, denn meine Erinnerungen gingen zurück in eine glückliche Zeit mit meinen Eltern und Freunden in Dom. Ich lernte als Kind noch Elòs kennen, die mit uns scherzten und spielten. Manchmal waren wir auch zu Gast auf Schloss Calim oder auf Suome. Schöne Zeiten, die ich nie vergessen konnte und die über all dem vermeintlichen Ruhm, den ich erwarb, strahlten. Deshalb schweifte mein Geist oft ab und konnte sich nicht in Gänze den Wilokie öffnen. Der Wendepunkt in meinem Leben begann mit der Ermordung meiner Geliebten Moja. Ich glaube, sie befand sich bei euch im Widerstand.« Wieder hörte man ein Gemurmel im Saal.

»Entgegen der wahrscheinlich umhergehenden Gerüchte, möchte ich nachdrücklich betonen: ich habe sie nicht verraten! Die Falle wurde auch mir gestellt, um mich endgültig von euch zu entfernen und auf den Weg der Nomies zurück zu führen. Ich habe sie geliebt und werde das auch immer tun.«

Zec hatte sich in Rage geredet und verweilte einige Zeit schweigend. Im Gerichtssaal blieb es still.

»Sie haben mich an diesem Tag ein zweites Mal zerstört, aber sie haben mich nicht getötet. Ich habe weiter mein Leben gelebt, mich aber immer mehr von ihnen entfernt. Schlussendlich habe ich euch alle gesucht, um mich euch anzuschließen. Ich habe in Massek meinen Kontakt gefunden und einige Zeit mit ihm zusammengearbeitet. Als ich den Auftrag zum Schmuggeln dieses wertvollen Supersteines bekam, wusste ich, welches Ausmaß das hat. Ich kann euch allen nur sagen, wie leid es mir tut und wie ich mich für meine Vergangenheit schäme. Aber ich würde alles dafür tun, damit Salom von den Wilokie befreit wird, das kann ich euch versprechen.«

Zec hatte seine Rede beendet. Die Stille im Saal war fast greifbar, es meldete sich jemand. Der Richter bat ihn nach vorne zu kommen. Zec erkannte in ihm einen Anführer einer Widerstandsgruppe, die er vor langer Zeit ausgehoben hatte. Ein stämmiger Mann in braunem Lederwams betrat die Empore. Sein grau gezuckerter Bart ließ sein fortgeschrittenes Alter erahnen, doch unter seinen Augenbrauen blitzen lebhafte Augen hervor. Er stützte sich wichtig aufs Geländer und blickte in die Runde.

»Ich glaube, ein jeder kennt mich hier. Ich heiße Ran und gehörte der Widerstandsgruppe Som la Dom an. Zec kann wohl gute Reden schwingen, Lügen und Betrügen sind sein großes Talent. Für eine Handvoll Münzen würde er wahrscheinlich seine Großmutter verkaufen. Als er sich seinerzeit bei uns einschlich, gab er sich als glühender Verehrer der königlichen Familie aus und hatte erstaunlich viele Kenntnisse aus der damaligen Zeit. Bald schon fraß ihm die komplette Gruppe aus der Hand und jeder wollte gut Freund mit ihm sein. Eines Tages lockte er uns in ein unterirdisches Gewölbe, um uns einen geheimen Zugang zur Burg Suome zu zeigen. Wir wollten damals das Hauptquartier vom Berg her angreifen. Als sich alle versammelt hatten, strömten von den umliegenden Gängen unzählige Aufpasser und Söldner herbei und brachten jeden um, der ihnen in die Hände fiel. Meine Frau Kayal und ich konnten nur durch einen glücklichen Zufall entkommen, wir sind die einzigen Überlebenden dieses Gemetzels. Ich frage das hohe Gericht: Wie soll man dem Angeklagten Glauben schenken, wenn sein ganzer Charakter auf Täuschung ausgerichtet ist? Er will nur seinen Kopf aus der Schlinge ziehen, nicht mehr.«

Die Blicke von Zec und Ran begegneten sich und während Rans Augen vor Vergeltungshunger glühten, sah Zec traurig in die Seinigen.

Wieder meldete sich jemand. Massek! Auch er trat in den Zeugenstand.

»Hohes Gericht, Prinz Urs! Zec ist natürlich ein Verräter, wir wissen das alle. Die Frage ist aber doch, wäre er es auch, wenn die Geschichte anders verlaufen wäre? Ich glaube nicht. Meiner Meinung nach wurde er als Kind dermaßen manipuliert, dass sich die Wirklichkeit für ihn erst wieder nach vielen schmerzhaften Erlebnissen einstellen konnte. Er hat nicht nur vielen Salomern Leid zugefügt, er hat auch selbst gelitten und schlussendlich erkannt, dass er falsch gehandelt und sich schuldig gemacht hat. Sein Wille, es nun wieder gut machen zu wollen, sollte respektiert werden. Wir sollten ihm eine Aufgabe geben, die seine Loyalität uns gegenüber beweist. Ich habe ihn während der Zeit unserer Zusammenarbeit als jemanden kennengelernt, der sich schon längst weit von seinem Auftraggeber entfernt hatte und nach Wegen suchte, diesen so gut es ging zu schädigen. Meiner Meinung nach vergeuden wir eine große Chance, wenn wir Zec nicht als Werkzeug nutzen würden.«

Massek setzte sich wieder zu den Zuschauern. Die Richter erhoben sich. Das Publikum im Saal tat es ihnen gleich. Außer dem Stühlerücken blieb es still im Saal.

»Das hohe Gericht braucht keine Beratung und kommt zu seinem Urteil!«

Der Richter blickte in die Runde, dann auf Zec.

»Halt! Ich möchte zuerst noch die Meinung von Layla hören. Bitte, magst du uns deine Gedanken zu Zacharias Bux alias Zec mitteilen?« Prinz Urs hatte den Richter kurzerhand in seiner Urteilsverkündung unterbrochen. Das machte sehr deutlich, wer in der Rechtsprechung am Ende das Sagen hatte. Abwartend blickte er auf Layla.

»Ähhh... ich«, Layla fühlte sich überrumpelt und wusste nicht, was sie sagen sollte.

»Ja gut, also, ich kenn' ihn eigentlich gar nicht. Er hat mich zwar vor den Nomies gewarnt und ist mit mir geflüchtet, aber das kann auch eine Finte gewesen sein, um mein Vertrauen zu gewinnen, ich weiß es nicht. Ich hatte ihn in der Alten Spinnerei soweit, dass er mir sein Leben und seine Gefühle erklärte, aber ich kann natürlich nicht sagen, ob er nur seinen Kopf aus der Schlinge ziehen wollte. Bisher hab ich ihn als sympathisch erlebt, aber ich glaube, diese Eigenschaft muss jeder Sucher haben, oder täusche ich mich da?«

Sie blickte Zec traurig an, der daraufhin den Kopf senkte. Er hatte still gehofft, dass wenigstens sie sich für ihn einsetzen würde.

»Dann denke ich, kann ich jetzt zur Urteilsverkündung kommen?«

Wieder blickte der Richter in die sitzende Menschenmenge vor dem langen Tisch, dann auf Urs, der ein kurzes Zeichen seiner Zustimmung gab.

»Bitte erhebt euch zur Urteilsverkündung.«

Die Zuhörer erhoben sich geräuschvoll von ihren Plätzen.

»Zacharias Bux hat sich des Verrates an seinem Volk schuldig gemacht. Ob er nun aus freien Stücken gehandelt hat oder aber manipuliert wurde, ist hierbei unerheblich, denn die vielen Leben, die durch seinen Verrat ausgelöscht wurden, wiegen in diesem Falle mehr. Von Seiten des Gerichtes wird er hiermit zum Tode verurteilt. Das letzte Wort hat Prinz Urs.«

Prinz Urs hatte mit Layla, gegenüberliegend, in einem Logenplatz gesessen und aufmerksam dem Richter gelauscht.

»Nun«, er erhob sich, »ich teile die Auffassung des Gerichtes. Wir werden ein Exempel statuieren und Zacharias Bux so zu Tode kommen lassen, dass wir den Gegner hart treffen werden. Es ist unsere Botschaft an General Tschengil, dass unser Kampf um Salom erst begonnen hat. So sei es! Das ist unser Urteil, die Gerichtsverhandlung ist beendet.«

Bei seinen abschließenden Worten sah er Zec durchdringend an.

Sowas hatte Zec sich schon gedacht. Die Chance, aus dieser Falle, in die er sich selbst manövriert hatte, wieder heil heraus zu kommen, schien gleich Null zu sein. Widerstandslos ließ er sich von den Wachen abführen. Auch die Versammlung löste sich langsam auf, doch diesmal führten sie ihn nicht in eine der eisig kalten Zellen, sondern in eine Kammer mit Wanne, heißem Wasser und Mobiliar. Die Unterkunft fühlte sich gut beheizt und wohlig warm an. Fehlt dann nur noch die Henkersmahlzeit, dachte er zynisch. Und richtig, kurze Zeit später brachte man ihm einen halben Fasan mit Knödel und Salat. Dazu einen fruchtig herben Rotwein und passenden Käse. Als er fertig gegessen hatte, klopfte es an der Türe. Massek trat ein und setzte sich zu Zec an den Tisch.

»Hey Zec. Das alles tut mir sehr leid, aber ich kann leider nichts mehr für dich tun. Ich glaube dir und ich glaube auch, dass Urs eine wichtige Möglichkeit verstreichen lässt, um den

Wilokie eins auszuwischen. Was hätten wir erreichen können, wenn wir dich dort wieder eingeschleust hätten. Wenn du für uns spioniert hättest.«

Massek füllte sich sein mitgebrachtes Rotweinglas.

»Oder aber ich hätte euch verraten und General Tschengil zum Fraße vorgeworfen. Ich verstehe Urs gut.«

Zec hob sein Glas um mit Massek anzustoßen.

»Weißt du Massek, es ist gut so. Ich bekomme meine gerechte Strafe für das, was ich angerichtet habe, eigentlich kann ich nicht klagen. Ich habe den Tod verdient.« Er sah tief in sein Glas und schwenkte es dabei.

»Das mag sein«, entgegnete Massek, »aber du hättest meiner Meinung nach auch die Chance auf Wiedergutmachung verdient. Ich finde das Urteil rücksichtslos und das habe ich Prinz Urs auch gesagt. Eines musst du bei seiner Entscheidung aber auch bedenken. Prinz Urs hat seine besten Freunde bei einem Sucherverrat verloren. Und einer seiner allerbesten Freunde damals, war der Sucher selbst.«

Zec schenkte sich nach. »Ja so sind wir, herzlos und gemein. Tut mir leid Massek, aber wie ich schon sagte, es ist gut so wie es ist.«

Massek nippte an seinem Wein und ließ den Geschmack auf der Zunge wirken.

»Ich soll dich noch fragen, ob du einen letzten Wunsch hast?«

»Ja, das habe ich durchaus. Ich will noch einmal alleine mit Layla und Urs sprechen. Hier in diesem Zimmer, so wie mit dir jetzt und ... sie sollen bitte noch zwei, nein drei Flaschen von diesem vorzüglichen Gesöff mitbringen.«

»So soll es sein ...« Massek erhob sich und reichte Zec seine Hand.

»Machs gut, egal wo du auch hingehst«, flüsterte er mit belegter Stimme.

Zec erwiderte den Druck seines Handschlages.

Nicht lange nachdem Massek die Kammer verlassen hatte, klopfte es nochmals an der Türe und Layla und Urs traten ein. Sie hatten drei Flaschen Wein mitgebracht und stellten sie geräuschvoll auf dem Tischlein ab.

»Du wolltest uns noch sprechen? Dein letzter Wille? Ich hoffe, wir können ihn dir erfüllen.«

Urs sah Zec von der Seite an.

»Jetzt setzt euch erst mal.« Zec deutete auf die beiden Stühle am Tisch.

»Wie soll ich beginnen ... naja, also«, stotterte sich Zec in seine Ansprache.

»Zunächst einmal verstehe ich das Urteil sehr gut und wie ich schon zu Massek sagte, es ist gut so wie es ist. Ich habe nichts dagegen, für meine schändlichen Taten zu sterben, ich habs verdient.«

Urs blickte ihm fest in die Augen, so als suche er nach der entscheidenden Lüge in seinen Worten. Auch Layla hing förmlich an seinen Lippen.

»Ich habe euch zwei Sachen zu sagen. Das Erste, was ich euch gebe, ist eine Karte. Auf ihr ist der geheime Zugang zur wilokischen Flugflotte verzeichnet. Also der Platz, an dem sich das Kampfgeschwader der Nomies befindet. Normalerweise eine Hochsicherheitszone. Doch durch diesen Gang, der im Hafen von Sodom beginnt, durchaus ernsthaft angreifbar.« Er legte ein gefaltetes Pergament auf den Tisch und schob es Layla zu. Layla nahm es an sich und reichte es an Urs weiter.

»Warum machst du das? Willst du dem Tod doch noch von der Schippe springen, Zec? Oder willst du uns ein schlechtes Gewissen machen?«

Layla sah ihn fragend an, während Urs die Karte betrachtete.

»Nein. Ich will inzwischen selbst meinen Tod und habe mich längst in mein Schicksal gefügt. Zu lange schon gebe ich mich mit Halbwahrheiten ab. Zu lange schon bin ich nicht bei meiner Moja. Ich sagte ja schon, es ist gut so wie es ist.«

Er leerte sein Glas in einem Zug und schenkte sofort nach.

»Aber ich habe da noch was für euch. Für euch beide.«

Er fuhr sich mit seiner immer schwerer werdenden Zunge über die Lippen. Die beiden sahen ihn gespannt an.

»Damals, als ich dich suchte, Layla. Ich wusste eigentlich nur, dass du eine Ausfliegerin des *Sehers* warst und irgendwie musste ich dich ja finden. Deshalb ging ich schnurstracks in das Verlagsgebäude, um nachzufragen, wer an diesem Tag in dieser Gegend die Zeitung zustellte. Als ich deinen Namen erfuhr, ließ ich mir die Akte kommen. Also die gesamte Akte. Ich hatte damals noch den *Absolut Status* und konnte auch streng geheime Informationen einsehen. Nun, und die gibt es über dich Layla.«

Er blickte in die gespannten Gesichter, die jedoch auch misstrauisch zu ihm herüber blickten.

»Na jetzt sag schon, was du zu sagen hast«, entfuhr es Urs.

»Jetzt warte doch«, grinste Zec. »Lass mir doch auch noch meinen letzten Spaß. Ihr beide, Layla und du Urs ... ihr seid Geschwister. Prinzessin Layla!«

Zec deutete eine Verbeugung an.

»Ddddas ... kann nicht ...«, stotterte Layla, aber Urs packte sie am Arm.

»Wir werden es bald wissen Layla, ich hatte schon die Vermutung, dass du meine Schwester bist, die ich vor Jahren verloren habe. Ich habe ewig nach dir gesucht und wenn es stimmt , was dieser ... Sucher sagt, dann hat meine Suche ein Ende. Ich habe bereits veranlasst, Nachforschungen in deine Richtung anstellen zu lassen.«

»Da wirst du leider nichts mehr finden. Die Information hab ich entfernt ... zu eurem Schutz. Bis die Wilokie die Abschrift aus dem Archiv in Hól bekommen, kann viel passieren«, sprach Zec und legte ein Stück Papier auf den Tisch.

»Hier der entsprechende Eintrag im Register der wilokischen Verwaltung. Echt und mit Stempel.« Er schob es nun Urs zu, der es mit zitternden Händen aufnahm und laut vorlas:

Hiermit wird verfügt, dass Prinzessin Layla, Tochter der königlichen Familie, in die Obhut der Familie Dahl übergeben wird und in einem bürgerlichen Leben ohne Kenntnis ihrer tatsächlichen Existenz aufwächst. Der Kontakt zu ihrem Bruder Urs ist in jedem Fall zu unterbinden.Datum und Stempel, gez. General Tschengil

Langsam faltete Urs das Dokument zusammen und starrte auf Layla.

»Ich werde das Schriftstück auf seine Echtheit hin überprüfen lassen und sollte sich herausstellen, dass es keine Fälschung ist, wirst du morgen keinen schnellen Tod sterben.«

Er erhob sich und wandte sich zum gehen. Nur Layla reichte Zec die Hand zum Abschied.

»Ich danke dir, Zacharias Bux. Mögest du morgen einen schnellen Tod ohne Leiden sterben.«

Sie drückte noch einmal fest seine Hand, drehte sich um und stürmte an Urs vorbei, mit Tränen in den Augen zur Türe hinaus. Die schwere Eisentüre fiel hinter Urs ins Schloss.

Alleine. Zec war alleine mit sich selbst, aber halt, nicht ganz. Drei Flaschen Wein standen noch auf dem Tisch und dazu die angefangene Käseplatte. Einer letzten schönen Nacht auf Jùl stand also nichts im Wege.

So sehr Urs versuchte seine Schwester zu beruhigen und ihr zu erklären versuchte, dass die Hinrichtung Zecs von Nöten sei, dass man einem Sucher nicht trauen konnte, es half alles nichts. Layla verbarg sich in ihrem Zimmer und wollte trotz gutem Zureden nicht mehr herauskommen. Aber auch Urs konnte in dieser Nacht kein Auge zu tun, er fühlte sich schuldig, schmutzig und abstoßend. War er denn nicht in Wirklichkeit genauso gemein wie diese Wilokie? Einen Menschen zum Tode zu verurteilen fühlte sich grausam an, und zu Zeiten seiner Eltern hätte es so etwas nicht gegeben. Aber dann dachte er sofort wieder an seine geliebten Freunde, die wegen solchen Strolchen ihr Leben hatten lassen müssen. Nein, Zec hatte es wahrlich verdient. Das hatte er ja schließlich auch selbst zugegeben. Ein nächtlicher Schatten legte sich über die Gebirgszüge und hüllte Jùl in Schweigen. Reglos betrachtete Urs von einer vorspringenden Felsenspitze aus das spektakuläre Schauspiel der beiden Monde und der aufgehenden Sonne. Die schneidend kalte Bergluft füllte kalt seine Lungen, als er sie, sehnsüchtig in die Ferne blickend, einsog. Zeit zu gehen, Zeit zu richten.

Kapitel 11

Elòisches Leben

Sanft spielte der Wind in den Blättern der wuchtigen Mooreichen, die sich in stiller Erhabenheit über den sanft dahinplätschernden Fluss beugten. Das sich kräuselnde Wasser warf die glitzernde Sonne zu Viez herauf, der sich gähnend in seiner Hängematte streckte und auf die Gondeln und schlanken Schiffchen hinabblickte, die unter ihm ihre wendigen Kreise zogen. Hier im Hafen von Elò standen sich die Jahrtausende alten Bäume von jeder Flussseite aus gegenüber, während sich ihre Äste in der Mitte des Flusses ineinander verwachsen hatten. Eine Allee aus Eichen, Buchen und Platanen erstreckte sich vom Hafeneingang bis weit in die dampfende Ferne des Waldes hinein und bildete einen grünen Tunnel für den Wasserseeweg, der von der Stadt weg zu anderen Dörfern und Städten im Dschungel rauschte. An einigen dieser Riesen hatten die Elò Kräne und Seilzüge befestigt und beluden ihre Handelsschiffe mit kostbaren Waren. Gewürze und Heilkräuter aller Art, filigrane Schnitzereien aus Holz und kleine steinerne Figuren, Obst und Gemüse, aber auch Gold und Edelsteine. Ihr faszinierendstes Handelsgut war jedoch Glas, die Erfindung der Elò. Die Glasmanufaktur befand sich im Berg, dem Mittelpunkt der Stadt. Nach geheimen Mixturen wussten sie verschiedenste Glassorten herzustellen und handelten fleißig damit. In den guten alten Zeiten natürlich hauptsächlich mit dem Königreich Salom. Von zerbrechlich bis nahezu unzerstörbar, von durchsichtig über milchig bis farbig, in allen Formen und Größen boten sie ihre kunstvoll gefertigte Ware an. Was sie jedoch für ihre Schätze eintauschten, hatte Viez noch nicht herausgefunden, denn die Schiffe, die zurückkehrten, sahen leer aus. So schien es jedenfalls. Ihm war schleierhaft, mit was sie handelten. Denn schließlich bestand Handel ja im Austausch von Waren. Gold und Edelsteine konnten es nicht sein, davon hatten sie nämlich genug. Es gab sicher einige wertvolle Dinge in Elò zu sehen, die nicht von hier stammten, doch das erklärte nicht diesen aufwendigen ausgehenden Warenverkehr.

Die Hauptstadt der Elò hieß ebenso: Elò. Sie bestand aus unzähligen miteinander verknüpften Baumhäusern. Diese, mit filigranen Schnitzereien verzierten Wohnhäuser, die zwischen den dicken Ästen saßen, waren durch Hängebrücken und Baumwege miteinander verbunden, die teils durch hohle Bäume führten, in denen Leitern oder Stufen in höhere Etagen mündeten, wo wiederum miteinander verbundene Baumhäuser thronten. Manche dieser immens wuchtigen, knorrigen Urwaldriesen trugen halbe Dörfer auf ihren Ästen, während manch anderer Baum ein einziges riesiges Haus trug, das sich über mehrere Etagen erstreckte.

Die wichtigsten Hängebrückenwege bestanden aus breiten, miteinander verknüpften Bohlen und führten tief in den atmenden Dschungel hinein. Sie endeten bei Dörfern und Städten, die ähnlich wie Elò in die Natur eingebettet lagen. Von diesen führten wiederum etliche Brückenwege zu anderen Siedlungen. So durchzog ein Netzwerk aus Hängewegen das üppig weite Grün des Landes und verband seine Knotenpunkte miteinander. Nächtens leuchteten die Wege gerade so hell, dass man den Pfad fand, aber die Nacht nicht gestört wurde. Dabei konnte man nirgends irgendwelche Lampen entdecken, aber sah man sich die Taue der Seilbrücken genauer an, so entdeckte man Glasrohre, welche teilweise die Seile ummantelten. Diese wurden tagsüber von der Sonne mit Licht gespeist und gaben des Nachts ein helles Schimmern ab. Am Waldboden der Stadt Elò, zwischen den dicken Stämmen der Bäume, wuchsen fantasievolle Gebäude, Refugien aus dunkel glänzendem Holz und durchsichtigem oder milchigem Glas. Auch sie glühten geheimnisvoll und einladend in die Nacht. Bauwerke, die Viez so noch nie gesehen hatte, teils unwahrscheinlich grotesk in ihrer Form, teils schmuck und einfach, nur praktikabel. Jedes Gebäude ordnete sich der Landschaft des Waldes unter, sodass sich eine harmonische Symbiose zwischen Mensch und Natur ergab. Die Elò liebten ihre Gärten und so war es nicht verwunderlich, dass sich jedes Häuschen im Baum oder am Boden mit reichlicher Blüten- und Pflanzenpracht schmückte. Es sah fast so aus, als würden sich die Familien und Clans einen Wettstreit liefern, wer den hübschesten Garten sein Eigen nannte. Die Wege und Plätze Elòs luden zum Verweilen und Plaudern ein und an zentralen Stellen, meist bei mächtigen Bäumen, führten die Baumwege über breite Portale in die lichten Höhen. Breite Wendeltreppen, die aus dicken Baumstämmen wuchsen und den Pfad ins Blätterdach öffneten, kletterten weit hoch in das offene Grün. Ein Netz aus sprudelnden, kleinen frischen Bächen und stillen klaren Flüssen, auf denen kleine Boote schipperten, durchzog die Waldstadt. Sie alle mündeten in den dunklen schwarzen Fluss, Hórim, über dem Viez in der Hängematte döste. Dieser wiederum floss, nach etwa einwöchiger Bootsfahrt, in den Exxos.

Viez drehte sich noch der Kopf, denn die letzten drei Monate hatten voll und ganz in der Lieblingsbeschäftigung der Elò gestanden. Feiern und durch den Wald streifen. Er lernte die geheimen Pfade über die Bäume kennen und im Schatten der Bäume zu tanzen. So nannten es die Elò, wenn man unerkannt und ungesehen durch den Wald schlich. Das machte er derzeit am liebsten mit seinen neuen Freunden Helgi, Dama, Sanbar und Streck.

Die Ausmaße dieses Dschungels schienen riesig zu sein und selbst die Ältesten der Elò behaupteten, noch nicht alle verborgenen Plätze gesehen zu haben. Inzwischen hatte er viele Elò kennengelernt, die Bräuche, Rituale und Gewohnheiten verinnerlicht und versucht, die Sprache der Elò zu erlernen. Obwohl sie alle den Salom-Dialekt der Allgemeinsprache beherrschten, sprachen sie untereinander elòisch. Eine wunderschöne Sprache, in die Viez sich auch sogleich verliebt hatte, irgendetwas tief in ihm drin sang bei der Sprachmelodie beschwingt mit. Tatsächlich fiel es ihm unheimlich leicht, sich die Ausdrucksweise, die verschiedenen Mundstellungen und Laute beizubringen. Bald schon befand er sich in der Lage, Sätze und Bedeutungen zu formen, die einen Sinn ergaben und ausdrückten, was er sagen wollte. Die Elò zollten ihm Respekt und nickten anerkennend, wenn er sich wieder einmal einen komplizierten Satz zurechtgelegt hatte. Seine neuen Freunde, die sich eher dem Müßiggang hingaben, halfen ihm sehr, die Sprache und deren Feinheiten zu vertiefen. Sie pflegten ein ruhiges, entspanntes Leben: das hieß, bis Mittag schlafen, dann Frühstück. Es folgte ein Bad in einer Lagune im Wald, mit Wasserfällen und Warmwasserquellen, danach schlafen. In der Mitte des Nachmittags begab man sich in den Wald zum Früchte-Schlemmen. Es gab da Bäume, von denen der süße Fruchtsaft nur so herabtropfte. Der Fruchtsaft hatte eine leichte alkoholische Gärung, sodass alle sehr schnell besoffen auf dem Waldboden lagen. An manchen Tagen kletterten sie hoch in die Bäume und stiegen mit einem Tuch voller kleiner Pilze wieder herab. Es gab dort auch riesengroße Baumpilze, aus denen sie nur immer stückweise Portionen heraus schnitten, denn sie wuchsen nach einiger Zeit wieder nach. Die meisten Pilze kamen in Eintöpfe oder Suppen beziehungsweise wurden über dem Feuer geröstet. Viele davon schmeckten fast wie Fleisch: würzig, saftig und nahrhaft, seine neue Leibspeise. Manche Pilze jedoch hatten giftig lila, gelbe oder grüne Farben und schimmerten im Dunkeln. Kletterte man des Nachts auf die Bäume und kam über eine bestimmte Blättergrenze hinaus, so leuchteten abertausende von Pilzen in den verschiedensten fluoreszierenden Farben rings um sie herum. Einige dieser Pilze hatten auch auf den Geist eine sehr erhellende Wirkung und ließen Zustände von Illusionen zu, von denen man nicht einmal gewagt hatte zu denken, dass es sie gab. So lernte Viez nicht nur Sprache und Gewohnheiten, Sitten und Bräuche der Elò kennen, er tauchte auch tief in das Gesamtbewusstsein seines Volkes ein, dass sich schon längst in gemeinsamen Gedanken mit seiner Umwelt vereinigt hatte.

* * *

»Hey Viez!« Vom Waldboden gellte eine durchdringende Stimme zu ihm herauf. Er drehte sich zur Seite und blickte verschlafen nach unten. Da stand Helgi, ein lustiges rothaariges Mädchen, das ihm schon einiges über Elò beigebracht hatte. Ohne eine Antwort abzuwarten fuhr sie fort.

»Schon mal ein Oxi geritten, nein?«

Sie hatte sein verdutztes Kopfschütteln erwartet.

»Dann komm! Schnell!«

Ungeduldig tippelte sie unter ihm hin und her, bis Viez endlich das Ende des Baumes erreicht hatte.

Sogleich erfuhr er, dass unweit auf einer Lichtung, eine ganze Herde Oxidrons (was immer das auch sein mochte) weidete und auch Kutschen vorrätig waren. Im Eiltempo tauchten sie in den dampfenden Wald ein und erreichten kurze Zeit später eine Lichtung.

Viez staunte nicht schlecht über die Oxidrons, denn diese wundersamen Wesen waren ihm bisher völlig unbekannt geblieben. Sie hatten die graziöse Gestalt und Größe eines Pferdes, doch ihren Körper zierte ein wunderschön farbiges Federkleid, das in allen Farben des Regenbogens schimmerte. Die Beine, graziös schlank, aber stark und muskulös, sorgten für einen festen Stand. Anstatt der Hufe befanden sich drei mit Klauen bewehrte Zehen an den Fußenden. Ein Schweif fehlte vollends, oder war nur als Stummelchen erkennbar, während der Kopf schwach gebogen, mit winzigen roten Federn geschmückt im Sonnenlicht glänzte, als stünde er in Flammen. Undurchdringliche, aufmerksame, lila Augen lugten über der langgezogenen Schnauze hervor. Auch die Kutschen waren ein Phänomen: obwohl sie eine mittlere Größe hatten und in etwa sechs Personen Platz boten, konnte man sie zu zweit ohne Anstrengung tragen. Die Räder der Kutsche waren mit einer festen ledernen Haut bespannt, die man wie einen Ballon aufgeblasen hatte. Durch diese luftgepolsterten Räder wurde das Reisen zu einem komfortablen Genuss. Das Zaumzeug bestand aus einem gepolsterten Lederring, der dem Oxidron um den Hals gelegt und der nur gegen das Rutschen nach vorne gesichert wurde. Kein einziger Metallbeschlag zierte die Kutsche, und trotzdem machte sie einen absolut robusten Eindruck. Im Inneren konnte man es sich auf Decken und Kissen bequem machen. Ein rundes Dach schützte die Insassen vor Wind und Wetter.

»Na Viez, hast du dich endlich ausgeschlafen?« Streck grinste über beide Ohren.

»Wir haben heute etwas ganz besonderes vor«, flüsterte Dama ihm geheimnisvoll zu. Die verhältnismäßig große schwarzhaarige Elò blinzelte ihm geheimnisvoll zu.

»Sozusagen Geschichtliches und Geistiges gleichzeitig«, murmelte Sanbar. Der muskulöse Blondschopf hatte nicht oft etwas zur Unterhaltung beizutragen, aber wenn er es tat, hatte es durchaus Gewicht.

»Nur zu. Ich bin bereit«, meinte Viez und hüpfte zu Helgi in die Kutsche. Als auch die anderen in die Kutschen gestiegen waren, grinste sie ihn verschwörerisch an und schnalzte mit der Zunge. Das hatte zur Folge, dass das Oxidron den Kopf wandte und sich in Bewegung setzte. Schnell steigerten sie das Tempo und erreichten in kürzester Zeit eine solch immense Geschwindigkeit, dass sogar Pferde ihre Schwierigkeit gehabt hätten, ihnen zu folgen. Der Hohlweg durch den Wald verlief schnurgerade ohne eine einzige Kurve, was ihnen erlaubte, im Höchsttempo vorbei an Büschen und Bäumen durch das dichte Grün zu rasen. Der breite Weg wirkte wie gepolstert, denn er war über und über mit Laub bedeckt, sodass ihre Fahrt keineswegs anstrengend oder gar laut daher kam. Sie hörte sich vielmehr an wie das Rauschen eines kräftigen Windes in den Bäumen.

Plötzlich, aus dem Nichts, tauchte ein neuer Weg auf. Genauso gerade und mit Laub bedeckt. Er verlief nur nicht mehr in derselben Richtung, sondern entfernte sich schräg von der ursprünglichen Straße. Ein weiteres Zungenschnalzen und sie bogen in den nächsten Pfad ein. Sie eilten in einer Geschwindigkeit dahin, dass Viez sich des Öfteren wunderte, warum sie es denn so eilig hatten. Doch andererseits berauschte ihn diese rasante Fahrt dermaßen, dass die Zeit wie im Fluge verstrich. Es ging den ganzen restlichen Tag so dahin und bis zum Abend hatten sie mindestens zehnmal die Wege gewechselt. So erschloss sich Viez, in diesem geheimnisvollen Urwald ein schier endloses Labyrinth, in dem man sich als Fremder unmöglich orientieren konnte. Es gab zwar diese direkten Verbindungen zwischen den Walddörfern in Form von Hängebrücken über den höchsten Baumwipfeln, aber unten am Waldboden, bei den schnellen, geraden Wegen, musste man sich unweigerlich verirren. So befanden sie sich des Abends irgendwo tief im Wald der Elò und schlugen ihr

Lager direkt auf der Straße auf. Die Oxidrons machten es sich im Dickicht bequem, während sich die Gruppe ums Feuer und Essenmachen kümmerte. Sie richteten sich ihre Schlafplätze in den Kutschen oder im Freien her und saßen einige Zeit später, kurz bevor die Sonne den Wald verließ, zufrieden schmatzend am wärmenden Feuer. Das Knistern des verbrennenden Holzes warf sein Echo zurück, während die Symphonie der Waldtiere begann. Ein vielstimmiges Orchester der Tiere, welche die Nacht feierten und die Dunkelheit begrüßten. Meist Raubtiere, die es auf die nun schlafenden Tagtiere abgesehen hatten.

»Äh … und wir? Wir sind doch nicht auch bloß Futter?«, bohrte Viez ängstlich nach.

»Doch, sind wir«, raunte ihm Sanbar geheimnisvoll zu.

»Ach Quatsch, du Griesgram. Es gibt hier fast kein einziges Tier, das uns angreifen würde. Dafür lieben sie uns zu sehr.« »Und wir sie«, fiel Streck ihm ins Wort.

»Bis auf den bösen bösen Hombär. Der ist echt gefährlich und mag uns nicht. Vor allem ist er groß und hat scharfe Krallen. Sein Gebiss kann einen mittelstarken Baum durchtrennen und … « Helgi redete sich in Leidenschaft, aber Dama stoppte ihren Redefluss.

»Na, und nicht zu vergessen die ganzen Giftschlangen und Moorwölfe. Oder diese blutsaugenden Hornissen.« Helgi grinste den immer bleicher werdenden Viez an.

»Nein, keine Angst, die Oxidrons beschützen uns. Sie haben ganz besondere Fähigkeiten, das wirst du morgen noch sehen, sie können uns zum Beispiel tarnen. Jetzt gerade haben sie in einem großen Umkreis um uns herum ein Bild von dieser Landschaft erschaffen, wo man uns weder sieht, noch riecht, noch hört. Wir sind quasi völlig unsichtbar für alle Lebewesen hier«, beruhigte ihn Streck, während ein dicker Käfer an seine Stirn krachte. Er lachte und fuhr fort.

»Na siehst du. Nicht mal die Käfer wissen, wo wir uns hingesetzt haben. Die Oxis passen schon auf, falls jemand vorbeikommt, der nichts Gutes im Schilde führt.«

»Was hast du damit gemeint, von wegen Oxis haben besondere Fähigkeiten?« Viez war neugierig geworden und Dama antwortete ihm:

»Sie können jedem Lebewesen ein Bild in seine Vorstellung pflanzen, das dieses für echt hält. Deshalb greift sie auch niemand an, denn selbst der Hombär wird verrückt vor Angst, wenn er den Oxis entgegentritt. Mich würde ja wirklich brennend interessieren, was sie den sehen lassen.«

Viez staunte. »Das heißt, ich könnte vielleicht gerade etwas sehen, was gar nicht existiert?«

»Richtig. Sie erschaffen Illusionen und können dich damit in den Wahnsinn treiben, wenn sie denn wollten, tun sie aber in der Regel nicht, sie belassen es eigentlich immer bei der Abschreckung. Das sind sehr liebevolle und tolle Lebewesen, diese Oxis. Ohne Groll und Hohn.« Helgi blickte, während sie das sagte, zärtlich in die Richtung der Tiere, die anerkennend zurückschnaubten.

»Könnt ihr etwa mit ihnen sprechen? Ich meine, so wie ihr es schon bei mir gemacht habt. So im Gehirn? So, dass ich euch in meinem Kopf höre?«

Helgi sah ihn wissend an und antwortete: »Wir haben es von ihnen gelernt. Sie sind unsere Lehrer gewesen und sind es heute manchmal immer noch. Ich glaube, man hört bei dieser Form der Verständigung niemals auf zu kapieren, wie vielschichtig das Denken an sich ist. Du kannst nicht nur Bilder oder Sprache übertragen, sondern auch Töne, Gerüche, Erinnerungen und vieles mehr. Die Oxis beherrschen das perfekt und einige von uns Elò sind auch sehr gut darin. Aber ihren Wissensstand werden wir nie erreichen.«

»Morgen wirst du es selbst lernen. Dafür sind wir unter anderem hier«, grummelte Sanbar in seinen blonden Milchbart, der zerzauselt von seinem Kinn stand.

»Ich soll Gedankenübertragung erlernen?«, rief Viez erfreut aus.

»Das wollte ich immer schon. Oh, da freue ich mich sehr drauf!«

Die anderen blickten sich schmunzelnd an. Jeder von ihnen wusste, was das für eine Bereicherung darstellte.

»Na und du? Wir haben bisher nur über unser Leben hier gesprochen, nicht aber über Dich.

Wir waren damals unterwegs, als du bei uns aufgeschlagen bist. Wie ist es dort, wo du herkommst? Wie sehen Som und Dom, das man jetzt Sodom nennt, aus? Was und wer sind die Wilokie? Und wieso bist du eigentlich zu uns gekommen?«

Streck hatte geschickt das Thema gewechselt und so das Gespräch auf einen für alle sehr interessanten Punkt gelenkt.

»Nun ich …«, begann Viez schüchtern, verhaltener, als er die letzten Tage gewesen war. Irgendwie schien es ihm peinlich zu sein, von einer Welt zu berichten, die er so gar nicht mehr als die Seinige betrachtete.

»… ich hab' in einer Flugwerft gearbeitet und gelernt, wie man Flitzer baut.«

Die Münder seiner Freunde öffneten sich staunend und mit etwas mehr Selbstbewusstsein fuhr er fort.

»Ich hab' mir einen dieser besonders schnellen Flitzer geklaut und bin zu Euch geflogen … naja, irgendwie wurde ich ja geflogen.« Viez grinste verlegen.

»Und weiter? Wieso bist du von dort abgehauen?«

Helgi sah ihn durchdringend und erwartungsvoll an.

»Nun wir haben einen Stein gefunden und …«

Nun erzählte Viez die ganze Geschichte. Von dem Fund des Steins, seinem Großvater und der Flucht mit dem Flitzer übers Steinerne Meer.

So ging es bis weit in die Nacht, bis sie sich endlich, am nochmals frisch angefachten Feuer, schlafen legten.

Der Wald erwachte ebenso lautstark, wie er am Vortag geendet hatte, und die Freunde waren sofort hellwach. Das Frühstück, bestehend aus Obst und Nüssen, geschah eher nebenher, während sich die vor Kurzem noch dösenden Oxis langsam in ihre Richtung begaben.

Helgi führte Viez zu einem sanft dreinblickenden Oxidron.

»Das ist Kubi. Darf ich vorstellen?«

Sie blickte dem Oxi in die Augen, während dieses schnaubte und den Kopf schüttelte.

»Du sollst sie heute reiten und dich mit ihr unterhalten.«

Ungläubig starrte Viez auf Kubi, die vor Begeisterung wieherte, ähnlich wie ein Pferd, aber heller.

Kurze Zeit später setzte sich der Trupp wieder in Bewegung, jedoch nicht so schnell wie am Vortag. Sie waren eine Zeitlang vor sich hin getrottet, als Viez ein Kribbeln am Rücken verspürte.

»Hallo, du bist Vincent, nicht wahr?«, hörte er eine deutlich wahrnehmbare Stimme, die von überall her zu kommen schien. Vorsichtig drehte er sich um, während der sanfte Galopp weiter ging. Niemand da, dachte er bei sich.

»Hier bin ich, unter dir. Ich bin Kubi.«

»Ja, ach so. Hallo Kubi. Tut mir leid, aber die Situation ist etwas ungewohnt für mich.«

Er hörte ein Kichern.

»Natürlich ist es das. Für euch Menschen ist das zunächst einmal eine komische Sache, aber wenn du dich daran gewöhnst, ist es ganz normal. So wie wir uns jetzt unterhalten, also während du auf mir sitzt, so ist das auch über unendlich große Entfernungen möglich. Unsere Unterhaltung ist also quasi absolut distanzlos.«

Wieder hörte er ein Kichern.

»Und eigentlich auch zeitlos, aber das zu erklären wäre etwas schwierig.«

Wieder Kichern. Viez versuchte, sich im Geiste Sätze zurecht zu basteln und ausgefeilt zu antworten, aber das fühlte sich schwerer an als er es sich vorgestellt hatte. Stattdessen antwortete er: »Ich würde mich sehr freuen, wenn du mich das lehrst, also, das Sprechen ohne Lippen meine ich.«

»Bevor wir damit beginnen, müssen wir etwas grundlegendes lernen. Wie erkennst du, dass jemand an deinen Gedanken teilhat? Ich meine, ich bin ja jetzt schließlich in deinem Kopf, oder? Wie kannst du mich da wieder hinauswerfen? Na? Versuch's doch mal«, antwortete Kubi.

Viez dachte sich in sich selbst hinein. Dorthin, wo nur er sein konnte. Die Welt um ihn herum verschwand. Das Rauschen der Blätter glich nunmehr einem sanften Lüftchen und Wind, der ihn umfing, kühlte sein Gesicht. Aber davon spürte er nichts mehr.

»Halt!«, hörte er eine Stimme in seinem Kopf und ganz langsam kam er wieder zu sich.

»Das ist das Schlimmste, das du machen kannst. Wenn du jetzt, wo ich in dir bin, dich in dir selbst versenkst, könnte ich dich geistig gefangen nehmen. Du bist immer ungeschützt unterwegs, verstehst du?«

Viez verstand. Sein Gegenspieler konnte ihn sehr leicht auf eine geistige Reise entführen, aus der er selbst nicht mehr zurückkehren könnte, weil er sie für die Realität hielt.

»Ja, ich verstehe, Kubi, aber was soll ich dann machen?«

Du musst deinen Ton finden. Das funktioniert so, dass du ganz entspannt ausatmest und dabei einen Ton mit deinen Stimmbändern erzeugst, den du jetzt nicht mehr veränderst. Jetzt schwingt dein Körper in seinem eigenen Ton. Schaue nun in deinen Kopf, wie wenn du in eine Schlucht sehen würdest. Ein leuchtender weißer Nebel wird dir die Stelle zeigen, wo sich der Eindringling befindet. Sprich mit gewaltiger Stimme und fordere sie oder ihn oder, was wir uns nicht wünschen wollen, ES auf, sofort aus deinem Gehirn zu verschwinden. In der Regel genügt das. Wenn nicht, musst du hineingehen. Doch wenige Wesen bleiben, sobald du ihnen gedroht hast. Vielleicht schaffen wir diese Lektion ja noch auf unserer Reise, aber nun, zunächst einmal, versuch mich aus dir zu verbannen. Fang an, ich warte.«

Ton finden. Viez hatte noch nie musiziert oder irgendetwas in der Art. Wie sollte er jetzt seinen Ton finden? Er atmete tief ein, entließ die Luft langsam aus seinem Mund und ließ seine Stimmbänder dazu schwingen. Das funktionierte schon mal.

»Gut!«, hörte er von Kubi. »Jetzt stell dir vor, du sitzt über deinem Gehirn an der Schädeldecke und blickst hinein.« Viez ließ den Ton wirken, atmete noch mal ein, entspannte sich und atmete langsam, von seinem Ton begleitet, wieder aus. Als er die Augen schloss, kniete er in Gedanken sofort auf dem Rand seines Gehirns und sah die vielen Denkwindungen. War das echt oder nur seine Vorstellung? Nun sah er über die Hirnlandschaft hinweg, immer genauer in die Einzelheiten, und richtig! Ganz deutlich, ein weißer Nebel. Dort hinten, fast am Ende des Hirnkraters konnte er ihn sehen. Das konnte doch nicht echt sein, oder? Was, wenn ihm das Oxi einen Streich spielte? Plötzlich verschwand der Krater und die rauschende Straße tauchte wieder auf.

»Na, wie war's? Fast hättest du es geschafft. Du hast den Fehler gemacht, dich zu wundern. Keine Angst, das machen alle. Ich habe bisher noch nie jemanden kennengelernt, der beim ersten Mal glaubt, was er sieht. Wir haben jetzt noch ein paar Stunden vor uns, bevor wir Slyx erreichen. Versuch es weiter. Nimm es als Realität an und fürchte dich nicht.«

Viez fühlte sich noch immer ziemlich benommen, tauchte jedoch sofort wieder in seinen Gehirnkrater ein. Es dauerte nicht so lange wie er angenommen hatte, bis er Kubi aus seinen Gedanken verbannen konnte.

Ein großer Nachteil an dieser Gehirnarbeit schien jedoch zu sein, dass man sehr bald müde wurde. Erschöpft bat er Kubi um eine Pause und legte sich nach einem kurzen Zwischenstopp in die Kutsche zum Schlafen.

Als er wieder erwachte, stand der gesamte Tross auf einer Wiese. Eine weite Wiese mit vielen Blumen und Sträuchern.

Das Zirpen von Grillen war zu vernehmen und Vögel sangen in der Luft. Erstaunt erhob sich Viez von seinen Kissen. Von seinen Freunden war weder etwas zu hören noch zu sehen, auch die Oxidrons waren fort. Als er den Blick wandte, sah er den Grund dafür. Ein mächtiges Bauwerk auf Säulen, verziert mit lustigen kleinen Figürchen, die in den verschiedensten Szenen Badende darstellten. Die Säulen trafen sich am Ende eines Rundbogens, der über einem mächtigen Wasserbassin thronte. Aus der Mitte der Wasserfläche schoss ein Wasserstrahl durch ein Loch in der Decke, weit in den Himmel empor. All seine Freunde plantschten, mit einigen anderen Besuchern, im Wasser. Flugs sprang er auf und rannte auf sie zu. Mit einem Hecht und einem lauten Jubelgeschrei sprang er in die Fluten und tauchte zwischen Dama und Streck wieder auf.

»Hallo, meine Lieben, hier bin ich wieder!«

Prustete er und spritzte Streck nass. Dieser spritzte zurück und bald war zwischen allen eine lustige Wasserschlacht im Gange.

Schließlich beruhigten sich alle wieder und Viez fühlte mit einem Mal, dass alles an seinem Körper prickelte und vibrierte. Helgi bemerkte sein Unbehagen.

»Keine Angst, du bist bei den Quellen von Slyx, das sind heilende Wässer. Hier sind schon mehr Elò, Salome und Piramer wieder gesund geworden als du denkst.«

»Du meinst, das Wasser hat eine heilende Wirkung?«, schnaufte Viez erstaunt.

»Nicht nur das. Es kann sogar weise Menschen erleuchten, so sagt man zumindest. Es geschah vor ewig langer Zeit, dass hier das Zentrum der Elò erbaut wurde.«, erwiderte Dama.

»Und als sich einige unserer weisesten Frauen und Männer eines Tages hier badeten, schienen sie wie entrückt. Sie meinten, sie hätten nun verstanden und würden uns in Richtung Berge verlassen; sie kämen erst wieder, wenn ihre Aufgabe erfüllt sei. Niemand wusste diese Worte zu deuten, aber danach verließen uns einige, um in den Dschungelbergen ein neues Leben zu beginnen: im Land der Piram, der Heilkundler und Schamanen.«

Viez sah sie erstaunt an.

»Ach, das ist die Geschichte? Krass. Ich hatte schon vage vom Volk der Piram gehört, aber nie geglaubt, dass es tatsächlich existiert.«

»Und wie sie das tun, das kannst du mir glauben«, murmelte Sanbar in seinen Bart und fuhr fort: »Die sind ganz woanders zu Hause.«

»In diesem Wasser heilt so ziemlich alles und das auch noch ziemlich schnell. Wir schlagen hier heute unser Lager auf und plantschen die nächsten Tage so vor uns hin«, teilte ihm Streck mit.

Viez schwamm einige Runden in dem verhältnismäßig großen Pool und sah sich dabei das Bauwerk und die Gegend etwas näher an. Um ihn herum, in Richtung Dschungel, stand eine übersichtliche kleine Stadt, die vollständig aus niedlichen Häusern bestand, welche aus gebrannten Lehm- und Tonziegeln gebaut waren. Allesamt nicht mehr bewohnt, aber teilweise von etwas älter wirkenden Menschen besetzt, welche dort während ihres Aufenthaltes in Slyx verweilten. Er stieg aus dem Wasser und schlenderte zwischen den Bauwerken umher, grüßte den einen oder die andere freundlich und staunte über die Schönheit der Anlage. Wie alt mochte diese Stadt wohl sein? Sie sah immer noch ziemlich gut erhalten aus und an einigen Häusern konnte man erkennen, dass sie durchgehend instandgehalten wurden. Sie schienen regelmäßig ausgebessert und sogar verbessert zu werden. Diese Stadt wurde für einen späteren Bezug erhalten, so sah es zumindest aus. Auch die Gärten, Brunnen und Wege pflegte irgendwer. Kleine Bäche mit heiß dampfendem Wasser führten von der Quelle weg, durch die Häuser bis hinein in den Dschungel, wo sie sich in einen größeren Fluss ergossen. Dieser jedoch fühlte sich eiskalt an und hatte eine türkisblaue Farbe. Nur an den Stellen, wo das heiße Wasser einfloss, dampfte es wohlig warm. Viez kaute an einem Grashalm und stolzierte barfuß durch die duftende Wiese zurück zum Pool. Er stieg über die Umrandung und ließ sich zufrieden stöhnend ins Wasser gleiten.

»Herrlich, nicht wahr?«, sprach eine Stimme von rechts. Ein alter Mann mit langem Rauschebart breitete seine Beine unter der Wasseroberfläche aus, während sich seine knochigen Arme am Rand festhielten.

»Ja, wunderschön«, antwortete Viez und fügte hinzu: »Der weite Weg hat sich wirklich gelohnt. Ich glaube, ich könnte ewig hier bleiben.«

Der alte Mann lachte. »Ja, das könnte man. Aber glaube mir, das sollte man nicht. Wir haben das einst auch gedacht und bemerkt, dass ewige Erleuchtung und zufriedener Müßiggang nicht den erwünschten Zweck erfüllt. Damals haben wir Slyx verlassen.«

Er tauchte unter und alsbald vor ihm wieder auf.

»Gestatten, dass ich mich vorstelle: Fenny aus Piram«, prustete er, während sich sein grauer Bart mit Wasser vollsog. Viez sah ihn mit großen Augen an.

»Ich dachte mir schon, dass die alten Leute hier aus Piram stammen, obwohl ich es bisher nicht für möglich gehalten hatte, jemanden aus dieser Gegend zu treffen. Bei uns jungen Leuten aus Sodom seid ihr eher eine Legende.« Der alte Mann lachte laut auf.

»Ja, weil ihr nicht mehr wisst, wo ihr herkommt. Das haben euch die Wilokie versucht auszutreiben. Aber sei dir gewiss, dass es uns noch geben wird, wenn diese Eindringlinge Salom längst wieder verlassen haben.«

Seine Augen lachten vergnügt weiter, während er einen Schluck Wasser nahm und fröhlich wieder heraus prustete.

»Die Geschichte, warum ihr Slyx verlassen habt, ist mir bekannt, aber warum ihr euch in Elò und Piram aufgeteilt habt, nicht; ihr habt euch doch wohl nicht zerstritten?«, wollte Viez wissen.

»Ach nein. Das wäre ja dumm gewesen. Nein, es geschah aus einer Vision heraus. Die kann ich dir aber nicht sagen; es würde die Vorsehung entweihen. Nur so viel kann ich dir erzählen: Dass wir beide hier nebeneinander im Teich schwimmen, hat seinen Grund und ist Teil des großen Ganzen. Ich weiß, wer du bist, auch wenn du es selbst noch nicht weißt, und deswegen kann ich dir die Vision auch nicht erzählen.«

Viez blieb der Mund offen stehen. Was hatte der alte Zausel da gerade gesagt? Dieser fuhr fort.

»Du bist Vincent, nicht wahr? Ich weiß, das ganze kommt dir jetzt komisch und unwirklich vor, aber ich hab dir zwei Dinge zu sagen.« Er grinste über beide Ohren, wurde dann aber ernst.

»Zunächst einmal sage deiner Oma Mará einen lieben Gruß von Fenny. Wenn sie sich nach ihrer Abdankung als Königin der Elò entschließen sollte, zu uns nach Piram zu kommen, ist sie immer noch herzlichst willkommen. Ich würde dir ja gerne einen Kuss für sie mitgeben, aber ich glaube, da hast du was dagegen, nicht? Sei's drum. Zumindest kannst du ihr sagen, dass ich sehnsüchtig auf sie warte.«

Wieder tauchte er unter, um kurze Zeit später wieder zu erscheinen.

»So mein Lieber, und nun das andere. Es ist eher sowas wie eine Botschaft.« Er machte eine kurze Pause und sah Viez aufmerksam an. Dieser hatte noch immer seinen Mund offen und musste ziemlich dumm aussehen, denn Fenny fing abermals lauthals an zu lachen. Dann fuhr er fort.

»Wenn du deinen Bruder triffst, gib ihm unbedingt das Kochbuch, das du von deinem Großvater erhalten hast. Es könnte der Schlüssel für so vieles sein, was noch folgen wird. Und deinem Großvater richte aus, auch sein Platz bei uns wird immer noch freigehalten. So, und jetzt wünsche ich dir noch einen vergnüglichen Aufenthalt, hier in Slyx. Möge der gute Geist Jùls mit dir sein.« Dabei spritzte er mit der Handfläche Wasser ins Gesicht des verdutzten Viezes, lachte laut auf und verschwand im wohlig warmen Wasser. Dieses Mal tauchte er nicht wieder auf, sondern schwamm weit in das dampfende Nass hinein, bis er im aufsteigenden Wasserdampf nicht mehr zu sehen war.

Als sie des Abends im Freien auf der Wiese lagen und dem plätschernden Wasser zusahen, verspürte jeder von ihnen eine Zufriedenheit, wie es sie sonst nie gab. Alles Belastende wich und nur noch der aufziehende Nachthimmel, das gurgelnde Wasser und die Abendvögel erfüllten ihr Dasein. Lange Zeit schwiegen sie vor sich hin. Dann durchbrach Helgi die Stimmung.

»Wir müssen leider morgen schon wieder zurück, Viez. Eigentlich hatten wir vor, hier noch ein paar Tage, wenn nicht Wochen zu verbringen, aber Mará verlangt nach dir. Sie hat vorhin Kontakt mit uns aufgenommen und darum gebeten, dich bald zu sehen.«

»Sehr schade, aber ist anscheinend wichtig«, vollendete Streck Helgis Rede.

Auch alle anderen und Viez fanden diese Entwicklung furchtbar schade, aber sie trösteten sich mit Gesängen und Geschichten, bis sie am Rande der sprudelnden Quelle schließlich einschliefen.

Während der Rückfahrt lernte Viez von Kubi, wie er es anstellte, so in das Denken eines anderen einzudringen, dass es dieser auch erlaubte. Dafür traf man sich in Gedanken in einem gemeinsamen Raum, der zwar für jeden anders aussah, aber ansonsten dem gleichen Zweck diente: der Unterhaltung. Viez fühlte sich überglücklich und den ganzen restlichen Weg nach Hause nervte er seine Freunde und die Herde der Oxidrons, mit viel Gedankenpalaver und Diskussionen. Es stellte sich schnell heraus, dass der ansonsten so ruhige Sanbar sprudelte wie ein Wasserfall, sobald er auf Hirnunterhaltung umgestellt hatte.

Anderthalb Tage später, gegen Mittag, erreichten sie schließlich Elò und begaben sich sofort zu den Eingängen des Herrschaftssitzes.

Kapitel 12

Hinrichtung und Auferstehung

Sie kamen in der Frühe; eigentlich war es gefühlt noch mitten in der Nacht. Die Sonne versteckte sich hinter dem Horizont und die Monde standen noch majestätisch am Himmel. Zec hatte nicht geschlafen und lag besoffen ausgestreckt über dem Tisch, eine Pose, die er in letzter Zeit sehr oft eingenommen hatte. In Anbetracht seines erbärmlichen Zustandes hob er lediglich den Kopf, öffnete ein Auge und ließ ihn als gleich wieder auf die Tischplatte plumpsen. Der eintretende Richter verlas einen etwas längeren Text, dem er nicht so recht folgen konnte. Dieser hatte das gesamte Gerichtsverfahren von gestern zum Inhalt und endete mit dem Satz:

»Zacharias Bux ist hiermit laut gerichtlicher Verfügung zum Tode verurteilt. Das Urteil wird sogleich vollstreckt.« Daraufhin zerrten ihn zwei Wachen vom Stuhl hoch, nahmen ihn ins Schlepptau und führten den torkelnden und lallenden Sucher durch die Gänge auf eine Felsenplattform, auf der ein Gleiter stand. Man gab ihm sein gesamtes Hab und Gut zurück. Selbst die geladenen Waffen steckten sie in seine Holster, dann nahm man ihm die Fesseln ab. Es sah so aus, als wollten sie den Wilokie ein Rätsel aufgeben, denn wenn er mit zerschmettertem Körper, aber ansonsten in voller Ausstattung plötzlich irgendwo aufgefunden wurde, konnte man das nur als eine deutliche Warnung verstehen. Unerwartet, aus dem Nirgendwo.

»Hier hinein!«, bedeuteten ihm die Wachen streng und zeigten auf ein Fach an der Unterseite des Gleiters. Das Fach war gerade groß genug, dass er hineinpasste. Die Waffen im Anschlag, zwangen sie ihn in den Gepäckraum und schlossen die Luke. Dunkelheit. Nur noch gedämpfte Stimmen drangen an sein Ohr.

»... und denkt dran, über Suome abwerfen und sofort zurück fliegen. Es darf euch auf keinen Fall jemand von der wilokischen Luftaufklärung sehen, sie müssen sich verwundbar fühlen.«

Aha, also Suome. Er hatte sich lange den Kopf zermartert, was sie mit ihm vorhatten, aber eigentlich lag keine Überlegung näher. Sie würden ihn über dem Hauptquartier, direkt vor General Tschengils Büro abwerfen. Wie aus dem Nichts läge er mit zerfetztem Körper, in voller Montur, ganz plötzlich tot auf dem Pflaster. Das hieße, sie hätten nicht nur mit einem schnellen Luftschiff die Luftüberwachung überlistet, sondern auch einen ihrer besten Sucher ausgeschaltet und sie hätten sich damit über die Unterlegenheit der Wilokie lustig gemacht. Das klang eindeutig nach einer handfesten Herausforderung. In den höheren Kreisen galt Zacharias Bux immer noch als erfolgreichster Sucher seit der wilokischen Herrschaft. Sein tiefer Fall war zwar niemandem unbemerkt geblieben, aber trotzallem hielt sich hartnäckig das Gerücht, dass er an was ganz Großem dran sei und sein Tod durch den Widerstand wäre eine direkte Bestätigung. Zec lächelte schmerzhaft; es wurde kalt. Hier oben in den Lüften über den Bergen konnte es richtig eisig werden. So eisig, dass einem die Haut am Eisen fest frieren konnte, wie Zec schmerzhaft feststellen musste. Er begann zu zittern. Der Flug selbst machte ihm nichts aus, auch die Höhe steckte er durch einen Druckausgleich locker weg, aber die Kälte! Sollte er jemals wieder ... ach, das würde ja auch nicht mehr passieren. So flogen sie einige Zeit dahin. Zec war schon längst wieder nüchtern und schlotterte vor sich hin, als sich wie aus heiterem Himmel die Luke öffnete. Zec versuchte sich noch irgendwo festzuhalten, aber da gab es keinen Halt ,nach dem er greifen konnte. Langsam rutschte er an der glatten Metallwand nach unten, in Richtung vorbeiziehender Wolken. Ein schneidend kalter Sog zog ihn aus dem Gleiter und ließ ihn Hals über Kopf durch die Luft wirbeln. Er verfing sich in seinem Umhang und verlor die Sicht nach oben und unten und wusste nur, dass er stürzte, verdammt schnell stürzte. Der Versuch, sich aus dem Umhang zu befreien misslang, deshalb ruderte er mit den Armen, während der Umhang sich immer fester um seinen Hals schlang. Schließlich konnte er sich mit den Händen den Stoff vom Hals reißen, drehte sich dabei in der Luft und raste mit dem Gesicht nach unten geradewegs durch eine Wolkenbank. Der Umhang flatterte nach oben und bald schon stürzte er mit den Füßen voran, stabilisiert durch den Umhang weiter dem unausweichlichen Ende entgegen. Urplötzlich schoss ihm ein Gedanke durch den Kopf. Der Gleitanzug! Keine Ahnung, wieso er da nicht früher darauf gekommen war. Der Prototyp, den er testen sollte, er hatte ihn in seinem Versteck angelegt. Wie war das noch mal? Er suchte nach den Ringen, die aus den Ärmeln hervorlugten, legte seine Handflächen übereinander und zog gleichzeitig an den beiden Auslösern. Die Auswirkung war so verblüffend, als hätte ihm jemand einen Magenschwinger verpasst. Sein Sturz bremste sich so rapide ab, dass ihm durch die wirkende Kraft das Blut aus der Nase lief und die Luft wegblieb. Der in die Unterwäsche eingenähte Energiestaub und die nun freiwerdende Kraft pressten sich so fest in seinen Körper, dass ihm fast die Rippen brachen. In kürzester Zeit stoppte sein Fall und Zec hing bewusstlos schwebend in der Luft. Als er einen Lidschlag später erwachte, sah er auf das weit unter ihm liegende Schloss Suome. Hell erleuchtet, lag es in all seiner Pracht vor ihm, wie ein winzig kleines Kinderspielzeug. Zec blickte den Exxos hinauf. Weit in der Ferne konnte man die schneebedeckten Gipfel des Steinernen Meeres erkennen. Sodom winkte in den verschiedensten Farben zu ihm herauf, auf dem Fluss lagen große Handelsschiffe vor Anker oder trieben in Richtung Hafen zum Meer. Über der Stadt flogen schwach erleuchtete Luftschiffe vor sich hin und ab und zu konnte man das schnelle Huschen eines Flitzers erkennen.

Auf das alles blickte Zacharias Bux hinab und langsam kam die Erkenntnis wie ein Echo, wie ein ferner Donnerhall. Du lebst! Froh und glücklich im Herzen betrachtete er die sich bewegenden kleinen Lichter, die sich weit unten, langsam über die große Brücke, das Gerippe, bewegten. Trotz der immensen Schmerzen in seinem Brustkorb, atmete er die kalte Höhenluft ein. Langsam versuchte er sich an den Schwebezustand zu gewöhnen. Es fühlte sich so an, als schwebe er wieder leicht nach oben. Ach ja, klar, er zog ja noch immer mit verkrampften Fingern an den beiden Ringen. Vorsichtig ließ er sie wieder etwas zurückgleiten, und siehe da ... je weiter er sie wieder unter die Ärmel schob, desto tiefer sank er. Wenn er nun sein Gewicht nach links verlagerte, ja genau! Dann flog er nach links, besser er bewegte sich dadurch fallend auf den Boden zu. Zog er aber wieder an den Ringen, stieg er in der Höhe. Ja, tatsächlich. Mit diesem Gleitanzug konnte man fliegen.

»Ich denke der Prototyp hat den Test mit Bravur bestanden«, dachte er schmunzelnd und froh. Aber so viel wusste er als erfahrener Sucher auch: hier wimmelte es von Patrouillen der Luftaufklärung. Dies diente weniger der Sicherheit des Luftraumes, denn in der weiteren Umgebung gab es bisher niemanden, der den Wilokie hätte aus der Luft gefährlich werden können und der Widerstand hatte noch nicht die Schlagkraft, um auch nur ansatzweise etwas auszurichten. Der Grund für die Luftaufklärung war der Schmuggel, sowohl aus Sodom heraus als auch hinein. Die Wilokie hatten innerhalb der eigenen Reihen unzählig viele gierige Individuen, die auch etwas von dem großen Reichtum abhaben wollten. Zudem gab es einige Unternehmungen der Wilokie, die untereinander in Konkurrenz standen und sich ständig gegenseitig beklauten. Um diese Praktiken zu unterbinden, unternahmen die Wilokie Kontrollflüge, durchsuchten Handelsschiffe und auch ganz gewöhnliche Luftschiffe. Das hieß für Zec, schnellstens nach unten, weg und in der Stadt untertauchen. Aber wohin? Sicher, in sein Versteck? Er konnte sich nicht vorstellen, dass diese Nomies das schon gefunden hatten. Dafür waren sie zu blöd, fand er. Behutsam, steuerte er seinen Flug mit dem Gleitanzug. Bald schon wurde er mutiger und sauste, immer schneller werdend auf einen Erholungspark im Herzen Soms zu. Hier, und das wusste er, tummelte sich in den frühen Morgenstunden meist noch niemand. Immer schneller kamen ihm die Bäume und Wiesen, die zwischen den vielen Häusern lagen, entgegen. Der Wind pfiff ihm um Nase und Ohren als er die ersten direkt vor ihm auftauchenden Baumwipfel streifte. Durch ein rasches Ziehen an den Ringen bremste er seinen Sturz und ging durch vorsichtiges zurückschieben der Ringe in den Sinkflug. Oh! Wie hatte er Jùl vermisst. Mutter Jùl, wie liebte er sie. Jùl! Weinend zerzauste und liebkoste er das Gras um sich herum. Spaziergänger hätten ihn für verrückt erklärt und die Aufpasser gerufen. Schließlich lag er auf dem Rücken und sah in die vorüber ziehenden Wolken. Gerade jetzt färbte die Sonne den Horizont rot ein. Ein neuer Tag, ein neues Leben. Er würde es nutzen.

***

Viez' Oma winkte ihm schon von Weitem und bat ihn mit einer Handbewegung zu sich. Er, Helgi, Dama, Sanbar, Streck und Kubi verabschiedeten sich herzlich voneinander und drückten sich fest. Sie versprachen sich gegenseitig, dieses Abenteuer bei den Quellen von Slyx schleunigst zu wiederholen.

Mará und Viez standen in der Halle des Volkes, einem aus vielen ineinander verwachsenen Bäumen grünenden Dom, der wie eine Kathedrale auf einer Lichtung am Fuß des Berges stand.

Der aus geschwungenen dunklen Wurzeln bestehende Thron, der in der Mitte des Rundes stand, schmiegte sich in die Körperlinien der Königin. Erstaunlich behände erhob sie sich und trat ihm entgegen.

»Großmutter!«, strahlte er und nahm sie herzlich in seine Arme. Mará besah ihn sich lächelnd.

»Elò scheint dir gut zu tun, mein Junge.«

»Mehr als nur gut. Ich fühle mich wie neu geboren, so als hätte ich alle Ketten und Fesseln abgestreift, die ich in Sodom getragen habe. Ich muss nichts und kann alles tun«, strahlte er.

»Na, siehst du. Diese Lektion war doch gar nicht so schwer. Deine neuen Freunde haben dich bestimmt sehr intensiv in die Geheimnisse des Nichtstuns eingeweiht, dessen bin ich mir sicher.« Sie grinste schelmisch.

»Ich wollte ja, du könntest ewig das Leben hier genießen, aber ich habe da eine kleine Aufgabe für dich.« Mará lächelte geheimnisvoll.

»Seit die Wilokie gelandet sind, haben wir Elò ein zweites Gesicht. Wir begnügen uns nicht mehr nur mit dem wundervollen Dasein an diesem schönsten Ort auf Jùl. Nein. Wir sind durchaus kampfeslustig und kriegsbereit geworden. Die Wilokie haben alles zerstört, was uns jemals wichtig und teuer gewesen ist. Sie haben es in den Staub getreten und niemand, ich sage dir niemand, mein Junge, wird es ihnen jemals vergessen oder verzeihen. Ich habe deswegen eine Aufgabe für dich, Vincent.«

Sie machte eine lange Pause, sich der Bedeutung ihrer folgenden Worte bewusst.

»Du bist der rechtmäßige Erbe des Thrones der Elò, wenn ich nicht mehr bin. Mirà, deine Mutter, wäre nach mir die Herrscherin über den Wald geworden, aber sie wurde ermordet. Dein Bruder wäre an und für sich der nächste in der Thronfolge, aber schlussendlich ist die Situation kompliziert genug, und somit kann ich bestimmen, wer mir nachfolgt, so ist das Gesetz. Jetzt bist du dran, wenn du willst. Ich weiß ...« Sie sah zu Boden und wirkte verlegen.

»... es ist eine riesige Aufgabe. Eine Herausforderung, der du dich nicht gewachsen fühlen wirst, aber ich kann dir eins versichern ...« Wieder legte sie eine bedeutungsvolle Pause ein.

»Kein König, niemand, der noch einen Funken Verstand in sich trägt, könnte sich dieser Herausforderung gewachsen fühlen, glaube mir. Du bist genau am richtigen Platz.«

Sie starrte an ihm vorbei zum Ausgang des Walddomes.

»Weißt du Vincent«, fuhr sie fort, »wir haben wichtige Aufgaben vor uns. So wichtig, dass es nicht nur das Überleben der Elò und der Salomer betrifft, sondern das Leben auf Jùl überhaupt. Wir wissen aus vertrauenswürdigen Quellen, dass wir nicht die einzigen Völker auf Jùl sind, die sich im Würgegriff der Wilokie befinden. Es ist ihre Gier und ihre Sucht nach Macht. Sie sind eine kranke, verdorbene Spezies, die aus reinem Gewinnstreben ganz Jùl unter ihren Einfluss bringen will. Sie denken, dass nur ihr System und ihre Gesellschaft die einzig erhabene und wertvolle unter der Sonne und den Monden von Jùl ist. Gesellschaften wie die unsrige, also beispielsweise mit einer Königin, betrachten sie aus Oberflächlichkeit und Mangel an Wissen und Verstand als rückständig und nicht wertvoll. Aus ihrer Sicht gibt ihnen das das Recht, über uns zu herrschen, uns zu knechten oder gar zu ermorden. Ihre Herrschaft ist auf Wissen und Intelligenz aufgebaut, nicht aber im Sinne von Weisheit und Vernunft, sondern im Erstreben von Reichtum, Ansehen und Macht. Das hat zu einem Wettlauf geführt, den sie nun gegeneinander ausfechten. Dies wiederum hat die Ausbeutung der júlschen Völker rasend schnell vorangetrieben, denn die Glücksjäger der Wilokie versuchen sich fortwährend durch noch mehr Gewinn und Leistung zu überbieten. Vielleicht, eines Tages, wenn es nichts mehr zu erobern und zu beherrschen gibt, werden sie sich wundern und fragen, welcher Vision sie da nachgejagt sind, doch dann wird es zu spät sein. Zu spät für uns alle, verstehst du?«

Sie sah Viez unvermittelt an. Dieser schwieg eine Zeitlang.

»Also, ich weiß nicht so recht ... keine Ahnung«, stotterte er los. Viez fühlte sich jetzt schon überfordert. Er fühlte sich gar nicht wie ein König oder Prinz, oder was auch immer.

»Ich weiß doch gar nicht, wie so was geht. Ich meine ... ich bin schließlich ganz anders aufgewachsen.«

»Ach, das ist gar nicht so schwer wie es aussieht, und Fehler macht schließlich ein jeder. Ich werde dir alles zeigen und erklären. Im Übrigen ist ja zu deiner Inthronisation hoffentlich noch ein bisschen Zeit, und als Berater stehen dir viele kluge Leute zur Seite. Außerdem gedenke ich schon, auch noch etwas älter zu werden.« Wieder sah sie ihn entwaffnend an.

»Du kannst dir ja alles einmal ansehen und dann entscheiden.«

Viez atmete tief ein. Die Entscheidung, weit weg zu schieben, gefiel ihm gut, und wenn er denn erst mal alles gesehen hatte, konnte er immer noch den Weg einschlagen, den er für richtig hielt. »Also gut. Ich schau' es mir einmal an.«

»Gute Entscheidung, und wie du vorher schon so schön gesagt hast, du musst nichts und kannst alles tun. Das gilt auch in diesem Fall.«

Plötzlich erinnerte sich Viez an sein Erlebnis in Slyx zurück.

»Großmutter, ich hatte ein ziemlich komisches Erlebnis in Slyx.«

Er blickte verunsichert drein, weil er dachte, sie würde ihm das Nachfolgende nicht glauben, doch sie entgegnete:

»Slyx ist voller Geheimnisse, also nur raus damit.«

»Ich soll dir einen Gruß von Fenny sagen und dass du jederzeit bei ihnen in Piram willkommen bist.«

Mará lächelte in sich hinein.

»Ach der liebe Fenny, oh wie vermisse ich ihn. Ich denke, das werde ich auch tun, nach Piram gehen meine ich. Sobald es die Zeit erlaubt.«

»Außerdem«, fuhr Viez fort, »soll ich dir das hier geben.« Mit diesen Worten drückte er seiner Großmutter einen dicken Kuss auf die Wange. Diese fing sofort an zu lachen.

»Dieser liebe, alte Knuddelbär.« Sie sah verklärt in die Ferne, fing sich aber sofort wieder.

»Aber bis zu meinem Ruhestand gibt es noch einiges zu tun, lieber Vincent.« Sie wandte sich um.

»Ach Iltis, komm doch mal bitte.«

Mará winkte einem der Männer zu, die sich im Eingangsbereich aufhielten.Dieser eilte rasch herbei.

»Iltis, kümmere dich doch bitte darum, dass der angehende Prinz hier eine Einführung in unser tiefstes Inneres bekommt!« Mará grinste über beide Ohren.

»Natürlich mach' ich das«, Iltis salutierte zurück.

»Komm Vincent, ich zeig dir was.«

* * *

Viez fühlte sich nicht nur überrumpelt, sondern auch zu verwirrt, um irgendetwas zu entgegnen, was ein Für oder Wider bedeutet hätte. So beschloss er, zunächst einmal alles auf sich zukommen zu lassen.

Mará und er umarmten sich und Viez folgte seinem neuen Führer zum Ausgang. Bald schon trafen sie auf eine Gruppe von Männern, mit denen sich Iltis angeregt unterhielt. Diesen folgten sie wiederum zu einem Felsentor, das in den Berg führte. Viez wusste schon bald, warum man diesen Mann Iltis nannte. Er verströmte einen eigentümlichen Geruch, also nicht so, dass er stank, aber er roch nach etwas, das man nicht einordnen konnte. Etliche Gänge und Gabelungen später standen sie an einem Geländer und blickten in eine riesige Halle, die den gesamten Innenraum des Berges ausfüllte. Unter ihnen, im orange lodernden Schmiedefeuer, gossen Arbeiter Metall in Formen, hämmerten und bespielten das Feuer und das heiße Erz zischte wie eine gefährliche Schlange. Zähflüssige, glühende Flüssigkeiten ergossen sich in Bottiche oder Formen, erkalteten und landeten am anderen Ende einer langen Kette aus Handgriffen und Maßnahmen. Glas und Stahl. Viez kam aus dem Staunen nicht mehr heraus. Ein stetiger Luftstrom sorgte für den Abtransport des heißen Dampfes, der geradewegs in den Schlund des Berges nach oben abgeführt wurde. Trotzdem lief ihm schon nach kurzer Zeit der Schweiß von der Stirn. Brücken und Stege mit Geländer führten an den Felswänden entlang des Abgrundes über die heißen Arbeitsplätze. Während sie sich vorsichtig an den Haltegriffen entlang hangelten, erklärte Iltis die Arbeitsweise und den Sinn des Ganzen.

» ... was wir dazu brauchen!«, hörte Viez wie von Ferne Iltis sprechen.

»Hier entstehen unsere Glas- und Stahlformen für die allerneusten Gleiter. Sie sind nicht nur besonders leicht und stabil, sie haben durch unser neuentwickeltes Leichtglas auch eine bessere Rundumsicht. So hat der Gleiterpilot das gesamte Umfeld in Sichtkontakt und merkt sofort, wenn sich etwas Verdächtiges nähert. Das Glas ist für die Pfeile der Wilokie undurchdringbar. Ich habe gehört, du bist ein angehender Fluggerätemechaniker? Dann wird dich das wahrscheinlich sehr interessieren.« Viez' Augen leuchteten; das gefiel ihm sogar sehr. Iltis gebot ihm zu folgen.

Wieder stiegen sie durch Gänge, folgten Treppenabsätzen und Stollen und landeten schließlich an einer eisengeschlagenen Tür. Neben ihr stand ein Tisch, an dem drei Wachen Karten spielten.

»Schließt mir doch bitte die Tür auf. Der junge Herr möchte gern unser Innerstes sehen.« Iltis schnappte sich die Spielkarten eines der Wachen und las sie den anderen vor.

Die Wache sprang auf und fing Iltis ein. Eine lustige Keilerei begann, aus der Iltis als Sieger hervorging.

»Na gut«, keuchte der Wachhabende und wandte sich Viez zu.

»So folge dem stinkenden Iltis in unser Innerstes!«

Iltis knuffte ihn lachend in die Seite.

Sie betraten einen langgezogenen Raum, der bis zum Ende mit den Gerippen unfertiger Gleiter gefüllt war. Die Glasflächen waren noch nicht montiert. Gussteile, die sich in metallischem Glanze hintereinander stehend aufreihten.

»Du kannst sie ruhig anfassen. Heb' sie mal hoch, wirst sehen, die haben fast kein Gewicht und sind trotzdem hart wie Stahl.« Viez tat, wie ihm geheißen. Tatsächlich. Er konnte die Konstruktion mit einer Hand hochheben. Wie konnte das nur möglich sein?

Iltis sah seinen erstaunten Blick.

»Cerum. Härter als Stahl, aber leicht wie eine Feder. Weißt du, die Wilokie mögen gute Fluggeräte bauen und mehr Energiesteine haben. Aber wir ...«, er sah ihn durchdringend, ja triumphierend an, »haben Cerum und Glas.« Da verstand Viez, was Iltis meinte. Hier, im Berg der Elò, befand sich die Gleiterschmiede des Waldvolkes. Hier baute man Flitzer und Gleiter für den zukünftigen Krieg gegen die Wilokie. Viezes Wangen glühten. Begeistert strich er über die glatte Oberfläche des matten Metalles.

»Cerum also. Ist das eine Legierung oder ein reines Metall?«, sprach er und streichelte eine Tragfläche.

»Eine Legierung. Die Herstellung ist natürlich streng geheim, das kannst du dir ja vorstellen.«

Viez nickte.

»Wie macht ihr das mit der Steuerung? Die Wilokie haben an Heck und Front, links und rechts, die bleibestückten Steuerelemente installiert, die sie durch Bewegung der im Cockpit befindlichen Steuerhebel flexibel öffnen oder schließen. Durch die verschiedenen Lochgrößen der Bleigitter gibt der Stein eine bestimmte Menge an Energie frei. Das Bleigitter befindet sich auf einer Rolle und bedeckt den Stein. Wird nun der Hebel betätigt, wird das Bleigitter in eine Richtung gezogen, auf die Rolle gewickelt und verändert über dem Stein seine Lochgrößen. So kann der Gleiter durch gesteuerte Energieabgabe in der Luft manövriert werden. Wie macht ihr das?«

Iltis war perplex. Mit so viel Fachkenntnis hatte er nicht gerechnet.

»Ähhh ... das kann dir sicher Lumi erklären.«

Ein Mädchen tauchte aus dem Schatten einer Höhlennische auf. Sie schien die Gruppe schon länger beobachtet zu haben und näherte sich nun.

»Darf ich vorstellen? Das ist Lumi, unsere Chefkonstrukteurin.«

»Hallo. Hab' schon gehört, dass hier einer eingelaufen ist, der als der nächste König gehandelt wird. Naja, weißte, ich halt' von diesem monarchischen Blödsinn ziemlich wenig. Wir sind alle gleich. Also, wer bist du?«

Sie blinzelte frech unter ihrem schwarzen Pony hervor, der unter einer dunkelgrauen Kappe steckte. Lumi war einen Kopf kleiner als Viez, und ihr schlanker, durchtrainierter Körper steckte in einem grauen Arbeitsanzug, in welchem unzählige Stifte und Papiernotizen steckten. Ihr Lieblingsstift ruhte jedoch hinter ihrem rechten Ohr. Sie nahm ihn nun zur Hand und fuchtelte magisch vor seinem Gesicht hin und her.

»Nun ... äh, ich«, begann Viez, hatte sich aber alsbald wieder gefangen.

»Ich bin Vincent und der Enkel meiner Großmutter, ja. Aber ich habe ihr noch nicht zugestimmt. Ich weiß noch nicht, ob ich Lust und Zeit für diesen Job als neuer König habe. Ganz ehrlich, ich weiß nicht, ob Regieren etwas für mich ist. Dann muss ich wahrscheinlich ständig irgendwelche langweiligen Protokolle erfüllen, Sitzungen beiwohnen und Partys besuchen, die ich gar nicht mag. Nein, ich glaube, das wäre nichts für mich. Wenn du also glaubst, liebe Lumi, dass ich mich wegen meiner Herkunft für was Besseres halte, so muss ich dir entschieden und klar widersprechen.«

Lumi lachte. Sie lachte und lachte, und während sie weiter lachte, entfernte sie sich wieder von der verdutzten Gruppe.

»Ähhh ... ja. Das war Lumi. Du hast sie gerade in einer anscheinend wichtigen Denkphase gestört und sie will uns damit sagen, dass du gerade unerwünscht bist.«

Iltis sah beschämt zu Boden.

»Nun, hab ich ihr etwas getan?« Viez fühlte sich schlecht.

»Nein, nicht wirklich ... sie ist nur etwas schwierig, manchmal. Manchmal auch nicht. So ist sie nun mal, unsere Lumi. Aber sie ist auch die genialste und beste Konstrukteurin, die wir jemals hatten. Die Entwürfe für die Gleiter sind alle von ihr. Auch die eingepassten Glaskonstruktionen und im Übrigen sogar die Formel für das besonders harte Glas. Alles von Lumi. Sie denkt in ganz anderen Kategorien.«

»Iltis, du hast meine Frage von vorher noch nicht beantwortet. Wie macht ihr das mit der Steuerung?«

»Genauso wie die Wilokie. Ich glaube nicht, dass es da etwas zu verbessern gäbe oder dass wir etwas anders machen. Ich weiß es aber auch nicht mit Sicherheit«, gab Iltis zurück.

»Ach, ich wüsste da schon was. Was haltet ihr davon, wenn ich mich zu eurer Konstruktionsabteilung geselle und ein bisschen an den Gleitern mitbastle?« Die Frage kam Viez so schnell aus dem Mund geschossen, dass er gar nicht darauf vorbereitet war. Es gab da wohl so etwas wie einen hervordrängenden Wunsch, der ihn anleitete und der erfüllt werden musste.

»Es wäre mir eine Freude und Ehre, werter Prinz«, Lumi stand wie aus dem Nichts plötzlich wieder neben ihm und reichte ihm den Ellenbogen.

»Komm, hak' dich unter, ich zeig dir dein Büro. Ganz und rein zufällig hätte ich da noch ein Plätzchen frei an dem du deiner Kreativität freien Lauf lassen kannst.«

Mit diesen Worten führte sie ihn durch einen breiten Höhlengang zu einer doppelflügeligen Tür, die sie öffnete. »So, hier wären wir, im Reich der Mitte sozusagen. Hier, wo alles passiert, was die Wilokie besiegen wird.« Ungläubig starrte Viez sie an. Ein Saal hatte sich aufgetan. In den Berg gehauen, aber hell geflutet vom Sonnenlicht, das sich durch die großzügigen Fenster in den Raum ergoss. Pflanzen zwischen den Tischen, auf denen sich einige Elòs über Papiere und Modelle beugten.

»Was guckst du so?«, raunte sie ihn an. »Mach was du willst. Von mir aus zeichne einen Bären oder falte einen Elefanten aus Papier. Ich wurde angewiesen, dir jeden Wunsch zu erfüllen. Das mache ich hiermit, aber glaube nicht, dass ich das auch gut finde. Im Gegenteil, diese Einmischung in meine Arbeit finde ich widerwärtig. Jetzt, husch husch, an den Tisch. Wer bei uns mitmachen will, muss zeigen, was er kann.«

Sie sah ihn herausfordernd an. Viez steuerte auf einen freien Tisch zu und ergriff einen Stift und ein Stück Papier.

»Nun ...«, begann er gewichtig und setzte den Stift an,

»Nehmen wir mal an, wir hätten anstatt dieser fest installierten Bleilochrollen, wie sie die Wilokie verwenden, gerichtete, bewegliche Trichter, die sogar noch durch ihre konisch zu laufende Form die Kraft des Steines bündeln. Damit würde man ...«

»... eine noch präzisere, gerichtete Energie für die Steuerung bekommen«, vollendete Lumi den Satz. »Oh, das ist gut!« rief sie und tanzte auf einem Bein. Dann schrie sie in den Saal: »Gebt ihm euer bestes Wissen und Material, liebe Leute! Der junge Mann arbeitet ab heute für uns.«

Und zu ihm gewandt.

»Wie kamst du denn da drauf?«

Dabei stützte sie ihre Hand in die Hüfte und sah ihn schief an.

»Ich habe damals bei den Wilokie einen besonders schnellen Flitzer bauen sollen. Für so einen reichen Ober-Wilokie. Einer von denen, die an der Ausbeutung Saloms jede Menge Gold verdienen. Den Flitzer hab ich mir übrigens geklaut und fliege ihn heute noch.«

Er lächelte verschmitzt.

»Damals bei der Konstruktion kam mir der erste Gedanke, dass man mit einem Trichter vor dem Stein, den man mit Blei auskleidet, eine höhere Energie abstrahlt, weil sie punktuell wirkt. Und weil das so ist, könnte man diese Trichter ja auch bewegen, und somit das Steuerverhalten des Gleiters verbessern«, sprudelte es aus ihm heraus.

»Ja, ja! Das könnte funktionieren!« Lumi war außer sich und tanzte wieder auf einem Bein. Die übrigen Begleiter der Gruppe, inklusive Iltis, fühlten sich inzwischen fehl am Platze. Alle hatten aufmerksam dem Gespräch gelauscht und dabei gar nichts verstanden.

»Ähh ... ja, wir gehen dann. Wenn ihr dann noch etwas braucht, sagt Bescheid. Wir werden euch jeden möglichen Wunsch erfüllen, liebe Lumi. Vincent.« Iltis verbeugte sich theatralisch, indem er einen Fuß vor setzte und in die Knie ging. Lumi lachte.

»Hau bloß ab, du Duft meiner schlaflosen Nächte! Wir melden uns, wenn's was Neues gibt«, erwiderte Lumi keck und drehte sich wieder mit leuchtenden Augen Viez zu.

»Oh Wahnsinn«, dachte Iltis, »da haben sich ja zwei gefunden ...«

* * *

Zec betrat das Hauptquartier, den Herrschaftssitz General Tschengils, über den Hintereingang. Dieser war zwar genauso gut bewacht wie der Haupteingang, aber man erregte lange nicht soviel Aufsehen. Er grüßte die Wachen und streckte ihnen seinen richtigen Ausweis entgegen. Die vier betrachteten das Papier und starrten ihn ungläubig an. Sie schienen sich uneins, was denn nun zu tun sei. Der eine meinte etwas von festnehmen, während die anderen das entschieden ablehnten. Schließlich wurde Zec die Diskussion zu bunt.

»Dann nehmt mich doch fest und wir besuchen auf der Stelle General Tschengil. Gut? Alles wird sich klären, ich verspreche es euch.«

»Ja, gut«, stammelten sie und legten ihm zögerlich die Fesseln an.

Der Weg zum Büro führte über viele Gänge, Stockwerke und Flure, bis sie schließlich vor einer mächtigen Flügeltür aus dunklem Holz standen. Die Wachen links und rechts stießen ihre Lanzenenden auf den Boden und öffneten die Türen. General Tschengil stand am Fenster und drehte sich um.

»Ach nein! Ich fasse es nicht! Du hast es geschafft? Zacharias komm her!« Freudig breitete er die Arme zur Begrüßung aus. Die Aufpasser sahen sich verdutzt an.

»Was ist los?«, rief Tschengil.

»Habt ihr ihn etwa festgenommen? Den besten Sucher aller Zeiten?«, fuhr er sie an.

»Wir … äh wir …«, stammelten sie, bis sich schließlich einer fing und den Sachverhalt erklärte.

»Wir haben ihn festgenommen, sehr geehrter Herr General. Wir befolgen nur die Befehle unseres Vorgesetzten Halmar Gedons. Wir wurden angewiesen, Zacharias Bux zu suchen, zu finden und einzusperren. Der Befehl ging an alle Wachen, Aufpasser, Sucher und ist bindend.«

Der etwas schmächtige Aufpasser neigte den Kopf vor Ehrerbietung.

»Ach? Bindend.« Er lachte laut auf. »Sie einer an. Zec, ich glaube, da kann dich jemand nicht leiden. Nehmt ihm endlich die Fesseln ab und schert euch aus meinem Büro! Marsch, sonst vergesse ich mich!«

Hastig taten die Wachen, was Tschengil befohlen hatte, und ergriffen die Flucht. Zec grinste breit und setzte sich, ohne zu fragen, in den Ledersessel vor General Tschengils Schreibtisch.

Auch Tschengil trat heran, öffnete eine teuer aussehende Flasche Wein, goss zwei Gläser ein und stellte sie vor Zec ab.

»Zacharias Bux. Zec, wie habe ich dich vermisst. Schön, dass du wieder hier bist. Es fühlte sich unheimlich langweilig an in der letzten Zeit. Sag mal, hast du was mit deinen Haaren gemacht? Du siehst so anders aus ohne Bart.«

Tschengil grinste schelmisch.

»Wo hast du dich herumgetrieben? Ständig diese Gerüchte von wegen, du wärst abgestürzt und hättest dich den Huren und dem Alkohol ergeben. Halmar lag mir in den Ohren, man solle dich bald aus der Suchergilde entfernen, weil du untragbar wärst. Aber ich wusste, dass du die Rolle so gut spielen musstest, dass du sie selber glaubst. So gut, dass du den Teil in dir erwecken konntest, der dich schmerzt wie nichts anderes. Liege ich richtig?«

Tschengil setzte sich auf die Tischkante und sah Zec schief von der Seite an.

Zec ignorierte die Frage und grinste Tschengil wissend an.

»Nun, mein Lieber. Hast du vielleicht ein Pfeifchen für mich, bevor ich beginne?«

Tschengil schlug sich an die Stirn.

»Ja, natürlich, tut mir leid.«

Er entzündete eine wunderschön geschwungene Pfeife aus dunklem Holz und reichte sie Zec.

»Tabak aus Phol. Ja! Die haben dort nicht nur aromatischen Honig.«

Genüsslich sog Zec den süßlich würzigen Duft in seine Lungen und atmete den schweren weißen Rauch langsam wieder aus. Am Ende blies er drei Rauchkringel, die sich miteinander verbanden und tanzten.

»Sehr gutes Kraut, ja sehr gut! Nun, ich bin tatsächlich direkt in das Herz des Widerstandes vorgedrungen und habe eine ungefähre Ahnung, wo sich die Hauptzentrale befindet. Ich weiß Bescheid, wer die Führungsriege ist, welche Personen das Sagen haben und wie der ungefähre Entwicklungsstand ist.

Ich kann aus vielen Gründen die nächsten Schritte nachvollziehen und ich denke, wenn wir geschickt handeln, dann nehmen wir sie so was von auseinander, dass es für sie kein Morgen mehr gibt.« Zec lümmelte sich siegessicher in den bequemen Sessel und erhob zum Prosit sein Glas. Tschengil grinste.

»Du hast deine Rolle perfekt gespielt, Sucher!«, prostete er zurück.

Zec bezog in den nächsten Tagen wieder sein Haus im besten Viertel von Som und General Tschengil beförderte ihn zum Oberbefehlshaber der Sucher und aller anderen Streitkräfte. Zec hatte zwar den Befehlen von General Tschengil Folge zu leisten, doch der Weg zum Erfolg seiner Missionen blieb ihm überlassen. Somit stieg er in seiner Karriereleiter über seinen vorherigen Vorgesetzten und es lag nun an ihm, über Halmar zu urteilen. Da Zec natürlich nicht nur Oberbefehlshaber geworden war, sondern auch sofort einen Befehl von General Tschengil erhielt, hatte er nicht sehr viel Zeit, sich um Halmar zu kümmern. Er beschloss deshalb, das Thema hintan zu stellen und bastelte eifrig an seiner Strategie, wie er im Falle des Widerstandes vorgehen wollte. Zec kannte seine Verbündeten innerhalb des wilokischen Systems: Leute denen er vertrauen konnte und die loyal an seiner Seite standen. So stellte er ein schlagfähiges Team von etwa einhundert geschulten Frauen und Männern zusammen; das sollte ausreichen. Gleiter, Flitzer und alles übrige Material befand sich zur Genüge zu ihrer Verfügung.

Kapitel 13

Durch den Berg

Kolle und Malli folgten derweilen den unterirdischen Stollen durch das Bergwerk. Komischerweise fühlte sich die Luft hier unten angenehm warm an, Kolle hatte mit dem Gegenteil gerechnet. Das Wasser, das in kleinen Bächlein von den Wänden lief, gefror nicht. Wahrscheinlich gab es hier irgendwo warme Quellen. Sodom wurde ja schließlich auch von heißem Wasser aus dem Gebirge gespeist. Die Stollen befanden sich in einem erstaunlich guten Zustand. Eigentlich kein Wunder, denn die Arbeiten waren erst seit etwa zwei Zyklen vollends eingestellt worden. Besonders schwierig erschien den beiden, sich ein Zeitgefühl zu bewahren. Sie folgten ihrer inneren Uhr, aßen, wenn sie mussten, und schliefen auch dementsprechend. Als kleiner Anhaltspunkt dienten die Fackeln; sie brannten in etwa drei Stunden ab. Nach etwa zwei heruntergebrannten Fackeln machten sie eine Rast und nach vier Fackeln legten sie sich zum schlafen hin. Die Karte, die Kolle gezeichnet hatte, lieferte gute Dienste und ohne die genaue Darstellung des unterirdischen Labyrinths wären sie verloren gewesen.

»Hast du Hunger, Malli?« Kolle hatte gerade wieder eine der Fackeln entzündet. Der Junge schüttelte den Kopf. Er sah schon ziemlich mitgenommen aus, hielt sich aber tapfer auf den Beinen. »Wann sind wir denn endlich da?«, fragte er mit einer etwas leidenden Stimme.

»Nun ja, laut meinen Berechnungen ist es jetzt ein paar Stunden vor Sonnenaufgang und wenn alles gut geht, sind wir noch vor dem Abbrennen dieser Fackel am Ausgang angelangt.« Kolle lächelte ihn aufmunternd an, um sogleich wieder ernst zu werden.

»Dann haben wir noch einiges an Schnee und Eis zu bewältigen, aber das schaffen wir schon. Jetzt iss mal ein bisschen.« Er reichte ihm eine Wurst.

»Meinst du, dass Blom tot ist?« Das hatte Malli schon des Öfteren gefragt und Kolle antwortete, wie die letzten Male.

»Der liegt wahrscheinlich längst wieder in seinem warmen Bett im Internat. Der weiche Schnee hat ihn bestimmt ganz sanft aufgefangen und nachdem er uns nicht mehr gefunden hat, ist er zurück ins Internat gegangen. Die andere Möglichkeit wäre, dass wir uns einfach nur verpasst haben, er den Weg alleine gegangen ist und am Ausgang des Bergwerkes auf uns wartet.«

Kolle biss von seiner Wurst und schob ein Stück trockenes Brot hinterher. Irgendwie musste er Malli ja beruhigen, der Kleine schien an Blom einen Narren gefressen zu haben. Außerdem konnte es ja tatsächlich so sein, wie er gesagt hatte.

»Ich will nicht, dass ihm was passiert ist.« Malli wischte sich eine Träne weg.

»Wird schon nicht, wird schon nicht.« Kolle nahm ihn in den Arm und drückte ihn fest an sich.

»Komm, lass uns weitergehen, weit kann es ja nicht mehr sein und vielleicht, wer weiß, erwartet uns Blom ja schon.«

Mit Nahrung im Bauch und neuer Hoffnung machten sie sich wieder auf den Weg, der sich nun leicht bergauf schlängelte. Die hölzernen Stützen, welche die Stollen befestigten, schienen im Lichte des Feuerscheines zunehmend heller zu schimmern und etwa nach der Hälfte der abbrennenden Fackel verspürten sie einen angenehm kühlen Lufthauch, der ihnen um die Nase strich. Bald schon bemerkten sie einen leichten bläulichen Schein, der das Dunkel durchdrang und von weit oben zu kommen schien. Ihr Gang endete an einer Leiter, die weit in die Höhe ragte und in einem hellen Schimmer von Licht endete.

»Na komm schon, Jugend vor Schönheit«, forderte Kolle Malli auf. Sicherheitshalber sollte er vor ihm auf die Leiter steigen.

Sie kletterten eine halbe Ewigkeit an den Sprossen der gut erhaltenen Leiter hinauf und versuchten, nicht nach unten zu sehen. Im Endeffekt erübrigte sich das auch, denn unter ihnen gähnte ein tiefes schwarzes Loch, dessen Ende man nur erahnen konnte. Schließlich erreichten sie den Ausgang des Schachtes und stiegen in eine riesige Vorhalle ein, an deren Ende sie das helle Licht des Ausgangs blendete. Sie benötigten einige Zeit, um die Augen an die Helligkeit zu gewöhnen. Überall standen verlassene Loren auf Schienen, manche umgekippt, einige davon noch voller Steine. Von dieser Vorhalle aus verschwanden etwa ein halbes Dutzend Tunnel im Berg. Vor gar nicht allzu langer Zeit hatte man hier noch riesige Mengen Erz aus dem Gebirge geholt. Die beiden sahen sich an und fielen sich um den Hals.

»Geschafft! Malli, wir haben es durch den Berg geschafft!« Beide sprangen wie wild zwischen den Loren auf und ab, da ertönte plötzlich eine ihnen bekannte Stimme.

»Na nicht so schnell, ihr habt ja den Ausgang noch nicht erreicht.«

Ein Schatten tauchte wie aus dem Nichts vor ihnen auf und bewegte sich auf sie zu. Geblendet vom Licht hielten sie sich beide die Hand vor ihre Augen.

»Blom! Da ist Blom!«, rief Malli und lief freudestrahlend und lachend auf ihn zu. Blom fing ihn auf und hob ihn mit seinen starken Armen an die Decke. Auch Kolle lief ihm entgegen.

»Hey, was machst du denn für Sachen! Wartest du schon lange auf uns?« Kolle schlug ihm auf die Schulter und als Blom den Jungen auf den Boden setzte, reichten sie sich herzlich die Hände.

»Oh Mann, schön dich zu sehen! Wir dachten schon, dich hätte es bitter erwischt.«

»Hatte es ehrlich gesagt auch. Der Wind hat mich weiter weg getragen als ich dachte. Ich landete noch dazu in einer Schneewechte; das war aber auch andererseits mein Glück. Ich glaub', ich habe nur deshalb überlebt. Der Nachteil dabei war allerdings, dass ich ewig brauchte, um mich aus dem Schneeloch wieder auszubuddeln.« Er grinste genervt.

»Na, was hab' ich gesagt, Malli? Genau das hab' ich gesagt!« Kolle lachte befreit auf und Malli stimmte mit ein.

»Na kommt, lasst uns erst mal Brotzeit machen. Ihr habt doch bestimmt Hunger und wer weiß, wann wir wieder was bekommen.« Sie packten ihre Vorräte aus und verzehrten dieses mal Schinken und gekochte Kartoffeln.

»Wir sollten uns nicht allzu lange Zeit lassen«, meinte Blom.

»Die suchen bestimmt schon nach uns. Wir haben jetzt noch den Vorteil, dass man von uns keine Spuren im Schnee findet. Wenn wir uns am Rande des Tales, im Schatten der Felsen halten, kann man uns nur schwer aus der Luft sehen. Ich habe mir das Gelände schon angesehen. Bis zur nächsten Mine sind es etwa vier Stunden und von da aus ist es unterirdisch ein Katzensprung in die Freiheit.«

»Naja, noch ein Tag, um genau zu sein. Das ist schon mehr als ein Katzensprung. Aber ich gebe dir Recht, das meiste ist geschafft.«

»Kann ich noch was zu trinken?«, meldete sich Malli zu Wort.

»Haben! Malli, das heißt haben! Kann ich noch was zu trinken haben?«

Blom grinste, als er den Eifer des Oberlehrers Kolle hörte.

»Na kommt! Packen wir's an«, sprach er und reichte Malli die Trinkflasche.

* * *

So gingen die Monde ins Land und sowohl Viez als auch Layla lebten mit den gleichen Verbündeten an verschiedenen Orten und wussten nichts von einander. Viez entwickelte nach etlichen Fehlschlägen zusammen mit Lumi einen ultra-wendigen, schnellen Gleiter, der sich am Himmel so exakt steuern ließ, als fahre er auf Schienen. Sie verbesserten die Übersetzung der Steuerhebel und der abstrahlenden Energie in einer solch präzisen Abstimmung, dass die Reaktion des Gleiters der Bewegung des Hebels im gleichen Verhältnis folgte. Natürlich bauten sie sich ihre ersten zwei Prototypen selbst zusammen, um sie ausgiebig testen zu können. Heute endlich, nach langer schweißtreibender Arbeit, standen sie an der Startrampe, einer kleinen Höhle, die vom Berg aus über den dampfenden Dschungel blickte. Bisher hatten sie die Steuereinheiten nur in einem speziell dafür ausgestatteten Raum testen können. Doch jetzt stand der erste Test zu echten Bedingungen an. Ihr erster Ausflug.

»Na? Kannste gut fliegen?« Lumi grinste ihm neckisch zu.

»Klar doch, schneller als du!«, lachte Viez und sprang in seinen Flitzer.

Lumi tat es ihm nach und beide schossen wie Pfeile in den Himmel. Ihre Flugmaschinen flogen fantastisch. Besser, als sie es sich je erträumt hatten, reagierten sie auf die kleinsten Bewegungen der Steuerhebel. Zunächst mussten sie sich an die direkte Steuerung gewöhnen und segelten in chaotischen Kurven über den Dschungel hinweg. Doch bald schon, nach einigen gewagten Flugmanövern, standen sie nebeneinander in der flirrend heiß dampfenden Luft und sahen einander an. Lumi bedeutete ihm mit einer Handbewegung, ihr zu folgen, beschleunigte und flitzte sogleich davon. Viez raste, so schnell er konnte, hinterher. Die Vegetation des Waldes unter ihnen verwandelte sich in einen Pinselstrich in grün. Die Geschwindigkeit drückte sie berauschend in ihre Sitze, doch trotzdem waren sie immer noch nicht am Limit angelangt. Viez dachte schon, dass die irre Raserei seinen Gleiter bald in Stücke reißen müsste. Der Wind pfiff rüttelnd an der Konstruktion und schüttelte ihn ab und an ganz schön heftig durch. Zum Glück hatten sie besonders bequeme Sitzvorrichtungen eingebaut, die weder zu hart für längere Flüge, noch zu weich waren, um in ihnen beweglich zu bleiben. Die Grenze zum Steinernen Meer hatten sie in kürzester Zeit erreicht und steuerten nun in Richtung Sodom.

Als nach einiger Zeit die Gipfel der Hausberge von Sodom zu erkennen waren, drehten sie nach links ab und flogen an einer Bergkette entlang. Hinter dem nächsten Bergmassiv lag der Stausee und Schloss Calim. Hier weiter vorzudringen, konnte böse enden.

Plötzlich ertönte ein heller Knall und ein schwarzer Schatten streifte das Schutzglas von Viez' Gleiter. Oh Mist, Wilokie! Sie wurden angegriffen. Viez zog seinen Flitzer senkrecht in den hellblauen Morgenhimmel.

Wir wollen mal sehen, wie lange ihr da mithalten könnt, dachte er grimmig. Auch Lumi hatte die vier Flitzer bemerkt, die nun Jagd auf sie machten, und tat es Viez gleich. In einer wahnwitzigen Geschwindigkeit stiegen die beiden immer höher hinauf. Das Schutzglas schützte sie vor Druck und Kälte. Aber auch ihre Verfolger kamen hinterher und schossen mit ihren Luftpfeilkanonen wilde Salven ab. Mit der Geschwindigkeit konnten die Angreifer es zwar nicht aufnehmen, aber die Höhe nahmen sie locker. Das blieb Lumi und Viez nicht verborgen und darum ließen sie sich in einem Looping über Kopf wieder in Richtung Boden fallen. Die gegnerischen Gleiter folgten. Bald schon war klar, dass sie die Jagd nur durch Wendigkeit und Geschwindigkeit für sich entscheiden konnten. Sie steuerten auf ein Geröllfeld zu, aus dem sich, einem Labyrinth gleich, scharfzackige Felsen erhoben und trennten sich. Lumi flog rechts in die bizarre Landschaft ein und Viez suchte sich nach links den Weg durch die tödlich engen Schluchten. Auch die Verfolger teilten sich auf. Lumi erhöhte das Tempo und flog zwischen den Steinen einen aberwitzig schnellen Ausweichkurs. Bald hatte sie den Sichtkontakt zu ihren Verfolgern verloren, bremste fast stehend in der Luft ab und landete in einer Felsnische. Kurze Zeit später sausten die Flitzer der Gegenseite an ihr vorbei. Viez hatte weniger Glück. Ein Flitzer blieb ihm am Heck kleben, wie ein Pickel am Allerwertesten. Den schaffte er nicht mit Wendigkeit, zumindest nicht so. Deshalb drehte er wieder in Richtung freien Luftraums ab und gab Vollgas. Die Beschleunigungskraft riss ihm fast die Backen vom Gesicht und kurze Zeit später tauchte er in eine lange undurchsichtige Wolkenbank ein. Dort änderte er nochmals Richtung und Höhe, drosselte die Geschwindigkeit und trieb langsam dahin. Wo steckte bloß Lumi? Vorsichtig glitt er unter den Rand des Wolkenbandes und starrte angestrengt in die weißgraue Tiefe. Eine halbe Ewigkeit blieb er in dieser Hab acht Stellung. Nichts geschah. Nur die schlierigen Schleierwolken zogen mit dem schnittigen Wind über die einsame Berglandschaft. Einige Riesenadler segelten unter ihm majestätisch ihre Kreise, und ab und zu meinte er, die Schatten ziehender Bergziegen zu erspähen. Vielleicht flog Lumi ja gerade nach Hause? Aber das konnte nicht sein, auch sie würde wahrscheinlich nach ihm Ausschau halten. Viez ärgerte sich ein bisschen, dass sie für so einen Fall nichts ausgemacht hatten. Schließlich beschloss er, dort unten nach ihr zu suchen, und sank mit seinem Gleiter in die Tiefe des Tals hinab. Der Schnee zwischen den Felsen hatte hier eine etwas schmutzige Oberfläche. Ein Zeichen dafür, dass er schon lange nicht mehr geschmolzen war, aber weit und breit konnte er keine Spur von Lumi erkennen. Der Wind zerrte am Schutzglas des Flitzers und schüttelte ihn kräftig durch. Viez fing an zu frieren und zog sich eine Decke aus der Notfallkiste über die Schultern. So folgte er stundenlang den Schneisen zwischen den Felsen, in der Hoffnung, wenigstens ein Lebenszeichen von Lumi zu orten. Doch so trostlos sich die Geröllhalden und Felslawinen vor ihm auftaten, so eintönig diese Landschaft auf sein Gemüt drückte, kroch ihm die Angst in den Hals und bemächtigte sich seiner. Auch von den Verfolgern gab es keine Spur. Als er nach hunderten von Kehren und Biegungen, Höhen und Tiefen schließlich ein weit auslaufendes Schneefeld passierte und im Schatten der hohen Felswände am Fuße eines Berges entlangkroch, nahm er vor sich am Hang eine Bewegung wahr. Dort standen doch einige Menschen, oder nicht? Der eine reckte gerade seine Hände in die Höhe, während sich zwei andere Gestalten näherten.

* * *

Geblendet vom weißen Schnee stapften Kolle, Malli und Blom am Rande des engen Tales auf einem schmalen Pfad, der sich um die scharfzackigen Felsen wand, dahin. Die Sonne stand etwa auf Mitte des Vormittags und sie schickten sich an, den Scheitelpunkt einer Anhöhe zu erreichen. Von dort aus sollte es, laut Kolles Karte, nur noch bergab gehen. Wenn sie weiterhin so zügig unterwegs waren und Malli nicht schlapp machte, würden sie die Mine am frühen Nachmittag erreichen. Blom stapfte eilig voraus, Malli hintendrein und ganz am Schluss kam Kolle. Es sah so aus, als könne Blom es gar nicht erwarten, endlich einen Blick über die Kante ins gelobte Land zu werfen. Er erreichte als erster die Stelle.

»Hier sind wir nun ...«, rief er theatralisch in das weit vor ihm liegende Tal und breitete dabei die Arme Richtung Himmel aus.

Doch als Malli die Stelle erreichte, hob Blom ihn hoch und drückte ihn in einen fiesen Würgegriff. Kolle war so perplex, dass er es zunächst für einen Scherz hielt. Doch als er das Wimmern des Jungen hörte, wurde ihm der Ernst der Situation schnell klar.

»Was ist los? Spinnst du? Was soll denn das?«, schrie er zu ihm hinauf.

»Na, mein lieber Kolle? Du kannst dich jetzt entscheiden.« Er drückte den quiekenden kleinen Kerl noch fester an sich. Blom zog ein langes Messer aus der Scheide seines Gürtels und setzte es unter Mallis Kinn an.

Du hast keine Chance, Muttersöhnchen, und im Übrigen auch nicht lange Zeit. Ich zähle jetzt bis zehn, und falls du dich nicht ergibst und mitkommst, schneide ich dem Burschen hier die Gurgel durch.«

***

Viez steuerte seinen Flitzer unbemerkt durch die dunkelsten Nischen. In perfekter Deckung näherte er sich der Szenerie. Doch was war das? Der Typ, der zunächst noch die Arme, wie im Jubel gereckt hatte, nahm jetzt eine weitaus kleinere Person in den Würgegriff und ... ein Kind! Dieser Mistkerl bedrohte ein Kind! Viez sah das Messer bis zu sich herüber blitzen. Jetzt aber schnell. Er musste handeln, wollte er Schlimmeres verhindern. In Windeseile steuerte er seinen Gleiter zwischen die nächstgelegenen Felsen und stieg leise aus. Mit Bedacht kletterte er über die Steine, schlich sich bis an den Rand und spähte vorsichtig in die entsprechende Richtung. Dort vorne standen sie, seitlich zu ihm, etwa einen Steinwurf entfernt. Ein muskulöser junger Mann, der einem Kind ein Messer an die Kehle hielt und drohte, es umzubringen. Dieser furchteinflößende Jemand hatte seinem Gegenüber, den Viez von hier aus nicht erkennen konnte, ein Ultimatum gestellt. Er begann zu zählen. Bei null würde er dem Kind die Kehle durchschneiden. Viez lief es eiskalt den Rücken hinunter. Er hörte laut und deutlich die Worte »... sieben, sechs, fünf ...«

***

»Ich versteh nicht, wieso ... was?«, stammelte Kolle rufend.

»Meinst du wirklich allen Ernstes, ich hätte dich bei eurer Flucht unterstützt?«

Blom lachte ein böses lautes Lachen.

»Falls du es noch nicht bemerkt hast, ist unser Internat auch die Ausbildungsstätte für zukünftige Sucher. Ich denke, meine Abschlussarbeit habe ich mit Bravour bestanden. Findest du nicht? Mein Auftrag war lediglich, dich einzufangen. Leider hat mir das Wetter zunächst einen Strich durch die Rechnung gemacht, aber jetzt hab' ich dich ja da, wo ich dich haben will. Nun komm schon. Hinter mir warten zwei Flitzer und acht Aufpasser. Wir bringen dich nach Hause.« Wieder lachte er ein dreckiges Lachen. »Wo war ich stehen geblieben? Ach ja, VIER ...!«

* * *

Er musste irgendetwas tun. Schnell! Aber was!? Hektisch kramte Viez in seinen Taschen und zog seine Steinschleuder hervor, die er immer bei sich trug. Aber hier gab es nur Eis, festgefrorene Felsbrocken und verbackene Steineisklumpen. Kein schöner runder Kiesel weit und breit. Nichts, was er als Munition verwenden hätte können. Eine Laune des Schicksals, dachte er. Mitten in den Bergen und nirgends ein Stein. Seine Hand glitt tiefer in die Taschen seiner Jacke. Irgendwo hatte er doch noch ... da musste doch ... Moment mal. Er spürte das Säckchen mit seinem Murmelspiel und griff verzweifelt eine Kugel. Na, zumindest konnte er diesen Blödmann vielleicht ablenken und dem Jungen das Leben retten. Das Echo der hämischen Stimme schallte zu ihm herüber. »... drei, zwei ...« Viez legte die Murmel auf die Schleuder, hielt sie fest in der Hand und zog das Gummi bis zum Anschlag durch. Er zielte seitlich auf den Hinterkopf des Mannes.

* * *

Kolle stand wie angewurzelt. Natürlich würde er sich ergeben, doch er fühlte sich unfähig, auch nur einen Ton zu entgegnen. Er fühlte sich unendlich leer und verloren. Alles umsonst und Malli würde sterben. Kolle gab sich keiner Illusion hin. Bloms Stimme riss ihn aus seiner Lethargie. »eins ...«, hallte es von den Bergwänden.

* * *

Viez schoss. Fast lautlos zischte die Kugel durch die Luft. Viez bemerkte lediglich, dass sie sich im Gegensatz zu einem Kieselstein ungeheuer schnell bewegte. So schnell, wie er noch nie in seinem Leben ein Geschoss fliegen hatte sehen. Nicht einmal die besten Luftdruckgewehre der Wilokie vermochten ihre Pfeile ... und da schlug die Murmel mit einem hellen Ploppen in den Kopf des Mannes ein. Für eine kurze Zeit stand dieser wie versteinert.

* * *

»Halt ein! Lass den Jungen am Leben und nimm mich!«, rief Kolle verzweifelt in den Wind. Doch anstatt einer Antwort verdrehte Blom die Augen und fiel über Malli hinweg, einer Marionette gleich, der man die Fäden abgeschnitten hat, ohne auch nur den kleinsten Laut von sich zu geben, zu Boden. Der

Schnee um seinen Kopf färbte sich sofort blutrot. Malli schrie laut und durchdringend auf und rannte auf Kolle zu.

* * *

Gebannt sah Viez auf die Stelle, an der die Gestalt nun lag. Das konnte doch nicht sein? Er hatte den Typen umgebracht. Schockiert stand Viez zwischen den Felsen. Sein Mund stand offen und die Schleuder glitt ihm aus der Hand. Er hatte getötet. Viez wurde übel und er übergab sich in einer speienden Explosion über die dunklen Felsen und dann ging alles furchtbar schnell. Einige Wilokie rannten den Berghang empor, um die Verfolgung der Flüchtenden aufzunehmen. Doch plötzlich brausten vier Gleiter wie aus dem Nichts vom Himmel heran und nahmen die Nomies unter Feuer. Bald schon lagen diese tot im Schnee und färbten mit ihrem Blut die Umgebung. Während zwei Gleiter dem Kind und dem anderen Flüchtenden hinterher flogen, landeten die zwei anderen an der Stelle, an der der tote Mann lag. Sie stiegen aus und stapften in Richtung des Toten, drehten ihn auf den Rücken und die eine Person ergriff etwas aus der Luft um es zu betrachten. Er vernahm eine Stimme, die ihm sofort bekannt vorkam, nur woher?

»Da muss jemand geschossen haben ...« Sie hielt inne.

»Und zwar von dort aus.« Beide Gestalten drehten ihre Köpfe in seine Richtung. Sie hatten ihn gesehen. Viez fühlte sich immer noch viel zu geschockt von seinem Todesschuss, um rechtzeitig reagieren zu können. Einem verzögerten Reflex folgend duckte er sich viel zu spät hinter einen Vorsprung. Die beiden Gestalten rannten mit ihrem Gewehr im Anschlag auf ihn zu. Viez raffte sich auf und stolperte hektisch zwischen den Steinen dahin, um seinen Gleiter zu erreichen, doch sein rechter Fuß geriet in eine Spalte und er schlug hart auf dem gefrorenen Felsboden auf. Mit aufgeschürftem Gesicht, Hände und Knie blutig, lag er verdreht auf dem kalten Gestein. Jetzt konnte nur noch ein Wunder helfen. Schon hörte er das laute Atmen der herannahenden Piloten. Die Silhouetten bauten sich direkt vor ihm auf, während er, am Boden liegend, die Hände hob und ein »Ich ergebe mich!«, krächzte. Die Sonne blendete, deshalb hob er schützend eine Hand vor seine Augen.

»Vincent?«, fragte eine der Gestalten. Und weiter, »Viez bist du das?«

Jetzt wusste er plötzlich, woher er diese Stimme kannte.

»Layla! Oh Layla!« Laut fing er an zu schluchzen, bis er weinte wie ein kleines Kind.

»Was bin ich froh, dich hier zu treffen!«

* * *

Kolle hatte sich Malli über die Schulter geworfen und lief mit ihm zurück zum Höhlenausgang. Die Luft brannte wie Feuer in seinen Lungen, lange hielt er nicht mehr durch, das wusste er. Vielleicht konnte er gerade noch den Einstieg in die Tiefe des Berges erreichen, bevor die Wilokie sie erwischten, aber mit Malli auf den Schultern war das fast unmöglich. Beim Laufen sank er immer wieder tief im Schnee ein. Keine Chance. Schon hörte er das Zischen der Gleiter in der Luft. Aus, alles aus! Sie hatten das Loch im Berg fast erreicht, als sich ein Gleiter zwischen sie und die rettende Höhle setzte. Zwei Gestalten sprangen heraus und rannten auf ihn zu, die Luftgewehre im Anschlag.

»Alles gut, ganz ruhig mein Junge! Du bist in Sicherheit! Wir sind vom Widerstand, die Wilkokie liegen dort oben tot im Schnee. Ganz ruhig, alles gut!«, rief ihm der Pilot zu.

Kolle sank in den Schnee und legte sich neben den weinenden Malli. Er konnte nicht mehr, egal was geschah. War er jetzt gerettet? Er wusste es nicht, er wusste gar nichts mehr.

Da wurde er abrupt unter die Achseln gegriffen und auf die Füße gestellt. Auf einen kräftigen Arm gestützt, schleppte er sich zum Gleiter. Die andere Person trug Malli auf den Armen zum gegenüber stehenden Gleiter. Als sie schließlich im schützenden Inneren Platz genommen hatten, fing Kolle vor Erleichterung an zu zittern.

»Hey, alles ist gut, ihr seid gerettet. Ich bin übrigens Sol.« Er reichte Kolle die Hand, der sie freudig schüttelte.

»Danke! Es ist mir eine Freude, deine Bekanntschaft zu machen.«

Sol startete den Gleiter, flog zum toten Blom hinauf und landete. Schon von weitem sah er mehrere Personen, die sich freudig umarmten. Als sie ausstiegen, drehten sich alle Beteiligten wie auf Kommando zu ihm um und ... erstarrten. So wie er auch. Das waren doch ...!! Bei allen julschen Geistern. Layla und Viez! Kolles Lebensgeister erwachten mit einem Male, als hätte er Riesenkräfte. Freudig lief er ihnen entgegen und schloss sie in seine Arme. Tränen der Freude liefen ihnen übers Gesicht. Sie tanzten im Schnee und umarmten sich immer und immer wieder. Was war nur seither alles passiert? Seit damals, als sie sich in der Kneipe, im Exzenter, getroffen hatten und Layla ihnen von dem Stein erzählt hatte. Ihr Leben hatte sich komplett gedreht.

Kapitel 14

Mission und Auftrag

Layla stach Viez mit dem Finger in die Seite und kicherte.

»Hey! Ist das nicht irre? Ich dachte schon, wir hätten uns alle verloren.«

»Ja, verrückte Sache, und ich glaube, wir haben uns ziemlich viel zu erzählen. Man, bin ich froh, euch wieder zu sehen!« Viez wischte sich den Schmutz von der Wange. Er hatte noch immer einen dicken Kloß im Hals.

»Ich habe so viel erlebt, dass ich gar nicht weiß, wo ich anfangen soll«, schmunzelte Layla.

»Oh ja, Leute. Bei mir ging's vielleicht rund, ich sag' euch«, erwiderte Kolle.

»Weiß jemand, was mit Ziggy geschehen ist?« fragte Layla nach, doch betretenes Schweigen folgte.

»Ihr habt noch lange genug Zeit, euch alles zu erzählen ...«, unterbrach Sira die Freunde.

»Mich würde noch etwas anderes interessieren, Viez.«

Sie beugte sich über ihren Pilotensitz zu ihm um und sah ihn ernst an.

»Du hast den Wilokie-Typen mit dieser Kugel hier erschossen?« Sie hielt ihm seine gläserne Murmel entgegen. Das Glas hatte einen Sprung bekommen, aber ansonsten schien die Kugel noch heile zu sein.

»Ja, er hieß Blom. Ja, das hab ich und ich bin nicht stolz darauf, das kann ich dir sagen. Aber es war die einzige Möglichkeit, den Jungen zu retten.«

Er senkte betrübt den Kopf und sah heimlich auf Malli. Der Kleine hatte sich in das hinterste Eck des Gleiters zurückgezogen und wickelte sich in die Borddecke. Als Layla das bemerkte, nahm sie ihn in den Arm und begann ihn zu wiegen, wie man es mit kleinen Kindern macht.

»Schon gut, entschuldige. Ich wollte nur wissen, was das ist? Ich meine, diese Glaskugel durchschlägt mit einer so hohen Geschwindigkeit einen Schädel, dass sie auf der anderen Seite wieder austritt? Abgeschossen von einer Steinschleuder aus etwa dreißig Schritt? Unmöglich. Also, was ist das?«

»Eine Murmel aus meinem selbstgebastelten Murmelspiel. Es besteht aus schwebenden Glaskugeln. Man kann es in der Luft schwebend spielen. Sehr lustig … Äh, ich hatte nicht viel Zeit, um etwas anderes zu unternehmen und deshalb schoss ich sie in meiner Not ab. Ich kann mir das Ganze nur so erklären, dass die Aufhebung der Schwerkraft bei den Kugeln bewirkt, dass sie die optimale Höchstgeschwindigkeit erreichen und dann nur noch von der Luft gebremst werden können. Ach herrje … Jetzt weiß ich, was du mir sagen willst.« Sira sah ihn wissend an. »Genau das meine ich. Das könnte unsere künftige Superwaffe werden. Wenn wir solche schwerkraftlosen Cerumkugeln mit Luftgewehren abfeuern, durchschlagen sie selbst die bestens gepanzerten Luftschiffe der Nomies.«

Etliche Tage später hatten die Konstrukteure und Arbeiter des Widerstandes und der Elò die neuen Flitzer und Gleiter mit den modernsten Antrieben und Waffen ausgestattet, die sowohl Jùl als auch die Wilokie je gesehen hatten. Lumi, die damals tatsächlich noch einen ganzen Tag nach Viez gesucht hatte und traurig zum Stützpunkt zurückkehren wollte, wurde glücklicherweise tief im Gebirge von einer Gruppe des *Herzrhythmus'* gefunden und befand sich nun zurück an ihrer Werkbank, in ihrem Element. Sie organisierte die Umbauten, verbesserte die Luftgewehre an den Gleitern, ließ die Arbeiter Sonderschichten fahren, um die Antriebe zu tauschen, baute eine komplett neue Fertigungsanlage auf, um Cerumkugeln mit Energiestaub füllen zu können und diese in Massen herzustellen. Zudem fand sie noch Momente, Viez ab und zu einen verliebten Blick zu schenken, der heimlich erwidert wurde. Doch für mehr Zärtlichkeit blieb keine Zeit, denn plötzlich war Eile geboten. Viez stand als einer der führenden Konstrukteure in einer langen Kette von Entscheidungen und Handgriffen und sah sich vor lauter Arbeit noch nicht einmal in der Lage, seine Oma zu besuchen oder kurze Spaziergänge durch Elò zu unternehmen. Zumeist schlief er am Schreibtisch oder in einer Arbeitskoje und aß und trank im Gehen. Das gesamte Entwicklungsteam arbeitete unter Hochdruck an der Vervielfältigung und Aufbereitung des notwendigen Materials. Es wurde konstruiert, getestet und so viel wie möglich gefertigt. In den vergangenen Tagen hatten Viez und Lumi wenig geschlafen, doch die Tortur hatte sich gelohnt. Nach ungefähr einer Woche lieferten sie die zwanzig neusten Kampfgleiter aus. Zur Übergabe trafen sich alle Beteiligten in der Einflughalle des Wolkennestes. Die neuen Gleiter standen aufgereiht und bereit, den Himmel zu erobern. Etwa dreißig Piloten, unter ihnen einige neue Gesichter, standen in enger Reihe vor Prinz Urs, der alsdann das Wort ergriff.

»Meine lieben Pilotinnen, Freunde, Mitstreiter und Helden der Zukunft. Ihr seid es, die es braucht, das zurück zu erobern, was uns gestohlen wurde, unser Leben haben sie geraubt. Sie haben Glück in Gier verwandelt. Zufriedenheit in Reichtum und Freiheit in Besitz. Sie haben nicht nur Salom unter ihre Herrschaft gebracht, sondern unzählige weitere Völker Jùls. So ist es nicht nur unsere Aufgabe, sie zurück zu treiben und zu besiegen, sondern auch unsere Bestimmung, die Führung des Widerstandes über alle freien Völker Jùls zu übernehmen. Denn überall, wo man hinsieht, überall dort, wo sich die Wilokie ausbreiten, herrscht Ausbeutung und Unterdrückung. Für sie sind wir nichts weiter als Sklaven, Futter für ihre nie enden wollende Herrschsucht und ihren Größenwahn, Futter für ihre Bequemlichkeit und Völlerei.«

Urs hielt inne und ließ seine Worte wirken.

»Hier stehen wir nun. Ich Prinz Urs, der rechtmäßige König und Prinzessin Layla, die rechtmäßige Königin Saloms. Wir haben beschlossen, unsere Allianz gemeinsam anzuführen, gemeinsam zu entscheiden und wenn nötig, auch miteinander unterzugehen. Neben uns, an unserer Seite, steht der langjährige Widerstand, getreue Freunde aus den tiefsten Winkeln Saloms. Zusammen werden wir dieses Gewürm aus unseren Gedanken fegen. Lang lebe Jùl!« Den letzten Satz schrie Prinz Urs laut heraus und die Anwesenden erwiderten den Ruf lauthals.

»Und so starten wir heute die erste Mission. Ihr kennt alle die Route der Handelsschiffe in Richtung der Hauptstadt der Wilokie. Ja, ihr kennt sie alle, nicht wahr?«

Er starrte aufmerksam in die Runde.

»Holt euch ihre Handelsschiffe, eins nach dem anderen. Übt mit den neuen Gleitern am wilokischen Material. In der Zwischenzeit fahren wir die Produktion der Kampfgleiter hoch, bilden neue Piloten aus und erweitern unsere Schlagkraft. Auf geht's! Die Koordination haben Sira und Sol. Die beiden erklären euch die Routen und Zeiten der Schiffe sowie ihre Bewachung. Schlagt im Morgengrauen zu. Das allererste Schiff ist immer Erfolg versprechend, und wenn wir nur die Antriebseinheiten gebrauchen können. Lang lebe Jùl!«

Wieder brüllte die Mannschaft zurück. Sofort begab man sich in die Planungsräume und erörterte das vorgesehene Angriffsmanöver.

In tiefer Nacht erhoben sich zwölf Kampfgleiter in Richtung Steinernen Meeres.

Zwei Kampfgeschwader zu je sechs Gleitern. Auf der einen Seite geführt von Layla, Sira und Viez, auf der anderen flogen Sol, Lumi und Kolle im Verbund, begleitet von jeweils drei neuen Piloten. In einer wahnwitzigen Geschwindigkeit passierten sie die weiten Schneefelder und Eislandschaften des mächtigen Gebirges in Höhe der Wolken Richtung Norden.

Die eisige Luft hier oben ließ die kurzen Tragflächen gefrieren, sodass sich nach kürzester Zeit dicke Eisschichten auf ihnen gebildet hatten. Trotz Höchstgeschwindigkeit dauerte es fast drei Stunden, bis sie die Ausläufer der Berge in die Ebene passierten. Weites ebenes Wiesenland tat sich unter ihnen auf. Ab und zu konnte man kleine Wäldchen und Seen wahrnehmen, die sich, verbunden durch Ströme und Flüsse, als Farbkleckse in das flache Grün einfügten. Aufmerksam flogen sie dahin, keine Deckung, strahlend blauer Himmel. Sie teilten sich auf. Während Layla mit ihrer Truppe hoch oben flog, begab sich Sol mit den Seinen nach unten zu den Wiesen und segelte ein paar Fußbreit über das grün-blaue Land. Das Handelsschiff musste laut ihren Berechnungen vor kurzem diese Stelle passiert haben und konnte nicht weit sein. Layla versuchte mit ihren Augen die Ferne zu durchdringen und verringerte ihre Geschwindigkeit, während die übrigen Gleiter folgten. Das Schiff war nicht zu sehen. Sol und die anderen flogen dicht über den Baumwipfeln dahin, jede Deckung ausnutzend. Sie konnten sowieso nicht allzu schnell fliegen, da es immer wieder einzelne höhere Bäume gab, denen sie ausweichen mussten. Riesige Herden ihnen unbekannter gehörnter Tiere stoben auseinander und flüchteten in wilder Angst vor ihnen her. Unterschiedlichste Pflanzenfresser hatten sich hier zusammengetan, um sich vor Raubtieren aller Art besser schützen zu können. Doch von diesen gefährlichen Fleischfressern war weit und breit nichts zu sehen. Ein wildschönes Land und absolut unbewohnt. Bauernhöfe oder Einöden, Fehlanzeige. Nichts.

Doch plötzlich, ein wilokischer Jagdgleiter! Direkt vor ihnen. Sie verringerten die Geschwindigkeit und drückten sich in den Schatten der Bäume tief am Boden. Wo sich einer von diesen Gleitern herumtrieb, konnten die anderen nicht allzu weit sein. Dieser hier schien auf der Jagd, denn er hatte ein gehörntes Muttertier mit Kalb in die Enge einer Schlucht getrieben. Der Gleiter landete und drei Wilokie mit Luftgewehren sprangen heraus. Jetzt oder nie. Lumi zog ihren Flitzer hoch über die wilokischen Gleiter, während Sol und Kolle angriffen. Sie nahmen die Jäger aufs Korn und schickten sie ins Jenseits. Der wilokische Pilot startete seinen Gleiter so panisch, dass er ins Trudeln geriet, kam aber nicht weit. Lumis Geschosse durchsiebten seinen Körper und das Flugschiff fiel aus Baumhöhe wie ein Stein zu Boden. Es blieb keine Zeit, den Sieg zu feiern, sie mussten schnellstens weiter. Laylas Truppe hatte anscheinend nichts von ihrer Aktion mitbekommen und war weitergeflogen. Sie waren bereits außer Sichtweite und nirgends mehr zu sehen, der strahlend blaue Himmel schien sie verschluckt zu haben. Sol erhöhte die Geschwindigkeit und raste über einen Hügel hinweg. Unter ihnen, in einem ausladenden paradiesisch schönen Tal, durch das sich ein Fluss schlängelte, lag das Handelsschiff der Wilokie vor Anker. Etwa zehn Jagdgleiter standen aufgereiht, mit der Schnauze in ihre Richtung neben dem Schiff. Die Piloten hatten jedoch in einiger Entfernung gerade ein Lagerfeuer entzündet und warteten anscheinend auf die Beute der jagenden Mannschaft. Sol hatte die Situation im Bruchteil eines Augenblickes eingeschätzt. Sie mussten sofort angreifen, bevor die Soldaten auch nur annähernd die Möglichkeit hatten, ihre Flugmaschinen zu erreichen. Das taten sie und wie! Nach der ersten Salve landeten Sol, Kolle und Lumi und sprangen aus den Flitzern, die Luftdruckwaffen im Anschlag. Zwei Wilokie machten Anstalten, ihre Waffen zu gebrauchen und wurden von Lumi zu Boden geschickt. Über ihnen kreisten die Gleiter des Widerstandes und sicherten die Szenerie ab. Wo die schwerelosen Cerumkugeln einschlugen, regte sich bald kein Leben mehr. Ein Pilot nach dem anderen fiel im Kugelhagel des Widerstandes. Die übrig gebliebenen vier Wilokie sahen bald ein, dass sie verloren hatten, ergaben sich freiwillig und fielen mit erhobenen Händen auf die Knie.

»Los, fesselt sie!«, schrie Sol aus Leibeskräften. Den Gleitern am Himmel deutete er, sich das Handelsschiff vorzunehmen, er selbst folgte den anderen zum Schiff. Plötzlich stießen sechs Gleiter vom Himmel herab direkt auf das Handelsschiff zu. Laylas Mannschaft. Besser spät als nie.

Das riesige Segelschiff, das von einem mächtigen Zeppelin getragen wurde, lag unheimlich tief im Wasser. Anscheinend hatte man einen Großteil des Fluggases abgelassen. Warum, konnte man schlecht ergründen. An den Relingseiten ringsum standen nun die Gleiter des Widerstandes, feuer- und kampfbereit. Auf dem Deck schien heilloses Durcheinander zu herrschen, doch als Layla auf die Planken sprang und ihr Luftgewehr auf die Kapitänin richtete, sanken die Matrosen und Helfer auf die Knie und ergaben sich.

»Sperrt sie vorerst in ihre Unterkünfte und verriegelt die Türen«, rief Sol lauthals.

»Bis auf die Kapitänin, die zeigt uns bitteschön Ladung und Schiff!« Sira ergriff die Herrin des Handelsschiffes an den Haaren und warf sie unsanft zu Boden.

»Hey, mal nicht so brutal. Wir sind doch keine Wilokie. Also bitte Sira!«

Kolle reichte der Kapitänin seine Hand und half ihr aufzustehen.

»Wie ist dein Name?«, fragte er, als er sie entwaffnete und ihr Fesseln anlegte.

»Ich bin Bó Halanda. Kommandeurin der Kavenderou. Kapitänin im Dienste der Wilokie, die euch für dieses Manöver hier den Arsch aufreißen werden.«

Sie sah ihn giftig an, als er ihr den schweren Schlüsselbund vom Gürtel schnitt.

»Na, na!«, lächelte Kolle charmant zurück.

»Jetzt nur nicht unhöflich werden. Führe uns doch mal ein bisschen umher und zeig uns dein schönes Schiff.«

»Einen Scheiß werde ich, ihr dummen Nassl.«

»Dann bind sie an die Reling, da kann sie weiter schimpfen«, befahl Sol und ergriff Kolle am Arm.

»Wir sehen uns den Kahn in Ruhe alleine an.«

»Nein Leute, wir sehen uns hier gar nichts an. Das hier ist die Hauptverkehrsroute der Wilokie. Wer weiß, wann das nächste Schiff hier entlang segelt. Wir machen jetzt Folgendes.«

Layla hatte als Oberkommandeurin das Sagen und die Befehlsgewalt. Vor allem ... schlussendlich hatte sie Recht, das sahen alle ein.

»Treibt die Mannschaft der Kavenderou in die Wiesen, lasst ihnen ein paar Waffen und Proviant da, damit sie nicht verhungern, ladet die Jagdflitzer auf das Handelsschiff und dann nichts wie weg hier. Samt dem riesigen Kahn. Und die hier«, sie deutete dabei auf Kapitänin Bó, »nehmen wir als Gefangene mit. Verbindet ihr die Augen oder sperrt sie irgendwo im Schiff ein. Vielleicht gibt's ja Lösegeld.«

Sie grinste ein gemeines Lächeln und sah Bó dabei böse an, während diese wutentbrannt an ihren Fesseln riss. Es regte sich keine Widerrede, und so geschah, was Prinzessin Layla befohlen hatte. Bald schon befand sich das Handelsschiff samt wilokischer Jagdgleiter in der Luft, eskortiert von den Jagdgeschwadern des Widerstandes. Sie stiegen so hoch es ging, bis die Luft dünn und eiskalt wurde, sodass man sich nur noch ganz langsam bewegte, um keine Kopfschmerzen zu bekommen. Eine Vorsichtsmaßnahme, um nicht doch noch von der wilokischen Luftüberwachung entdeckt zu werden. Am Abend erreichte der Tross das Felsennest des *Herzrhythmus'*. Etwa acht Flitzer stiegen zur Begrüßung auf und geleiteten die heimkommenden Helden auf ein Felsplateau, das eingerahmt von hohen Felsenspitzen genügend Platz für das Segelschiff bot. Sämtliche Rebellen strömten aus den Zugängen nach oben, umringten die Kavenderou und strichen mit ihren Handflächen über das dunkle Holz des Rumpfes. Eine ausgelassene Stimmung herrschte, das Schnattern unzähliger Stimmen hallte von den Felswänden wider und Layla, Sira, Sol und die anderen wurden wieder und wieder durch die Menge getragen. Urs betrat mit Malli an der Hand den Platz.

»Kolle, hier bin ich!«, rief Malli laut durch das Gewühl.

Kolle, der gerade in diesem Moment auf den Schultern einiger Feiernder saß, sprang herab, lief auf seinen kleinen Freund zu und schloss ihn in die Arme.

»Malli! Wir haben es geschafft. Sieh nur, dieses riesige Schiff! Nun gehört es uns. Und alles, was das Riesenbaby an Bord hat. Kommst du mit, wenn wir uns das ansehen?«

Malli nickte eifrig und umarmte nun Layla, die sich zu ihnen gesellt hatte.

»Na, dann lasst uns mal das Schifflein von innen ansehen«, sprach Urs und betrat das Deck. Da fiel sein Blick auf Bó, die in Decken gewickelt neben der Reling kauerte.

»Und wen haben wir denn da?«, fragend sah er zu Layla.

»Ach, das ist die Kapitänin dieses Ausbeuterkahns«, antwortete sie und bedachte Bó mit einem verachtenden Blick.

»Oh, eine Kapitänin. Na dann zeigt ihr mal unsere Gemächer. Und bitte bringt sie gut unter, wir wollen ja nicht, dass sie sich hier den Tod holt.« Urs grinste und bedeutete seiner Leibgarde, sich um die Wilokie zu kümmern. Dann stieg er die Treppen zum Laderaum hinunter.

Nicht im Traum hätten sie daran gedacht, dass die erste Mission ihnen so einen immensen Reichtum bescheren würde.

Abgesehen von der sehr üppig mit Gold gefüllten Bordkasse befanden sich noch Fässer mit bestem Wein, eingelegtem Fisch und Wildbret an Bord. Slak im Überfluss, direkt aus den legendären Brauereien Saloms. Ein Laderaum voller Mehl und Getreide, feinste salomesische Stoffe, ungeschliffene Edelsteine, Gewürzsäcke und eine Ladung gehobelter Bretter aus bestem dunklen Zimbaholz. Doch das Beste und Wertvollste an dieser reichen Ladung befand sich hinter einer eisenbeschlagenen Tür im Heck des Schiffes, welche man nur mit den Schlüsseln öffnen konnte, die Kolle der Kapitänin abgenommen hatte. Ein fensterloser Raum mit einem Schreibtisch in der Mitte. Hier befanden sich neben geheimen Seekarten,

Geschäftskorrespondenzen und vertraulichen Schreiben an einen gewissen X. Tschengil auch prall gefüllte Regale, voll mit bleiernen Schatullen der verschiedensten Größen. Versiegelt, verschlossen und mit der Aufschrift *Sternenstaub* versehen. Das ganze Zimmer, das umlaufend mit Regalen versehen war, beherbergte die gesamte Ausbeute eines Monates aus dem Energiesteinabbau. Man sah es den kleinen bläulich schimmernden Bleikästchen nicht an, doch für sie wurde ein großer Teil der salomesischen Bevölkerung verheizt. Urs strich über die fein gearbeiteten Blechritzungen auf den Kistchen und sah sich mit einer Mischung aus Verachtung und Triumph in diesem wilokischen Tresor um.

»Veranlasse bitte die Entladung des Schiffes und lagert alles in unseren Lagerräumen ein. Die Energiesteine bitte gleich in die Fertigung bringen und die Schriftstücke zu mir ins Büro. Den Zeppelin baut ab, tarnt das Schiff so gut es eben geht und macht euch morgen für die nächste Mission fertig. Jetzt heizen wir denen so richtig ein«, rief er Sol zu.

* * *

Xavier stand auf der Terrasse seines Penthouses und starrte über die endlose Weite der sich erhebenden Hochhäuser, die sich wie Nadeln in den fast wolkenlosen Himmel bohrten. Almählich lösten sich die Schatten in den Tiefen der Häuserschluchten schleichend im orangenen Licht des aufgehenden Tages auf und die Sonne entfaltete einen Vorgeschmack auf ihre erbarmungslose Hitze. Ein neuer Morgen zog über die Dächer Hòls. Die ersten Handelsschiffe wehten über den Horizont, um ihre weite Reise zu den Kolonien anzutreten, während ihre Segel und Zeppeline im Licht der aufgehenden Sonne golden glänzend zu ihm herüber schimmerten.

Hinter der Terrassentür schlummerte Berilè in seinem weichen Bett, während ein laues Lüftchen den leichten Seidenvorhang im Durchgang verwehte. Sie hatten eine wunderschöne romantische Nacht miteinander verbracht und er spürte immer noch ihre Wärme auf seiner Haut. Eine Energie, die duftete, wie ein sanfter Frühlingshauch.

Xavier setzte sich mit seinem Morgendrink an den kunstvoll gefertigten Holztisch, mit Blick nach draußen auf seinen Phönix II und den daneben liegenden blauen Phönix II Berilès. Ein kurzer Steg führte zur Einstiegsluke der schnittigen Gleiter, die glänzend und verheißungsvoll im Lichte blinkten.

In gebührender Entfernung segelte ein fliegender Koch vorbei. Xavier hisste einen schmalen grünen Wimpel, welcher andeutete, dass er Lust auf ein üppiges Frühstück hatte.

Sogleich drehte der schlanke Kahn bei und machte kurze Zeit später an der Anlegestelle des Penthouses fest.

»Guten Morgen, Master Tschengil, einen wunderschönen guten Morgen. Welchen Wunsch kann ich Euch erfüllen?«

Xavier lächelte zufrieden. Lun kam schon lange zu ihm ans Haus. Seiner Meinung nach der beste fliegende Koch weit und breit. Niemand bereitete bessere Omelettes mit frittierten Pilzen.

»Ach Meister Lun, auch ich wünsche einen wunderbaren Tag. Ich hätte gerne frisches Gebäck für zwei, eine Käseplatte, Lami-Marmelade und Honig aus Phol, zwei Pilzomelettes mit viel Halokäse, einen Früchtekorb, zweimal Ola-Fruchtsaft und Tee aus Salom.«

Er reichte dem Koch zehn wilokische Kupfermünzen.

»Ach ja, und die Frühausgabe des *Sehers* bitte.«

Xavier nahm die Speisen über die Reling des Segelschiffes entgegen, lud sie auf seinem Tisch ab und verabschiedete sich von Lun.

Der würzige Geruch des Tees wehte ihm in die Nase, der Duft Saloms, seiner Heimat.

Er setzte sich an den Tisch, schlug die Beine übereinander und die Zeitung auf. Die Schlagzeile hatte es in sich.

Widerstand in Salom stark wie nie!

Bis vor kurzem wusste man nicht allzu viel über das Aufleben und die Organisation des Widerstandes mit dem Namen »Herzrhythmus« in der salomschen Kolonie. Wie unserer Redaktion von vertrauenswürdiger Quelle bestätigt wurde, besteht der Zusammenschluss der Rebellen jedoch nicht nur aus einem kläglichen Haufen gescheiterter Existenzen. Nein, es befinden sich darunter auch hochrangige desertierte Militärs und Angehörige der ehemaligen königlichen Familie. Berichten des Sucherdienstes zufolge, hat die Schlagkraft der Rebellen ein gefährliches Ausmaß angenommen. Ein Ausmaß, das eine Rückeroberung Saloms zur Folge haben könnte. Inzwischen bauen sie nicht nur sehr wendige und schlagkräftige Flugschiffe, sondern sie beherrschen auch den kompletten Flugraum über dem Steinernen Meer und Elò. Die traditionell starke Bindung zum Volk der Elò ist gefestigter als je zuvor. Es bleibt abzuwarten, wann die ersten Übergriffe auf Handelsschiffe oder andere strategische Zentren erfolgen und unschuldige Händler und Bürger, Wilokie und Salomer zu Schaden kommen. Die Bevölkerung Saloms ist sich jedoch bewusst, dass ein Erstarken des Widerstandes nur den Rückfall in weit vergangene Barbarei bedeuten würde. Die Mehrzahl der Salomer steht geschlossen hinter der Föderation der Wilokie und wünscht sich nicht zurück in die Zeiten der Schäfer und Bauern. Insofern ist es die Pflicht des Gouverneurs Munai Tschengil, diesen Spuk alsbald zu beenden, so dass wieder Friede und Freude in der Kolonie herrschen kann. Vielleicht sind die ersten Vorzeichen auch schon eingetreten. Denn wie uns aus geheimen Quellen berichtet wurde, ist einer der besten und legendärsten Sucher, Zacharias Bux, von seiner letzten Mission heimgekehrt. Er beschäftigte sich über Jahre mit dem Ausspionieren des Widerstandes und spielte seine Rolle anscheinend so per-

fekt, dass er bis in das Herz des Widerstandes vordringen konnte. General Tschengil hat ihn als gleich zum neuen Befehlshaber der Sucher ernannt und damit Halmar Gedons abgelöst, der schon lange im Ruf stand, zu wenig zum gesellschaftlichen Erfolg der Wilokie in Salom beizutragen. Mit Zacharias Bux' Erkenntnissen und Erfahrungen ist es durchaus möglich, die Rebellen dorthin zu schicken, wo sie hingehören. In die Bedeutungslosigkeit.

Xavier legte die Zeitung auf seine Knie und starrte in die Ferne. Was zum Henker geschah dort in Salom? Hatte sein Stiefvater die Situation noch im Griff? Oder benötigte er seine Hilfe?

Neben ihm schlug ein zusammengebundenes Bündel Briefe auf die Planken seiner Veranda.

»Guten Morgen Master Tschengil. Hurra, die Post ist da!«, grüßte ein junger Postzusteller aus einem dunkelblauen Segelschiff des Postdienstes.

Er hatte das Schiff gar nicht kommen sehen, so vertieft war Xavier in seine Zeitung gewesen.

Mit einer grüßenden Geste winkte er zurück, hob die Briefe auf und schlenderte wieder zu seinem Sitzplatz. Beim Blättern durch die Kuverts bemerkte er sofort den schweren Siegelbrief der obersten wilokischen Behörde. Das wird ja immer bunter, dachte er bei sich, während er das Siegel brach und das Dokument entfaltete.

An den ausgezeichneten und überaus geschätzten Kaufmann Xavier Tschengil.

Mit Bestürzen haben wir die Entwicklungen in der von Ihrem Unternehmen kontrollierten Kolonie Salom zur Kenntnis genommen. Wir gehen davon aus, dass auch Ihr selbst bestens über die Entwicklungen vor Ort informiert seid und die folgenden Maßnahmen, welche zu Ergreifen wir als notwendig erachten, Ihre geschätzte Zustimmung finden. Es ist zwingend erforderlich, alle auch nur im entferntesten möglichen Optionen wahrzunehmen, die zu einer Eindämmung und bestenfalls Vernichtung des Widerstandes beitragen. Wir müssen wohl nicht extra betonen, dass die immensen Vorkommen von Energiestein das Königreich Salom zu einer der gewichtigsten Provinzen der wilokischen Herrschaft machen. Der hohe Rat hat deshalb folgenden Beschluss gefasst: Ihr, verehrter Herr Xavier Tschengil, reist bitte umgehend zu eurem Vater nach Salom und prüft sowohl die Bilanzbücher, als auch sämtliche Aktionen und Handlungsweisen. Munai Tschengil ist euch gegenüber zu streng geheimen Informationen auskunftspflichtig und hat euren Befehlen Folge zu leisten. Ihr seid im Auftrag der wilokischen Regierung befugt, jeden Stein umzudrehen und die gesamte Situation in Salom ans Licht zu bringen. Eine Weigerung der vor Ort beteiligten Personen bedeutet die sofortige Festsetzung und Bestrafung der Subjekte. Wir werden Euch in den nächsten Tagen nicht nur geeignete Buchprüfer, Aufpasser und Sucher zur Seite stellen, sondern Euch auch mit einer Armada an Kampfschiffen und Soldaten ausstatten. Wie Ihr seht, liegt uns Salom sehr am Herzen und wir wollen nicht, dass es in den Zustand der vorwilokischen Dämmerung zurück fällt. Die Kampfeinheiten sollen zwingend zur Niederschlagung der Rebellen eingesetzt werden. General Tschengil hat sich der Anordnung der wilokischen Regierung ohne Wenn und Aber zu fügen. Bitte veranlasst eure Bürozentrale, eine Liste zu erstellen, auf der die von Euch gewünschten zusätzlichen Unterstützungen aufgeführt werden. Jegliche Wünsche, ob diese nun finanzieller oder logistischer Natur sind, werden erfüllt. Das Gelingen der Mission hat absoluten Vorrang. Eine Urkunde zu Eurer Befugnis folgt diesem Schreiben auf einem sicheren Postweg.

Gezeichnet im Auftrag Cran des Strahlenden

Xavier stocherte erstaunt in seinem Pilzomelette. Der Morgen hatte so verheißungsvoll begonnen. Diese Nachricht bedeutete den plötzlichen Wandel seines bisher eher leichten und angenehmen Lebens. Nun, er hatte eigentlich nicht im Traum daran gedacht, sich zukünftig der Macht der Wilokie entziehen zu können. Erfolgreiche Leute wie er stiegen im wilokischen System immer unaufhaltsam die Karriereleiter nach oben und nun schien es so weit zu sein. Sie setzten ihn tatsächlich als Kontrollinstanz gegen seinen Vater, den Gouverneur Saloms, ein. Dass die Regierung ihm damit ein ziemlich hohes Vertrauen zusprach, ergab sich von selbst und irgendwie machte das Xavier ziemlich stolz. Schließlich geschah es immer wieder, dass eingesetzte Kontrolleure der Wilokie zukünftige Regenten einer neuen Kolonie wurden. Genau das hatten sie ihm mit diesem Schreiben angeboten. Sie standen nicht mehr mit allem Vertrauen hinter Munai Tschengil und sollte sich herausstellen, dass er nicht ordnungsgemäß und mit Nachdruck die Geschäfte führte, würde man ihn in den wohlverdienten Ruhestand schicken oder aber exekutieren. In beiden Fällen wäre er, Xavier, der neue Herrscher über ganz Salom. Er erschauerte und erschrak zugleich, als sich warme weiche Arme von hinten um seinen Körper schlangen und Berilè ihm einen gehauchten Kuss auf die Wange drückte.

»Na? Schlechte Neuigkeiten?« Mit einem neckischen Lächeln drehte sie sich in einer eleganten Bewegung auf den Stuhl neben ihm und bediente sich aus dem Früchtekorb.

»Wie man's nimmt ...« Xavier überlegte kurz, denn eigentlich durfte er über Korrespondenz mit der Regierung mit niemandem sprechen.

»Ich soll die Provinz Salom überprüfen und gegebenenfalls übernehmen.«

Xavier sah sie gequält an.

»Ach?« Das Lächeln aus Berilès Augen verschwand wie ein erlöschender Funke in der Nacht.

»Dann gehst du fort von mir und von hier?« Sie wirkte traurig.

»Begleite mich doch. Wir könnten zusammen über Salom …«, er unterbrach sich, dachte er inzwischen schon wirklich an die Herrschaft über seine ehemalige Heimat?

»Wir könnten …« Wieder setzte er an, aber seine Stimme versagte ihm.

»Berilè, ich … ich liebe Dich. Ich möchte am liebsten nur bei dir sein und ich glaube, das weißt du auch. Ich kann nur nicht … es gibt kein …« Wieder brach ihm die Stimme.

»Ich kann diesen Befehl nicht ignorieren. Du weißt das.«

»Natürlich.« Sie beugte sich zu ihm vor und küsste ihn traurig auf die Stirn.

»Aber ich werde nicht mitkommen. Weißt du, auch ich habe hier mein Leben und meine Geschäfte. Ich werde sie wegen dir nicht aufgeben. Zudem stehe ich politisch nicht auf dem Kurs der wilokischen Regierung und werde eine solch blutige Niederschlagung niemals unterstützen. Ich weiß, das klingt jetzt fremd in deinen Ohren, aber ich kann an dieser Stelle nicht mehr an deiner Seite stehen. So sehr auch ich dich liebe.«

Xavier starrte sie an, als hätte sie ihm einen Dolch in die Seite gerammt. Berilè stand auf.

»Ich werde jetzt gehen Xavier. Es tut mir leid.« Flink stand sie auf und ging eiligen Schrittes auf den Steg zu, der zu ihrem Phönix führte.

»Berilè!«, schrie Xavier auf und stürzte über den Frühstückstisch in die Pilzomelettes und all die anderen Leckereien. Seine große Liebe drehte bereits vom Steg ab und erhob sich in den Himmel. Einen Augenblick später verschwand ihr Gleiter zwischen den Häusern.

Kapitel 15

Pläne in der Krise

Berilè lag weinend auf ihrem Bett. Sie schluchzte und konnte sich kaum mehr beruhigen. Ihr geliebter Xavier war in den Fängen des obersten Rates. Sie verfluchte die Wilokie und sich selbst, sich, die Tochter eines der reichsten und mächtigsten Wilokie überhaupt. Trotz all dem Reichtum und den damit einhergehenden Bequemlichkeiten war sie eine glühende Gegnerin ihrer Familie und des wilokischen Größenwahns. Hineingeboren in den vornehmen Goldadel, in den Besitz von vier sehr einträglichen Kolonien. Als einzige leibliche Tochter stand ihr das alleinige Erbe zu, doch was nutzte das alles, wenn ihre Liebe und ihr Leben in keinster Weise mit den Zielen ihrer Familie und der wilokischen Gesellschaft übereinstimmten? Wie hatte sie auch nur so naiv sein können, zu glauben, dass Xavier auf ihrer Seite stand? Dass er sich eben nicht von diesem Glimmer und Glanz blenden ließ? Dass er sich nicht dem Streben nach Reichtum und Macht hingab? Der Lichtblick, die Hoffnung schien vorhanden gewesen zu sein. Wie oft hatten sie über die Ungerechtigkeiten der Ausbeutung fremder Völker diskutiert und wie oft schien er ihrer Meinung gewesen zu sein? Sie hatten über die Ignoranz und die schlichte Dummheit der träge vor sich hin lebenden Mittelschicht genauso gespottet, wie sie sich über die Grausamkeiten der herrschenden Klasse aufgeregt hatten. Immer wieder hatte sie versucht, ihn darauf fest zu nageln, dass er eine Verantwortung gegenüber seinem Volke habe, für seine Verwandten dort in der Heimat. Das war ihm dann doch zu weit gegangen und er hatte, vermutlich aus Schmerz und Unsicherheit, die Diskussionen an dieser Stelle stets abgebrochen. Berilè zupfte nervös an ihrer Oberlippe, das tat sie immer, wenn sie angestrengt nachdachte. Trotzig wischte sie sich die Tränen von den Wangen und trat auf ihre Veranda in den heißen Tag hinaus. Ein früher Sommertag zum Sonnen und Faulenzen, eigentlich. Doch sie musste etwas unternehmen, um sich von ihrem Kummer abzulenken. Vielleicht konnte Muriander helfen. Sie packte einige Habseligkeiten ein, sprang in ihren Phönix und nahm Kurs auf das Galaxy. In der Luft wimmelte es heute nur so von Seglern, Angebern und Familien, die sich einen schönen Tag genehmigten. Fast allesamt Wilokie, natürlich. Berilè hatte keine Augen dafür, denn innerlich weinte sie noch immer, zu ihrem Herzen hin, dort wo Xavier seine Spuren hinterlassen hatte. Sie legte am Geländer des Lusttempels an, stürmte in Richtung Büro und riss die Tür auf. Muriander schrak an seinem Schreibtisch hoch, anscheinend hatte er gerade vor sich hin gedöst.

»Berilè, was ist? Ist was los? Ähhh … passiert?«, lallte er verschlafen.

»Sie haben ihn ... sie schicken ihn nach Salom. Verstehst du?«, schluchzte sie los.

»Was, wen? Meinst du Xavier? Wie bitte?«

Aufgelöst vor Wut und Schmerz erzählte Berilè ihm die gesamte Geschichte, so, wie sie sich heute in der Frühe zugetragen hatte. Nachdem sie geendet hatte, reichte ihr Muriander eine Flasche Slak. Er wirkte sehr nachdenklich und ging ohne ein Wort im Büro auf und ab.

»Sie vertrauen also Munai Tschengil nicht mehr, das ist ja interessant. Hast du in der letzten Zeit den Seher gelesen? Die Berichte sind voll von Übergriffen durch Widerständler auf wilokische Einrichtungen und gleichzeitig schreiben sie immer negativer über Munai Tschengil. Ich denke, seine Zeit ist abgelaufen. Sie wollen ihn ablösen und durch einen jüngeren ersetzen und da kommt Xavier gerade recht. Ein Liebling Crans und der Föderation, selbst Salomer und über alle Zweifel erhaben. Du kannst davon ausgehen, dass sie ihn als neuen Gouverneur in Salom einführen werden.«

Berilè schluchzte laut auf.

»Genau das meine ich doch!«, schrie sie.

»Sie haben ihn in ihrer Gewalt, und alles was ich dem entgegensetzen kann, bin nur ich selbst. Aber leider wird das nicht reichen. Er kann sich diesem Befehl nicht widersetzen. Verstehst du? Alles, was ich gehofft hatte, alles was ich wollte, ist vorbei, in Luft aufgelöst!« Sie blickte auf ihre Hände und sank in den Sessel.

Muriander blieb stumm und nahm einen kräftigen Schluck von seinem Slak.

»Ich habe da was für dich. Zu meiner Verteidigung ... auch ich weiß es erst seit Kurzem, aber ich wollte es dir bald schon sagen.«

Berilè sah ihn traurig an. »Was denn?«, schluchzte sie.

»Du weißt, ich kenne da immer irgendwen, der wieder irgendwen kennt, der mir schlussendlich besorgen kann, was ich will. Zudem ist es für mich existenziell zu erfahren, wer sich in meiner Nähe herumtreibt und wer diese Personen in Wirklichkeit sind, besser gesagt, was sie vorhaben. Ich habe mir deshalb, als du mir damals Xavier Tschengil vorgestellt hast, aus dem Zentralarchiv eine Zweitschrift der Akte über ihn besorgen lassen. Hat etwas länger gedauert, als ich dachte und im Übrigen ist es eine streng geheime Akte.«

Er fingerte zwischen dicken Büchern einen dünnen Ordner hervor und reichte ihn Berilè. Ungläubig und erstaunt sah sie Muriander in seine schwarzen Augen und schnappte sich die wenigen Seiten. Während sie las, rannen abermals Tränen über ihre Wangen. Als sie geendet hatte, nippte sie nachdenklich an ihrem Slak.

»Das heißt, sie wissen, dass er der rechtmäßige König der Elò ist und schicken ihn nach Salom, um über das gesamte Land zu herrschen? Wie infam und gemein kann man nur sein? Wahrscheinlich verkaufen sie der Bevölkerung vor Ort das auch noch als legitimes Ereignis. Als die Rückkehr des

Königs. Damit könnten sie vieles ganz einfach durchsetzen. Wir müssen ihn warnen! Sofort!« Berilè sprang auf.

»Halt halt!« Muriander entwendete ihr geschickt den Ordner.

»Das werden wir, ja, aber nicht hier und heute. Tut mir leid Berilè, aber es ist für uns alle viel zu riskant, wenn sich Xavier plötzlich auf unsere Seite schlägt. Sollten die Sucher und Aufpasser auf uns aufmerksam werden, ist alles umsonst gewesen. Nein, lass ihn ziehen!«

»Das kann ich nicht!« Sie riss Muriander den Ordner aus der Hand und stürzte aus dem Büro in Richtung ihres Phönix II. Als sie in den blauen Himmel schoss, sah sie weit unten Muriander auf der Plattform stehen und verzweifelt zu ihr hochwinken.

Berilè steuerte ihr Flugschiff, trotz Tränen in den Augen, gekonnt und in wahnwitziger Geschwindigkeit in Richtung Xaviers Penthouse. Angst und Wut wallten in pochenden Wellen in ihr hoch, doch sie hatte immer noch ein Fünkchen Hoffnung, dass ein aufklärendes Gespräch ihn umstimmen könnte. Mit zitternden Händen befestigte sie den Phönix II am Landungssteg und trat auf die Terrasse. Gerade als sie sich in Richtung Eingang aufmachte, trat ihr Xavier entgegen.

»Berilè! Was ...?«

»Oh, Xavier, wie hab ich dich vermisst! Mir tut alles so sehr leid, bitte verzeih' mir.«

»Jetzt komm' erst mal zu mir, meine Liebste, komm her.«

Er breitete seine Arme weit aus, Berilè flog ihm um den Hals und küsste ihn überschwänglich.

»Ach, mein liebster Xavier, bitte verlass' mich nicht. Ich werde sterben, wenn du nicht mehr bei mir bist. Ich vermisse dich jetzt schon Stunde um Stunde und sollten Wochen oder gar Monate ohne dich vergehen, befürchte ich, wahnsinnig zu werden.«

»Oh meine liebe Berilè, auch ich habe dich schmerzlichst vermisst. All meine Gedanken und Gefühle fliegen zu dir. Ich hatte so Angst davor, dich nie wieder zu sehen, dass ich die ganze Zeit um uns geweint habe. Ich liebe nur dich, meine Liebste!« Wieder küssten sie sich stürmisch.

»Komm doch mit mir mit, sei meine rechte Hand und berate mich. Jemand von deinem Format kann mir wahrlich behilflich sein. Das meine ich ernst und ich sage das nicht deshalb, weil ich dich gern habe. Ich schätze deine Meinung und deine Intelligenz sehr.«

Sie kuschelten sich auf die Schaukelbank der Veranda und starrten in die Weite. Ein leichter Nebel begann aufzuziehen, der die Abgründe Hols in einen weißen durchsichtigen Schleier hüllte. Lange saßen sie schweigend nebeneinander.

»Xavier ...«, begann Berilè zaghaft und ängstlich, »... alles, was ich dir jetzt sage, darf deine Veranda nicht verlassen.« Er sah sie fragend und liebevoll an, dann küsste er sie wieder.

»Niemals würde ich dich verraten, meine Teuerste.«

Nachdenklich streichelte er ihr feines langes Haar.

»Ich ... naja, ich ...« Sie fing leise an zu schluchzen. Fest drückte Xavier sie an sich.

»Egal, was es ist, ich werde dich immer lieben. Komm, nur raus damit.«

»Ich bin nicht die, für die du mich hältst, Xavier. Du meinst, ich bin die hübsche Tochter aus gutem Hause, einem der reichsten und mächtigsten Clans der Wilokie. Das mag zwar oberflächlich so stimmen, aber in meinem Herzen hasse ich diese verlogenen und grausamen Leute. Ich verachte sie so abgrundtief, dass ich mich ihnen in keinster Weise verpflichtet fühle. Sie sind die erbärmlichsten Geschöpfe unter der Sonne Jùls. Alles, was sie zu Wege bringen, ist Tod, Zerstörung, Angst und Hass. Sie beuten die Völker Jùls aus und pressen mit Blut und Grausamkeit alles aus ihnen heraus, was Gewinn verspricht. Wie oft schon habe ich geweint und geflucht, gebettelt und gefleht, sie blieben hart und unnachgiebig, gemein und gierig. Weißt du, ich habe viele Freunde, die nicht Wilokie sind, und ich unterstütze sie, wo ich nur kann. Ein Umstand, der meinen Vater immer wieder auf die Palme bringt, doch wenn er wüsste, wie engagiert ich mich in Wirklichkeit um die vielen armen Nassl kümmere, säße ich bald schon enterbt auf der Straße. Xavier, dort, wo sie dich jetzt hinschicken, passiert das Unaussprechliche, das Unverzeihliche, der Verrat an Jùl, unserer gemeinsamen Mutter. Ich kann dir gar nicht sagen, wie betrübt ich darüber bin, dass sie dich in dieses Spiel so tief hinein reißen. Bisher hast du nur abgewickelt und organisiert, aber jetzt sollst du dir die Hände schmutzig machen. An dir selbst und an deinem eigenen Volk werden sie ein Exempel statuieren. Wenn du meinst, dieses Spiel gewinnen zu können, täuschst du dich mächtig, denn du wirst genau das tun, was sie von dir erwarten und verlangen. Sie wollen, dass du deinen Vater ablöst und an seiner statt Verwalter über Salom wirst. Vielleicht denkst du nun, dass du ein fairer und guter Gouverneur sein könntest, aber du irrst. Sie werden dafür sorgen, dass du dich schuldig machst und dann ... ist es zu spät. Ich flehe dich deshalb an, fliege nicht nach Salom. Es ist nicht nur dein Untergang, sondern auch meiner. »

»Berilè«, hob Xavier schon fast bedauernd an, »wie meinst du, soll ich das anstellen? Wenn ich den Befehl verweigere, werden sie mich ächten und vielleicht sogar ins Gefängnis werfen. Ich höre von dir ständig etwas von Untergang und der Grausamkeit der Wilokie. Aber wir bringen den Völkern Jùls Fortschritt und gesellschaftliche Entwicklung. Wir sind doch diejenigen, welche den Wohlstand über ganz Jùl verteilen. Ohne uns lebten die meisten noch im Dreck und Schlamm ihrer Vorväter. Meinst du denn, es gäbe auch nur ein Volk auf Jùl, das sich der Macht der Wilokie entgegenstellen könnte? Eine Zivilisation, die es mit uns aufnimmt? Wir haben ein Imperium aufgebaut, das auf lange Sicht die Völker vereint und in eine gemeinsame Zukunft führt. Wir sind nicht die Bösen, das solltest du endlich einmal kapieren. Auch ich habe irgendwann gedacht wie du und in meinem jugendlichen Leichtsinn wollte ich für alle Völker Jùls Freiheit und Frieden, aber das passiert alles nicht von selbst. Erst, als ich Einblick in die Tiefen der wilokischen Politik nehmen konnte, sah ich die wahre Gestaltung dieser großartigen Vision. Es ist mitnichten eine bösartige Ausbeutung, sondern eine auf Weitblick geschaffene Strategie der Gemeinsamkeit. Schau dir beispielsweise das Volk der Corell an: Sie haben unseren Geist verinnerlicht und sind inzwischen Verbündete unserer Gemeinschaft geworden. Sie haben sich so wunderbar entwickelt, dass dort niemand mehr Hunger oder Armut erleiden muss. Der Wohlstand ist verhältnismäßig gleich verteilt und sie müssen keine Angst mehr vor Überfällen und Brandschatzungen haben. Sicher habe auch ich Heimweh und eine große Sehnsucht nach den weiten Landschaften Saloms, aber ich hoffe doch sehr, dass sich Salom bald schon in Frieden und Freundschaft mit den Wilokie vereint. Anderweitig sehe ich keine Möglichkeit auf Frieden, denn dafür ist Salom zu wertvoll für Cran und den obersten Rat. Es gibt niemanden, der diese Entwicklung aufhalten kann. Berilè, bitte verstehe! Die Zeit ist reif für uns beide, wir könnten gemeinsam die Geschichte Salomes in eine blühende Zukunft führen.«

Berilè löste sich sanft aus den Armen Xaviers, stand auf und ging auf den Planken der Veranda auf und ab. Xavier hatte das Holz für diese Terasse von einem erbeuteten Kriegsschiff. Wie viele arme Seelen wohl hier auf diesen dunkelbraunen glatt gehobelten Planken elendig gestorben waren? Wie konnte man sich nur guten Gewissens so ein Bauwerk errichten? Sie dachte angestrengt nach, was sie nur tun konnte, um ihren Liebsten noch von ihrer Geschichte zu überzeugen. Lange blickte sie auf den Horizont und die Luftschiffe, welche durch die milchig trübe Suppe stachen. Sie fühlte sich schwer wie Blei, resigniert, ob der erfolgreichen Gehirnwäsche der Wilokie, der sie nichts entgegen zu setzen hatte. Ihre Hand suchte die Tasche ihres Mantels und umklammerte das geheime Dokument, das sie ihm eigentlich geben wollte. Vielleicht hatte Muriander ja Recht und sie durfte ihm das Schriftstück nicht aushändigen.

Xavier steckte schon sehr tief im Rachen dieser gierigen Leuteschinder. Sie drehte sich zu ihm um und küsste ihn auf die Stirn. Doch als er sie zu sich hin ziehen wollte, entwand sie sich seinem Griff.

»Du meinst also tatsächlich, dass es rechtens ist, einem Volk seine Kultur, seine Entwicklung und Eigenständigkeit zu nehmen, nur des Fortschritts wegen? Findest du es tatsächlich richtig, dass man die eigene Art und Weise zu leben als die einzig richtige Form ansieht und andere Lebensformen deshalb als rückständig betrachtet? Ist es denn nicht vielleicht etwa so, dass diese andersartigen Lebensformen deshalb als unterentwickelt gelten, weil sie die Gewinne der Wilokie behindern? Warum denn um alles auf Jùl sollte eine Spezies wie die Wilokie die allumfassende Lösung für das Zusammenleben der Völker sein? Wo siehst du denn die Gemeinsamkeiten, die sich aus diesem sogenannten Fortschritt ergeben? Ich verstehe deine Argumentation nicht.« Berilè starrte hinaus auf die im Nebel verschwindende Stadt.

»Nun, Berilè ... der Kitt, der diese Gemeinschaft zusammenhält, ist der Handel und das Streben nach Reichtum und Glück. Jeder, der etwas anzubieten hat und jeder, der etwas Bestimmtes haben will, wird sich an dieser Konstellation beteiligen und ist in gewisser Weise auch wieder von seinem Gegenüber abhängig. Im Endeffekt wird es deshalb auch weniger Kriege und Auseinandersetzungen geben, weil das Ziel immer das Geschäft ist. Man wird sich zweimal überlegen, ob man in den Krieg zieht, weil die Abhängigkeiten untereinander so groß sein werden, dass eine Unstimmigkeit viele Konsequenzen nach sich zieht. Somit werden alle dazu gezwungen, sich am gesellschaftlichen Leben zu beteiligen und friedlich zu bleiben. Um des Gewinnes Willen.«

Xavier fühlte sich siegessicher. Warum sollte es falsch sein, nach Reichtum und Macht zu streben, wenn die Ziele eine gemeinsame, friedliche und freie Welt schaffen konnten.

»Nun, dabei vergisst du aber diejenigen, die diese wunderbare Idee«, sie spuckte die beiden letzten Worte abfällig aus, »eben nicht teilen. Diejenigen, die mit dieser Entwicklung nicht Schritt halten wollen oder können. Sie sind dem Untergang ausgeliefert. Es sind diejenigen, die schon jetzt auf den Straßen Hòls ihr Dasein in Schmutz und Demütigung fristen. Und dabei rede ich nicht nur von denen, die sich bewusst für ein Leben gegen den wilokischen Fortschritt entschieden haben. Nein, auch über die, welche von der hohen Gesellschaft ausgespuckt wurden, weil sie zu hässlich, zu alt oder zu krank sind. Lebende und fühlende Wesen, die genauso wie du und ich glücklich existieren wollen. Ist das deine, oder besser, ist das die Vision der Wilokie? Eine Gesellschaft, die aus Gewinnern besteht, die diesem tollen Fortschritt gewachsen sind? Ihr nennt es die Befreiung der Völker, während ihr den Großteil derer, die in ihrer eigenen Welt weiterleben wollen, unterjocht und ausbeutet. Ist das eure Vision einer freien Völkergemeinschaft? Gut geht es dabei doch nur denen, die euer Spiel spielen und sich unter das Joch der Wilokie begeben.«

Berilè hatte sich in Rage geredet und zerknüllte vor lauter Wut das Dokument, das sie in der Tasche trug. Sie hatte sich entschieden. Alles was nun passieren würde, sollte das Schicksal entscheiden. Vielleicht war es falsch, vielleicht war es aber auch die einzige Möglichkeit, die zukünftigen Ereignisse noch in eine andere Richtung zu beeinflussen. Langsam, während sie sich wieder Xavier zuwandte, nahm sie das Schriftstück aus ihrer Jackentasche.

»Du, Xavier ...«, begann sie bedeutungsvoll, » ... du hast ein Schicksal, das ich nicht um alles auf Jùl mit dir teilen wollte.«

Xavier richtete sich erstaunt in seiner Schaukelbank auf und nahm das Dokument entgegen, das Berilè ihm entgegen hielt.

»Vielleicht erkennst du die Tragweite dessen, wenn du diese Zweitschrift aus dem Archiv des obersten Rates liest. Du, Xavier, du bist der rechtmäßige König der Elò und wirst von den Wilokie dazu benutzt werden, eine Legitimation für die

Herrschaft über Salom zu schaffen. Du bist für sie das Bindeglied, das das Volk Saloms und der Elò vereinen und ihnen zuführen soll. Wenn du in Salom die Macht ergreifst, wirst du all diejenigen um dich scharen, die sich den Wilokie anschließen und unterwerfen wollen. Die Wahrheit aber ist, dass du damit dein Volk spaltest. Es wird einen großen Teil geben, der dieses Spiel durchschaut und der sich nicht unterordnen wird. Somit wird es unweigerlich zu einem Bürgerkrieg kommen, in dem du dir die Hände schmutzig machen wirst. Denn wenn du deinen tollen Fortschritt über ganz Salom und Elò verbreiten willst, wirst du deine Gegner besiegen müssen. Und das geht nur mit viel Blutvergießen, denn was die Elò vielen anderen Völkern voraus haben, ist der Wille zur Freiheit und Selbstbestimmung, ihre Unbeugsamkeit und ihre Eigenständigkeit, die sich auf der Verbindung mit Mutter Jùl gründet. Du hast jetzt noch die Möglichkeit, deine Schritte zu überdenken, bevor es zu spät ist. Du bist der König der Elò, also handle auch danach. Pass auf dich auf Xavier, vielleicht sehen wir uns ja irgendwann wieder. Ich hoffe, es wird ein schönes Wiedersehen, denn ich habe dich sehr, sehr gern.«

Abermals, wie schon etliche Stunden zuvor, rannte Berilè zu ihrem Phönix II und verschwand kurze Zeit später im trüben Nebel des aufziehenden Abends.

* * *

»Wie, die Kavenderou ist vom Jùlboden verschluckt?« Munai Tschengil starrte Zec ungläubig an. »Alles, was wir fanden, war die zurückgelassene Crew, einen von Kugeln durchsiebten Gleiter und tote Piloten. So wie es aussieht, hat der Widerstand das Schiff gekapert und Bó Halanda, die Kapitänin, als Geisel mitgenommen. Bisher wurden keine Forderungen gestellt. Inzwischen haben sie noch zwei weitere Handelsschiffe nach dem gleichen Muster in ihre Gewalt gebracht und ich denke, das wird so weitergehen, denn ihre Schlagkraft ist immens gestiegen.«

General Tschengil lehnte sich in seinem Sessel zurück und schloss sein gesundes Auge. Die beiden nachfolgenden Schiffe konnten ihm leidlich egal sein, die Kavenderou jedoch hatte die gesamte Energiesteinausbeute eines Monats an Bord. Von dem Gold und den anderen Kostbarkeiten ganz zu schweigen. Ein Desaster. Sobald Cran und der oberste Rat davon erfuhren, musste er mit dem Schlimmsten rechnen. Munai stützte seinen Kopf zwischen die Hände und starrte auf das leere Blatt Papier, das vor ihm auf dem Schreibtisch lag. Die Maske auf der zerstörten Seite seiner linken Gesichtshälfte verformte sich dabei bedrohlich. Es half alles nichts, das Verschwinden eines so wichtigen Handelsschiffes würde blitzschnell die Runde machen und dieses Schundblatt Der *Seher* ihn sehr bald schon in die Mangel nehmen. Diese vermaledeite Zeitung hatte mehr Macht als er. Eine Tatsache, die ihm schon immer ein Dorn im Auge war, doch die Wilokie wussten schon, wie sie die Umstände fern der Heimat kontrollieren konnten. Das Blatt stand in direktem Kontakt mit Hól und ihre Schiffe, welche zwischen Sodom und Hól verkehrten, waren die schnellsten, die das Imperium sein Eigen nannte. Schnelle Information war schließlich ein weiterer Pfeiler ihrer Macht.

»Gibt es denn nicht die Möglichkeit, dem Widerstand eine Falle zu stellen? Es scheint doch so, als hätten sie Blut geleckt. Vielleicht werden sie ja unvorsichtig und wir erwischen wenigstens ein paar von ihnen. Das würde uns ein kleines Erfolgserlebnis bescheren und wenn wir Glück haben, ist vielleicht auch ein hochrangiges Mitglied dabei.« Tschengil sah Zec fragend von der Seite an, während seine linke Hand bedeutungsvoll in der Luft schwang.

»Nun, ich habe soweit alles eingeleitet. Unsere Kampfgleiter sind in den Bergen der Hochebene versteckt, von wo aus die Angriffe des Widerstandes *Herzrhythmus* stattfinden.

Ich werde mich nach unserem Gespräch sofort dorthin begeben und die Operation leiten. Das Problem wird nur sein, sie haben bedeutend bessere und schnellere Gleiter als wir und als ob das noch nicht genug wäre, auch die gefährlicheren Waffen!« Zec betonte jede Silbe des letzten Satzes.

»Wie bitte, was haben die? Wie kann das denn sein?«

Fassungslos sah Tschengil von seinem Schreibtisch auf.

»Keine Ahnung. Anscheinend sind sie doch nicht so dumm, wie wir glaubten.«

Schwer erhob sich Tschengil von seinem Stuhl und stützte sich breit, mit beiden Armen, auf der Tischplatte ab. Dann schrie er los.

»Bring mir diese verdammten Ratten! Tot oder lebendig, mir egal! Und vor allem finde schleunigst heraus, wie ihre Flugschiffe und Waffen funktionieren! Für was hab ich dich, Sucher? Abmarsch! Und wehe, du kommst mir ohne Ergebnis zurück!«

So erzürnt hatte Zec den General noch nie erlebt. Doch er verstand sofort, wieso, und huschte so schnell es ging aus dem Büro. Die Schlimmste der wilokischen Befürchtungen war eingetreten. Die Salom und die Elò hatten es tatsächlich geschafft, die Technik der Wilokie nachzubauen und auch noch so weit zu verbessern, dass sie einen Vorsprung erreicht hatten. Tschengil würde hierbei vom obersten Rat als Schuldiger verurteilt und konnte hingerichtet werden, sofern es ihm nicht gelänge, das Ruder herum zu reißen.

Zec begab sich zum Hafen, zum Hangar unter der Burg Suome, wo die Luftflotte der Wilokie parkte, und schwang sich auf den Sitz seines Gleiters. Er wusste, was er tun musste.

Munai Tschengils Laune hatte hingegen die Temperatur eines Eisklumpens erreicht. Was zum Henker bildeten sich diese Rebellen eigentlich ein? Am liebsten hätte er Hackfleisch aus ihnen gemacht, aber wo kein Fleisch, da auch kein Hack. Verdammt noch mal! Ja, zugegeben, er hatte sich verzockt, nun musste er schnell handeln. Munai schwang sich in seinen Phönix II, das neueste Modell, das die Phönix Gesellschaft ihm zum Geburtstag geschickt hatte, und nahm Kurs auf Som. Dort landete er im Garten einer schicken Villa, der man schon von Weitem ansah, dass die Eigentümerin einen außergewöhnlichen Geschmack besaß. Das Gebäude kannte weder Ecken, noch gerade Linien: alles war abgerundet oder kreisförmig, vom Turm bis zum Blumenbeet. Munai klopfte mit dem versilberten Knauf seines Gehstocks an die kreisrunde Eingangstür, die sich nach kurzem Warten eigenständig öffnete. Das hieß eintreten, das wusste er bereits von zahlreichen Besuchen hier. Wäre er unerwünscht gewesen, gäbe es in dieses Anwesen keinen Weg hinein.

Er trat schnellen Trittes ein und schritt durch die weite Eingangshalle.

»Munai! Was verschafft mir die Ehre? Schön dich zu sehen, du scheinst in Eile? Gibt's Ärger?«

Die Stimme kam aus einer versteckten Nische eines Balkons. Dort stand eine elegante Dame in Tschengils Alter. Sie war dezent geschminkt und trug ein enganliegendes dunkelbraunes Samtkleid mit Pelzkragen, was sie nicht schräg, sondern extravagant aussehen ließ. In der einen Hand hielt sie ein Glas mit einer hellgelben Flüssigkeit, in der anderen eine fein geschwungene weiße Pfeife aus Horn.

»Takara, meine Liebe, wir haben massive Probleme. Der Widerstand hat die Kavenderou in der Gewalt, zwei weitere Handelsschiffe sind verschwunden und sie besitzen inzwischen schnellere Jagdgleiter und tödlichere Waffen. Die Meldung wird spätestens Morgen von diesem Mistblatt Der *Seher* verbreitet und wenige Tage später weiß es der oberste Rat in Hól.«

Munai Tschengils rechte gesunde Gesichtshälfte glühte vor Erregung. Soeben wurde ihm wieder bewusst, in welchem Schlamassel er steckte.

»Oh, mein Süßer …«

Sie warf ihre blonde Mähne in den Nacken, kam mit besorgter Miene die Treppe hinunter und trat ihm entgegen.

»Was ist passiert? Erzähle!« Sie hakte sich unter, zog Munai in den runden Wohnsalon und reichte ihm einen Drink.

Der General erzählte ihr die ganze Geschichte. Wie er gehofft hatte, dass Zec sich mithilfe eines sehr wertvollen Steines in den Widerstand *Herzrhythmus* einschleichen konnte, und der Stein verloren ging. Wie er dann, nachdem der Sucher erfolgreich zurückgekehrt war, fest daran glaubte, die Rebellen bald schon besiegen zu können, diese jedoch zum Angriff übergingen, kurze Zeit später die Handelsschiffe kaperten und auch noch die Schutzschiffe abschossen, ohne dass diese auch nur den leisesten Hauch einer Chance hatten.

»Das sind ja wahrlich ungeheure Vorgänge, mein lieber Munai. Wie kann ich dir helfen?«

Sie blinzelte ihn über ihre elegant geschwungene Pfeife, die sie sich gerade entzündete, fragend an.

»Schieß' die nächste Zeit jedes Botschaftsschiff der Zeitung ab! Wir schieben es den Rebellen in die Schuhe. Alles, was ich jetzt nicht brauchen kann, ist eine Überprüfung durch den obersten Rat. Ich werde dich dafür überdurchschnittlich gut bezahlen.«

Munai trank seinen hochprozentigen Drink in einem Zug und stellte ihn laut auf dem gläsernen runden Tisch ab.

»Du willst was? Bist du des Wahnsinns? Das ist eindeutig Hochverrat! Wenn ich das für dich machen soll, wird es verdammt teuer. Und du weißt«, sie vollführte eine großzügige Geste, »ich habe eigentlich schon alles.«

»Was willst du?« Tschengil tat ahnungslos, obwohl er genau wusste, was seine alte Freundin von ihm verlangen würde.

»Du weißt, was ich will! Beseitige deine Frau in Hol und mache mich zu deiner Ehefrau. Dann werde ich dir helfen.«

»Ach Takar ...!! Geht's nicht ein Stückchen günstiger?« Tschengil ballte erzürnt die Fäuste.

»Nein, geht es nicht. Ich werde die neue Frau an deiner Seite und Herrscherin über das Tschengil-Imperium oder du kannst die Schiffe selbst abschießen.« Sie zog genüsslich, die Situation sichtlich genießend, an ihrer leicht geschwungenen weißen Pfeife. Munai Tschengil wog die verschiedenen Möglichkeiten ab. Viele Auswege blieben nicht mehr übrig.

»Nun gut, Takara, du weißt, wie sehr ich dich liebe. Meine Frau ist mir schon lange im Weg, ständig will sie, dass ich nach Hause komme und mich endlich zur Ruhe setze. Was für ein Irrsinn! Ich verspreche dir, wenn für ein paar Tage keine Schiffe des *Sehers* mehr durchkommen, sollst du meine Frau werden. Ohne wenn und aber.«

Takara fing an zu gurren und näherte sich dem halbzerstörten Gesicht des Generals bis sie seine Lippen fand. Dann verschwanden beide im großen ovalen Schlafsaal.

***

Währenddessen schritt Massek festen Schrittes durch die Gassen Doms. Ein aufkommendes Lüftchen wirbelte den hier allgegenwärtigen Staub in tanzenden Kreisen vor ihm her und ließ die zwischen den Häusern aufgehängte Wäsche über ihm flattern und tanzen. Der Ruß, den die hier ansässigen Fabriken ausstießen, der sich nicht nur auf die frisch gewaschene Kleidung, sondern auch auf die Lungen legte, drang durch jede noch so kleine Ritze. Gedankenverloren suchte er sich den Weg über das Kopfsteinpflaster, vorbei an geschlossenen Geschäften und gerade öffnenden Saufkneipen. Die Kellner schrieben hastig und manchmal schwer leserlich die heutigen Sonderangebote auf die an den Häusern angebrachten Tafeln, um sich danach sofort wieder fluchtartig ins Innere des Gebäudes zurück zu ziehen. Sein eigener Auftrag konnte, im Gegensatz zum Wetter hier, jedoch nicht klarer sein. Urs hatte ihn nach der Einweihung der neuen Flugstaffel in sein Büro gebeten und ihm sein weiteres Vorgehen nahegebracht. Er und noch fünf weitere Boten sollten sich aufmachen, wichtige Verantwortliche treffen und ihnen den Tag der Vergeltung mitteilen. Den Tag also, an dem der Widerstand *Herzrhythmus* eine Großoffensive gegen die Nomies starten würde. Dies erforderte strengste Geheimhaltung und deshalb sollten nur diejenigen informiert werden, denen man absolutes Vertrauen schenkte. Seine Kollegen nahmen sich die geheimen Widerstandszirkel wie beispielsweise die Organisationen der Bergwerks- und Landarbeiter vor. Ihn selbst schickte Urs nach Dom, um die drei wichtigsten und einflussreichsten Clanchefs zu treffen. Ein nicht gerade ungefährliches Unterfangen, denn obwohl diese ganz klar auf der Seite des alten Saloms standen und alte Bekannte von ihm waren, agierten sie doch überaus eigensinnig und hatten einige Verflechtungen zu kriminellen Vereinigungen. Massek betrat einen verlassenen Marktplatz, auf dem sich sämtliche Winde aus den umliegenden Gassen zu vereinen schienen. Die Staubwolken wirbelten ihre bizarren Tänze, während er sich seinen Weg zum Eingang eines Hauses erkämpfte, welches sich in direkter Nähe eines Seitenarmes des Exxos befand und zur Hälfte in den dahinterliegenden Berg gebaut war. Festen Mutes klopfte er an die verwitterte schwere Eichentür, deren dunkelgrüne Farbe sich bereits großflächig vom Holz schälte. Kurze Zeit später öffnete ein in Dienstbotenkleidung gehüllter Herr, dem man trotz des großzügig geschneiderten Anzugs seine Masse und Stärke ansah. Freundlich aber misstrauisch bat er Massek ins Innere und durchsuchte ihn nach Waffen. Im weitläufigen Empfangsraum, in dem er sich nun befand, standen lediglich ein paar Stühle und Tische, auf denen ein paar Kerzen die Düsternis erhellten. Als der Bedienstete Masseks Waffen an sich genommen hatte, öffnete er die Türen eines mächtigen und kompliziert verzierten Wandschrankes und bat ihn einzutreten. Als er die Flügeltüren wieder geschlossen hatte, begann sich der gesamte Inhalt nach unten zu senken.

Ein wilokischer Aufzug, eine Seltenheit, denn im Gegensatz zu den Nomies besaß hier in Sodom selten jemand ein solch wilokisches Wunderwerk. Noch nicht einmal loyale Salomer nannten diese Technik ihr Eigen, es gehörte quasi zu den geheimen Technologien der Besatzer. Obwohl Massek schon des Öfteren dieses Haus betreten hatte, wunderte er sich immer wieder, dass es anscheinend eine Möglichkeit gab, an diese Aufzüge heran zu kommen. Die Fahrt nach unten dauerte nicht allzu lange und nach kurzer Zeit öffnete sein Begleiter abermals die Türen. Ein mittelgroßer Herr, etwas füllig, den Bauch jedoch modisch mit einem rotblauen Seidenjackett kaschiert, drehte sich von einem wuchtigen Schreibtisch aus zu ihnen herum, hob die Augenbrauen und lächelte. Dabei zog er genüsslich an einer Zigarre, während sich sein Schnauzer durch das Lächeln anhob. »Massek, mein Guter!«, nuschelte er in die gerollten Tabakblätter, und erst jetzt nahm er dieses, für Massek stinkende Etwas aus dem Mund.

»Torrel, altes Haus!« Massek breitete zur Begrüßung die Arme weit aus und schritt auf ihn zu.

»Ich dachte schon, die hätten dich geschnappt«, brummelte der Dicke.

»Nachdem ich im *Seher* gelesen habe, dass ein großer mächtiger Stein entwendet worden war, wusste ich sofort, wer dahintersteckt.«

Er drohte ihm lachend mit dem Zeigefinger. Eine helle Glocke ertönte.

»Ach, da kommen die anderen.«

Er schnalzte mit der Zunge und kurze Zeit später öffneten sich die Schranktüren erneut. Herein trat eine Dame, in enganliegendes schwarzes Leder gehüllt, das ihre aufregenden Formen betonte. Ihren blauschwarzen Mantel fein säuberlich über die Couch legend, stolzierte sie katzenhaft auf Massek zu.

»Sieh' einer an, unser Massek kehrt zurück!«, gurrte sie und strich ihm dabei zärtlich mit dem Fingernagel über die Wange.

»Torrel, mein Lieber, man sieht sich ja nicht oft in diesen Tagen«.

Sie wandte sich nickend dem korpulenten Mann zu und lächelte.

»Naila, schön dich zu sehen. Du wirst ja jeden Tag jünger, wie machst du das bloß?«

Er zwinkerte ihr zu, während Naila doch tatsächlich errötete. Massek schmunzelte. Die schöne Naila, die in ihrer Funktion als Vertreterin aller noch freien Frauen vor ihn trat, hatte schon immer eine besondere Vorliebe für Komplimente gehabt. Doch bevor sie antworten konnte, trat ein weiterer Gast aus dem Schatten des Schrankes.

»Euer süßes Herumgetue könnt ihr euch sparen! Ich hoffe, es gibt wichtige Dinge hier zu besprechen! Falls nämlich nicht, bin ich auch gleich wieder weg. Ich hab da oben genug zu tun, mit den Bandenkriegen und all dem anderen Mist.«

Ein muskulöser, riesiger Mann wie ein Bär, betrat mürrisch die Dielen des Gastgebers. Seine Augen blickten wach und schneidend in die Runde, während sich sein langer brauner Bart über der Brust hob und senkte. Er steckte in der schwarzen Arbeiterkluft der Kohlearbeiter, welche aus starkem Wildleder gefertigt wurde und in kürzester Zeit die Farbe des schwarzen Goldes annahm. Über seiner linken Schulter ragte das Ende eines Pickels heraus. Ganz klar, seine Waffe. Bemerkenswert, dass sie ihm nicht abgenommen worden war, dachte Massek bei sich. Aber Skoch war nun mal Skoch.

»Hallo Skoch, wir finden es auch wunderbar, dich wieder zu sehen. Lang ist's her, viel zu selten, dass wir uns mal sehen.« Torrel schritt auf ihn zu und reichte ihm seine mit Goldringen verzierte Hand und Skoch schlug ein. Auch die weiteren Gäste begrüßten sich und danach richteten sich drei Augenpaare auf Massek.

»Nun … ich äh. Wo fange ich an?« Massek drehte sich einmal um seine eigene Achse und fixierte danach wieder seine Zuhörer festen Blickes.

»Ich kann euch die freudige Mitteilung des *Herzrhythmus'* überbringen, dass die Zeit nun reif ist!« Hier machte er eine gedankenschwere Pause.

»Durch die Erbeutung des größten Energiesteines, der in letzter Zeit in Salom gefunden worden ist, ihr habt bestimmt schon darüber gelesen, ist es uns möglich, diese Nomies …«, das letzte Wort spuckte er aus. »… diese Nomies aus unserem Land zu verjagen.« In der Runde tat sich kein einziger Mucks. Alle starrten wie gebannt auf seine Lippen, so, als hätte er ihnen gerade erzählt, er trüge die beiden Monde in seiner Hosentasche mit sich. Massek musste lachen.

»Seid ihr noch da?«, er schnipste mit den Fingern. »Ja, das ist erstaunlich und unglaubwürdig zugleich, aber wir haben es tatsächlich geschafft, die wilokischen Luftschiffe nachzubauen und sogar zu verbessern. Wir haben eine Geheimwaffe, welche die Außenhaut eines Gleiters wie Butter durchschlägt und schlussendlich werden wir bald so viele Schiffe unser eigen nennen, dass wir es alleine schon zahlenmäßig mit ihnen aufnehmen können. Unser Angriff wird bald erfolgen und um euch darüber zu unterrichten, bin ich heute hier!« Sein Blick richtete sich vor allem auf Skoch, ob ihm die Neuigkeit wichtig genug erschien.

Torrel löste sich als erster aus der Erstarrung.

»Das heißt, ihr holt uns endlich wieder unser Land zurück«, stammelte er ergriffen.

»Und unsere Freiheit«, flüsterte Naila. Sie schien den Tränen nahe.

»Heißt also, der Krieg beginnt von Neuem.« Gedankenabwesend klatschte Skoch die Faust in seine offene Pranke, während er gesenkten Kopfes im Zimmer auf und ab schritt. Stille senkte sich auf sie herab. Torrels schwerer Schreibtisch thronte vor einer überdimensionalen Scheibe, hinter der die verschiedenartigsten Fische ihre Bahnen zogen, während das sprudelnde Wasser des Exxos an ihnen vorbei rauschte. Den

Nebenarm des Exxos trennte lediglich eine dicke Glasscheibe von der Behaglichkeit des Büros. Gerade jetzt drückte sich ein riesiger Schwarm Schmerlen die Mäuler am durchsichtigen Fenster platt, so als wüssten sie, dass gerade Geschichtliches im Gange war.

»Diese Information darf vorläufig keinesfalls diesen Raum verlassen«, hob Massek nochmals an. »Besprecht euch kurz vorher mit euren absolut Vertrauten, am besten am selben Tag, bevor die Aktion beginnt, so können wir einen Verrat fast ausschließen. Zeitpunkt ist der Mondwechsel in einer Woche. Also dann, wenn Golgatha vor Arax aufgeht. In den frühen Abendstunden, wenn sich die meisten Wilokie zum Essen begeben, werden wir zuschlagen. Wenn der Hafen brennt, ist eure Zeit gekommen. Übernehmt als erstes die Amtsstuben der Aufpasser, dann die Gebäude der Verwaltung und den *Seher*. Für alle hochrangigen Funktionäre übergebe ich dir, Torrel, eine Liste, und ihr werdet sie gefangen nehmen oder töten. Um die Einnahme der Burg Suome kümmern wir uns. Durchkämmt die gesamte Stadt sternförmig in Richtung Meer hin, sodass wir uns alle bei der Burg wieder treffen. Wir, der *Herzrhythmus*, werden dieses Vorhaben durchziehen, egal wer von euch uns folgt. Aber wir würden uns natürlich sehr freuen, wenn ihr mit dabei wärt. Ich soll euch schöne Grüße von Prinz Urs und Prinzessin Layla ausrichten.«

Er blickte freundlich in die Runde.

»Meine Mädels stehen bereit. Ihr könnt euch sicher sein, dass wir an der Seite des *Herzrhythmus*' in den Kampf ziehen und uns zurück holen, was uns gestohlen wurde.«

Naila bekräftigte ihre Aussage, indem sie mit der Faust auf den Tisch schlug.

»Auch auf uns kannst du dich verlassen, Massek. All die alteingesessenen Familien und Königstreuen sind hinter mir versammelt. Wir warten schon lange auf das Zeichen, um losschlagen zu können.«

Torrel hob seine rechte Hand feierlich zum Herzensgruß des Widerstandes.

»Was ist mit dir, Skoch?«, wandte sich Torrel an den Hünen.

»Nun, das ist nicht so leicht. Ich weiß, dass ihr auf mich baut, vor allem auf die vielen Straßenkämpfer, die ich aufstellen kann. Aber ...«

Er stockte in seiner Rede und kraulte sich den Bart.

»Wo liegt denn das Problem, Skoch?«, stieß Naila fordernd hervor.

»Ihr wisst, ich bin seit Jahren darum bemüht, dass sich die Clans und Banden nicht allzu sehr ins Gehege kommen oder gar gegenseitig auslöschen. Die meisten stehen nach wie vor hinter dem alten Salom. Einige jedoch haben ihre Geschäfte auf der Zusammenarbeit mit den Wilokies aufgebaut und werden einen Dreck tun, das zu ändern. Kann durchaus sein, dass sie dann auf die Seite der Nomies wechseln. Ich hab ehrlich gesagt keine Ahnung, wie ich damit umgehen soll, geschweige denn, wie ich trotzdem so viele als möglich über unseren Aufstand informiere, ohne dass es einen Verrat gibt. Diese Banden sind teilweise durchzogen von Suchern und zwielichtigen Wilokie. Ich habe lediglich eine handvoll Clans, bei denen ich mir sicher bin, aber bei einigen anderen wird es schwierig. Vor allem bereitet mir Sorge, dass der größte Clan unter seinem Führer Gumm bestimmt auf der Gegenseite steht.« Skoch sah beschämt zu Boden. Wieder erfüllte Stille das Zimmer, denn jeder hatte mit der Unterstützung der Straßenkämpfer gerechnet.

»Dann informiere wenigstens deine Getreuen und wenn der Aufstand begonnen hat, lass den anderen eine Nachricht zukommen, dass sie nur eine Chance haben, nämlich sich auf unsere Seite zu schlagen. Wir haben keine andere Wahl.«

Massek nippte an seinem Weinglas, das ihm Torrel kredenzt hatte.

»So sei es«, erwiderte Skoch und kratzte sich abermals sorgenvoll am Bart.

»Wird es bis dahin noch eine Besprechung geben?«, fragte Naila.

»Falls sich an unserem Plan etwas ändern sollte, melde ich mich. Ansonsten gilt, was wir hier besprochen haben«, antwortete Massek.

Als Massek kurze Zeit später wieder die Straßen der Stadt betrat, fühlte er sich unwirklich wohl. So als hätte er gerade eine große Sorge in seinem Leben abgeschüttelt. Die Zeit schien reif, überreif.

Kapitel 16

NADELSTICHE

Layla strich noch einmal liebevoll über die glatte Außenhaut ihres Jagdgleiters. Ihr kam es wieder einmal mehr als erstaunlich vor, welche Beziehung sie inzwischen zu ihrem Fluggerät entwickelt hatte. Nicht nur, dass sie seine Form und Farbe liebte, auch die Wendigkeit und Schnelligkeit, mit der man sich damit wie ein Vogel durch die Lüfte bewegen konnte, faszinierte sie immer wieder aufs Neue. Irgendwie vermisste sie zwar auch ihren guten alten Flugroller, aber den konnte man nun wirklich nicht mit diesen Himmelsflitzern vergleichen. Lächelnd tätschelte sie die elegante Tragfläche und öffnete das Cockpit. Der nächste Einsatz stand bevor: Der Überfall auf ein großes Handelsschiff, das viel Gold geladen hatte, und außerdem mussten sich heute frisch ausgebildete Piloten bewähren.

Sie selbst würde die neue Formation anführen, während Sira und Sol die Flanken absicherten. Den neuen Jägern war die Anspannung deutlich anzusehen, eine Mischung aus Angst und Vorfreude. Jeder, der sich zum Einsatz meldete und dann schließlich auch nach einigen Tests genommen wurde, durchlief eine kurze aber intensive Vorbereitung. Unter den Freiwilligen befanden sich viele Mitstreiter aus den Wäldern Elòs, auch Viez' Freunde Helgi, Sanbar, Dama und Streck standen bereit. Alle Piloten mussten die Kommunikation in Form von Gedanken beherrschen, und so durchliefen auch Kolle und Layla diese Schulung. Inzwischen hatten die Rebellen ihre Schlagkraft auf etwa vierzig Gleiter erhöht, während die Produktion und die Ausbildung etwaiger Piloten auf Hochtouren liefen. Layla setzte sich ihren Lederhelm auf und verstaute ihre widerspenstigen Haare darunter. Gerade als sie sich die Flugbrille überstülpte und in den Gleiter steigen wollte, betrat Urs mit Viez und Kolle den Hangar.

»Na? Bereit für einen weiteren Triumph des *Herzrhythmus*?«, rief er ihnen schon von weitem zu und lächelte sein charmantes Lächeln.

»Ja natürlich! Wir machen diesen Nomies so dermaßen Feuer unterm Arsch, dass sie sich wünschten, niemals Saloms Boden betreten zu haben!«, schallte es von Layla zurück.

Der Rest der Truppe lachte auf. Mit etwas ernsterer aber wichtiger Miene wandte sich Urs nun an alle, die sich in der Halle befanden.

»Wie ihr wisst, befinden wir uns in der Endphase unserer Vorbereitungen. Der Zeitpunkt, an dem wir losschlagen, nähert sich. Sammelt eure Kräfte und Erfahrungen, aber vor allem, passt auf euch auf, das hat absoluten Vorrang. Es ist zu erwarten, dass die nachfolgenden Handelsschiffe doppelt so streng bewacht und von einer Vielzahl an Begleitjägern geschützt werden. Sollte das der Fall sein, kehrt lieber um. Ich erwarte von jedem von euch, dass er oder sie den Befehlen von Layla, Sira und Sol augenblicklich gehorcht und dass niemand irgendwelche Heldentaten vollbringt. Bisher hatten wir viel Glück.«

Er machte eine bedeutungsvolle Pause.

»Solltet ihr aber leichtes Spiel haben, schießt so viele Jäger ab, wie möglich. Jedes zerstörte Fluggerät der Nomies ist uns von Nutzen. So!« Er blickte aufmerksam in die stille Runde. »Und jetzt schnappt euch das Schiff! Schnappt euch die Gedden!«, rief er ihnen zu.

Fäuste reckten sich nach oben und laute Siegesschreie gellten durch die Halle.

»Urs kann das einfach«, dachte Layla bewundernd. Seine Reden hatten schon viele Male den *Herzrhythmus* aufgerüttelt und motiviert. Sein Siegeswille riss jeden mit, der ihm zuhörte, und sein Optimismus ließ selbst bei Unwettertagen hier im Gebirge die Sonne aufgehen. Sie bestieg das Cockpit und schwebte kurze Zeit später abwartend über dem Boden. Ihre Crew tat es ihr gleich. Langsam flogen sie aus der Höhle und glitten gemächlich über den weit unter ihnen liegenden weiß gezuckerten Bergwald. Immer höher stiegen sie in Richtung geschlossener Wolkendecke, aus der es leicht begonnen hatte zu schneien. Als sie die grau-feuchte Grenze passiert hatten und in gleißendes Sonnenlicht tauchten, gaben sie Vollgas und rauschten über die Wolkenhügel, die sich wie Watte unter ihnen auftürmten. Laut den Berechnungen würde die Gedden geradewegs ihre Route kreuzen, wenn sie das weite Tal erreichten.

* * *

Zecs Jägergleiter hatten sich am Rande des Steinernen Meeres in die dunklen Höhlen und Spalten verkrochen, wo die Dunkelheit einen schwarzen Schatten über sie warf. Die halbe

Nacht schon lagen sie dort vor Ort auf der Lauer. Bald würde auf ihrem Kurs Richtung Hol die *Gedden* an ihnen vorbeischweben und falls man diese Rebellen gut mit Gerüchten gefüttert hatte, würden sie sich das angeblich viele Gold an Bord nicht entgehen lassen.

Zec spielte gedankenverloren mit seinem Steuerknüppel, während er die aufgehende Sonne betrachtete. Er hatte sich eine kleine Überraschung ausgedacht. Wäre doch gelacht, wenn das nicht funktionieren würde. Der Aufwand hierfür war zwar enorm gewesen, aber Erfolg musste man sich eben manchmal teuer erkaufen. Nochmals versicherte er sich durch einen Rundumblick, dass auch niemand aus seinem Geschwader zu sehen war. Schon das leiseste Aufblitzen der Sonne, die sich auf dem Rumpf eines der Gleiter spiegelte, konnte sie verraten. Der Plan musste funktionieren, sie hatten nur die eine Chance.

Und plötzlich tauchte sie auf.

Das gewaltige wilokische Handelsschiff war zunächst nur als Schatten im orangefarbenen Auge des Sonnenaufgangs zu sehen. Ein länglicher, mattgelber Zeppelin trug den Rumpf des ehemaligen Segelschiffs, während sich die aufgeplusterten, blutroten Segel stolz im Winde reckten. Immer größer werdend schwebte die Gedden etwa baumhoch über der Ebene, begleitet von fünf bewaffneten Jägern. Wenn sie so niedrig flog, folgte sie dem ausgemachten Plan, hier ein Lager aufzuschlagen.

Und richtig. Eine Weile später, die Sonne passierte den Horizont, landete das stolze Schiff in einer kleinen Talsenke an einem Bach. Nichts regte sich. Bis auf die Tiere der Ebene, die sich das taubedeckte Gras munden ließen und den Vögeln des Himmels, welche jubilierend den Tag begrüßten, konnte weit und breit keine ungewöhnliche Regung ausgemacht werden. Die Begleitflieger waren hinter dem Schiff gelandet und aus Zecs Perspektive nicht zu erkennen.

* * *

Als die Jäger des *Herzrhythmus'* endlich den Rand des Steinernen Meeres erreicht hatten, sahen sie schon von weitem, wie sich das riesige Handelsschiff auf seinen Rastplatz niedersenkte. Begleitet lediglich von ein paar Schutzfliegern. Das schien mehr als verdächtig. Die Formation der Rebellen hatte sich oberhalb der Wolkengrenze vor den Gebirgsausläufern gesammelt und wartete auf das Zeichen für den Angriff, doch Layla zögerte. Irgendetwas stimmte hier nicht. Die Situation musste vorsichtig beurteilt werden. Es konnten sich jederzeit Überraschungen ergeben. Wenn sie sich in das Kommando der Nomies hineinversetzte, dann würde sie hier in der näheren Umgebung überall Jagdgleiter und Bodengeschütze verstecken. Aufmerksam beobachtete sie die Gegend, doch sie konnte beim besten Willen nichts Auffälliges erkennen. Ohne das Risiko vollends einschätzen zu können, wog Layla ab: die Jagdgleiter der Nomies waren ihnen in allen Belangen weit unterlegen. Und falls es doch zu viele wurden, konnten sie ihnen jederzeit entwischen. Dieses Szenario hatten sie immer und immer wieder geprobt. Also, worauf noch warten?

* * *

Zec sah, wie sich eine Luke im Bauch des Rumpfes öffnete und rund zwei Dutzend Gestalten das Grasland betraten. Einige von ihnen begaben sich mit Luftgewehren auf die Jagd, während andere die Lagerfeuer entzündeten. Etwa eine Stunde später kehrte die Jagdmannschaft mit reicher Beute zurück und alle begannen mit der Zubereitung des Schmauses. Nichts passierte. Keine Rebellen, kein Angriff. Als die Mannschaft fertig gespeist und zusammengepackt hatte, luden sie den Rest der Beute ein und machten sich startklar. »Mist!«, dachte Zec. Er hätte seine Okulare verwettet, dass …

* * *

Sol blickte erwartungsvoll zu Layla und Sira hinüber. Die Crew der Gedden hatte sich gerade startklar gemacht und füllte bereits den Zeppelin. Wenn angreifen, dann jetzt! Sie nickten sich zu und beschleunigten ihre Maschinen in Richtung offenes Land.

* * *

Zec vernahm ein eigentümliches Rauschen in der Luft. Da schossen sie über die Bergkette an ihnen vorbei, der *Gedden* entgegen. Etwa zehn Gleiter des *Herzrhythmus'*. Zec grinste. »Na also, geht doch«, murmelte er zufrieden. Und wie schnell sie flogen. Unheimlich. Die wilokischen Gleiter konnten es mit ihnen keinesfalls im Luftkampf aufnehmen. Wendig und schnell, bissig und gefährlich bewaffnet. Doch das sollte ihnen nichts nutzen. Die Falle, die er aufgebaut hatte, würde funktionieren. »Mit Sicherheit!«, dachte er grinsend.

* * *

Die Staffel des *Herzrhythmus'* schoss über die Ebene. Weit und breit keine Wilokie zu sehen. Layla erhöhte nochmals die Geschwindigkeit und die anderen folgten. Plötzlich durchlief ein Zittern ihren Gleiter. Etwas zog sie mit aller Macht nach unten. Sie versuchte gegenzusteuern, aber die Maschine reagierte nicht mehr. Immer weiter senkte sie sich nach unten. Rasende Angst bemächtigte sich ihrer Glieder. Hektisch sah sie sich um. Ihren Mitstreitern schien es ähnlich zu ergehen. Panik breitete sich aus. Die Gedankenkommunikation brach vollends ab, es herrschte Chaos in den Köpfen der Piloten. Einige versuchten krampfhaft, durch eingeschlagene Kurven dem Sog nach unten zu entgehen, doch nichts half. Mit letzter Kraft steuerte Layla ihren Gleiter auf ein offenes Stück Wiese zu, um nicht an einer Unebenheit zu zerschellen und eröffnete das Dauerfeuer in Richtung des Handelsschiffes. Als sie aufschlug, raubte ihr der Aufprall fast das Bewusstsein. Ein stechender Schmerz fuhr ihr in die Beine und breitete sich über ihren gesamten Körper bis in den Kopf aus, während sie über das nasse Gras auf die Gedden zu schlitterte.

***

Zec sah mit Genugtuung, dass sein Plan aufging.

Etwa auf der Hälfte der Strecke senkten sich die Nasen der Jäger in Richtung Boden. Man sah ihnen an, wie sie bedrohlich in der Luft schwankten, so als zitterten sie am ganzen Leib. Mit aller Macht wehrten sie sich gegen den Absturz, doch unweigerlich folgten sie dem Sog, der sie nach unten zog, unabwendbar Jùl entgegen. Zec erhob sich in den Himmel, seine Flotte folgte und tauchte aus den Schatten in die schon warme Luft der Steppe ein. Doch anstatt den Rebellen hinterher zu fliegen, teilten sie sich und beschrieben jeweils zwei Halbbögen in entgegengesetzten Richtungen um die *Gedden* herum.

Als die Jagdgleiter des Widerstandes in die Erde einschlugen, landete Zec mit seinen Leuten auf der geschützten Rückseite des Handelsschiffes und sie sahen seelenruhig zu, wie die zerbeulten Gleiter über den taunassen Boden auf sie zu rutschten. Da half auch das trommelnde Dauerfeuer nichts, mit dem die Rebellen verzweifelt versuchten, noch etwas gegen ihre ausweglose Situation zu unternehmen. Noch bevor sie endgültig zum Stehen kamen, gab Zec den Befehl vorzurücken. Sie umstellten die Gleiter, in denen die bewusstlosen oder benommenen Piloten saßen und richteten die Gewehre auf sie. Zec gab den Befehl zum Öffnen der Cockpits und während sich die bei Bewusstsein gebliebenen Rebellen mit erhobenen Händen ergaben, zerrte man die anderen unsanft auf die Wiese. Bald schon lagen und standen die Rebellen des *Herzrhythmus'* wie ein Häufchen Elend dicht zusammengedrängt auf dem knietiefen Gras beisammen. Zec sah triumphierend in die Runde.

»Ach sieh einer an, Prinzessin Layla! Schön, dich wiederzusehen. Na? Du hattest mich wahrscheinlich als Blutfleck vor Suome erwartet.« Er gab ein gehässiges kehliges Lachen von sich. Layla, noch immer benommen vom Aufprall, wandte sich schmerzerfüllt ihrem Widersacher zu. Sie schien noch gar nicht realisiert zu haben, in welch gefährlicher Situation sie sich befanden. Zu sicher und selbstbewusst hatten sie den Angriff geflogen, ohne Angst, dass dabei etwas schief gehen könnte. Sie starrte auf Zec und auf ihre gefangene Crew.

»Bleiseile«, stammelte sie. »Ihr Schweine habt Bleiseile ausgelegt.« Wieder starrte sie abwesend auf ihre zerbeulten Gleiter. Sira und Sol blickten zerknirscht und hoffnungslos zu Boden. Die übrigen, meist sehr jungen Piloten, beobachteten angsterfüllt die Soldaten mit den Gewehren im Anschlag. Etwa drei weitere Mitstreiter lagen wie tot im Gras.

»Gut erkannt, meine Prinzessin«, grinste Zec hämisch. »So wie die Elò es nun mal auch machen. Eine feine Idee, vor allem höchst effektiv. Heute haben wir euch mit euren eigenen Waffen geschlagen. Hier fliegt kein Gleiter drüber, ohne nicht das

Gras zu küssen, alles voll mit ausgelegten Bleiseilen. War zwar etwas aufwendig, aber hat ja funktioniert.« Er deutete eine Handbewegung über das Land an und lächelte sein widerliches, Mitleid heuchelndes Lächeln.

»Du verdammter Schuft!«, presste sie zwischen den Lippen hervor und machte Anstalten, sich auf ihn zu stürzen. Doch der Schmerz in den Beinen raubte ihr beinahe den Verstand, sodass sie umknickte und unsanft zwischen den Grashalmen landete.

Zec wandte sich mit einer abfälligen Handbewegung um und bedeutete seinen Leuten, die Rebellen abzuführen und ins Schiff zu verfrachten. Auch die Gleiter des *Herzrhythmus'* lud man auf und nach etwa drei weiteren Stunden flog die *Gedden* wieder Richtung Sodom zurück.

* * *

Zur gleichen Zeit, in der wilokischen Hauptstadt Hól, stand ein frischgebackener Oberkommandeur, der bis vor kurzem noch Kaufmann gewesen war, auf einem wohlgeschmückten Plateau und wusste nicht so recht, wohin mit seinen Gefühlen. Xavier Tschengil blickte vom Turm des Militärstützpunktes auf die unter ihm aufgereihte Flotte Crans. Präzise und parallel, auf gleicher Höhe nebeneinander, schwebte sie im goldenen Licht der Sonne, die sich auf ihrer dunkelgrau metallenen Oberfläche spiegelte, weit über den Dächern Hols. Unzählige Nexe verfolgten, um die Flugschiffe segelnd, das Geschehen und versuchten, die Soldaten dazu zu bewegen, ihnen etwas von ihrer Wegzehrung abzugeben. An Deck standen winkend lachende Soldaten, die ihre Angehörigen an Land grüßten. Ein lautes Stimmengewirr lag in der Luft, eine Blaskapelle spielte heroische Melodien, während am Heck der Schiffe die dunkelblaue Flagge mit dem goldenen Drachen der Wilokie prangte und fröhlich im Wind tanzte. Als die Kapelle die Hymne der wilokischen Seefahrer anstimmte, standen sowohl Matrosen als auch Kapitäne und Generäle stramm und sangen voll Inbrunst mit:

HORIZONT

Die Hand am Bug den Blick voraus
die Ladung fest vertäut
die Segel voll im Winde
treibt es uns aufs Meer hinaus

Ein kurzer Blick zurück
zu den Liebsten daheim,
stehn winkend dort am Hafenkai
und weinen stets dabei

Dort wo die hohen Winde wehn
dort wo der Adler fliegt
die Wolken Türme bauen und
die Möwen mit uns ziehen

Blitz und Donner, Hagelschlag
es ist uns einerlei
nur wer Mut hat
sieht wirklich weit

Bleibt uns treu und bleibt uns gut
Wir kehren bald zurück
Im Bauch des Schiffes wohl verstaut
Ein Stückchen Lebensglück

Wir sehen stets nach vorn
weit ist unser Geist
Unendlich wie der Ozean und
Niemals nicht daheim

Wir reiten die Winde
Auf purer Energie
Uns leuchten die Sterne
vertraute Melodie
Zu groß kann kein Land sein
Zu weit kein Ozean
Wir tauchen in die Ferne ein

Weder Wind noch Wetter,
wir segeln mit dem Sturm
Hoch zu den Sternen
das Steuerrad auf Kurs

Und werden unsere Seelen
auch irgendwann vergehn
so haben wir die Sonne
am Horizont gesehn

Vielleicht, so dachte Xavier bei sich, standen die Chancen, dieses Abenteuer erfolgreich zu bestehen, doch nicht so schlecht, denn die Schlagkraft dieser Armee schien gewaltig zu sein. So eine Expedition war für ihn absolutes Neuland. Sicher, er hatte seine militärischen Berater um sich, allesamt Generäle und hochangesehene, kampferprobte Militärs. Die Entscheidungen und endgültigen Befehle jedoch traf er gänzlich alleine. In einigen Minuten würde er als Oberbefehlshaber das Hauptschiff anführen und Richtung Salom fliegen. Seine Armada bestand aus rund zwanzig Kriegsschiffen, die wiederum von insgesamt einhundert Jagdgleitern flankiert wurden. Cran hatte es sich nicht nehmen lassen, ihm persönlich einen Besuch abzustatten und ihm für seinen Auftrag viel Glück zu wünschen. Dabei hatte er Xavier wiederholt eingebläut, dass der Erfolg seiner Mission unverzichtbar für die zukünftige Vorherrschaft der Wilokie sei und er für seine Bemühungen reich belohnt werden würde. Die ihm zugeteilten Schiffe bestanden allesamt aus der neusten Generation. Längliche schnittige Luftkreuzer ohne Zeppelin, deren Außenhaut aus Eisen bestand, welches man als Bleche über die Grundkonstruktion gezogen hatte. Ein massiver Rammbock in Form eines leicht nach oben gebogenen Stachels bewehrte, anstelle einer Gallionsfigur, den Vorderteil, und an Deck thronten schwere Geschütze, welche nach allen Seiten gerichtet in den Himmel starrten. Auch im Rumpf des Schiffes konnten an jeder Seite Luken geöffnet und der jeweilige Gegner unter schweres Feuer genommen werden. Insgesamt zehn schwere Kanonen standen auf jeder Seite. Die Kabinen der Soldaten befanden sich, gut ausgestattet, unter Deck und sowohl für das leibliche Wohl als auch für sonstige Zerstreuung hatte man reichlich gesorgt. Seit einer Woche kamen keine Nachrichten mehr aus Salom. Anscheinend wurden sämtliche Botenschiffe des *Sehers* abgefangen. Crans Gespür für die Situation hatte sich wieder einmal als richtig herausgestellt. Höchste Zeit zu handeln. Xavier betrat seinen Kommandoplatz, hob eine rote Fahne in den Wind und schwenkte sie nach links und rechts. Das Zeichen für den Aufbruch. Langsam setzten sich die Schiffe in Bewegung, schneller werdend, bis sie, weiter entfernt, ihre Endgeschwindigkeit erreichten. Rasch stiegen sie immer höher in die Wolken auf, bis sie auch diese unter sich zurück ließen und schon bald die hohen Winde erreichten, die ihre Reisegeschwindigkeit nochmals erhöhen sollten. Wie auf ein unsichtbares Kommando entfalteten sich plötzlich blutrote Segel und blähten sich unter Volllast im steten Sog der Lüfte. Das brachte die mächtigen Kriegsschiffe in eine leichte Schlagseite. Ein Ruck ging durch die Flotte, als der fegende Wind die träge Masse der Schiffskörper erfasste.

Stolz stand Xavier auf seiner Brücke und blickte zufrieden über die geschlossene Wolkendecke unter ihm, die in rasendem Tempo vorbeischoss. Ab und zu passierten sie Hochnebel oder mäandernde Wolkenfetzen, deren Feuchtigkeit sich auf sein Gesicht legte. Hier, im Reich des Himmels und der Winde, zogen nur noch Riesenadler ihre einsamen Kreise und beäugten neugierig und auf ausreichend Abstand die Eroberer der Sterne. Der Flug würde etwa drei Wochen dauern. Xavier fingerte in seiner Uniformstasche nach dem Brief, den Berilé ihm kurz vor Besteigen des Schiffes noch zukommen hatte lassen. Er würde ihn morgen lesen, sozusagen mit genügend Abstand. Er seufzte. Drei Wochen, eine lange Zeit, in der viel passieren konnte.

* * *

General Tschengil sprang von seinem Sessel auf, als Zec sein Büro betrat.

»Du hast es tatsächlich geschafft, alter Haudegen! Ich hab' doch gewusst, dass man sich auf dich verlassen kann!« Tschengil umrundete seinen Schreibtisch und grinste sein schiefes einäugiges Grinsen.

»Ja, gestaltete sich zwar etwas aufwändig, aber dafür ist uns auch Prinzessin Layla ins Netz gegangen.«

Zec konnte sich einer gewissen Überheblichkeit nicht erwehren und fuhr fort.

»Und wie sie gewinselt haben, diese kleinen Rebellchen!«

Er lachte sein kehliges Lachen.

»Damit hatten sie überhaupt nicht gerechnet. Unsere Techniker nehmen gerade die Gleiter des *Herzrhythmus'* auseinander und ergründen, warum sie uns so überlegen sind.

Ich denke, das war es dann mit dem Widerstand. Natürlich müssen wir damit rechnen, dass sie uns in den nächsten Tagen massiv angreifen werden, aber wir sind gut vorbereitet. Wir haben rund um Suome Wachen aufgestellt und die Aufpasser verdoppelt. Sicher werden uns noch einige Rebellen ins Netz gehen, denn ich kann mir gut vorstellen, dieses Gewürm brennt darauf, seine Brüder und Schwestern zu befreien.« Der Sucher leckte sich über die Lippen und zwinkerte dem General zu.

»Und was machst du derweilen mit den Gefangenen? Was für ein Spaß! Sie sind dir auf Gedeih und Verderb ausgeliefert. Wirst du sie foltern?« Tschengil lief bei dem letzten Wort der Speichel über die Lippen, während er sich die Hände rieb. Seine gesunde Gesichtshälfte glühte vor Erregung und seine Maske verformte sich durch sein breites Grinsen, während er sich wie eine Schlange auf Zec zubewegte.

»Nein, wir werden sie erst einmal zermürben. Sie bekommen nur das kärglichste Essen und ansonsten weder Ansprache noch Besuch. Das ziehen wir ein paar Tage durch, dann erst werden wir sie foltern. Wir werden ihren Willen brechen und die strengsten Geheimnisse aus ihnen herauskitzeln, du wirst sehen, wie gesprächig sie werden. Das Foltern kannst du gerne für mich übernehmen.«

Zec wusste von den sadistischen Vorlieben seines Vorgesetzten. Tschengil grinste.

»Sehr gerne ... sag mir, wenn es soweit ist. Hast du schon eine Nachricht an die Zeitung verschickt? Wir müssen das überall öffentlich machen. Jeder im Land soll wissen, dass man sich mit uns nicht anlegt und dass es keine Chance gibt, wenn man sich uns entgegenstellt. Wir werden sie zunächst einmal ausquetschen und dann zerquetschen wie Mistfliegen.«

Der General schlug dabei mit der Handfläche auf seinen Bürotisch.

»Ich schlage vor, dass wir sie im Garten vor Suome öffentlich hängen. Bis auf Layla. Die sollten wir, wie ihre Eltern, köpfen. Ehre, wem Ehre gebührt.«

Zec und Tschengil lachten laut auf.

»Das Ganze werden wir natürlich groß und breit ankündigen. Ist nicht bald der Jahrestag unserer Invasion? Ich dachte ...« Tschengil schritt zu seinem Kalender.

»Oh, in drei Tagen schon. Na dann, Sucher, quetsch aus ihnen heraus, was geht, und dann ab damit! Ich werde für dieses Vergnügen leider keine Zeit haben. Ach ja, und informiere diese Schreiberlinge auch, dass wir ein großes Landesfest feiern werden, hier in Sodom. Anwesenheit ist Bürgerpflicht. Halmar kann das doch organisieren, oder? Für irgendwas muss er ja noch gut sein. Mit Schaubuden, Fressständen, Turnieren und dem ganzen Quatsch und zum Höhepunkt gibt es eine kleine Überraschung.«

Der General lachte so laut und durchdringend, dass ihm seine Maske verrutschte und Zec für kurze Zeit seine grässliche Fratze zu sehen bekam. Schnell schob er sie wieder über sein Gesicht.

»Das trifft sich ja besonders gut. Jahrestag und Mondwechsel zugleich. Du kennst ja den Aberglauben der Salomer, oder?«, sprach Zec und Tschengil nickte.

»Es heißt, immer wenn die Monde sich im Aufgehen abwechseln, brechen neue Zeiten an. Richtig tragisch, dabei die Hinrichtung ihrer vermeintlich zukünftigen Königin zu erleben. Das sollte die Kampfbereitschaft der Rebellen endgültig brechen.«

Zec sah skeptisch drein.

»Naja, es könnte aber auch zur Folge haben, dass sie noch härter und wütender zuschlagen, aber das käme uns nur gelegen. Denn wenn sie aus der Deckung kommen, sind sie verwundbar und machen Fehler. Wir werden da sein und sie zermalmen.«

Tschengil schenkte sich ein Glas hochprozentigen Schnaps ein und trank es in einem Zug leer.

»Ich denke, wenn wir der Bevölkerung ein Fest vorsetzen, mit freiem Slak, geschlachteten Ochsen und Schafen, mit Spielbuden und Verkaufsständen und dem ganzen anderen Mist, dann fressen sie uns aus der Hand. Ein Fest, das es so noch nie gegeben hat, und die ganze Stadt soll leuchten und feiern. Zur Krönung, gibt es die Hinrichtung der Rebellen. Angst und Wohlstand Zec, das sind unsere Waffen.«

Er leckte sich die Lippen und goss sich abermals ein Glas Schnaps ein.

* * *

Urs schäumte vor Wut und Angst. Die Gefangennahme von Layla und ihrer Crew hatte dem Widerstand einen heftigen Schlag versetzt. Er war kurz davor, den Fehler zu begehen, den Angriff jetzt schon zu starten und seine Leute aus den Fängen dieser verdammten Nomies zu befreien, doch er musste davon ausgehen, dass die Wilokie genau das vorhersehen. Wahrscheinlich steckte Zec, dieses Verräterschwein, dahinter. Der *Seher* hatte ausführlich und feierlich über den neuen Befehlshaber der Sucher und Streitkräfte berichtet und Urs schwante Schreckliches. Das Schlimmste aber an dieser Situation bestand darin, dass er so gar nichts dagegen tun konnte, außer weiterhin seinen Plan zu verfolgen. Da half auch der Brief nichts, den ihm Massek überreicht hatte. Er stammte von Torrel, dem Anführer der königstreuen Familien. Nochmals las er ihn langsam, Wort für Wort, und versuchte dabei, sein Unbehagen in den Griff zu bekommen.

Ehrenwerter, geschätzter Freund, König Urs!

Die Vorbereitungen laufen. Wenn du diesen Brief in Händen hältst, sind unsere Verbündeten, die königstreuen Salomer, die freien Frauen und ein großer Teil der Straßenkämpfer bis an die Zähne bewaffnet und zum Losschlagen bereit. Es ist uns eine Ehre und Freude, endlich das Land unserer Vorfahren, unserer Kultur und Heimat wieder zurückzuerobern. Seid Euch unserer Loyalität bewusst. Die Koordination unseres Angriffes erfolgt von unserer Seite aus, wie besprochen. Massek wird mit den Kampfgruppen des Herzrhythmus' der Arbeiter und Bergleute zu uns stoßen und gemeinsam fegen wir diese Nomies aus Salom hinaus. Wie ich hörte, sind alle Bergarbeiter und Landsklaven informiert und in Stellung. Ich halte es für eine gute Überlegung, dass sie sich nach der Rückeroberung Saloms in Richtung Suome begeben und uns nach Kräften unterstützen. Auch halte ich es für eine gute Idee, so wenig wie möglich Nomies zu töten. Meinem Urteil nach sollen sie in den Bergwerken und in der Landarbeit schuften, so wie wir es für sie taten.

Natürlich bedauern wir es sehr, dass Layla und ihre Crew gefangen genommen wurden und in einer nasskalten Zelle sitzen. Wir sind in Gedanken und mit unserer Hoffnung bei euch. Macht euch nicht zu große Sorgen und verfolgt unser Vorhaben unbeirrt weiter, auch wenn es schwer erscheint.

Dein treuer Freund Torrel.

Urs legte den Brief beiseite. Unter normalen Umständen hätte ihn diese Nachricht mit Hoffnung erfüllt. Aber ihn plagte die Tatsache, dass Layla sich in den Fängen der Wilokie befand, über alle Maßen. Gerade erst hatte er seine Schwester wiedergefunden und nun schmachtete sie im wilokischen Gefängnis vor sich hin.

Er wanderte in seinem Büro auf und ab. Bisher lief alles so, wie er sich das vorgestellt hatte, bis auf die Sache mit Layla und ihrer Crew. Verdammt! Er hätte Zec sofort an Ort und Stelle exekutieren müssen. Stattdessen war er seiner Eitelkeit gefolgt, ein böser Fehler. Da klopfte es an die Tür.

»Herein!«, rief Urs in Gedanken versunken. Ein Bote trat ein und überreichte ihm den aktuellen *Seher*.

»Ach, warte mal, Diem!«, rief er seinem Kurier nach.

»Sei doch so gut und bring mir Viez und Lumi her. Wir haben etwas zu besprechen. Danke.«

Er wandte sich seinem Schreibtisch zu, knallte die Zeitung auf den Tisch, setzte sich schwer auf seinen Stuhl und begann zu lesen. Schon alleine die Schlagzeile auf der ersten Seite ließ ihm das Blut in den Adern gefrieren.

Schwerer Schlag gegen Rebellen

Unseren Truppen ist unter Führung des wohlgeschätzten Zacharias Bux, dem Oberbefehlshaber der Streitkräfte, ein erfolgreicher Schlag gegen die Rebellen des Herzrhythmus' geglückt. Auf die Übermacht unserer wilokischen Streitmacht nicht vorbereitet und absolut chancenlos, ergaben sich die Rebellen freiwillig in ihr Schicksal. Die Aktion geschah ohne Blutvergießen und Kampfhandlungen. Dabei gingen unseren Streitkräften nicht nur hochrangige Widerständler und die Tochter des ehemaligen Königshauses ins Netz, sondern sie gelangten auch in den Besitz sämtlicher Ausrüstungsgegenstände und Waffen des Herzrhythmus'. Die verachtenswerten Subjekte wurden alsgleich in den Hochsicherheitstrakt des Gefängnisses auf der Burg Suome verlegt, wo sie nun auf ihren Prozess warten. Es ist zu erwarten, dass sie entweder in den Bergwerken von Kakutt enden werden, oder aber am Galgen. Diese Mahnung geht an alle, die sich mit dem Gedanken tragen, unsere freiheitliche wilokische Grundordnung in Frage zu stellen.

Der Sieg über die Rebellen wird in drei Tagen, am Abend des Mondwechsels, mit einem rauschenden Landesfest in Sodom gefeiert. Da sich das Datum mit dem Jahrestag der wilokischen Herrschaft deckt, werden General Tschengil und die hochgeschätzte Verwaltung des Landes ein Fest ausrichten, das es in seiner Pracht bisher noch nie gegeben hat. Jeder Bürger hat das Anrecht auf eine freie Mahlzeit seiner Wahl und drei Flaschen Slak umsonst. Zudem werden auf allen Marktplätzen der Stadt die verschiedensten Attraktionen stattfinden. Hier ist für jeden etwas dabei. Feiern ist Bürgerpflicht. Kann es etwas Schöneres geben? Weitere Informationen finden Sie auf Seite 5.

Urs blätterte weiter auf Seite 5. Dort stand, dass man sich als Bürger Salomes melden konnte, falls man einen Verkaufsstand aufstellen oder irgendwelche Darbietungen vorführen wolle. Man bekäme dann einen Platz zugeteilt und müsse die Einnahmen dieses Tages nicht versteuern. Darüber hinaus teilte der *Seher* die Anlaufstellen für Essens- und Getränkegutscheine mit und wo man sich für die äußerst gut bezahlten Arbeitsstellen anmelden konnte. Ein abgedruckter Stadtplan, der sogar farbig gestaltet, die besonderen Plätze und Attraktionen bebilderte, sollte den Lesern das besondere Fest schmackhaft machen. Und das tat es ganz bestimmt. Nicht nur, dass alle Bürger sich endlich einen freien Tag mit viel Slak und Völlerei gönnen konnten, sondern auch deshalb, weil es für diejenigen, welche sich inzwischen auf die Seite der Wilokie geschlagen hatten, ein einträgliches Geschäft werden würde. Vor allem die Clans blieben für die Verlockungen der Herrschenden anfällig. Zu früherer Zeit brauchte man diesen ganzen Tand und Plunder nicht. Als Salom noch unter dem Königshaus gedieh, ging es jedem gleich gut und niemand schielte aus Neid auf den Besitz eines anderen, aber diese Nomies hatten das grundlegend verändert. Sie hatten die Bevölkerung soweit in Abhängigkeit gebracht, dass ein Überleben ohne Einkünfte gar nicht mehr denkbar war. Das führte zu einer knallharten Konkurrenz untereinander, auf ständiger Suche nach Gold und Wohlstand und erschuf eine Hierarchie des Besitzstandes. Dies wiederum nutzte den Besatzern, da sie alle Einnahmen entweder besteuerten oder anderweitig abschöpften. Selbst die organisierten Verbrecher standen unter ihrer Kontrolle.

Schwer stand Urs vom Schreibtisch auf. Wie sollte man gewinnen können, wenn die Hälfte der Bevölkerung gegen einen stand? Zum Glück gab es noch genügend Salomer, die sich an bessere Zeiten erinnerten und dieses Wissen weitergegeben hatten. Königstreue Familien und Bürger, die zwar diesen Wahnsinn mitmachten, sich aber insgeheim nach einem Umsturz sehnten. Trotz allem blieb die Frage: Konnte Salom jemals wieder in seinen gesunden und glücklichen Zustand zurückkehren?

* * *

Takara setzte sich nachdenklich in ihre kreisrunde Bettschaukel vor dem prasselnden Kaminfeuer und ließ die Beine über dem Bärenfell baumeln. Bisher hatte sie jeden Kurier des *Sehers* abschießen lassen und es war keinerlei Information nach Hól durchgedrungen, doch vor kurzem hatte Tschengil sie angewiesen, die nächste Ausgabe über seinen großartigen Sieg über die Rebellen wieder passieren zu lassen, um so seinen Ruf gegenüber dem Rat und Cran wieder zu verbessern. Eigentlich lief soweit alles nach Plan, aber etwas anderes machte ihr Sorgen.

Eine große Armada rückte an und bewegte sich unaufhaltsam auf Salom zu. Ihre Späher hatten es ihr soeben gemeldet. Nicht umsonst stand sie im Ruf, die beste Sucherin der Wilokie zu sein. Ihr Netzwerk an Informanten und Spähern suchte Ihresgleichen und sie besaß zudem mindestens so schnelle Gleiter, wie der *Seher* selbst. Die Tatsache, dass Cran der Strahlende nun alle Hebel in Bewegung setzte, ließ nichts Gutes erahnen. Eine Mission dieser Größenordnung hatte meist die Absetzung des Regenten zur Folge, zumal der Oberbefehlshaber der Flotte Xavier Tschengil hieß. Für sie schien die Sache klar. Munai Tschengil war Geschichte, egal wie er es drehen und wenden würde, aus der Nummer kam er nicht mehr heraus. Wenn er Glück hatte, wurde er in allen Ehren in den verdienten Ruhestand geschickt, aber der Umstand, dass er es zugelassen hatte, dass sich die Rebellen so prächtig entwickeln konnten, würde ihm das Genick brechen. Angestrengt dachte sie nach, was nun zu tun sei. Doch wie sie es auch betrachtete, es blieb nur eine Lösung: sie musste die Seiten wechseln. Seufzend erhob sie sich aus ihrem kuscheligen Hängebett und schlurfte zu ihren hohlgeformten Wandschränken. Es gab einiges einzupacken für die weite Reise. Die gesamte Sucherausrüstung, nebst Giftgürtel und Spezialwaffen, und nicht zu vergessen der hervorragende neue Schwebeanzug, wanderten in den Koffer. Bei den Kleidern sparte sie nicht an aufregenden Roben und Accessoires. Mal sehen, wie empfänglich dieser Xavier für ihre Reize war. Schließlich lud sie alles in ihren schnittigen Gleiter, öffnete das Ausflugstor und entschwand alsbald in der trüben Suppe des Nachthimmels.

Kapitel 17

Ruhe vor dem Sturm

Layla setzte sich übelgelaunt und niedergeschlagen auf die Pritsche ihrer Zelle. Dieses Scheusal Zec ging ihr nicht mehr aus dem Kopf. Wie hatte er das bloß gemacht? Diesen Sturz konnte niemand überleben, oder hatte er sich vielleicht doch irgendwo festklammern können? Oder hatten irgendein Gewässer, Bäume oder Büsche seinen Fall gedämpft? Eigentlich unmöglich. Doch nun saß sie hier, mit ihren Freunden in den Zellen des wilokischen Gefängnisses. Sie sah sich niedergeschlagen um. Es gab keine Möglichkeit, aus diesem Gemäuer zu entrinnen. Kalt und feucht starrten ihr die Wände entgegen. Der Mondschein erhellte durch das Fenster zum Hof die enge Behausung und das fahle Licht warf die Gitterstäbe als Schatten auf den schmutzigen Zellenboden. Das vergitterte Fenster befand sich viel zu weit oben, um einen Blick nach draußen zu erhaschen, und um der Hoffnungslosigkeit die Krone aufzusetzen, hatte man die gesamte Crew an verschiedenen Orten in dem weitläufigen Gebäude untergebracht. Gedankenkommunikation blieb sinnlos, denn in allen Köpfen herrschte blankes Entsetzen und Hoffnungslosigkeit. Ihre eigenen Gedanken spielten Wettrennen im Kopf. Bisher hatte sich nur einmal die kleine Luke in der Türe geöffnet und man hatte ihr einen scheußlich schmeckenden Hirsebrei hineingeschoben, ansonsten blieb es still. Grabesstill. Layla wickelte sich in die kratzende Filzdecke ein und versuchte einzuschlafen. Nach langer Zeit dämmerte sie endlich in einen halbwegs erholsamen Traum hinüber, aus dem sie jedoch abrupt erwachte, als sie ein leises quietschendes Geräusch wahrnahm. Sofort hellwach beobachtete sie, wie sich die kleine Luke in der Zellentüre öffnete und jemand den leeren Teller nach draußen zog.

Entnervt verdrehte sie die Augen und wollte sich gerade wieder auf die Seite drehen, als sie einen kleinen weißen Gegenstand auf dem Boden liegen sah. Ein gefalteter Zettel. Hastig sprang sie auf, schnappte sich das Pergament, entfaltete es und begann zu lesen.

Liebe Layla,

verzage nicht und halte Stand. Für den großen Plan seid ihr hier genau an der richtigen Stelle.

Gez. Ein Freund
P.S. Vernichte diesen Zettel

Layla starrte ungläubig auf das Stück Papier, begann es sogleich in kleine Fetzen zu zerreißen und aufzuessen.

* * *

Ein Tag noch, dachte Torrel, dann würde das Inferno losbrechen. Gespannt öffnete er den Brief, den ihm ein Bote des Widerstandes überbracht hatte. Er war von Skoch.

Geschätzter Freund,

ich habe von den etwa 10 Clans, die sich auf den Straßen Soms tummeln, sechs Anführer kontaktiert und in unsere Pläne eingeweiht. Bei ihnen bin ich mir sicher, dass sie auf unserer Seite stehen. Sie werden kurz vor unserem Angriff ihre Leute von unserem Vorhaben in Kenntnis setzen. Bei den übrigen Gangs bin ich mir ihrer Loyalität nicht sicher und deshalb bekommen diese die Nachricht erst kurz vor unserem Schlag gegen die Nomies. Den Herrscher über die Unterwelt, Gumm, werde ich erst gar nicht informieren, da wir sowieso wissen, auf welcher Seite er steht. Sollte mir wider Erwarten in der Zwischenzeit etwas zustoßen, vertraue darauf, dass der Großteil der Straßenkämpfer auf unserer Seite steht. Wir erwarten das vereinbarte Zeichen und werden dann losschlagen.

Gez. Skoch

Was immer jetzt noch geschehen mochte, die Entscheidungen konnten nicht mehr widerrufen werden. Auch Nailas Kämpferinnen standen bereit. Sie hatte es sich nicht nehmen lassen, ihn davon höchstpersönlich in Kenntnis zu setzen und auch Torrels eigene Kontaktpersonen hatten ihm ihre Unterstützung zugesichert. Die Rebellion konnte nicht nur beginnen, sie musste.

* * *

Eine unheimliche Stille hatte sich über die Fertigungshallen des Widerstandes gelegt, seit bekannt geworden war, dass sich Layla und ihre Crew in den Fängen der Wilokie befanden. Nur das Hämmern und Sägen der Arbeiter hallte durch die riesige Höhle. Die Angst und der Zorn durchzogen jedes Gespräch, jeden Blick und jeden Handgriff. Vielleicht hatte sich gerade deshalb eine gewisse Trotzhaltung entwickelt, die dazu beitrug, dass noch härter und schneller gearbeitet wurde. Hatten sich Lumi und Viez vorher noch verstohlen zärtliche Küsse zugehaucht, so werkelten sie nun stoisch wie Maschinen und dachten nur noch an die Befreiung ihrer Freunde. Alle, selbst der kleine Malli, standen hinter ihren Werkbänken und beschäftigten sich ausschließlich mit dem Zusammenbauen von Waffen, Munition und Gleitern. Lumi legte ihren Schraubenschlüssel zur Seite und fuhr sich mit ihren schmutzigen Fingern durchs Haar. Oh, wie kraftlos sie sich fühlte. Morgen sollte der große Tag sein. Verstohlen blickte sie zu Viez hinüber, der gerade die letzten Schrauben an einem Jagdgleiter festzog.

»Hey«, wisperte sie ihm zu, »Zeit, dass wir Schluss machen. Wir haben alles gegeben und zusammengebaut, was für morgen fertig werden musste. Lass gut sein, Viez.« Sie sah ihn besorgt an. Viez hatte sich seit der Nachricht über Layla und ihrer Crew merklich verändert. Er schien mit einem Mal gealtert und besorgter zu sein. Ein neuer Wesenszug, den sie an ihm noch nicht kannte, ein großes Verantwortungsgefühl und das Bewusstsein darüber, das Schicksal in die eigenen Hände zu nehmen.

»Ja, da hast du wahrscheinlich Recht.«

Er warf seinen Schraubenzieher in die Ecke und kam zu ihrem Platz herüber. Dann fuhr er fort.

»Was hältst du von dem Plan, den uns Urs vorgeschlagen hat?«

Viez kaute nervös auf seiner Unterlippe und sah ihr fest in die Augen.

»Scheint ganz gut ausgeklügelt zu sein«, entgegnete sie. »Wenn wir uns nicht allzu dumm anstellen, sollte alles glatt gehen.«

Da betrat Kolle mit Malli die Halle.

»Hallo ihr zwei Turteltäubchen«, rief er ihnen schon von weitem zu. „Wie sieht's aus? Noch Lust auf ein Slak?«

Er zog drei Flaschen des Trunkes aus seiner Jackentasche und reichte zwei davon den Beiden.

»Malli hat heute den Rekord im Zusammenbauen der Geschosse aufgestellt. Er hat seine Mitarbeiter um Längen geschlagen. Nicht wahr?«

Kolle klopfte dem Jungen auf die Schulter. Malli lächelte und sah zu ihm hoch.

»Ganz viel hab ich gebaut, damit euch die Munition nicht ausgeht«, murmelte er.

»Danke dir, Malli. So jemand wie dich können wir gut gebrauchen.«

Auch Lumi klopfte ihm anerkennend auf die Schulter. Dann wandte sie sich wieder an Kolle. »Sag mal, stimmt es, dass du noch heute abreisen wirst, Kolle?«

»Ja, aber erst nach dem Slak hier«, lächelte er. »Kunter munter runter! Auf Layla und ihre Crew!« Er erhob seine Flasche und prostete ihnen zu. Die Freunde stießen die Flaschen gegeneinander.

»Sind die Bergarbeiter und Landsklaven soweit bereit? Wo versteckst du dich denn bis morgen?« wollte Viez wissen.

»Ja, sind sie. Die Aufpasser auf den Feldern und in den Minen werden Augen machen. Noch wissen nur die zuständigen Kommandanten Bescheid, aber das wird sich morgen Nachmittag ändern. Ich komme bei einem der Schichtarbeiter unter. Mitten in den Bergen bei den Minen von Kakutt, nahe genug an unserem späteren Sammelpunkt.«

Er trank ein paar Schlucke aus der Flasche.

»Wenn Jùl es will, treffen wir uns vor der Burg Suome und holen Layla und die anderen da raus. Wie sollt ihr denn vorgehen?«

»Urs ist von dem Plan abgekommen, die Karte von Zec zu nutzen, um über die Geheimgänge in die Werft einzudringen, er wittert eine Falle. Wir sollen zunächst einmal den Hafen in Brand setzen und dann von der Meerseite versuchen, in die Flugwerft einzudringen. Sollte das nicht funktionieren, bleibt immer noch der Geheimgang. Ein gefährliches Vorhaben. Wie ich hörte, haben sie die Anzahl der Aufpasser und Sucher in der Stadt massiv hochgefahren. Man kann davon ausgehen, dass sie in höchster Alarmbereitschaft sind. Wir müssen schnell sein, wie Fledermäuse in der Nacht«, antwortete Lumi.

»Wie kommt ihr denn eigentlich von den Bergen aus in die Stadt? Ist ein weiter Weg, oder nicht?«, fragte Viez Kolle und kratzte sich dabei am Ohr.

»Massek holt uns mit der Kavenderou ab und fliegt uns in die Stadt hinein. Auch die Kämpfer der Elò werden mit den gekaperten Handelsschiffen eingeflogen und abgesichert wird das Ganze von Masseks Leuten. Die Landarbeiter durchkämmen noch die kleinen Dörfer und Ansiedelungen und treffen uns dann, wenn wir hoffentlich alles eingenommen haben. Unterstützung bekommen sie dabei auch von den Elò und so Jùl will, werden wir siegen. Ich finde den Plan gut.«

Kolle trank sein Slak in einem Zug aus und hob die leere Flasche zum Gruß.

»Ich lass euch Malli da und flieg jetzt los. Passt auf euch auf!«

Sie umarmten sich innig.

»Wir treffen uns vor den Toren Suomes!«, riefen ihm Viez und Lumi gleichzeitig nach, während Malli seinem Freund sehnsüchtig hinterherwinkte.

* * *

Zec saß früh am Morgen des Mondwechsels vor seinem Lieblingscafé am Marktplatz im Stadtteil Som, blinzelte in die aufgehende Sonne und beobachtete die Aufbauten der Buden und Zelte. Gerade noch hatte ihm Halmar über seine erfolgreiche Organisation berichtet und dabei mehrmals betont, dass er sehr zuversichtlich sei, dass das Jubiläumsfest das Großartigste und Beste werden würde, das jemals stattgefunden habe. Zec lächelte in sich hinein. Wie unterwürfig dieser Halmar doch geworden war. Insgeheim hasste und misstraute sein ehemaliger Vorgesetzter ihm immer noch, keine Frage. Zufrieden lehnte er sich in seinem Stuhl zurück und bestellte mit einer großspurigen Geste noch einen Tee.

Bald schon würde dieses Trauerspiel beendet sein, heute noch. Sein Blick schweifte aufs Meer hinaus, das sich glitzernd mit den Fluten des Exxos vereinte. Entfernt sah er das von ihm bestellte Schiff, das mit Fässern voll Slak, Wein und vielen anderen Kostbarkeiten an Bord unterhalb der Burg Suome vor Anker ging. Schließlich sollten die Piloten und Arbeiter im Hangar der Luftstreitkräfte auch etwas von den Festlichkeiten haben. An den Feierlichkeiten unten in der Stadt konnten sie nicht teilnehmen, da sie sich im höchsten Alarmzustand befanden und die Stellung halten mussten. Doch verköstigt sollten sie trotzdem werden, das hatten sie sich redlich verdient. So hatte er ein ganz spezielles Slak für sie brauen lassen, mit ganz besonderen Zutaten. Niemand sollte sagen, dass der Oberbefehlshaber sich nicht um seine Truppen kümmerte.

Die Stadt bebte förmlich vor Geschäftigkeit. Jeder wollte etwas von dem Kuchen abhaben. Kleine Geschäftemacher, Lusthäuser, Kneipen, genauso wie Schausteller und Ganoven. Die Nachricht des bevorstehenden Festes hatte eingeschlagen wie ein Meteorit. Die Möglichkeit, sich ausschweifend zu amüsieren oder sich einen Batzen Gold zu verdienen, lockte die Menschen in Scharen an, wie das Licht die Motten. Schon jetzt füllte sich die Stadt zusehends mit Gästen aus den umliegenden Orten. Die Gasthäuser platzten mittlerweile aus allen Nähten und wo auch immer noch ein freies Zimmer zu finden war, drängten sich die Reisenden vor den Eingangstüren. Fuhrwerke verbrachten Waren und Köstlichkeiten aller Art auf die Märkte und das Slak floss bereits jetzt in Strömen. Einige dieser gierigen Zeitgenossen würden mit ziemlicher Sicherheit das Hauptfest verpassen. Zec hatte alle Aufpasser und Sucher in die Stadt geschickt, um das Treiben zu unterstützen und zu überwachen. Um sie für die Bevölkerung erkennbar zu machen, trugen sie heute alle ausnahmslos die wilokische Ausgehuniform. Diese geballte Präsenz sollte von vornherein klarstellen, wer hier in der Stadt das Sagen hatte. Zudem würden sich nach der Verkündigung des Urteils über Layla und ihrer Crew einige tumultartige Szenen abspielen. Zec rieb sich die Hände und trank seinen Tee in einem Zug aus.

Kapitel 18

Rebellion

Kolle hatte den Flug zu den Bergwerken gut hinter sich gebracht und befand sich nun in dem kleinen, schäbig wirkenden Zimmer des Schichtleiters Balrum. Gebannt starrte er auf den Vorplatz des Bergwerkes, ein seltsames Gefühl kroch in ihm hoch. Die Stollen hier wurden von seinen Eltern überwacht und obwohl er sich mit ihnen so heillos zerstritten hatte, hoffte er inständig, dass ihnen in den kommenden Stunden nichts geschah. Natürlich würden sie gefangen genommen werden, aber das schien das kleinste Problem zu sein. Schlimmer war die Tatsache, dass sie sich mit Leib und Leben an die Wilokie gekettet hatten und einen besonders schlechten Ruf bei den Bergarbeitern hatten. Nicht umsonst waren die Minen von Kakutt berüchtigt für die unerbittliche Ausbeutung der Arbeiter und vor allem für die Hunderte von Todesfällen jährlich. Seine Eltern wohnten im Verwaltungshaus, streng bewacht, gegenüber der Schachteingänge und sogar ein Garten, in dem Moose und Flechten zwischen den Kieseln wuchsen, gedieh auf dem steinigen Boden. Den hatte bestimmt seine

Mutter angelegt, Kolle seufzte. Vier Stollen gruben sich hier in den Berg, der sich hoch über ihnen ausstreckte und am Gipfel in den Wolken stand. Nicht allzu weit weg konnte man sogar die Ausläufer der Gletscher erkennen, die zu ihnen herunter leckten. Ein kalter Luftzug wehte unablässig durch die Talsohle und ließ jeden frösteln, der sich nicht ständig bewegte. Geschäftiges Treiben herrschte vor, das in keinster Weise vermuten ließ, was sich in den kommenden Stunden hier ereignen würde. Regelmäßig erschienen Arbeiter und schoben Loren auf Schienen aus den Minenausgängen heraus. Unter den wachsamen Augen der Aufpasser zerkleinerten und sortierten unzählige Hände die Steine und verbrachten jene, welche besonders leicht erschienen oder gar schwebten, in eine kleine Halle, in der sich die Bleiräume befanden. In dieser speziellen Hochsicherheitszone, die nochmals von einer Mauer umgeben war, arbeiteten nur Wilokie, welche die Energiesteine aus den Steinbrocken herausarbeiteten und sogleich verpackten. Wiederum andere wilokische Arbeiter verluden das übrige Steingut und die Erze auf Ochsenkarren und brachten die Fracht zum Hafen an der Küste. Von dort aus ging es weiter mit Lastkähnen oder mit der Dampflok zum Hafen nach Sodom. In den weitläufigen Lagerhallen der Stadt sammelte man all die Schätze des Landes ein und verschiffte das Wertvollste mit den großen fliegenden Handelsschiffen nach Hól, während Erze und Kohle mit großen Seefrachtern die Reise antraten, denn sie waren ganz einfach zu schwer und unbedeutend für den Luftweg.

Balrum und Kolle hatten ausgemacht, dass die Bergarbeiter am späten Nachmittag plötzlich ihre Werkzeuge als Waffen einsetzen und auf die Wachmannschaften losmarschieren sollten. Die Luftgewehre und Pistolen für die Widerständler kamen erst später, mit der Kavenderou. Sicherlich ein Risiko, aber gefährlicher wäre es gewesen, die Waffen hier auf dem Gelände zu verstecken. Alles musste schnell und plötzlich von statten gehen. Kolle selbst hatte noch fünf Gewehre und zwei

Pistolen eingepackt. Die würde er bald verteilen, wenn es losging. Die Spannung in seinem ganzen Körper konnte nur durch den baldigen Beginn gelöst werden. Das vereinbarte Zeichen zum Losschlagen lautete; Balrum ging zum bewaffneten Aufpasser, um ihn etwas zu fragen, das durfte er in seiner gehobenen Position. Dabei würde er sich eine Pfeife entzünden. Ungeschicklichkeit vortäuschend fiele diese dann zu Boden, das Zeichen für den Angriff.

Balrum schlenderte gerade gemächlich auf den Wachhabenden zu und verwickelte ihn in ein Gespräch.

Kolle lud sein Luftgewehr durch und vergewisserte sich des Rucksackes mit den übrigen Waffen am Rücken. Die Pfeife fiel.

Kolle stürmte los und warf, während er aus der Türe sprang, einem Arbeiter den Rucksack mit den Waffen zu, dieser würde sie weiter verteilen. Das Scharmützel begann. Er rannte so schnell es ging in Richtung Hochsicherheitsgebiet. Dort verwahrten sie nicht nur die Energiesteine, sondern logischerweise auch Waffen und Munition. Der Ort also, wo sich auch die restlichen bewaffneten Wachleute befanden und er musste unbedingt Sorge tragen, dass das Tor nicht geschlossen wurde. Während um ihn herum alles im schlägernd mordenden Chaos versank, hatte er nur ein Ziel: den Wachmann am Tor. Die letzten Meter noch in Richtung Schussweite. Kolle sprang los, hechtete über eine Lore, rollte sich ab, ging mit einem Bein in die Knie und legte an. Gerade begann der Aufpasser das Tor zu schließen, als ihn die Kugel an der Schulter traf. Er fiel zu Boden und betrachtete ungläubig seine Wunde. Ein glatter Durchschuss. »Na? Das kennst du wohl noch nicht«, dachte Kolle und stieß das Tor auf. Hinter ihm strömten die Bergarbeiter mit Pickeln und Schaufeln bewaffnet in das Hochsicherheitsgebiet. Balrum lief neben ihm. Die Mannschaft der Wilokie war dermaßen überrascht von dem massiven abrupten Angriff, dass sie noch nicht einmal Zeit hatten, die Gewehre durchzuladen. Einer nach dem anderen fiel im Kugelhagel oder sank unter Schaufel und Pickelschlägen zu Boden. Eine schaurige, grausame Angelegenheit, aber der jahrelange Hass der Arbeitersklaven bahnte sich seinen Weg. Die Torwächter wussten nicht, wie sie sich verhalten sollten und versuchten zunächst, ihren Leuten zu Hilfe zu eilen, doch bis sie bemerkten, dass sie nichts ausrichten konnten, war es auch für sie zu spät. Die Bergleute stürmten das Gebäude und machten keine Gefangenen. In wenigen Minuten gelang es ihnen, ohne eigene Verluste, das Gebäude zu übernehmen. Kolle reichte Balrum die Hand.

»Gut gekämpft Schichtleiter«, keuchte er und stützte sich erschöpft auf die Knie. Sportlich war Kolle zwar schon immer gewesen, aber die Anspannung, die gerade von ihm wich, gab ihm den Rest.

»Schon außer Puste mein Junge? Dir täte ein bisschen Minenluft ganz gut, das kann ich dir sagen!«

Balrum lachte brüllend auf und schlug ihm seine harte Pranke auf den Rücken. Kolle blieb fast die Luft weg, aber zugleich kamen seine Sinne zurück. Seine Eltern! Hektisch stürmte er los, zum Tor hinaus, auf das Verwaltungsgebäude zu, durch den Moos- und Flechtengarten seiner Mutter und warf sich durch die Tür. Ein Bild des Grauens. Tot, alle tot! So lagen sie in ihrem eigenen Blut vor ihm. Die Bergleute hatten sie böse zugerichtet. Kolle sank in die Knie, als hätte ihm jemand den Boden weggezogen. Leise fing er an zu schluchzen, bis ein mächtiger Weinkrampf aus ihm hervorbrach. Da sah er im Augenwinkel eine Bewegung.

»Mutter!«, schrie er und hechtete zu ihr hinüber. Ihr Gesicht in seinen Händen, sah er ihr tief in ihren bereits weit entfernten Blick.

»Mutter! Halte durch! Wir werden dich retten. Halte durch! Einen Arzt! Ist denn hier kein Arzt verdammt!?«

»Es ist zu spät mein, Junge.« Sie hustete Blut.

»Wie gerne hätte ich gehabt, dass du es später einmal besser hast als wir. Wie gerne!«

Wieder hustete sie.

»Ich habe da noch etwas für dich, damit du sehen kannst, dass wir alles nur für dich getan haben. Wir haben es nur gut gemeint. Du hättest es weit gebracht ...«

Sie verdrehte die Augen und drohte wegzuschlafen. Kolle schüttelte sie.

»Nein Mutter, du darfst nicht sterben!«, schrie er nochmals.

Ihre Augen wurden wieder klarer. »Komm, beug dich zu mir.«

Kolles Ohr befand sich nun direkt über ihrem Mund.

»Das dreizehnte Buch im Regal der Bibliothek im achten Regalboden von unten. Zieh es heraus!« Ihr Kopf fiel zur Seite, ihre Augen brachen. Sie war tot.

Kolle drückte ihren Kopf an seine Brust und fing wieder an zu weinen. Inzwischen hatten sich viele Bergarbeiter eingefunden und bildeten einen Kreis um ihn. Es musste weitergehen. Bald schon würden weitere Bergarbeitertrupps aus der Umgebung zu ihnen stoßen, die Kavenderou war auf dem Weg und würde sie schließlich alle nach Sodom mitnehmen. Er wischte sich die Tränen von den Wangen.

»Meine Freunde, lasst uns Nomies jagen!«, schrie er zornig der Menge entgegen und erhob die Faust zum Himmel. Jubel brandete auf.

So gut es ging plünderten sie das Waffenlager der Wachmannschaft und sammelten alles ein, was sie für ihren Aufstand in Sodom benötigten. Kurze Zeit später schwebte von fern die Kavenderou heran. Das stolze Handelsschiff machte in der Mitte des Vorplatzes fest. Der Zeppelin stand aufgebläht über Deck in der Luft, darauf wartend, wieder gefüllt zu werden. Doch die Flagge am Heck hatte sich verändert. Die einstmals blutrote Fahne Salomes zierte den Fahnenmast. Ein mit Goldfäden eingestickter Phönix prangte darauf. Das Wappen des Königreiches Salom.

Eine breite Luke öffnete sich und heraus trat ein stolzer Massek. Er erhob seine Hände zum Gruß.

»Herzlichen Glückwunsch, meine Freunde. Möge unser bevorstehendes Abenteuer auch von Erfolg gekrönt sein.«

Er hielt kurz inne und starrte in die offenen Münder der Arbeiter. Fast hätte er losgelacht, entgegnete aber anstatt dessen:

»Und jetzt kommt an Bord. Ich habe euch einiges zur Stärkung mitgebracht.« Er lächelte den schmutzigen Bergarbeitern aufmunternd zu. »Ihr habt doch Hunger?«

* * *

Layla hatte es sich auf dem kalten Gefängnisboden, so gut es eben ging, bequem gemacht und dressierte eine Assel. Schon faszinierend diese Viecher, dachte sie. So ein rundes gepanzertes Urtierchen, das sich einen Dreck darum scherte, was da draußen auf Jùl vor sich ging. Aus ewiger Vergangenheit in dieses Drecksloch hier zu ihr gekrochen, wusste es noch nicht einmal, was für dumme Idioten diese Nomies doch waren. Hier in diesem Teil von Jùl hatten die Asseln eine bräunlich rote Farbe, wie der Felsenabschnitt der Küste, auf dem Sodom thronte. Nein! Som und Dom. Netter Versuch der Besatzer, diese beiden eigenständigen Städte mit einem einzigen Namen zu verbinden, aber bei den Einwohnern hatte das noch nicht so ganz gegriffen. Sie bezeichneten sich immer noch als Domer oder Somer. Der Städtenamen Sodom fiel eigentlich nur, wenn es sich um eine behördliche Maßnahme handelte und man den Namen zwangsweise benutzen musste. Ein kleiner Hoffnungsschimmer, dass Salom doch noch nicht verloren war und sich die Bürger an frühere Zeiten erinnerten. Aber ansonsten schien die Bevölkerung Saloms in einem Strudel der Teilnahmslosigkeit zu ertrinken, so dass es an ein Wunder grenzte, wenn sich auch nur ein Wort der Widersprache gegen die Wilokie erhob. Sicher, unter vorgehaltener Hand ließ sich viel tratschen, aber selbst da musste man vorsichtig sein, wem man etwas weiter erzählte. Das Netz, das die Eroberer gesponnen hatten, konnte tödlicher nicht sein, oder zumindest in den Bergwerken Kakutts enden. So hielt man eher die Klappe, aus Angst auch in den Minen zu enden. Layla drehte die Assel auf den Rücken und sah zu, wie sie sich wieder auf die Beine richtete und versuchte zu entkommen. Layla war schneller, so wie diese Nomies. Ständig waren sie einen Schritt voraus, bevor sich irgendetwas gegen sie entwickeln konnte. Dieses Mal schon wieder, dabei hatte der Widerstand alles so gut eingefädelt und niemand hatte damit gerechnet, dass etwas schief gehen könnte. Vielleicht hatte der *Herzrhythmus* doch etwas zu hoch gepokert, dachte Layla nach längerem Überlegen. Die Sache mit dem Energiestein hatte sich als Glücksgriff und Desaster gleichermaßen herausgestellt. Wie schon andere Widerstandsgruppen vor ihnen, hatte sie schlussendlich einen Sucher am Haken. Nicht irgendeiner, sondern der Volksheld der Wilokie höchstpersönlich, den Besten von allen, Zacharias Bux.

Wieder drehte sie die Assel auf den Rücken und bemerkte, dass deren Unterseite durchgehend schwarz leuchtete. Hatten sie die Revolution zu schnell gewollt?

Wie auch immer. Sie lag hier auf dem Boden in der Feste Suome und wartete auf ihre Hinrichtung, denn nichts anderes konnte sie erwarten. Wahrscheinlich machte der vornehme Herr Tschengil ein riesen Theater daraus. Von draußen konnte man anhaltendes Stimmengewirr vernehmen, von weiter weg zwar, aber es hörte sich so an, als ob die Stadt sich mit Leuten füllte, mehr als sonst. Klar, dass er sie als die zukünftige Königin anpreisen würde und dann vor aller Augen köpfte. Layla lief es schauerlich den Rücken hinab. Was, wenn nun doch keine Hilfe käme? Wenn sie irgendjemand mit dieser geheimen Botschaft nur beruhigt hatte, damit sie keinen Ärger machte? Sie atmete ruhig durch und schloss dabei die Augen, ganz ruhig ausatmen und wieder ein. Als sie die Augen wieder öffnete, war die Assel verschwunden.

Nachdem sie sich wieder auf ihre Pritsche gesetzt hatte und an ihren Zehennägeln herumzupfte, fühlte sie ein zutiefst trauriges Gefühl in sich aufsteigen. Eine Angst und Hoffnungslosigkeit, wie sie sie in ihrem Leben noch nie verspürt hatte. Der Kloß in ihrem Hals wuchs, wurde härter und drohte ihre Kehle von innen heraus zu sprengen. Sie sprang unter das vergitterte Fenster, reckte die Arme nach oben, und tat einen so durchdringenden Schrei, dass man es bestimmt bis in die Innenstadt hatte hören können, dann sank sie zu Boden und brach in ein krampfartiges Schluchzen aus.

Es klopfte, laut und durchdringend. Kurze Zeit später drehte sich ein schwerer Schlüssel im Schloss. In der aufschwingenden Zellentüre standen zwei wichtig aussehende Aufpasserinnen, etwas robust in Gestalt und mit dem unmissverständlichen »Du bist für mich der letzte Abschaum« Blick.

»Layla Dahl«, hob die etwas dicklich wirkende Beamtin an, »du bist angeklagt des Hochverrates, der Mitgliedschaft in einer terroristischen Vereinigung und der Rebellion gegen die Herrscher über Salom, den Eroberern der Sterne. General Tschengil, seine Hochwohlgeboren und verehrter Vertreter von Cran dem Strahlenden, hat das Urteil erwirkt und Euch zum Tode durch das Beil verurteilt. Es wird sofort vollstreckt!«

Ihr dickliches Schweinegesicht versuchte nicht zu grinsen, aber Layla sah es ganz deutlich. Sie wand sich, unter Schadenfreude und in Wollust in ihren Worten und schöpfte sie genüsslich aus, während sie, fast schon orgastisch, ihre Schilderungen über den nahen Untergang ihres Gegenübers kundtat.

»Die Hände nach hinten ausstrecken!«, brüllte ihr das andere Schweinegesicht entgegen.

Oh, was waren sie hässlich, diese Nomies. Sie streckte ihre Hände nach hinten aus. Das Klicken der Handschellen klang roh und grausam, dann stießen sie Layla durch die Gefängnistüre in den Gang, der nach etwa hundert Fuß wiederum an einer Gittertür endete. So ging es etwa fünfmal durch das Gebäude, bis sie endlich das Licht des Vorhofes der Burg blendete. Völlig leer sah der Vorplatz aus, während man jedoch hinter dem Burgtor laute Stimmen einer großen Menschenmenge vernahm. Eine weitere Aufpasserin erschien, schlank und gut durchtrainiert, ein völlig anderer Typ. Doch Layla sah sie nicht lange, eine schwarze Kapuze wurde ihr über den Kopf gezogen. Stinkend, angststinkend. Es stank so sehr, dass sie fast würgen musste. Wie viele Verurteilte mochten sie wohl schon getragen haben? Es war weithin bekannt, dass diese Kapuzen niemals gewaschen wurden. Layla schüttelte sich, als sie über das Kopfsteinpflaster balancierte, kraftlos, hoffnungslos und besiegt. Wenn jetzt nicht bald ein Wunder geschehen würde, dann ...

Das Quietschen des Burgtores riss sie aus ihren Gedanken, lautes Stimmengewirr brandete an ihr hoch wie eine Welle an einem Felsen im Meer. Layla ging festen Schrittes weiter, langsam fing sie sich wieder. Wenn es denn so sein sollte, würde sie erhobenen Hauptes in den Tod gehen. Plötzlich blieben sie stehen und die Maske wurde ihr vom Gesicht gerissen. Ein Meer aus Menschen tat sich vor ihr auf, die inmitten des wunderbar blühenden Gartens vor Suome ein Fest feierten. Ihren Tod etwa? Was gab es denn verdammt noch mal zu feiern, wenn sie zum Schafott geführt wurde, war das die Loyalität ihres Volkes? Links und rechts standen ihre Crewmitglieder, die schon vor ihr den Platz betreten hatten, Spalier. Während Layla an ihnen vorbei an die Spitze des Zuges schritt, sah sie jeder und jedem mit festem Blick in die Augen, einem Blick, der ausdrückte bis zum Letzten kämpfen zu wollen und notfalls mit ihrer Sache zu scheitern und unterzugehen. Ein Blick, der so viel Unbeugsamkeit und Hoffnung in sich trug, dass er das Gemüt ihrer Freunde stärkte und ihnen eine Perspektive der Hoffnung bot. Ihr Zug stoppte und Layla stand in erster Reihe. General Tschengil, dessen zerstörte linke Gesichtshälfte von einer Maske bedeckt war, betrat ein Podium, das vor der riesigen Menschenansammlung aufgebaut stand und begann zu sprechen. Layla hörte nicht zu. Diese Lügenansagen konnte sie sich sparen. Nomielügen. Die wichtigste aller Fragen lautete: »Wie kamen sie raus aus diesem Schlamassel?« Sie versuchte über ihre Gedanken Kontakt zu den anderen aufzunehmen.

»Hey Sira! Hey Sol und all die Übriggebliebenen! Lasst euch nicht unterkriegen, wenn wir schon sterben sollen, dann nicht ohne Gegenwehr! Sollte der erste ans Schafott geführt werden, widersetzt euch mit Klauen und Zähnen der Hinrichtung. Wir sind keine Schafe, die man zum Schlächter führt!« Es ertönte ein verhältnismäßig kläglich klingendes »Ja« im Gedankenraum. »Nicht gerade sehr hoffnungsvoll für einen Frühlingsanfang«, dachte Layla.

»Wir sind der *Herzrhythmus*, der Widerstand und wir sterben im Kampf und mit Würde! Wiederholt das laut!«, rief sie ihnen abermals gedanklich zu. Eine Zeitlang blieb es still, dann immer lauter, kamen die Stimmen ihrer Mitstreiter zurück. Sie begannen das Mantra des Sieges der Salomer über die Wilokie zu singen, bis es anschwoll zu einer Hymne der Gemeinsamkeit im Kampf gegen die Unterdrückung wurde.

* * *

Eine gewaltige Menschenmenge strömte zum Garten der Burg Suome. Das Volk war gespannt auf die Überraschung, welche General Tschengil angekündigt hatte.

Torrel biss in eine gezuckerte Feige und zwinkerte Naila aufreizend zu. Er hatte schon immer ein besonderes Auge für hübsche Frauen gehabt. Überhaupt ein gewisses Gespür für alles Sinnliche und Naila war etwas ganz Besonderes. Sie strahlte eine Weiblichkeit aus, bei der einem gewöhnlichen Mann die Sinne schwanden. Ihre Mitstreiterinnen hatten sich, wie auch Torrels Leute, unters Volk gemischt, das sich nichts wissend dem Fest hingab. Gerade war der Ruf ergangen, sich im Park von Suome zu versammeln. General Tschengil würde eine Rede halten und hätte eine Überraschung parat. So strömten alle Besucher lauthals schnatternd dem Garten entgegen. Auch Torrels, Nailas und Skochs Gefolgsleute drängten in diese Richtung. Frech hakte er sich bei Naila unter, die dies sichtlich genoss, doch Skoch war weit und breit nicht zu sehen. Schließlich erreichten sie den Platz in der Mitte des Parks. Aufpasser waren gerade dabei, zwei Galgen aufzuziehen. In einem Holzblock, vor einer Tribüne, steckte ein großes schwarzes, etwas rundliches Beil. Makaber, dachte Torrel und sah dabei etwas ängstlich zu Naila, die seinen Blick säuerlich erwiderte.

»Da scheint ja jemand noch was vor zu haben heute Abend«, flüsterte er, mehr zu sich selbst.

»Darauf kannst du wetten«, zischte Naila zurück.

Bald schon wurde klar, um was es ging. Man führte die gefangenen Herzrhythmus-Rebellen vor das Podest. Tschengil hüpfte auf die Bühne, betrat das extra für ihn angefertigte Rednerpult und krallte sich im Holz fest.

»Meine lieben Salomer. Bürger Sodoms. Bewohner dieses so wunderschönen Landes.«

Munai Tschengil machte eine kurze Kunstpause, sodass alsbald die Gespräche verstummten. Dann hob er erneut an.

»Wir haben gemeinsam viel geschafft, viel geleistet und gearbeitet und dafür schenken wir euch heute dieses Fest. Nur für Euch!«

Jubel hob an.

»Es ist mir eine Freude, mit euch braven Leuten Geschäfte zu machen. Nun ist es mal an uns, euch etwas zurückzugeben, damit ihr seht, dass wir in Freundschaft und Respekt nebeneinander existieren können. Wilokie und Salomer! Und ihr fragt euch sicherlich, wie könnt ihr weiterhin euren Beitrag zu unserer so fruchtbaren Gemeinschaft leisten? Nun, alles was ihr dafür tun müsst, ist weiterhin so gute Arbeitsergebnisse abzuliefern wie bisher und unsere gemeinsame Völkerfreundschaft durch Loyalität zu zeigen.«

Wieder machte er eine Kunstpause.

»Diese hier!«, rief er nun mit schneidender Stimme und deutete mit seinem Zeigefinger auf die Gefangenen.

»Diese hier haben das nicht getan. Im Gegenteil, sie haben unsere Gemeinschaft verraten. Ein klägliches Häuflein Elend, das sich Rebellen des *Herzrhythmus'* nennt. Jedoch!«

Er hob den Zeigefinger starr in die Luft und fixierte sein Publikum.

»Da ist noch wer in unsere Fänge geraten. Seht her!«

Er schwang sich vom Podest herab und schritt auf die gefesselten Rebellen zu. Dabei tätschelte er, nein er schlug sich mit seiner dünnen Reitergerte, auf den Oberschenkel. Nun stand er vor Layla und hielt ihr die Peitsche unters Kinn.

»Hier haben wir doch glatt Prinzessin Layla erwischt, die zukünftige Königin Saloms, eure Regentin und Zukunft, so würden einige sagen! Aber!«

Wieder erhob er den Zeigefinger und drehte sich wieder in Richtung Publikum um.

»Sie hat sich schuldig gemacht. Des Landes- und Loyalitätsverrats an der wilokischen Freundschaft. Nicht nur, dass die Rebellen seit Jahren das Land mit ihren schmutzigen Lügen zersetzen, sie haben außerdem beschlossen, den bewaffneten Kampf aufzunehmen. Sie haben unsere Handelsrouten überfallen, unsere Leute getötet und Pläne geschmiedet, uns, die Eroberer der Sterne, zu Fall zu bringen. Wie schändlich und überheblich kann man sein?« Lauernd fragend blickte er auf das gebannte Publikum, das jedoch stumm zu ihm empor blickte.

»Das ist aller höchster Landesverrat und wird mit dem Tode bestraft! Die Crew wird zum Tode am Strang verurteilt und Prinzessin Layla …«, er deutete einen leichten Knicks vor ihr an.

»Wie einst ihre Eltern, ihr erinnert euch? Mit dem Tode durch das Beil!« Eine plötzliche Unruhe regte sich unter den Zuschauern. Einige sprachen von Lügen, während viele andere generell die Todesstrafe ablehnten. Viele fühlten sich trotz der langen wilokischen Herrschaft immer noch dem salomesischen Königshause verbunden und erinnerten sich noch sehr genau an die Hinrichtung des Königspaares, das sehr beliebt war. Das Murren wurde lauter.

Tschengils gesunde Gesichtshälfte musterte Layla aufmerksam. Der zerfressene Teil seines Gesichtes, die Maske, grotesk nichts sagend und starr, wirkte wie eine Totenmaske. Er roch nach Schweiß und Geilheit, widerlich.

* * *

»Schafft die ersten an den Galgen!«, schrie Tschengil nun zu seinen Leuten gewandt, »und haltet mir diesen stinkenden Pöbel vom Hals!« Seine Stimme überschlug sich zu einem chaotischen Kreischen. Kurz darauf gingen schwer bewaffnete Einheiten vor dem Publikum in Stellung und schützten seinen Rückzug in Richtung Burg.

»Wo bleiben sie denn?«, raunte Torrel Naila zu. »Die Jagdgleiter der Rebellen sollten jetzt dann aber endlich …« Er musste den Satz nicht vollenden, denn von oben stieben mehrere schwer bewaffnete Jäger herab und eröffneten sogleich das Feuer auf die Reihen der Aufpasser. In heilloser Panik flüchteten diese, indem sie teilweise übereinander fielen und einander umrannten. Einige versuchten zwar das Feuer zu erwidern, bemerkten aber ziemlich schnell, dass sie keinerlei Chance haben würden. Während die Gleiter landeten, durchschlugen ihre Cerumkugeln die Verteidigung der Wilokie, das Hauen und Stechen begann.

Glücklicherweise konnte man sehr schnell erkennen, wer Freund und Feind war, denn heute trugen sie alle ihre stolzen Ausgehuniformen. Vorschrift von Zacharias Bux höchstpersönlich. Torrel hatte den Stiel seines Gehstockes entfernt und zog eine dünne aber massive Klinge aus dem Stock. Zum Vorschein kam ein handlicher Degen, mit dem er nun zum Angriff überging. Wie ein Berserker wütete er durch die Reihen seiner Gegner, wehrte mit dem Stock Gegenangriffe ab und stach mit seiner handlichen Waffe zu. Diese Wehrhaftigkeit hatte ihm wohl niemand zugetraut, die Aufpasser blickten sogar noch im Anblick des Todes verdutzt drein. Absolut niemand hatte mit der plötzlichen Wucht eines solchen Angriffs gerechnet. Auch das Volk selbst sah immer noch ungläubig auf die Szenerie, die fast schon unwirklich vor ihnen geschah. Die Insassen der Jagdgleiter schwangen sich von ihren Sitzen und eröffneten mit ihren neuartigen Gewehren das Feuer auf eine große Schar Aufpasser, die sich inzwischen am Eingang zum Burgvorhof versammelt hatten. Das große Tor bewegte sich.

»Sie wollen das Tor schließen!«, rief jemand aus der Menge und endlich stürmte die Menschenansammlung in Richtung Burgtor. Noch bevor die Aufpasser von innen den Riegel vorlegen konnten, brandeten sie gegen das Tor und schoben es auf, die Bürger johlten. Jeder wusste, dass die Burg ansonsten uneinnehmbar gewesen wäre. Nun würde sie fallen, und diese Nomies mit ihr.

Kapitel 19

Schlachtfelder

»Urs! Er hat es tatsächlich geschafft!«, jubilierte Layla erleichtert, während sie dem Herrn Scharfrichter mit ihrer harten eigensinnigen Stirn einen schmerzvollen Stoß an die Schläfe verpasste und dieser bewusstlos zusammen sackte. Hinter ihr drückten die Bürger mit einem lauten Kampfschrei das Schlosstor auf und drangen in den Burghof vor. Layla warf sich in die Menge, während die Bürger die Armee der Aufpasser bedrängte, die sich unter dem Dauerfeuer des *Herzrhythmus'* ziemlich bald in der Defensive befanden und hektisch zurückwichen. Bald flohen die Schergen der Wilokie Hals über Kopf und verschwanden in den Tiefen der dunklen Gassen und Höhlengänge Sodoms.

Layla hechtete hinter die Rückwand des Rednerpultes und starrte hektisch in das Geschehen. Sie brauchte unbedingt den Schlüssel für die Handschellen. Wo waren denn ihre dummen Aufpasserinnen abgeblieben? Der Tumult um sie herum war bereits in vollem Gange, da entdeckte Layla die Beamtin im Pulk ihrer fliehenden Feinde. Schnell hechtete sie um die Ecke, rannte in einem irrsinnigen Tempo den zurückweichenden Nomies hinterher und schrie dabei laut wie ein wildes Tier. Panikartig drehte sich die feiste Aufpasserin um und floh angsterfüllt weiter, aber ein Laternenpfahl verhinderte abrupt ihr weiteres Fortkommen und sie stürzte hart aufs Pflaster, so hart, dass sie sofort das Bewusstsein verlor. Der Schlüssel schlitterte über die Steine, während Layla nach ihm hechtete und ihn schließlich zu fassen bekam. Durch die ihr entgegen strömende Menschenmenge bahnte sie sich den Weg zurück zum Richtplatz im Garten. Ihre Freunde schienen zum Glück unverletzt zu sein, ihre Crew, ihre Brüder und Schwestern, hatten sich hinter dem Podium verschanzt, hatten anscheinend einige Aufpasser besiegt und deren Waffen an sich genommen.

Sie nahm gedanklichen Kontakt mit ihnen auf.

»Hey! Ich bin's, Layla! Lasst mich zu euch durch und gebt mir Deckung!«

Sie drehten ihr die Köpfe zu, machten ein Zeichen, dass sie verstanden hatten und gaben ihr Feuerschutz, bis sie es zu ihnen geschafft hatte.

»Wir sind so froh dich wieder zu sehen!«, raunte Sira ihr zu. Sie umarmten sich herzlich.

»Schaut mal, was ich euch mitgebracht habe!«

Layla winkte mit dem Schlüssel und befreite in Windeseile alle von ihren Fesseln.

»Na dann los, lasst uns Nomies jagen!«, rief Sol und hob die Hand zum Gruß des *Herzrhythmus*'.

Gerade wollten sie losstürmen, der Masse der Bürger nach, welche gerade dabei war, den fliehenden Aufpassern hinterherzujagen, aber Layla hielt ihre Gruppe an.

»Hey Leute! Stopp! Das ist genau das, was sie erwarten, wir folgen nicht Richtung Hafen, wir nehmen uns die Burg vor. Kommt mit!«

Sie liefen zwischen den Blumenbeeten entlang der Mauer in Richtung Burgtor, das den Garten vom Burgvorplatz trennte. Sie mussten schnellstens in das Gebäude zurück, denn dort befanden sich die wahren Verbrecher, General Tschengil, Zec und all die anderen, die dieses Land jahrelang mit verachtender Härte und Unnachgiebigkeit regiert hatten. Das eisenbewehrte Tor brannte lichterloh, irgendjemand hatte es angezündet, um zu verhindern, dass es wieder verschlossen werden konnte. Von den vorher eingedrungenen Revolutionären konnte man keine Spur mehr erkennen, wahrscheinlich folgten sie dem Hauptfeld, denn in die Burg selbst hatten sie sich anscheinend nicht hinein gewagt. Einige noch verweilende Beamte flohen tief ins Innere des Gebäudes, aber ansonsten blieb es leer und still. Laylas Gruppe tastete sich weiter vorwärts, wohlwissend, dass das Gebäude einem einzigartigen Labyrinth glich. Sich hier zu verlaufen war schneller passiert als man *Suome* buchstabieren konnte. Bald schon betraten sie eine Halle, aus der wiederum vier Gänge in die unterschiedlichsten Richtungen fort führten. Tische und Stühle standen und lagen wild durcheinander und die riesigen Bilder an der Wand hingen zerschnitten in ihren Rahmen.

»Schnell weiter!«, schrie Sira, »wir nehmen die goldene Mitte.«

»Und was ist deiner Meinung nach die goldene Mitte von vier!?«, tönte es von Sol zurück.

»Na drei natürlich!«, rief Layla, sah dabei Sira an und lachte. Diese lachte zurück und kicherte: »Genau das dachte ich auch, den dritten Eingang nehmen wir.«

Sol verdrehte die Augen, aber bestimmt hatten sie recht und so rannten sie auf den dritten Gang zu. Mit einem Mal strömten ihnen von überall her bewaffnete Aufpasser entgegen und eröffneten sofort das Feuer. Bis auf Gang Nummer eins waren jetzt alle Gänge besetzt.

»Von wegen goldene Mitte!«, dachte Sol, während er wütende Salven in Richtung der Angreifer schickte.

»Schnell, lasst uns in den Gang dort drüben rennen«, rief Layla und scheuchte ihre Leute zum Gang Nummer eins, der sich glücklicherweise gerade noch nicht im Schussfeld der eindringenden Wilokie befand.

»Abtauchen, schnell, ab in die Dunkelheit. Jeder ist jetzt auf sich alleine gestellt, viel Glück euch allen.« Layla und ihre Gruppe tauchten in einen schmalen Nebengang ein, der alsbald an einer Türe endete, die ins Freie führte. Dort, zwischen scharfen Felsen und stacheligen Gebüschen, verlief ein Pfad weiter, der sich zwischen dem Gestein hindurchschlängelte, keine Ahnung, wohin er führte, aber Hauptsache weg von den Hauptwegen. Sie tasteten sich voran, aber der Gang schien kein Ende zu nehmen und wurde zunehmend enger. Bald schon führte er kletternderweise nach oben, um am höchsten Punkt angekommen wieder in die Tiefe zu führen und an einem ebenen Felsenplatz zu enden, an dem es kein Weiterkommen mehr gab. Sie schienen auf einem geheimen Theaterplatz zu stehen, zumindest waren um den kreisrunden Platz überall Sitzgelegenheiten in den Stein gehauen, doch das wuchernde Unkraut verriet, dass hier schon lange niemand mehr eine Komödie aufgeführt hatte. Von fern ertönten Stimmen, die Wilokie hatten sich anscheinend aufgeteilt und ein Teil folgte ihrer Fährte über den Pfad. Das war gar nicht gut, in Kürze stünden ihnen Aufpasser mit tödlicher Giftmunition, mit Luftgewehren und Degen gegenüber und sie hätten keine Chance zu entfliehen. Verzweifelt suchten sie jeden Winkel des Felsenplatzes ab, bis sie glücklicherweise auf eine Nische in der Wand stießen, vor der ein stacheliger Busch wuchs und hinter dem ein schmaler Weg in die Felsen hinein führte. Wahrscheinlich betraten früher die Schauspieler über diesen versteckten Eingang die Felsenbühne. Rasch krochen sie hinter das Gewächs und schlichen den Gang entlang. Sie mussten jetzt leise und mit Köpfchen vorgehen, denn die Wilokie hatten soeben das Theater betreten.

»Hier geht's weiter«, flüsterte Sol ihnen zu.

Er hatte direkt vor sich einen kleinen Durchgang entdeckt, durch den sie nun schlüpften. Wieder tauchte ein felsiger Vorplatz auf, dahinter eine Vertiefung im Fels, wahrscheinlich machten sich hier die Schauspieler für die Bühne bereit, aber das war's. Sie saßen in der Falle, denn hier gab es kein Entkommen mehr.

* * *

General Tschengil schloss die Türe hinter sich. Außer Atem, außer sich vor Zorn und Wut, starrte er voller Unmut aus dem Fenster, auf den noch immer ruhig vor ihm liegenden Platz.

Das Wasser im Brunnen plätscherte weiter vor sich hin, als gäbe es keine Revolution, doch von fern hörte er schon das Kampfgeschrei der immer näher rückenden, wütenden Salomer. Er senkte den Kopf, das hatte er nicht auf der Rechnung gehabt. Was fiel diesen verdammten Nassl ein, sich gegen ihn zu erheben, widerwärtiges Pack!

»Dein Ende mein Guter.« Tschengil drehte sich verdutzt um. Zec stand vor ihm.

»Was hat das zu bedeuten Zacharias?«

Der Sucher trat nahe an ihn heran und flüsterte ihm ins Ohr.

»Dein Ende.« Dann rammte er dem General einen Dolch in den Bauch. Munai keuchte und ging in die Knie.

»Weißt du Munai, wir waren eigentlich nie richtig Freunde, das hast du vielleicht geglaubt. Ich übrigens auch ... einige Zeit, aber ich habe vieles gesehen, und ich weiß viel. Viel mehr als du denkst. Ihr Wilokie meint, die auserwählte Rasse zu sein, das Volk, das den Sternen nahe ist, weil es so klug und stark ist. Weißt du was ich dir sage, Munai? Ihr seid ein Haufen Scheißdreck, den wir endlich von unserem Land werfen sollten. Euer Aufstieg zur Herrschaft über andere Völker ist nichts weiter als der Beweis für eure Unvernunft und Gier. Ihr beutet aus, brandschatzt unser Land, ihr tötet unsere Freunde, unsere Natur und besudelt unseren Boden mit eurer Anwesenheit. Ihr nehmt was euch gefällt und schert euch einen Dreck darum, wie es uns dabei geht. Ihr seid keine Herrscher, die man als solche anerkennen kann, dazu fehlt euch die nötige Weisheit.«

Zec sah den vor ihm knienden General lange an.

»Da siehst du nun, wo man enden kann, wenn man nie richtig zugehört hat. Ich selbst habe ja, wie du weißt, eine Ausbildung zum Sucher in Hól genießen dürfen und ich denke, ich war dort einer der Besten. Ich konnte mich bisweilen so gut verstellen, dass ich, wenn ich morgens erwachte, ein ganz anderer Mensch war als am Vortag. Manchmal habe ich mich selbst nicht mehr gekannt und viele meiner Freunde kennen mich bis heute nicht.«

Zec hielt kurz inne. Ja, dieser Zustand machte ihn wirklich sehr traurig, vor allem die Tatsache, dass Layla und all die anderen ihn für einen Verräter hielten.

»Aber mein Geniestreich, mein lieber General Tschengil, war es, dir weiszumachen, ich stünde über die Jahre treu an deiner Seite, während ich hinter der Fassade das heutige Spielchen begonnen habe. Leider musste ich mich deshalb vor meinen Verbündeten verleugnen, ich habe noch so manches vor. Und du?!«

Mit diesen Worten wandte er sich an den keuchenden General, griff an seine Maske und zog sie ihm mit einem Ruck vom Gesicht. Eine angsterfüllte Fratze starrte ihm entgegen.

»Du bist noch nicht einmal schön. Vergiss es Tschengil, aus dir wird kein König mehr.«

Zec nahm einen der Degen von der Wand, die über dem Schreibtisch hingen. Langsam näherte er sich von hinten.

»Normalerweise, mein lieber Munai, bin ich nicht so gemein und lasse einem Gegner die Chance zur Verteidigung, doch bei dir mache ich eine Ausnahme. Genau deshalb, weil es dich genauso treffen soll wie mich damals, hinterlistig und gemein. Das hier«, er deutete auf den Degen in seiner Hand, »das hier ist für Moja, meine Moja. Du erinnerst dich vielleicht? Das Mädchen, das du auf dem Marktplatz töten lassen hast? Naja, ist schon lange her, aber ich bin nun einmal nachtragend. Das mein lieber General, das nenne ich Verrat. Seit damals wusste ich, wer du bist, wer ihr Wilokie wirklich seid. Ausbeuter, Diebe und Mörder, die durch die Knechtschaft anderer Völker ihren unermesslichen Wohlstand erlangen. Mehr seid ihr nicht, keine Eroberer der Sterne, denn wie gesagt, dafür fehlt euch die Weisheit und auch die Würde. Leider auch dir Munai, mein Freund.«

Munai röchelte. Blut tropfte aus seinem Mund und von seinem Kinn herab auf den blitzeblanken Holzboden. Er wollte etwas erwidern, doch der Dolch, der in seiner Lunge steckte, hinderte ihn daran. Zec trat hinter ihn.

»Dieser Verrat an mir und meinem Volk, wird mit dem Tode bestraft.«

Er rammte General Tschengil den Degen in den Rücken, dass die Spitze aus seinem Bauch wieder hervor ragte. Munai bäumte sich auf, spuckte Blut und stieß einen röchelnden Schrei aus. Zec zog den Degen mit einer schmatzenden Bewegung aus dem Körper des Sterbenden. Dann schlug er ihm den Kopf ab.

* * *

Urs hatte sich gewaltig verschätzt, als er am Marktplatz aus dem Fluggleiter gesprungen war, um auf die fliehenden Aufpasser los zu stürmen. Er hatte sich in einen Rausch des Sieges hinein geschrien, der abrupt endete, als ihnen an einer Häuserzeile mitten im Herzen Soms eine Schar wilokischer Scharfschützen auflauerte und drei seiner Leute getötet hatten. Das schmerzte und saß tief, alles Freunde und Weggefährten.

»Jetzt nur nicht beeindrucken lassen, weiter kämpfen!«, schrie er und stürmte weiter, an der Spitze seiner Truppe in Richtung Hafen. Wo sich Layla, oder andere verbündete Kämpfer befanden, das wusste nur noch der Wind, jeder musste nun sein Bestes tun. Zunächst hatten sich die Aufpasser zerstreut, sich aber alsbald wieder gesammelt und griffen nun ihrerseits an. Sie schienen dicht hinter ihnen zu sein, denn sie hörten ein ständiges lautes Rufen von Befehlen. Weiter zum Hafen, aber dann? Es gab keinen Fluchtweg von dort, nur steile Felsen, die aus dem Wasser ragten und die Lagerhallen, die befanden sich jedoch fest in Wilokie-Hand. Was hätte es also für einen Sinn gehabt, weiterhin diesem Weg zu folgen? Schlicht und ergreifend hatten die Aufpasser den Fluchtweg in die Innenstadt an den relevanten Durchgängen versperrt, sodass ihnen nur die Gassen zum Meer hin blieben. Urs hob eine Hand und seine Gefolgsleute standen still.

»Wir müssen es wagen. Freunde, wir folgen jetzt einem Geheimweg mit fragwürdigem Ziel. Seid dort besonders vorsichtig, es könnte eine Falle sein, aber es ist die einzige Chance, die uns noch bleibt.«

Urs und seine Krieger stürmten in eine Spelunke, vorbei an Tischen und Stühlen, durch die Küche hindurch in den Weinkeller des Gebäudes. Dort holte Urs die Karte hervor, die Zec ihm gegeben hatte und breitete sie auf einem der Tische aus.

»Zählt die Fässer ab, es müsste das achte Fass in der dritten Reihe sein und öffnete den Zapfhahn!«, befahl Urs.

Und siehe da, nicht Wein floss aus dem Fass, nein, das Kopfteil des Fasses schwang zurück und gab eine Treppe frei, die tief nach unten führte.

Eigentlich wollte Urs dieser zweifelhaften Information, der eines Verräters, nicht folgen, denn man konnte mit ziemlicher Gewissheit von einer Falle ausgehen, aber leider blieb jetzt nur noch dieser Weg.

Ein leichter Windhauch, der muffig nach Algen roch, schlug ihnen entgegen. Die Stufen fühlten sich feucht, ja sogar teilweise glitschig an und führten immer weiter in das Dunkel des Berges hinab. So leise, wie sich eine Truppe Menschen eben fortbewegen kann, stiegen sie in das Ungewisse, bis sie schließlich einen lang gezogenen Gang erreichten. An den Wänden hingen Fackeln, die in Halterungen steckten und zum Anzünden einluden, doch sie verzichteten darauf. Inzwischen hatten sich ihre Augen an das schummerige Licht gewöhnt, denn hier unten war es nicht mehr so dunkel wie auf der Treppe. Ein leicht bläulicher Schimmer leuchtete schwach, weit vorne, am Ende des Felsengewölbes, auf das sie sich zu bewegten.

Vorsichtig und leise tasteten sie sich weiter an der Mauer entlang, ständig bereit, sich wenn nötig zu verteidigen, doch nichts geschah, alles blieb ruhig. Es roch nicht mehr so penetrant nach Schlick, sondern würziger nach Meerwasser. Bald schon begann das Licht heller zu leuchten und ein Ausgang kam in Sichtweite. Urs bedeutete seinen Leuten, mit dem Zeigefinger auf seiner Lippe, hier zu bleiben und schlich sich alleine bis zur Kante des Durchgangs und konnte kaum glauben, was er sah. In einem riesigen Felsendom standen die unzähligen Jagdgleiter der Wilokie, schön säuberlich in Reih und Glied, bereit zum Abheben und Kämpfen, doch beim Weiteren Umsehen bemerkte Urs, dass das Ausflugtor Richtung Meer geschlossen war. Hinzu kamen die vielen Körper, die zwischen den Flugmaschinen lagen, teilweise verdreht, aber alle mit einem verschmitzt seligen Lächeln auf dem Gesicht. Wenn man genauer hinsah, bemerkte man, dass fast alle einen Krug in der Hand hielten. Auf der Kommandobrücke standen etliche Slakfässer und ein Buffet schien aufgebaut worden zu sein. Die hatten hier gefeiert und sich ordentlich einen angesoffen. Urs bedeutete seinen Leuten, zu ihm zu kommen. Bald schon betraten sie die Halle, alles blieb ruhig, kein Angriff, nichts, nur das Geschnarche der ohnmächtigen Piloten war zu vernehmen. Urs grinste seine Truppe an.

»Fesselt sie alle und dann schnappen wir uns die Gleiter. Wer auch immer diesen Kampfverband außer Gefecht gesetzt hat, hat ganze Arbeit geleistet und einen Orden verdient. Kleiner Tipp von mir, kostet nichts vom Slak. Und jetzt an die Arbeit, vorwärts, öffnet schnellstens das Ausflugstor!«

* * *

Zunächst waren es nur Gerüchte, die an Nailas und Torrels Ohren drangen, aber bald schon wurden sie zur Gewissheit. Während die beiden, zusammen mit unzähligen Salomern, die Aufpasser immer weiter in Richtung Hafen drängten, wurden in den Höhlengängen weit unter den Straßen der Stadt,

Schlachten geschlagen. Es hatten sich wohl die meisten Straßenkämpfer unter dem Banner Skochs gesammelt, aber zwei mächtige Clans wollten die Revolution als solches nicht akzeptieren. Der gefährliche Boss der Unterwelt, Gumm, hatte ein gewichtiges Wörtchen mitzureden und schien gar nicht erfreut über die neusten Ereignisse, denn er machte sich schlichtweg Sorgen um seine Einnahmen. Leider war Gumm ziemlich mächtig, sodass die wichtigen Kämpfe zunächst einmal in der Unterwelt Sodoms stattfanden.

Skoch stand mit dem Rücken zur Wand. Sie hatten inzwischen viele verlustreiche Schlachten in den Höhlengängen hinter sich und einige Leute verloren. Er schätzte, dass sie die Hälfte der beiden feindlichen Clans besiegt hatten, aber der Rest machte ihnen noch immer ziemliche Schwierigkeiten. Skoch und seine Straßenkämpfer würden dem *Herzrhythmus* und der Freiheit nur dienen können, wenn sie ihre eigenen abtrünnigen Clan-Brüder erschlugen. Ein Pfeil zischte haarscharf an ihm vorbei und zerschellte an der Hausmauer. Stattdessen waren sie jetzt auf dem Rückzug und wurden immer mehr in die Enge gedrängt. Das lag unter anderem daran, dass die Wilokie sehr schnell kapiert hatten, welch strategisch wichtiges Detail die Straßenkämpfer darstellten. Sie verlegten also die Streitkräfte der Aufpasser massiv in Richtung ihrer verbündeten Straßenclans und kamen ihren Waffenbrüdern, den beiden Clans von Gumm und Hòlgath, zu Hilfe. So drehten sie die Strategie im Kampf um Salom und plötzlich schienen die Salomer wieder die Gejagten zu sein. Skoch gab das Signal zum Rückzug, denn dieser Übermacht konnte er nichts mehr entgegensetzen, und Hilfe kam keine, zumindest nicht zur rechten Zeit. Er fluchte in sich hinein und rannte so schnell er konnte, um im Dunkel der Tunnels unterzutauchen. Sie hatten verloren. Wer sich erst einmal in den Gängen auf der Flucht befand, hatte nicht mehr die besten Karten. Sie hatten zwar für den Fall, dass sie sich trennen mussten, einen Treffpunkt ausgemacht, aber bis sie sich wieder vereinigen konnten, verging vielleicht zu viel Zeit. Skoch lief so weit und tief er nur konnte in den Berg hinein. Warum nur hatte ihm niemand die versprochene Hilfe geschickt? Er hatte viele gute Männer und Frauen in der Schlacht verloren und musste nun vor der wilokischen Übermacht fliehen. Hatten sie zu früh zugeschlagen? Wo blieben sie denn nur alle?

***

Zec bestaunte den Horizont und sog die frische Meeresluft tief in seine Lunge ein. Was für ein wunderschöner Planet Jùl doch war. Golgath und Arax betraten den heraufziehenden Abend und die Sonne trug ein leicht rosa-oranges Kleid. Über dem Meer, tief unter ihm, zogen Möwen und Albatrosse ihre Bahn und nicht weit weg von ihm kreiste ein neugieriges Seeadlerpärchen. Sein schnittiges Segelboot, das einen ebenso schlanken Zeppelin über sich trug, durchteilte die Lüfte, während sich über ihm die Segel blähten. Normalerweise flogen, bzw. segelten die Wilokie mit dunkelroten, sehr auffälligen Segeln, aber darauf hatte er komplett verzichtet. Sein Schiff, weiß und hellblau gestrichen, das Segel sowie der Zeppelin auch in hellblau, kamen unscheinbar, ja fast schon unsichtbar daher. Zec blickte nach Sodom zurück. Weit entfernt meinte er Feuer über der Stadt zu bemerken, dort am Hafen bei den Lagerhäusern. Aber vielleicht täuschten ihn seine Augen, die Dämmerung konnte einem faszinierende Streiche spielen. Eine plötzliche Bewegung in den Augenwinkeln ließ ihn herumfahren. Dort drüben am Festland bewegten sich Gleiter über die Ebene. Wie viele es genau waren, konnte er nicht erkennen, aber es sah wie ein ganzes Geschwader aus. Ungefähr dort im Grasland, wo er mit dem Handelsschiff, der Gedden, Layla eine Falle gestellt hatte. Aufmerksam beobachtete er die Flugobjekte, bis sie abdrehten und in hoher Geschwindigkeit Richtung Sodom flogen. Er atmete erleichtert auf. Zeit, seinen Kurs zu ändern und die schnellen Winde in Richtung Hól zu nutzen. Leichtfüßig erklomm er die Stufen zur Brücke, drehte das Steuerrad auf Kurs und befestigte es in seiner Position. Dann zog er an den Hebeln rechts daneben und das Segelschiff stieg in den Nachthimmel auf. Bald schon würde es von den stürmischen Böen erfasst werden und rasant Fahrt aufnehmen, herrlich! Wieder sog er die frische Luft ein und krallte sich eine Flasche Slak, setzte sich auf seinen bequemen Sessel und blickte wieder auf die stetig untergehende Sonne. Eigentlich sollte nichts mehr schief gehen, und Salom ging zurück an die Salomer und Elò, doch er machte sich keine Illusionen. Wahrscheinlich würde in kürzester Zeit eine Armada wilokischer Kampfschiffe zurückkehren und versuchen, Salom dem Erdboden gleich zu machen. Die Wilokie interessierten sich nämlich in keinster Weise für die Ureinwohner eines Landes. Wenn diese sich nicht fügten, wurden sie ausgerottet und ihr Land von Sklaven eines anderen Landes ausgebeutet. Es ging schlussendlich nur immer um den höchstmöglichen Gewinn. Salom hatte so viele unterschiedliche und interessante Bodenschätze zu bieten, dass es ganz und gar logisch erschien, dass die *Eroberer der Sterne* dieses Land bestimmt nicht freigeben würden. Nicht zu vergessen die Unmengen an Energiesteinen, die hier geschürft werden konnten. Deshalb auch Zecs Plan, schnellstens von hier zu verschwinden und die Zügel dort in die Hand zu nehmen, wo der Ursprung allen Übels lag, in Hól. Eine gewaltige Böe erfasste das Schiff und riss es mit einem Ruck nach vorne. Bald schon lag das Segelboot mit einer leichten Schlagseite im Wind. Er hatte noch einiges an Strecke vor sich, um nach Hól zu gelangen, aber da er sich gut vorbereitet hatte, machte ihm das wenig Kopfzerbrechen. Sein Vermögen hatte er vollends bei sich. Energiesteine, Gold, Silber, Edelsteine, aber was viel wichtiger war, eine komplett neue Existenz und einen Gleiter des *Herzrhythmus*'. Er hieß jetzt Samir von Hohenstein und irgendwie gefiel ihm diese Rolle außerordentlich gut. Eine Geschichte hatte er sich bereits zurecht gelegt und da vom Adelsgeschlecht von Hohenstein nur noch ein alter seniler Greis übrig geblieben war, standen die Chancen gut, sich als der verlorene Sohn ausgeben zu können, der plötzlich von seinen Abenteuern zurück in den Schoß der wilokischen Gesellschaft heimkehrte. Die Papiere und Urkunden lagen mit seinem Vermögen in einem gut abgeschlossenen Safe unter Deck. Zec hatte vor, sich in die Handelsriege der Wilokie einzukaufen und dann ... naja, mal sehen. Über seine geheimen Kontakte nach Hól hatte er sich sowohl eine erste Unterkunft besorgt, sowie Nachforschungen anstellen lassen, an wen er sich vor Ort wenden konnte. Ihm wurde die Tochter einer Goldadelsfamilie empfohlen, eine mysteriöse Figur im Spiel der Macht, dort in Hól. Zec nippte an seinem Slak, die Schlacht war noch nicht zu Ende.

* * *

Viez und Lumi führten das Luftgeschwader an, das vom Steinernen Meer aus den Luftraum absichern sollte. In Gedanken verbunden steuerten sie ihre Jagdgleiter in Richtung freie Grasebene, dorthin, wo sich das tragische Ereignis mit der Gedden ereignet hatte und Layla und ihre Crew gefangen genommen worden waren. Sie hatten den Auftrag, die Gegend auszuspähen, eventuelle wilokische Jagdverbände aufzuspüren und zu vernichten.

»Seht ihr was? Ich nämlich nicht. Hier ist nichts.«

Lumi hatte sich im verbundenen Gedankenraum aller Flieger zuerst zu Wort gemeldet.

»Alles ruhig, ja. Ich denke nicht, dass wir hier fündig werden«, meinte Viez.

»Lasst uns noch eine Runde in Richtung der Hügel dort fliegen und dann kehren wir um und unterstützen Urs bei der Rückeroberung.«

Bekennende Zustimmung war zu vernehmen und kurze Zeit später flog die Formation den Hügeln in Richtung Meer entgegen, aber auch hier herrschte eine ruhige abendliche Stimmung, ein Schwarm Enten startete, aufgescheucht von den Gleitern, in die untergehende Sonne und ihr vorwurfsvolles Quaken hallte über die goldgelbe Landschaft. Von diesen gewölbten Grasformationen aus sah man in der Ferne auf die weite See. Ganz weit weg zog ein kleines, kaum erkennbares Segelschiff am Himmel vorbei, aber mehr konnte man beim besten Willen nicht erkennen.

Lumi steuerte, an der Spitze des Luftgeschwaders des *Herzrhythmus'*, Sodom vom Westen her an. Sie hatten sich gründlich umgesehen, ob nicht irgendwo in der Gegend feindliche Kampfgleiterverbände der Wilokie lauerten, doch nirgends eine Spur. Das konnte nur bedeuten, dass sich diese Nomies in Sicherheit wiegten und schlussendlich von der Rebellion des salomschen Volkes vollkommen überrascht wurden, was wiederum hieß, dass ihr Plan von niemandem verraten worden war. Also, was hatte verdammt nochmal Zec damit zu tun, dass sich so gar kein Widerstand regte? Was hatte er vor? Da stimmte etwas so gar nicht überein.

Diese und andere Gedanken mäanderten in Lumis Hirnwindungen, während sie sich immer rascher der Stadt näherten und schon in der Ferne Feuer und Rauch in der Hafengegend erblickten. Die ersten Vorstädte flogen unter ihnen dahin, doch man sah kaum Menschen auf den Straßen, alles wirkte wie ausgestorben, nur hie und da ein paar versprengte Grüppchen. Sie näherten sich dem Exxos. Tief unter ihnen erstreckte sich die große Brücke, *Das Gerippe*, über den mächtigen, graugrünen Fluss. Kurz bevor sie das gegenüberliegende Ufer des Tales, den Stadtteil Dom, erreichten, schwenkten sie in Richtung Meer, dorthin, wo sich der Hangar der wilokischen Luftstreitmacht befand.

* * *

Lumi und Viez schrien den Kampfschrei des *Herzrhythmus'* in den gemeinsamen Gedankenraum.

»Formation zum Sturzflug ansetzen und Feuer auf jedes Flugschiff der Wilokie! Möge der Herzrythmus siegreich sein.«

Es ertönte ein durchdringender Gedankenschrei, der in eine rasende Beschleunigung der Maschinen mündete. In einer steilen Kurve fegten sie vom Himmel herab und näherten sich schließlich kurz über der Wasserfläche vom Meer her dem Hangar unter der Burg Suome, die Waffen feuerbereit. Das Ausflugstor begann sich gerade zu öffnen und die ersten Gleiter schwebten im Inneren, auf Ausflugposition. Sie würden keine Chance haben, dachte Lumi bei sich, setzte sich an die vorderste Position und eröffnete sofort das Feuer.

* * *

Urs und seine Mitstreiter starrten gespannt auf das sich öffnende Tor, langsam glitt es zur Seite und gab die Sicht auf das blaugrün glitzernde Meer frei. Doch plötzlich geschah etwas Unerwartetes, ein großes Luftgeschwader erschien kurz über der Wasseroberfläche, sauste auf sie zu und kurze Zeit später lagen sie unter Feuer. Chaos brach aus. Viele seiner Piloten versuchten sich wieder ins Innere zurück zu ziehen und zu landen, wobei sie an den Felswänden zerschellten. Die Geschosse der Gegner durchschlugen die Außenhülle der wilokischen

Gleiter wie Butter und da dämmerte es Urs. Das waren keine Wilokie, das war der *Herzrhythmus*, verdammt!

Sein Gedankenschrei dröhnte weit in die Tiefe des freien Zwischenraumes und fand den Gedankenraum von Lumi und Viez, denn nur sie konnten es sein. Urs schrie weiter. Er richtete seine ganze Konzentration auf den Gedankenraum.

»Haltet ein! Wir sind es, Urs und der Rest der Truppe! Haltet ein!« Doch die Kugeln von Viez' und Lumi's Geschwader durchsiebten die wilokischen Gleiter unablässig weiter und brachten immer mehr zum Absturz.

* * *

Zunächst leise, aber zunehmend lauter, nahm Lumi eine Stimme im Gedankenraum wahr, die sie kannte, aber die gerade so gar nicht hierher passte. Auch Viez und die anderen wirkten plötzlich irritiert.

»Haltet ein!«, wieder tönte der Ruf durch ihren Kopf.»Haltet ein!«

»Feuer einstellen! Sofort Feuer einstellen!« Lumi schrie den Befehl verzweifelt in die Runde, ahnend was geschehen war. Ein mulmiges, abgrundtief ungemütliches Gefühl breitete sich im Gedankenraum aus. Als die Waffen schließlich schwiegen und sich die Gleiter des *Herzrhythmus'* vor den übriggebliebenen wilokischen Gleitern aufbauten, konnte man das Ausmaß der Katastrophe erst richtig erkennen. Ein Großteil der wilokischen Flugmaschinen, war vollends zerstört und gerade dabei in der Bucht vor dem Felsplateau zu versinken, andere lagen zerschossen auf dem Landeplatz.

»Seid ihr eigentlich wahnsinnig? Wir sind es, eure Freunde! Urs und der Rest der Truppe!« Urs war außer sich. Wie viele seiner Freunde hatten gerade den Tod gefunden?

»Tut uns unendlich leid«, stammelte Lumi und Viez vollendete die Entschuldigung. »aber wir wussten nicht, dass ihr es seid.« Ein schmerzvolles Schluchzen war zu vernehmen, lange blieb es still. Betroffen und schmerzhaft berührt, getraute sich niemand mehr ein Wort zu sagen beziehungsweise zu denken. Es schien, als hätte sich ein Fluch über den Widerstand gelegt, doch der Kampf musste weitergehen, egal wie schlimm die Situation gerade auch war. Schließlich durchbrach Urs die lähmende Stille.

Ohne weiter auf die Sache einzugehen, erteilte er seine Befehle. Er nahm fünf Kampfflitzer in sein neues Kommando auf, die übrigen sollten sich um das Desaster kümmern, Verletzte retten und versorgen und die Toten bergen. Kurze Zeit später konnte man ihn wieder im Gedankenraum von Lumi und Viez vernehmen.

»Ihr konntet es nicht wissen, das war meine Schuld. Ich hätte Kontakt mit euch aufnehmen und euch warnen müssen. Es tut mir leid, aber es hilft nichts, wir müssen uns jetzt auf die Schlacht konzentrieren. Lasst uns unseren Freunden am Hafen helfen, dort wird die Hauptschlacht stattfinden.

Kapitel 20

Gerade rechtzeitig zu spät

Massek brüllte seine Anweisungen mit einem Megafon laut über das Deck.

»Geschütze in Stellung und Achtung auf eurem Posten, wir passieren die letzte Bergkette vor Schloss Calim! Haltet Ausschau nach wilokischen Luftgeschwadern!« Die Befehle wurden von den Kommandeuren der beiden anderen Schiffe wiederholt und nochmals über Deck geschrien. Breitbeinig stand Massek auf dem höchsten Punkt der Brücke und beobachtete mit seinem Fernglas aufmerksam die Umgebung. Außer Greifvögeln und Bergdohlen konnte man jedoch nichts erkennen. Alles schien ruhig, was war bloß los? Er hatte zumindest mit einem kleinen Kampfverband der Nomies gerechnet.

Auch Kolle und Balrum standen an der Reling und starrten angestrengt zu den immer näher rückenden Bergspitzen, hinter denen sich Schloss Calim und schließlich Som und Dom befanden.

Kolle hatte sich wieder einigermaßen im Griff, aber der Tod seiner Eltern brannte wie ein loderndes Feuer auf seiner Seele. Er versuchte an etwas anderes zu denken und so kam ihm die Unterhaltung mit Balrum sehr gelegen.

»Na, mein Guter? Nun scheint es so, als würde sich unser Schicksal bald erfüllen und Salom wieder unser werden. Ich muss gestehen, dass ich etwas aufgeregt bin.«

Balrum rieb sich fest die Hände und verzog dabei so lustig das Gesicht, dass Kolle sich ein Lachen nicht verkneifen konnte.

»Was lachst du? Auch ich habe Gefühle und bin kein Felsklotz!«, prustete er entrüstet.

»Nein, nein, ich lache nicht deswegen«, gab Kolle grinsend zurück.

Da ertönte abermals lauthals die Stimme von Massek.

»Achtung, wir passieren die Grenze des Steinernen Meeres. Bereit machen zur Wasserung! Bitte alle Schützen an die Reling treten und die Anlandung absichern. Wie abgesprochen wird die Kavenderou vor Schloss Calim anlegen, während sich die beiden anderen Schiffe auf Som und Dom konzentrieren. Seid ihr bereit!?«

Ein lauter, gellender Kampfschrei erklang und kurze Zeit später betraten die Widerständler den Boden der Stadt. Massek drang mit seinen Truppen zunächst in Schloss Calim ein und durchsuchte es nach Wilokie, doch er wurde nicht fündig. Calim lag verlassen da, die Späher nahmen keine Lebenszeichen wahr, alles was Füße hatte, befand sich anscheinend in Richtung Innenstadt. Von der Burgmauer aus konnte man in der Ferne einige Zeichen der Verwüstung erkennen. An vereinzelten Stellen brannten Häuser und fernes Geschrei war zu vernehmen, aus Richtung des Hafens leuchtete es orange. Massek bedeutete seinen Leuten, ihm so schnell es nur ginge zu folgen, ihr neues Ziel waren die Luxusviertel im Stadtteil Som.

* * *

Lange irrte Skoch durch die dunklen, muffigen Felsschächte, die sich weit ins Herz des Berges gruben. Hier roch es überall moosig und schimmelig, Wasser sickerte durch unzählige Spalten ein, tropfte auf den unebenen steinigen Boden, um sich dann zu kleinen Bächlein zu verzweigen. Wo sich seine Mitstreiter aufhielten, konnte er nur vermuten. Die Wilokie und feindlichen Banden der Straßenkämpfer hatten sie mit einer Übermacht überrannt, der sie nichts entgegenzusetzen hatten. Die beiden mächtigsten Clans hatten sich mit den Aufpassern der Wilokie vereint und sie in die Defensive gedrängt. Skoch vermutete, dass die Hilfe, die man ihnen versprochen hatte, zwar eingetroffen, aber dennoch zu spät gekommen war. Seiner Einschätzung nach hatten sie viel zu früh zugeschlagen, hatten den Feind zwar überrascht, aber nicht mit einer solch massiven Gegenwehr gerechnet.

Als er damals, kurz nach seinem Treffen mit Torrel, Naila und Massek, den engverbündeten Clans der Straßenkämpfer die Mitteilung der bevorstehenden Revolution überbrachte, standen diese sofort an seiner Seite. Die größten und mächtigsten Gruppen von Gumm und Hòlgath erfuhren von der Revolution erst, als sie sich bereits im Gange befand. Vor allem diese beiden Gruppierungen waren durchzogen von Suchern und Spionen der Wilokie und man konnte davon ausgehen, dass die beiden Anführer engste Verbündete der Eroberer der Sterne waren. Nachdem diese beiden Clans zwar sehr spät, aber anscheinend doch noch zu früh, von der Rebellion des *Herzrhythmus'* und der Verschwörung gegen die Wilokie erfuhren, hatten sie sofort einen Bandenkrieg angezettelt, in kürzester Zeit sämtliche Unterkünfte ihrer Gegner verwüstet und Treibjagden auf sie veranstaltet. Attentate auf gegnerische Clanmitglieder, Anschläge und Überfälle auf deren Unterkünfte, das ganze Programm. So hatten sich sämtliche Straßenkämpfer ab dem Beginn der Revolution in einem regelrechten Krieg unter Tage befunden, in dem es viele Opfer zu beklagen gab. In diesen entscheidenden Schlachten war Skoch das Kräfteverhältnis zwischen seinen Verbündeten auf der einen Seite und Gumms und Holgaths Banden auf der anderen, ziemlich ausgeglichen erschienen, doch mit einem Male standen immer mehr Aufpasser und Wilokie auf der Bildfläche und kämpften Seite an Seite mit den Clans von Gumm und Hòlgath. Das veränderte alles. Skochs Verbündete standen zunehmend unter Druck, mussten sich zurückziehen und schlussendlich die Flucht in die Stollen antreten. Hilfe war nirgends in Sicht und Skoch hoffte inständig, dass er seine Mitkämpfer an dem Treffpunkt, den sie im Falle eines Rückzuges ausgemacht hatten, wieder finden würde.

So tastete er sich durch das Zwielicht der Stollengänge, die Waffe im Anschlag und stets bereit, sie einzusetzen. Weit konnte es nicht mehr sein, denn er spürte einen fast nicht wahrnehmbaren Lufthauch, der durch den Stollen strich. Viele Jahre unter Tage hatten seine Sinne in dieser feindlichen Umgebung so fein werden lassen, dass er sogar die Ratten wahrnahm, die ihm auf leisen Sohlen folgten. Hier musste es sein. Er stoppte vor einer Einbuchtung im Fels, rollte einen fast kreisrunden Stein zur Seite, der einen Zugang zu einem

Felsendom freigab und verschloss ihn wieder sorgfältig hinter sich. Vorsichtig schlich er sich vorwärts.

»Hey, da bist du ja endlich«, hallte es von den Wänden wider und Fackeln wurden entzündet. Ein Schatten löste sich aus einer Spalte und daraufhin etwa fünfzig weitere.

»Jetzt sind wir komplett«, fuhr die Sprecherin fort. Es war Holda, die Chefin einer der Clans.

Eine korpulente, etwas grobschlächtige Dame mittleren Alters, groß, mit kurzen braunen Haaren und einem ständig misstrauischen Blick, den man nur richtig deuten konnte, wenn man sie lange genug kannte, rannte auf Skoch zu. Die beiden umarmten sich.

»Was bin ich froh, so viele von euch hier wieder zu finden«, sprach Skoch und blickte in die Runde.

»Als wir in den Hinterhalt gerieten, habe ich schon gedacht, jetzt wäre alles verloren, aber glücklicherweise sind wir ja doch nicht so blöde.«

Er sah seine Freunde glücklich an.

»Gibt es irgendwelche Neuigkeiten? Können wir irgendetwas tun, um uns aus dieser misslichen Lage zu befreien?«

Bei diesen Worten blickte er hoffnungsvoll auf Holda. Die Clanchefin putzte sich so geräuschvoll die Nase, dass es von den Felswänden widerhallte.

»Nun«, sprach sie dann, »wir haben einige Spione dort draußen vor Ort. Meiner Meinung nach sollten wir so lange abwarten, bis die versprochene Hilfe am Himmel erscheint. Vorher hat es wenig Sinn, etwas zu unternehmen, denn unser Feind ist weit in Überzahl.« Holda blickte missmutig drein und kratzte sich nachdenklich am Kopf. Skoch antwortete: »Mit *Hilfe* meinst du die fliegenden Schiffe des *Herzrhythmus*? Ich verstehe sowieso nicht, warum die nicht schon längst hier sind. Haben wir uns zu früh auf das Kampffeld begeben?«

Holda sah ihn missmutig an und meinte: »An uns lag's nicht. Wir hätten den Zeitplan schon eingehalten, aber die Clans von Gumm und Hòlgath sind uns zuvorgekommen und haben die Bandenkriege weit früher begonnen, als unser Angriff geplant war. Aber eigentlich müsste es jetzt bald soweit ...« Sie hielt inne und legte den Finger an ihre Lippen.

Wie auf Kommando huschten alle Männer und Frauen in die versteckten Spalten der Höhle. Kurze Zeit darauf betrat eine Kämpferin den Kuppeldom.

»Ihr könnt herauskommen, ich bins nur, Alá!«

Die Rebellen traten wieder aus ihren Spalten.

»Sie kommen! Wir haben gerade die Kavenderou und die beiden anderen Schiffe am See bei Schloss Calim landen sehen. Die Bergleute und Bauern strömen in großen Mengen nach Som und Dom ein.«

Alás Worte lösten bei allen einen frenetischen Jubel aus, der sein Echo kreuz und quer von den Felsen zurückwarf und eine eigentümliche Mischung aus Lauten und Tönen ergab.

»Die Clans von Gumm und Hòlgath haben sich mit den Nomies am Hafen versammelt. Sie schützen dort die Lagerhallen und Handelsschiffe«, fuhr Alá fort.

»Dann mal nichts wie los!«, rief Skoch lauthals und stürmte neben Holda in vorderster Reihe aus dem Felsendom. Zum Hafenbecken war es von hier aus nicht weit, aber der Ausgang lag am Wasser und konnte sehr leicht und effektiv unter Feuer genommen werden. Doch all das trat mit dem Auftauchen der Elò, der Bergleute und Landarbeiter in den Hintergrund. Sie würden kämpfen wie Löwen, bis ihre Freunde am Hafen ankamen, und so lange würden sie standhalten.

***

Torrel und Naila hatten sich inzwischen wieder mit ihren Verbündeten zusammengeschlossen und verhafteten im Stadtteil Som wichtige wilokische Schlüsselfiguren. Dazu gehörten nicht nur die Diplomaten, Unternehmer und Vertreter aus Hòl, die sich hier ein Stelldichein gaben, es befanden sich auch durchaus Adelsfamilien aus der wilokischen Hauptstadt darunter, die sich hier in Sodom ein schickes Häuschen für den Zeitvertreib gönnten, denn Salom konnte sich generell sehen lassen. In der grünen und leicht hügeligen Landschaft, die sich zwischen dem Meer im Norden und Osten und dem Steinernen Meer im Westen erstreckte, waren malerisch kleine Städtchen angeordnet, die ein geruhsames Landleben versprachen. Zudem mundeten auch die Speisen des Landes hervorragend, beides Voraussetzung für die gute Erholung der geplagten Geister der macht- und geldsüchtigen Nomies. Was viele von ihnen zusätzlich genossen, war die Arroganz, die man hier noch erwidert bekam. Die Salomer hatten sich nicht gern unter das Joch der Wilokie gefügt und in jedem einzelnen von ihnen herrschte der unbändige Wunsch nach Freiheit und Selbstbestimmung. Das bekam jeder Wilokie, der hier seinen Urlaub verbrachte, zu spüren, diese vehemente Ablehnung der Salomer gegenüber den Wilokie war legendär. Genau an dieser Stelle zeigten die Eroberer der Sterne gerne dem besiegten Volk, wer der wahre Herrscher dieser neuen Kolonie war, eben sie selbst, die Wilokie. Daran gab es nichts zu rütteln. Diese Position gefiel vor allem den alteingesessenen Goldadel-Familien. Das Machtgefühl ließ einen Schauer auf der Haut zurück, den man sich nicht kaufen konnte, erregend und belebend, ein Elixier wie ein Jungbrunnen.

»Habt ihr alle gut verschnürt?«, rief Naila ihren Schwestern zu, welche die gefesselten Gefangenen führten. Eben hatten sie einen wilokischen Stoffhändler und seine Familie festgenommen. Die Kinder wimmerten und froren vor Angst, während sich die beiden Alten missmutig abführen ließen. Die Kinder würden später mit ihren Eltern nach Hól zurück geschickt, oder aber als Geiseln eingesetzt werden, je nachdem, wie sich die Lage entwickelte.

»Sind verpackt und können verschickt werden«, rief Torrel ihr zu, während er nach Luft schnappend auf sie zu rannte. Angekommen, zog er zunächst ein Taschentuch aus seiner Jacke und wischte sich den Schweiß von der Stirn.

»Jetzt haben wir alle. Fehlt nur noch Gumm!«, keuchte er.

»Der Gefährlichste zum Schluss«, murmelte Naila.

Gumm, der unumstrittene Herrscher der Unterwelt. Niemand hier auf Sodoms Straßen und in den Bergstollen hatte mehr Macht. Er betrieb unheimlich lukrative Geschäfte mit den Nomies und würde sich wohl nicht so einfach ergeben.

»Wir sollten jetzt wachsam sein, denn laufen lassen können wir Gumm auf keinen Fall. Da vorne ist sein Haus, am besten wird es sein, dass sich all diejenigen, welche Gefangene betreuen, auf den Weg zum Gefängnis machen, sonst gerät das hier ganz schnell aus dem Ruder.« Torrel wies etwa die Hälfte des Zuges an, sich in Richtung Burg Suome zu begeben, um die Gefangenen in die Zellen zu verbringen. Etwa vierzig Kämpferinnen und Kämpfer blieben und umstellten das Haus des Unterweltchefs.

Das pompöse Haus schien verlassen, der Vorgarten, penibel gepflegt, strahlte die Ruhe und Erhabenheit aus, mit der sich Gumm gerne umgab. Der Chef von Sodoms Unterwelt, weithin bekannt für die Umsicht, die er ausstrahlte, sprach leise. So leise, dass man sich oftmals zu ihm hinbeugen musste, um ihn überhaupt zu verstehen. Doch wehe, man hörte ihm nicht gut genug zu, dann konnte es schon mal passieren, dass man ein Messer zwischen die Rippen bekam. Auch die Mordaufträge oder seine gemeinen Attacken und Anschläge befahl er mit einem leisen Singsang. Gumm hatte eine große Vorliebe für Goldschmuck, den er über seinem offenen Hemd trug, kleidete sich stets mit der neusten Mode aus Hól und seine Füße steckten in exquisiten Lederstiefeln. Sein kahlrasierter Schädel hatte die Form eines polierten Hühnereis, während sich über seinem mit Goldzähnen bewehrten Mund ein elegant gezwirbelter Bart kräuselte. Er entstammte einer einst angesehenen Elò Familie. Gumm war einer der wenigen Elò, die damals dem Reiz der Macht und des Reichtums verfielen.

Naila bedeutete ihren Kriegerinnen in den Garten vorzurücken und sich hinter den Büschen zu verschanzen. Torrel betrat mit seinen Leuten schwerbewaffnet den gepflasterten Weg zur Eingangstüre, doch er musste nicht den Befehl geben, sie aufzubrechen, denn sie öffnete sich von selbst. Heraus trat Gumm, der die Hände nach oben streckte und lächelte, als kämen Freunde auf ein Tässchen Tee zu ihm.

»Sieh einer an, wen haben wir denn da? Torrel und Naila. Wollt ihr mir einen kleinen Besuch abstatten? Ich hab noch Kuchen und Wein im Haus wenn ihr wollt.«

Belustigt blinzelte er Naila zu.

»Nein danke. Ich will an deinem geraubten Zeug noch nicht einmal riechen«, blaffte ihm Naila entgegen und Torrel rief:

»Stell dich mit dem Gesicht an die Wand, Gumm, deine Spielchen sind ab heute ausgespielt, bald wird es nur noch eine Henkersmahlzeit für dich geben. Deine Clanmitglieder werden soeben am Hafen aufgerieben, du hast verloren.«

»Ach Torrel, du weißt gar nicht, worauf du dich hier einlässt«, säuselte er süß und lächelte noch breiter, schüttelte den Kopf und drehte sich, die Hände immer noch erhoben, ganz langsam an die Wand. Torrel trat hinter ihn.

»Jetzt Hände ganz langsam hinter dem Rücken verschränken«, herrschte er ihn an. Gumm senkte seine Hände und führte sie auf dem Rücken zusammen. Gerade wollte Torrel ihm die Handschellen anlegen, als er ein klickendes, kaum wahrnehmbares Geräusch vernahm. Alles geschah so schnell, dass er es noch nicht einmal kommen sah. Eine eiserne Spitze ragte plötzlich unter dem Hemd des Verbrechers hervor und fuhr Torrel unterhalb des Herzens in den Bauch. Zunächst stand Torrel einfach nur da und starrte auf das Blut, das sich aus seinem feisten Bauch ergoss. Dann sackte er zusammen und fiel zuckend auf die frisch gemähte Wiese. Naila starrte ungläubig, unter Schock auf die Szene und wollte gerade den Befehl erteilen, den flüchtenden Gangsterboss zu erschießen, doch da brach im Garten die Hölle los. Von überall her schlugen Geschosse ein, eine kleine Armee umstellte das Anwesen und Nailas Verbündete versuchten verzweifelt in Deckung zu gehen. Aus allen Richtungen rannten vermummte Gestalten auf das Grundstück und verschanzten sich hinter den Büschen. Da es keine andere Möglichkeit mehr gab, flüchtete Naila mit ihren überlebenden Kämpferinnen in das Innere von Gumms Gebäude und verbarrikadierte die Tür. Gumm hatte sich derweilen schon längst durch den Garten davon gemacht und ward nicht mehr gesehen. Wütend pfiffen die Geschosse durch die zersplitternden Fenster, während sich Nailas Truppe hinter dem Mobiliar verschanzte und zu verhindern versuchte, dass sich Gumms Bande Zugang ins Innere des Hauses verschaffte, doch vergeblich. Immer wieder gelang es einzelnen Angreifern, über versteckte Wege ins Haus zu gelangen. Torrel wandte sich derweilen unter Schmerzen auf dem Rasen und versuchte vergeblich die Blutung zu stillen. Wahrscheinlich hätte die Situation für Naila und ihre verbliebenen Krieger ein schlimmes Ende genommen, wären die Angreifer nicht plötzlich verschwunden. Plötzlich, wie aus dem Nichts, schien es ruhig zu sein, kein Angriff, kein Schuss, nichts mehr. Doch ganz von Ferne hörte man elòisches Kampfgeschrei, das sich mit den lauten Rufen der Berg und Landarbeiter vereint hatte. Massek! Naila sank zu Boden und dankte Mutter Jùl, doch da wurde ihr bewusst, dass Torrel gerade verblutete. Sie stürmte nach draußen, warf sich neben ihn auf die Wiese und ergriff seine Hand. Hektisch riss sie sich einen Teil ihres Gewandes ab und versuchte die Blutung zu stillen.

»Torrel mein Guter. Mein starker Kämpfer, halte durch! Wir schaffen dich sofort ins Krankenhaus. Du weißt, wir haben dort die beste Medizin des Landes und du wirst bald wieder der Alte sein.«

Eine Träne kullerte über ihr schönes Gesicht. Mit schmerzverzerrtem Gesicht röchelte Torrel ihr zu.

»Lass nur, oh meine liebste Naila. Es ist zu spät, ich spüre es deutlich. Die Kälte kriecht mir bereits in die Beine und meine Augen werden trüb. Wir haben es geschafft Naila. Salom ist wieder unser, das ist alles was zählt. Selbst wenn«, er hustete und spuckte Blut, »dieser Unhold Gumm entwischt ist, er hat keine Chance ... und du, liebe Naila.«

Wieder hustete er.

»Du gibst mir das Schönste, was einem alten lüsternen Kerl wie mir passieren kann. Der letzte Anblick, den ich in meinem verrückten Leben haben werde, bist du.«

Nochmals hustete er und spuckte einen Schwall Blut.

Dann hob er seine blutige Hand zu Nailas weinendem Gesicht und streichelte ihre Backen.

»Du Schöne ...« Die Augen brachen, und seine Hand fiel aufs Gras. Naila warf sich schluchzend auf ihn und weinte laut über den Tod ihres Freundes. Sie begriff in diesem Moment noch nicht, wie sehr sie ihn vermissen würde.

Massek betrat als einer der ersten den Garten und kam langsam auf die beiden zu. Behutsam kniete er neben ihnen nieder und legte Naila seinen Arm um die Schultern. Sie warf sich schluchzend an seine Brust und weinte bitterlich.

* * *

Kolle und Balrum nahmen sich Dom vor und rückten an der Spitze von hunderten Berg- und Landarbeitern in Begleitung der Elòkrieger in den Stadtteil ein. Sie stießen kaum auf Gegenwehr. Entweder hatten sich ihre Feinde gut versteckt oder das Schlachtfeld hatte sich an andere Schauplätze verlagert. Peinlichst genau arbeiteten sie die Liste der Adressen ab, wo Wilokie und deren Verbündete wohnten, um sie gefangen zu nehmen. Doch nirgends kam es zu Scharmützeln oder Festnahmen. Als sie fast die Hälfte des Weges zurückgelegt hatten, trafen sie vereinzelt auf größere bewaffnete Bürgerwehren, von denen sich einige ihrer Armee anschlossen, doch Aufpasser und Wilokie waren immer noch nicht in Sichtweite. Balrum und Kolle sahen sich fragend an.

»Ich kann mir vorstellen, dass sich alle am Hafen bei den Lagerhallen sammeln«, sprach Kolle aus, was Balrum gerade dachte.

»Ja, das glaube ich auch. Sie schützen ihre Schätze«, entgegnete dieser und kratzte sich am Bart.

»Komm, dann lass' uns einen Zahn zulegen! Wir laufen geradewegs dorthin, ohne uns an das Protokoll zu halten.«, nickte Balrum ihm zu.

»Alle im Laufschritt, uns nach!« brüllte Balrum seinen Leuten zu.

Bald schon erreichten sie die Bahngleise, welche zum Hafen und zu den Lagerhallen führten. Entferntes Kampfgeschrei wehte ihnen entgegen. Ein versprengtes Häuflein mutiger Kämpfer hatte sich der Übermacht der wilokischen Einheiten entgegengestellt und kämpfte zusammen mit den Bürgerwehren verbissen gegen sie an. Balrum sah zu Kolle.

»Hast du unsere Fahne?« Der Junge nickte.

»Dann pflanze sie auf Suomes Turm. Nimm dir hundert Kämpfer mit und stürme die Burg. Ich mach hier den Rest.« Er grinste sein schiefes Lächeln.

»Ja, alles klar. Ich wünsche dir alles Gute! Mögen wir uns nach unserem Sieg wiedersehen!«

Sie umarmten sich kurz und gingen dann ihrer Wege.

Balrum sah sich um. Er stand auf der rechten Flanke zum Hafeneingang. Dort drüben, auf der anderen Seite, kämpfte ein Koloss von einem Krieger, zusammen mit einer ebenso schlagkräftigen Kämpferin gegen einen Haufen schwerbewaffneter Nomies. Ihre Blicke begegneten sich kurz und obwohl sie sich nicht persönlich kannten, schwang eine Energie zwischen ihnen, die sie zu Geschwistern im Geiste machte. Leidenschaftlich nickten sie sich zu und stießen einen ohrenbetäubenden Schrei aus.

»Angriff!! Greift an und schickt diese Nomies ins Meer! Angriff ... mir nach!!«

Kolle bahnte sich inzwischen den Weg durch die Menschenmenge, die sich teilweise immer noch vor dem Galgen und dem Podium im Garten vor Suome aufhielt. Im Laufschritt folgten ihm seine Leute, während ihnen die vielen Bürger der Stadt lauthals zujubelten, den Weg freigaben und sich ihnen anschlossen. So erreichten sie den Eingang der Burg.

»Durchsucht jeden Winkel und nehmt jeden fest, der sich hier aufhält. Vor allem sucht nach General Tschengil. Und ihr beiden ...!« Er deutete auf zwei Elòkriegerinnen.

»Ihr kommt mit mir. Wir haben die freudige Aufgabe, den Sieg kund zu tun.« Die beiden lächelten und folgten Kolle über die Wendeltreppe nach oben. Bald schon hatten sie das Plateau des Turmes erreicht, der in seiner Mitte die hohe Fahnenstange trug, auf der das verhasste Banner der Wilokie wehte, ein goldener Adler auf dunkelblauem Grund. Im sanften Wind, der vom Meer her wehte, blähte sich die Fahne der Sterneneroberer in Richtung des steinernen Meeres. Kurze Zeit später riss Kolle sie vom Himmel und zündete sie an. Dabei rief er vom Turm herab zu den Menschenmassen im Burghof: »Freiheit für Salom! Freiheit für Salom!«

Ein lautes Applaudieren und jubelndes Geschrei brandete vom Burghof zu ihnen herauf.

»Zieht die Fahne auf«, befahl er laut den beiden Elòkriegerinnen.

Der blutrote Stoff der Fahne flatterte im Wind. Stolz und erhaben füllte das Banner den abendlichen Himmel aus. Der goldene Phönix Saloms, wieder auferstanden, triumphierte über den Adler der Wilokie. Wieder brandete ein lautes: »Freiheit für Salom!« zu ihnen herauf und Kolle rief es immer und immer wieder seinen Freunden im Burghof zu. Schließlich jubelte die gesamte Umgebung, die Stadt begann sich zu regen und die Spielleute begannen zu spielen. Die Menschen fingen an zu tanzen und zu lachen, sie feierten ihr Fest, alles war schon fertig angerichtet. Die Buden, die Zelte, der Wein und das große Fressen, alles da, die Party konnte beginnen und zwar ohne die Wilokie. Die wenigsten bekamen noch mit, dass zur gleichen Zeit, am Hafen, die entscheidende Schlacht gerade erst begonnen hatte.

Kolle sah sich um, von hier aus konnte er bis zum Hafen blicken. Heller Feuerschein leuchtete zu ihm herauf. Plötzlich bemerkte er eine Bewegung im Augenwinkel, einige Aufpasser schienen durch einen schmalen Pfad am hinteren Teil von Suome zu entwischen. Kolle reagierte sofort. »Weiter! Wir müssen weiter! Es ist nicht vorbei. Sammelt die Krieger ein, wir folgen den Aufpassern dort!« Er deutete auf einen steinigen Pfad, der sich durch die Felsen schlängelte.

Laut schreiend stürmten sie nach unten, durch die Halle zum Hinterausgang und hinaus auf den Weg, den sie von oben erblickt hatten. Bald schon begann es steil bergauf zu gehen, doch dann wiederum weit hinunter, bis sie auf einen, von üppigen Büschen umgebenen, runden Vorplatz, einer ehemaligen Theateranlage, landeten. Sie sahen die Nomies gerade noch hinter einem stacheligen Busch verschwinden, folgten sogleich und wieder erreichten sie einen fast kreisrunden Felsplatz. Dort hatten wilokische Soldaten Aufstellung genommen und bedrohten irgendjemanden; mehr konnte Kolle nicht erkennen, aber eins schien klar: egal wer hier bedroht wurde, dieser jemand brauchte Hilfe und war bestimmt nicht auf Seite der Wilokie.

»Angriff!«, schrie er lauthals und stürmte mit seinen Mitkämpfern vorwärts.

Überrascht wandten sich die Wilokie von ihren Opfern ab und versuchten sich vor den auf sie einprasselnden Schüssen zu schützen.

Doch die Kugeln des *Herzrhythmus'* trafen schnell und präzise, durchdrangen die leichten Schutzwesten und durchschlugen die Schilde der Nomies. Entsetzen breitete sich unter ihnen aus, denn nun griffen auch die vormals von ihnen Bedrohten in die Schlacht ein.

Layla! Kolle überschlug sich fast vor Freude, als er sie bemerkte. Die Degen blitzten und die Luftgewehre schossen, ein heilloses Durcheinander, und nur dem Befehl von Zec, die Aufpasser in ihre auffälligen Ausgehuniformen zu stecken, war es zu verdanken, dass es, aus Sicht der Rebellen, immer die Richtigen traf. Langsam erkämpften sie sich die Felsenterasse zurück und immer mehr tote Wilokie lagen auf dem Pflaster ... und plötzlich ging alles ganz schnell.

Kolle sah diesen Nomie hinter dem Felsen, der auf Layla zielte, einen Hauch des Augenblickes später erklang das Ploppen des Gewehres und Kolle reagierte. Blitzschnell warf er seinen Körper vor Layla und ein kleiner, aber massiver Pfeil, klatschte schmatzend in seinen ungeschützten Oberarm. Tödlich! Kolle wusste von dem Gift, das die Wilokie stolz *Entscheider* nannten. Ein Gift, das den sofortigen Tod des Getroffenen einleitete. Kolle fiel hart zu Boden, er fühlte sich schwer. Alle Energie entfuhr seinem Körper und bevor sein Kopf auf den Felsen aufschlug, hatte ihn die Nacht auch schon verschlungen. Der Tod schien gnädig zu sein, nichts tat weh, nur Schwärze. Layla schrie laut auf und beugte sich über Kolle. Ihre Mitkämpfer strömten mit lautem Kampfesgeschrei an ihnen vorbei auf den Feind los. Sie würden siegen, das war jetzt klar, die Wilokie hatten keine Chance mehr.

Kapitel 21

Teurer Sieg

Layla schrie in den Himmel. »Nein!! Nein!! Kolle!!« Sie warf sich heulend über ihn und schluchzte los. Fest umarmte und drückte sie ihren langjährigen Freund und hielt seinen leblosen Kopf in den Händen. Rasch zog sie ihm den vergifteten Pfeil aus der Wunde, beugte sich über den Arm, sog so gut es eben ging das Gift aus der Wunde und spie es aufs Kopfsteinpflaster. Vielleicht konnte sie ja doch noch etwas tun? Angestrengt dachte sie nach, ob es denn irgendein Gegengift gäbe oder einen Heiler oder einen Ort, wo man ihn versorgen ... und mit einem Mal wurde ihr klar, sie musste ihn nach Slyx zu den Elò bringen lassen, dorthin, wo man alles heilen konnte, wenn man nur früh genug handelte. Viez hatte ihr erzählt, dass es diesen Ort gäbe und geschwärmt, dass dieses Wasser Tote wieder lebendig machen könne. Eile war geboten! Sie begab sich in den Gedankenraum und rief laut und durchdringend »Viez!! Viez!! Komm schnell mit deinem Gleiter hierher. Kolle ist in größter Lebensgefahr!!« Sie wiederholte diesen Satz immer und immer wieder und plötzlich vernahm sie seine Antwort. »Bin unterwegs!«, kam es nur kurz und knapp, »zeige mir deinen Standort.« Layla führte Viez in Gedanken durch die halbe Stadt und bald schon stand sein Gleiter in der Luft neben ihnen und landete direkt vor Kolles Körper auf dem Felsen. Wendig sprang er heraus, lief auf Layla zu und umarmte sie.

»Was ist passiert?«

»Ein vergifteter Entscheider-Pfeil hat ihn erwischt, du musst ihn schnellstens nach Slyx bringen, nur das Wasser dort kann ihn retten und das Gift aus ihm herausfiltern, das hast du zumindest behauptet. Du musst schnell sein, es ist die einzige

Chance, die uns bleibt. Sofort!« Sie packten Kolle an Armen und Beinen, schleiften ihn zum Gleiter, dann luden sie ihn auf den hinteren Sitz und Viez klemmte sich hinters Steuer. Kurze Zeit später flitzte er mit Kolle im Gepäck in Höchstgeschwindigkeit Richtung Steinernem Meer davon.

Viez' Gleiter schoss in einer Geschwindigkeit am Himmel dahin, dass es ihn beinahe zu zerreißen drohte. Er hatte heimlich einen doppelt so großen Energiestein in seinen Vogel verbaut und ihn auch nicht gedrosselt, aber vollends getestet hatte er ihn noch nie. Die Raserei riss an der Außenhaut und ließ das Luftschiff trotz des Cerumpanzers erzittern. Die Landschaft flitzte an ihnen vorbei als bestünde alles nur aus verwischten Farben, während es die beiden Insassen brutal in ihre Sitze presste. Viez drosselte die Geschwindigkeit etwas und richtete sich im Cockpit wieder auf, um nach unten zu sehen. Sie hatten fast das Ende des Steinernen Meeres erreicht, danach kam der Urwald der Elò. Kolle trat auf die Bremse. Was für ein Höllengeschoß hatte er da nur gebaut? Immer weiter bremste er seinen Flitzer herunter und bog in einer sanften Linkskurve in den dampfenden Wald ein. Ängstlich warf er einen Blick auf seinen Freund, aber der regte sich nicht. Bleich und tot lümmelte er in seinem Sitz. Kolle landete direkt vor dem Hauptbadehaus am kleinen See in Slyx, dort, wo sie vor einigen Monaten noch gebadet hatten. Schnell rannte er um seinen Gleiter herum, zerrte Kolle nach draußen, über die Wiese hinweg und ließ ihn in das warme heilende Wasser gleiten. Viez hüpfte in voller Montur hinterher und stützte den Kopf seines Freundes über Wasser. Inständig begann er zu beten, an irgendwen, an eine Göttin oder an das Schicksal, dass sie seinem Freund Kolle doch noch eine Chance geben könnten, er selbst würde sich auch dafür opfern, aber ... nichts geschah. Kein Blubbern, kein Heilen, kein Nichts. Kolle lag bleich und steif im Wasser und Viez, verzweifelt über ihn gebeugt, fürchtete, dass er zu spät gekommen war. Er spürte eine Hand auf seiner Schulter.

»Manchmal muss man los lassen können, mein lieber Freund.«

Viez erkannte durch seine tränenverschleierten Augen Fenny, den alten weisen Mann aus Piram wieder, mit dem er sich damals an der gleichen Stelle unterhalten hatte.

»Du, mein lieber Vincent, hast deine Schuldigkeit getan und ihn zu uns gebracht. Mehr kannst du nicht tun.«

»Nein! ...« Viez wollte das unabänderliche nicht glauben, das konnte und durfte nicht so enden. »Ich versteh nicht, ... ist er tot?«, stammelte Viez.

»Ja, mein Freund, das ist er. Das ist er wirklich, aber dank des Wassers wird er vielleicht zurückkehren. Ich betone, vielleicht. Und dann, ja dann wird er ein anderer sein.«

Viez starrte ihn entgeistert an.

»Was bedeutet das?«, flüsterte er ergriffen.

»Das mein lieber Freund bedeutet, dass er dann aus der Zwischenwelt zurückkehrt, in der sich das allgemeine Bewusstsein Jùls versammelt, ein Ort, der unsere Träume und Wünsche bestimmt, unser zukünftiges Schicksal und letztendlich unser Glück.«

Viez versuchte zu lächeln, aber es misslang.

»Er wird es also ... überleben?«

Viez klammerte sich erschöpft an den Arm des alten Mannes, der ihn gewähren ließ.

»Mein lieber Viez«, sprach der und blickte ihm in die Augen.

»Wir wissen es nicht. Wir wissen es wirklich nicht. Wir können nur hoffen.«

* * *

Skoch, Holda, Balrum und ihre Kämpfer hatten sich unterdessen einen beachtlichen Vorteil erkämpft. An der Spitze ihrer

Truppen mähten sie alles und jeden nieder, der sich ihnen in den Weg stellen wollte. Auch wenn sich Wilokie und Aufpasser bis vor kurzem noch in der Überzahl befunden hatten, so mangelte es ihnen allerdings andererseits an Kampfeswillen und Leidenschaft. Zum Entsetzen der Nomies strömten nun immer mehr feindliche Krieger in den teilweise brennenden Hafen ein. Berg- und Landarbeiter prügelten auf sie ein, Elòkrieger mit Luftgewehren, Pfeil und Bogen, langen Messern und Speeren bewaffnet, rannten aus allen Richtungen auf sie zu und auch die wütenden Bürger der Stadt kämpften in vorderster Reihe mit.

Jetzt bekamen es die Nomies mit der Angst zu tun. Unter ihnen tummelte sich auch Halmar, der ehemalige Vorgesetzte von Zec, der es ziemlich lange geschafft hatte, seine Stellung zu halten. Doch nun konnte er der übermächtigen Bürgerwehr nichts mehr entgegensetzen und zog sich mit seinen Kämpfern immer weiter in Richtung der Flugwerft am Meer zurück.

Die Luft roch nach Gift und Rauch. Vereinzelt brannten die Lagerhallen und Werftgebäude vor sich hin und knisterten brausend, während der aufkommende Wind das wütende Feuer ermunterte, sich noch weiter auszubreiten. Halmar und seine Kämpfer hatten sich in den vorderen Wartungsgebäuden verschanzt und leisteten den Rebellen erbitterte Gegenwehr.

»Zum Teufel aber auch ...«, entfuhr es Halmar laut, sodass sich seine Mitstreiter zu ihm umsahen. »Ach nichts!«, fluchte er.

»Seht lieber zu, dass sie sich nicht an uns heranschleichen können.«

Sie versuchten, einen Fluchtweg zur nächstgelegenen Lagerhalle zu finden, aber die Angriffe des *Herzrhythmus'* entwickelten sich immer ausgefeilter und aggressiver. Ein Feuerball zischte über ihre Köpfe hinweg und schlug in den Regalen hinter ihnen ein. Dort lagerten Dämmstoffe für die Sitze der Gleiter. Höchst brennbares Material. Der nächste Feuerball zog höhnisch seine Bahn und schlug in einem Haufen Sägespäne ein, die sofort Feuer fingen.

»Raus hier!! Ab durch die Hintertür in die Fertigungshalle!«, rief Halmar lauthals, so dass sich seine Stimme dabei überschlug. Sie hasteten dem Ausgang entgegen und stürmten auf den rückseitigen Hof hinaus. Das Gebäude lag nicht weit von ihnen entfernt. Eigentlich eine kurze Distanz, aber in Anbetracht dessen, dass sie sich auf weitem ungeschütztem Feld befanden, höchst riskant. Aber was half's? »Und los!«, brüllte er seine Leute an, die auch sofort über das freie Gelände stürmten. Die ersten Kämpfer fielen im Pfeilhagel ihrer Gegner. Ein Hinterhalt! Und doch blieb ihnen kein anderer Ausweg. Seine etwa fünfzig Personen starke Truppe schrumpfte bedenklich dahin.

»Jetzt aber los!«, schrie er und begann zu rennen. Sogleich zischten Pfeile durch die Luft und knapp an seinem ungeschützten Kopf vorbei. Ein Geschoss schlug in seinen Knieschoner ein und blieb dort stecken. Er spürte den Aufprall und rannte wie er noch nie gerannt war. Neben ihm fielen seine persönlichen Aufpasser, doch Halmar erreichte das Tor der Halle und warf es hinter sich ins Schloss. Sie stützten die eisernen Türen mit starken Balken von innen und drehten den Riegel in die Vorrichtung. Geschafft! Vorerst, denn sie würden bald kommen, so viel stand fest. Kurze Zeit später hörte er einen harten Knall gegen das Tor. Die Widerständler hatten keine Zeit verloren.

»Weiter! Seht euch um. Was können wir aus dieser Situation machen? Ich brauche Vorschläge!!« Erwartungsvoll sah er in die Gesichter der etwa zwanzig Aufpasser. So wenige nur noch! Halmar ließ sich seine Angst nicht anmerken, die Männer brauchten Mut.

»Ich habe da drüben in der Halle etwas entdeckt.« Ein etwas untersetzter zäher Bursche deutete auf den hintersten entgegengesetzten Winkel der Halle.

»Eine große Zahl fertiger Gleiter.« Ein Hoffnungsschimmer glänzte auf Halmars Gesicht.

»Ja! Dann nichts wie hin!«, sprudelte es aus ihm heraus.

Als sie den Platz erreicht hatten, bemerkten sie etwa zehn Flitzer unter weiten weißen Tüchern.

»Na wird's bald!«, herrschte er die immer noch staunenden Männer an. »Packt sie aus und sucht die Hebel für das Flugtor.«

Sie zogen an den Tüchern und enthüllten die matt grauen Gleiter. Halmar bemerkte zu seinem Erstaunen, dass er solche Flugobjekte in dieser Form noch nie gesehen hatte. Es schien eine neue Generation zu sein, denn auch die Steuereinheiten unterschieden sich in ihrem Aussehen von denen der Wilokie. Vielleicht Prototypen oder Testflitzer, oder aber die Gleiter, welche man dem Widerstand abgenommen hatte, als er in die Falle ging. Diese Mission galt als streng geheim und nur Zec und einige Vertraute wussten, was aus den Gleitern des *Herzrhythmus'* geworden war. Doch sie sahen aus wie neu ... was sollte das? Na egal, Hauptsache weg hier. Raus aus diesem Hexenkessel, den er so nicht hatte kommen sehen.

Zunächst hatten er und seine Leute Seite an Seite mit einer großen Anzahl an Straßenkämpfern dem Widerstand gehörig eingeheizt. Der Sieg schien nahe, doch urplötzlich zogen sich die Clanmitglieder zurück und zwar alle auf einmal. Einer von ihnen schrie ihm noch von weitem zu, sein Boss Gumm sei in Gefahr und sie müssten ihm sofort beistehen, dann waren sie plötzlich weg und er mit seiner Truppe alleine. Es dauerte nicht lange und sie konnten dem Dauerfeuer der Rebellen nichts mehr entgegensetzen. Sie versuchten alles, um Luftunterstützung zu bekommen, schossen mindestens ein Dutzend Rauchpfeile in den Himmel. Doch es kam keine Hilfe und so geschah das Unvermeidliche, sie mussten sich zurückziehen und flüchteten in Richtung Flugwerften.

Mit Groll dachte Halmar an Zec. Nicht nur, dass er alle Soldaten und Aufpasser für den heutigen Tag in die auffälligen Uniformen der Wilokie gesteckt hatte, leicht zu erkennen für jeden Feind, er hatte auch noch die Frechheit besessen, der Luftstaffel etliche Fässer Slak zu spendieren und das an einem solch wichtigen Tag, ein Wahnsinn! Oder aber Absicht? Halmar hasste und misstraute Zec bis tief ins Mark und konnte sich gut vorstellen, dass Zec in Wirklichkeit keiner der Ihren mehr war, aber egal, das spielte gerade keine Rolle mehr. Die Situation hatte sich so entwickelt und jetzt mussten sie danach handeln.

»Fertig!«, ertönten mehrere Stimmen gleichzeitig und rissen Halmar aus seinen Gedanken.

Hinter ihnen krachte das streng gesicherte Eingangstor splitternd aus den Angeln und kurze Zeit später strömten die Krieger des *Herzrhythmus'* ins Innere. Höchste Zeit!

»Los, flieht, schnell!«, schrie er seine Leute an.

Hastig sprangen sie in die Gleiter und erhoben sich sofort. Die ersten Feuerbälle schlugen neben ihnen ein und zerschellten an der harten Außenhülle der Flitzer. Halmar näherte sich der Freiheit, doch plötzlich begann sich das Ausflugstor wieder zu senken. Chaos breitete sich aus und in rasender Hektik beschleunigten alle auf einmal ihre Maschinen. Das führte dazu, dass einige Flitzer miteinander kollidierten und abstürzten. Als das Tor zuschlug, erwischte es noch weitere Piloten, die gegen die Seitenmauern der Werfthalle prallten, doch Halmar gelang mit zwei weiteren Kriegern, die Flucht in Richtung Himmel.

* * *

Während sich ein Großteil von Urs' Soldaten um die Verletzten und Toten in der Werfthalle kümmerten, erhoben sich Lumi und Urs mit ihren Piloten im Gefolge vom Hangar aus in die Lüfte.

»Mir nach! Angriff auf die Lagerhäuser! Nehmt diese Nomies unter Feuer bis sie sich ergeben!« Urs lauter Kampfschrei gellte durch den Gedankenraum und sofort folgten die übrigen Jagdgleiter ihrem König in die Schlacht. Sie flitzten vom Hangar unterhalb der Burg Suome aus übers glitzernde Meer, beschrieben eine Kurve in Richtung Hafengelände und beschleunigten ihre Maschinen.

Unerwartet starteten, von einer Werfthalle am Meer heraus, drei fremde Jagdgleiter und versuchten senkrecht zum Himmel hinauf zu entkommen.

»Ich nehme mit meiner Flugstaffel die Verfolgung auf!«, rief Lumi Urs in Gedanken zu, heftete sich ans Heck eines gegnerischen Gleiters und eröffnete sofort das Feuer. Lumis Staffel folgte ihr und bald schon befanden sich die fremden Gleiter unter massivem Beschuss, während sie versuchten, durch die Wolken zu entkommen.

* * *

Halmar zog seinen Vogel senkrecht nach oben. Doch wie aus dem Nichts tauchten von überall her die Gleiter des Widerstandes auf und nahmen sie sofort unter Feuer. So viele! Das konnte doch nicht wahr sein. Kein einziger wilokischer Jagdgleiter in der Luft. Sie befanden sich tatsächlich in Unterzahl und die gesamte Lufthoheit schien verloren. Halmar konnte es kaum fassen. Ein Schuss in sein linkes Heck ließ ihn wieder in die Realität zurückkehren. Immer höher und schneller zog er den Flitzer nach oben, bis er in die Wolken eintauchte. Halmar wechselte sofort die Richtung und schoss parallel zur Wolkendecke darüber hinweg, um urplötzlich in eine schwarze Gewitterwolke einzutauchen. Dort verharrte er regungslos und hoffte inständig, dass seine Häscher die Suche bald aufgeben würden.

***

Urs und die Seinen rasten mit ihren Jagdgleitern über die Köpfe von Skoch, Hòlda, Balrum und der gesamten Bürgerarmee hinweg auf die gegnerischen Kampfeslinien zu. Die Schüsse aus den Bordkanonen knatterten, der Staub vor den Lagerhäusern wirbelte braun in die Luft und wurde vom aufkommenden Wind in den Himmel gerissen. Die Wilokie und Aufpasser wichen entsetzt zurück und versuchten, sich in den Lagerhallen zu verschanzen. Die Übermacht der Berg- und Landarbeiter, der Elòkrieger und salomschen Bürger hatte dermaßen an Zahl zugenommen, dass die Eroberer der Sterne und ihre Schergen ziemlich schnell bemerkten, dass sie in der Falle saßen und jegliches Aufbäumen umsonst sein würde. Kurze Zeit später griff Lumi mit ihrer Flugstaffel die Lagerhäuser vom Meer aus an. Sie hatte, nachdem sie zwei Jagdflitzer abgeschossen hatte, die Verfolgung des verbliebenen flüchtenden Kampfjägers aufgegeben und sich entschlossen, Urs und ihren Freunden zu helfen. Im Rattern der Luftkanonen nahmen sie den Nomies die letzte Hoffnung auf Flucht. In den Schusssalven des *Herzrhythmus'* versank der umstellte Lagerplatz in einem staubigen Nebel und es dauerte nicht lange, da winkten viele kleine weiße Fähnchen aus den Türen, Fenstern oder Toren. Die Wilokie hatten sich ergeben. Mit erhobenen Händen, den Kopf zu Boden gesenkt, traten sie aus den Lagerhallen auf die Vorplätze. Manche knieten sich ergeben in den Staub, andere lehnten sich an die Außenwände der Hallen und verschränkten die Hände hinter dem Kopf.

Als die Bürger und Krieger endlich realisierten, dass sie gesiegt hatten, brachen laute Freudenschreie aus und gellten durch die

Hafenanlagen. Sie setzten sich in den Gassen fort und erreichten schließlich die Marktplätze, in denen man viel zu verfrüht zu feiern begonnen hatte.

Die Jagdgleiter landeten im Lagerhafen und sicherten die Gefangenen ab. Widerstandslos ließen sich Aufpasser und Wilokie von den Elòkriegern die Fesseln anlegen. Kein Aufbäumen, keine unnötigen Fluchtversuche, die Eroberer der Sterne fügten sich in ihr Schicksal.

Der Gefangenenzug bewegte sich von den Lagerhäusern am Hafen in Richtung Burg Suome, während an den Straßenrändern die Bürger Soms und Doms lauthals den Sieg über ihre Besatzer feierten. Musiker und Gaukler, die zu Hauf die Stadt bevölkerten, ließen spontan ihre Instrumente erklingen, oder zeigten Kunststücke, einige bespuckten die Gefangenen oder traten auf sie ein, aber Schlimmeres geschah zum Glück nicht. Es herrschte ein Gewusel, durch das man sich nur mit Mühe den Weg bahnen konnte.

Lumi versuchte verzweifelt, Viez in Gedanken zu erreichen, aber es gelang ihr nicht. Etwas chaotisch Trauriges blockierte ihre Kommunikation. Was war bloß geschehen? Im fernen Gewühl beim Burghof erkannte sie Sina und Sol, weiter hinten im Gewühl saß Layla, mit hängendem Kopf, die Hand an der Stirn. Irgendetwas stimmte hier nicht.

Lumi beschleunigte und landete ihren Gleiter neben einer Linde. Flugs sprang sie heraus und hastete auf Layla zu.

»Was ist passiert? Was ist los? Wo ist Viez?«

Aufgeregt packte sie Laylas Schultern und zwang sie in ihren Blick.

»Kolle …«, stammelte Layla. »Kolle ist tödlich getroffen worden. Viez bringt ihn gerade nach Slyx.«

Matt, aller Kräfte beraubt, setzte sich Lumi zu Layla auf den Mauervorsprung. Während die Gefangenen an ihnen vorbei in die Burg Suome einzogen, wo sie auf Gefängniszellen verteilt werden sollten, brach Layla in ein bitteres Schluchzen aus. Sanft legte Lumi ihren Arm um sie und drückte sie fest an sich. Sie versuchte Worte zu finden, um ihr den Schmerz zu nehmen. Aber sie bekam nur ein »Alles wird gut…« heraus.

»Na was ist denn mit euch los?« Urs, Sina und Sol gesellten sich zu den beiden.

»Heute ist doch wahrlich kein Tag zum …?« Urs versuchte zu lächeln. Doch beim Anblick von Layla begann er zu frösteln.

»Was ist denn los?«, fragte er mit einer dunklen Vorahnung und beugte sich zu ihr.

Und so erzählte Layla ihren Freunden, wie sich Kolle während des Kampfes in die Schussbahn eines Entscheider-Pfeiles geworfen hatte, der eigentlich ihr gegolten hatte.

Bestürzung machte sich breit und sie senkten traurig die Köpfe. Der wahrscheinliche Tod von Kolle lag schwer auf dem Gemüt aller und für einige Zeit sagte niemand etwas. Die Straßen und Plätze neben ihnen füllten sich immer mehr mit feiernden Menschen, doch sie, die eigentlichen Helden, blieben stumm.

»Wir haben alle viele gute Freunde zu beklagen, auch ich habe heute einige verloren«, durchbrach Urs schließlich die deprimierende Stille.

»Torrel und viele andere meiner Freunde und Weggefährten sind gefallen, doch all das soll nicht umsonst gewesen sein. Komm Layla! Lass uns ein letztes Mal für heute alle Kraft zusammennehmen und folge mir auf den Balkon der Burg.«

Er ergriff Laylas Hand und führte sie die steilen Stufen hinauf.

Kurze Zeit später betraten sie den Balkon im ersten Stock, von wo aus sie über den Burghof, in den Burggarten und die umliegende Stadt blicken konnten. Langsam kehrte Stille in die Menschenmenge ein, von überall her blickten sie erwartungsvoll zu ihnen hinauf. Leise hörte man eine Melodie, ein altes salomsches Volkslied. Ein Lied, das schon die Kinder in frühem Alter singen konnten und das man über Generationen weitergetragen hatte, erscholl von weit her in Wellen und breitete sich schließlich zu einem mitreißenden Gesang aus, der alles und jeden erfüllte, der eine Stimme und Seele besaß.

SALOM

Wo der Himmel weiß die Wolken setzt
und segelt mit den Adlern
wo das grüne Gras sich saftig wächst
an den luftigen Gestaden.

Wo die Wiesen sich im Winde drehn
rauscht der Fluß ins tiefe Tal
von den Gipfeln wild die Stürme wehn
bis zum großen Wasserfall

Wo die Aue ihre Arme streckt
durch fruchtbar weites Land
und der Wald sein prächtig Köpflein reckt
nehm ich dich an meine Hand

Weit ins Land hinein duftet das Meer
rauscht hinfort mit schäumend' Schwingen
wer den Vögeln und den Bäumen lauscht
der wird immer mit dir singen.

Wo die Berge bis zum Horizont stehn
und die Monde ihr Licht ausgießen
über gletscherweites blaues Eis
die Farben überfließen

Kein Sternenzelt kann schöner sein
keine Luft so frisch und klar
im hier und jetzt wo du daheim,
ist alles gut und wahr.

Sei mir gegrüßt du holde
Mutter meines Seins,
hülle mich gar sanft
in deine wohlig Wärme ein
umschließe mich und tröste mein
geschunden krankes Herz
führe mich auf deinem Pfad
immer weiter Heimat wärts

Nachdem die Hymne langsam verklang und sich wieder Jubel regte, reckte Urs die Arme bis Stille einkehrte und hob zu seiner Rede an.

»Meine lieben Freunde, Bürger Saloms!

Als damals vor langer Zeit die Wilokie unser Land überfielen, unsere Eltern und Freunde töteten und die Herrschaft über Salom an sich rissen, war es mehr als ungewiss, ob wir es jemals schaffen könnten, uns wieder zurückzuholen, was uns gestohlen worden ist. Unser Land, unsere Identität und unsere Freiheit. Jeder von uns hat Freunde, Eltern und Geschwister durch die wilokische Besatzung verloren, das werden wir niemals vergeben und vergessen. Wenn der Tag kommt, an dem wir unserem Feind abermals gegenüber stehen, denkt daran. Denkt an das Leid, das sie über uns gebracht haben, an die Familien, die sie auseinander rissen und an alles andere, was sie uns genommen haben. Wir werden das nie wieder erdulden!«

Den letzten Satz schrie Urs hinunter auf den Burghof. Aus vielen Kehlen gellte Jubelgeschrei zum sternenklaren Nachthimmel empor. Es dauerte etwas, bis sich die Leute wieder beruhigt hatten und Layla fuhr fort:

»Wie ihr jetzt alle wisst, bin ich Königin Layla, die Schwester von König Urs. Wir beide haben hier vor langer Zeit selbst unsere Eltern verloren, und wenn ich das jetzt so selbstverständlich zu euch sage, erscheint es mir fast unwirklich, denn ich wusste es lange Zeit selbst nicht. Die Wilokie haben mich, nachdem sie unsere Eltern hier auf dem Burghof hinrichteten, in eine für mich fremde Familie verschleppt und mir alle Erinnerung an mein früheres Leben geraubt; ich war noch zu jung, um mich erinnern zu können. Nur meinen Freunden und meinem Bruder Urs habe ich es zu verdanken, dass ich nun weiß, wer ich bin. Ein solch abscheuliches Schicksal hat viele von Euch ereilt. Vor mir sehe ich viele Waisen aus der Zeit des Eroberungskrieges, die ihre Eltern und Freunde verloren haben und fern ihrer Familie aufwuchsen. Diese Grausamkeit ist eine unter vielen, die wir den Wilokie zu verdanken haben. Vergesst niemals, dass das Streben dieser Nomies nur auf ein einziges Ziel ausgerichtet ist: auf die Vermehrung ihres eigenen Wohlstandes. Dazu ist ihnen jedes noch so grausame Mittel recht und sie werden nicht nachgeben, bis sie entweder selbst besiegt sind, oder aber über uns gesiegt haben. Vorerst haben wir gesiegt, doch machen wir uns nichts vor: das werden die Nomies nie und nimmer auf sich sitzen lassen. Lasst uns kämpfen, meine Freunde! Für ein freies Salom!«

Auch sie hatte ihren letzten Satz laut hinaus geschrien. Wieder brandete Beifall auf, der nicht enden wollte. Urs übernahm erneut die Rede.

»Meine lieben Freunde und Mitbürger, es gibt viel zu tun! Ich bitte euch deshalb, mit der Siegesfeier noch zu warten. Ich weiß, das ist schwer, noch schwerer wiegt jedoch, dass wir bei unserem Kampf viele gute Freunde und Mitstreiter verloren haben. Die Gassen und Plätze sind immer noch von ihrem Blut und dem unserer Feinde getränkt und bei vielen Menschen herrscht Trauer, weil sie ihre Liebsten verloren haben. Lasst uns deshalb die Toten bergen und zum Hafen bringen. Bestatten wir unsere Helden, wie es ihnen gebührt, und dann lasst uns Som und Dom zum schönsten Ort auf Jùl herausputzen! Morgen Mittag, meine Freunde, findet die große Trauerfeier am Hafen statt und danach lasst uns feiern.«

Wieder erklang ein lautes Jubelgeschrei. Urs hatte mit dieser Entscheidung bewiesen, dass er das Gespür eines Königs besaß und Layla richtete die letzten Worte an die Bürger.

»Meine lieben Freunde, es ist alles gesagt. Aber eines sei euch gewiss: Wir werden nie wieder zu unserer Unbeschwertheit zurückkehren können, die uns einst beglückte, solange die Wilokie Anspruch auf unser Land erheben und solange noch viele dieser Verbrecher in den Höhlen und Gängen im Untergrund von Dom und Som unterwegs sind. Wir sind noch nicht am Ende unseres Freiheitskampfes angelangt. Lasst uns dieses wunderbare Land, das uns von Jùl geschenkt wurde, wieder zu einem Ort des Friedens und der Freiheit machen! Und nun«, sie legte eine kleine Kunstpause ein, »lasst uns aufräumen!«

Wieder jubelte das Volk, während Urs und Layla grüßend winkend ihre Hände nach oben streckten.

Kapitel 22

Himmel und Hölle

Malli saß derweilen in der Großküche des Wolkennestes und schälte Kartoffeln. Immer wieder nahm er sich eine der faustgroßen erdigen Knollen, entfernte mit einem scharfen Messer die feste Haut und warf die goldgelbe Frucht schließlich in einen Eimer mit Wasser. Inzwischen, nach gefühlten hunderten Kartoffeln, hatte er sich zu einem richtigen Schälmeister entwickelt. Außer ihm hielt sich nur noch das Küchenpersonal im Rebellensitz auf. Urs hatte alle verfügbaren Kräfte gebündelt und in den Kampf geführt. Malli war froh, nicht mit dabei sein zu müssen. Viel zu schwer lasteten die jüngsten

Erlebnisse auf seinem kindlichen Gemüt, angefangen bei seinen Eltern, die ihn verstoßen hatten, über die Demütigungen im Internat, bis hin zum Verrat durch Blom. Immer wieder musste er sich dazu zwingen, seine Gedanken nicht in diese Richtungen schweifen zu lassen, der Schmerz saß noch immer tief und ein Kloß der Traurigkeit brannte in seinem Hals. Er sehnte sich nach Ruhe, Vertrauen und Freundschaft, mehr verlangte er doch nicht. Konnte das denn so schwer sein? Was hatte er denn verbrochen, dass das Schicksal immer wieder auf ihn einschlug?

Malli entnahm die letzte Erdfrucht aus dem Kübel und schälte sie.

»Zeit, um Pause zu machen«, dachte er sich und ließ die Kartoffel ins Wasser plumpsen. Von einem Teller auf der Anrichte stibitzte er sich einen Apfel und schlenderte den Hauptgang des Wolkennestes entlang in Richtung Aussichtspunkt. Dorthin, wo man über die Wolken, die schneebedeckten Geröllfelder und die unzähligen Gipfel in Richtung Karst, dem Internat, blicken konnte. Man sah das Gebäude zwar nicht, aber wenn das Wetter einigermaßen mitspielte, war zumindest die Aussicht atemberaubend. Auf dem Weg dorthin passierte er die Gefängniszellen. Unheimlich blickten die Gitterstäbe in den eisenbeschlagenen Türen zu ihm herab. Ob sich hier derzeit Gefangene aufhielten? Auf Zehenspitzen schlich er sich an den Verliesen vorbei, um endlich zum Ende des Ganges zu gelangen. Fast hatte er ihn erreicht, als er plötzlich eine Stimme vernahm.

»Hey ... psst ... Kleiner! Komm mal her«, zischte es aus der Ferne. Das hörte sich ganz klar nach einer rauchigen Frauenstimme an. Malli sah sich um und wollte schon davon laufen.

»Hey, hier bin ich. Ganz am Ende, letzte Zelle. Leiste mir doch ein bisschen Gesellschaft, hier ist es so langweilig. Dir nicht, Kleiner?« Wenn Malli etwas nicht ausstehen konnte, dann dieses verdammte Wort »Kleiner«. Deshalb antwortete er entschieden. »Ich bin kein Kleiner, ich bin Malli.« Er vernahm ein Kichern.

»Na wie auch immer«, entgegnete die Frauenstimme. »Ich bin Bo. Bo Halanda. Kapitänin des großen Handelsschiffes, der Kavenderou, und euer geschätzter Gast. Leider hat mich euer Anführer hier vergessen, denn eigentlich wollte er mich in den Kampf mitnehmen. Aber anscheinend hatte er so viel zu tun, dass er mich übersah. Ist ja auch kein Wunder, ich meine, so eine entscheidende Schlacht gegen die Übermacht der Eroberer der Sterne, die muss man erst mal stemmen, das ist nicht einfach ein Spaziergang. Ich hätte ihm ja gerne geholfen, diese Nomies aus Salom hinauszuwerfen, aber wie schon gesagt, er hat mich hier vergessen, dabei hätte ich so wichtige Informationen für ihn gehabt. Informationen, damit er die Schlacht überhaupt erst gewinnen kann.«

Die Stimme der Frau erklang hinter der letzten Zellentüre und kurze Zeit später sah Malli zwei schlanke Hände, die sich um die Gitterstäbe schlangen. Vorsichtig und in gebührendem Abstand näherte er sich.

»Du lügst doch«, fuhr er sie an. »Du bist eine Gefangene des *Herzrhythmus'* und wirst noch lange in diesen Gemäuern schmachten, bis Urs dich wieder frei lässt. Und jetzt lass mich in Ruhe!«

»Hey, kein Problem Kleiner. Ich kann dir nichts anhaben, ich bin hier eingesperrt. Geh nur! Ich wollte nur helfen. Urs weiß gar nicht, auf was er sich da eingelassen hat: ihr werdet alle sterben.«

Malli lief ein Schauer über den Rücken, während er sich an der Wand entlang in Richtung Aussichtsplattform drückte. Als ihn, im nächsten Gang, das Dunkel verschluckt hatte, hörte er Bo Halanda noch geheimnisvoll raunen:

»Die Geheimwaffe der Wilokie wird euch alle töten. Nur ich alleine weiß, wie man sie stoppen kann.«

Malli fing zu laufen an und hatte kurze Zeit später die Aussichtsplattform im Felsen erreicht, die es durch schmale Luken gestattete, die gesamte Umgebung zu überblicken. Kraftlos ließ er sich in eine Felsnische sinken, starrte auf die schneebedeckten Berge und biss in seinen Apfel.

Was, wenn das stimmte? Wenn die Kapitänin ihnen tatsächlich helfen und er, Malli, seine Freunde vor dem Untergang bewahren konnte? Ach was. Sie war eine Lügnerin, wie alle anderen Wilokie auch.

Weit weg am Horizont schwebten die erhabenen Riesenadler über die Gipfel dahin und auf einem Schneebrett unter ihm wanderte eine Herde Gemsen durchs Tal. Mallis Gedanken begannen zu wandern. Er stellte sich vor, dass er mit Bo Halanda zusammen über das Gebirge dahinrauschte. Natürlich jeder in einem eigenen schnellen Gleiter, dass sie beide gerade noch rechtzeitig kamen, um seine Freunde vor einer tödlichen Gefahr zu bewahren. Kolle wäre so stolz auf ihn und er, Malli, der Held des Widerstandes. So träumte der Junge, während die Wolken vor ihm hin zogen. Der abgenagte Apfelbutzen segelte in den Abgrund und Malli sah ihm nach, bis er auf einem Felsvorsprung zerschellte, alsdann erhob er sich und trat den Rückweg an. Wieder kam er an der Zellentüre von Bo Halanda vorbei und wieder hörte er ihre singende, verrauchte Stimme.

»Na mein Kleiner? Nachgedacht? Wenn du mich hier heraus lässt, verspreche ich dir, dass wir gemeinsam nach Sodom fliegen und den Widerstand vor dem Untergang bewahren. Weißt du, auch ich habe mit diesen Nomies eine Rechnung offen, sie nahmen mir nicht nur meine Heimat, sie nahmen mir auch meine Eltern. Deine Freunde wissen noch gar nicht, was dort im Schatten wacht. In den Tiefen der unterirdischen Stollen lauert das Unaussprechliche, das Schreckliche, der Tod und es wird nichts geben, was dieses Monster stoppen kann, nur das Wissen der Wilokie ist in der Lage euch zu retten und dieses Wissen, habe ich. Ich alleine, verstehst du?«
Malli fühlte sich durcheinander. Er wusste nicht mehr, was er machen sollte und versuchte, die Argumente abzuwägen. Was

würde geschehen, wenn er sie freiließ? Im schlimmsten Fall würde sie ihn töten und fliehen. Im besten aller Fälle wäre ihre Geschichte wahr und sie könnten hunderte von Leben retten. Malli begann zu laufen und hielt sich die Ohren zu. Doch er hörte noch Bòs Schrei hinter sich.

»Hilf doch wenigstens deinen Freunden! Lass sie nicht elendig verrecken! Glaub mir, sie haben keine Chance!«

Außer Atem erreichte Malli die Küche und setzte sich auf seinen Stuhl. Der Koch sah ihn erstaunt an.

»Du siehst aus, als hättest du ein Gespenst gesehen. Was ist denn los?«

»Ach, nichts. Ich bin nur aufgeregt und hoffe, dass heute alles gut geht.«

Er sah verlegen zu Boden.

»Natürlich wird es das«, antwortete Krips, der Koch.

»Urs hat das schon im Griff, wirst sehen. Der hat alle Möglichkeiten durchgespielt und weiß ganz genau, worauf er sich einlässt.«

Er zwinkerte ihm zu und widmete sich wieder den Zwiebeln, die er in schnellen Bewegungen klein hackte. Malli begab sich auf sein Zimmer, streckte sich auf seinem Bett aus und fiel kurze Zeit später in einen unruhigen und chaotischen Schlaf. Er träumte von Monstern, die seine Freunde auffraßen, vom Gemetzel, bei dem alle, die ihm lieb und teuer waren, umkamen. Schweiß gebadet schreckte er hoch. Was, wenn es stimmte, was Bo behauptete? Wenn dort in den Stollen von Sodoms Unterwelt tatsächlich Monster warteten, die alles und jeden verschlangen? Und wenn er sie alle hätte retten können, wenn er denn nur auf Bo Halanda gehört und mehr Mut gehabt hätte? Wieder lief ihm ein Schauer über den Rücken. Je mehr er sich in diese Geschichte hinein dachte, desto sicherer wurde er sich, dass er es versuchen musste. Immer wieder hatte er in seinem bisherigen Leben die falschen Entscheidungen getroffen, hatte sich feige hinter anderen versteckt, aber jetzt konnte er etwas für seine Freunde tun. Rasch stand er vom Bett auf und packte einige wenige Habseligkeiten in seinen kleinen Rucksack. Dann lief er rasch zur Waffenkammer, schnappte sich eine Luftpistole mit genügend Munition und lief in Richtung Gefängnistrakt. Dort angekommen riss er die Türe zur nicht besetzten Wachstube auf. Auch die Wachen nahmen an der großen Revolution teil und der Schlüssel für die Zellen baumelte an einem Haken über dem Schreibtisch. Kurze Zeit später klopfte er an Bo Halanda's Zelle.

»Bo Halanda! Ich werde jetzt die Zellentüre aufsperren. Trete bis zum Fenster zurück und Hände hinter deinem Kopf verschränken. Hast du mich verstanden?« Aus dem Inneren drang dumpf Bo's Stimme.

»Ja hab ich. Gute Entscheidung, Kleiner. Ich verspreche dir, wenn ich hier draußen bin, dann bewahren wir deine Freunde vor einem riesigen Fehler.«

Die Zellentüre schwang auf und Bo stand in der Mitte des Raumes, die Hände hinter ihrem Kopf.

»Komm' jetzt langsam nach draußen und glaube mir, ich werde die Waffe benutzen, falls du auch nur eine falsche Bewegung machst.«

Er fuchtelte mit der Pistole wild in der Luft herum, was aber eher lustig aussah, als gefährlich. Bo schien es aber nicht zu bemerken und sah ihn ehrfürchtig an.

»Alles klar, nur mit der Ruhe, mein Junge. Ich bin dir vollständig ausgeliefert. Was soll ich tun?«

»Geh' voran und folge dem Gang bis zum Ende.«

Bo schritt an den Zellentüren entlang und stoppte bei der letzten Tür.

»Nach unten. Jetzt nach unten. Die Wendeltreppe dort.«

Er deutete auf einen Abgang.

»Dort unten ist eine Türe, die öffnest du und dann sind wir fast da.«

Bo tat wie ihr geheißen und staunte nicht schlecht, als sie sich in einer riesig großen Halle wieder fand, in der sich noch einige unfertige Gleiter befanden.

»Die sind zwar noch nicht getestet, aber ich bin mir sicher, dass sie gut fliegen.«

Er deutete auf einen Zweisitzer.

»Den dort. Öffne die Luke und nimm vorne Platz. Fliegen kannst du ja wohl, oder? Die funktionieren genauso wie eure Nomiegleiter, nur hundertmal besser.«

Bo rollte mit den Augen.

»Na klar. Besser als die wilokischen Gleiter? Das glaubst du doch selber nicht!«

Malli fuchtelte wieder mit seiner Waffe herum.

»Jetzt steig' schon ein. Ich sitze hinter dir und wehe, du machst irgendwelche Dummheiten, dann jag ich dir einen Pfeil zwischen die Rippen.«

»Ist ja schon gut.«

Mit diesen Worten klemmte sich Bo hinter das Lenkrad, wartete bis Malli Platz genommen hatte und startete das Luftgefährt. Langsam glitt sie aus der Halle ins Freie und drückte ohne Vorwarnung den Gashebel voll durch.

Selbst sie als erfahrene Pilotin hatte nicht mit so einer Fliehkraft gerechnet. Das waren ja Geschosse! Wahnsinn, was die für eine Beschleunigung drauf hatten. Doch noch mehr überraschte die plötzliche Geschwindigkeit den armen kleinen Malli. Er wurde tief in den Sitz gepresst, während sein Arm mit der schweren Pistole nach oben flog. Noch bevor er sich wieder fangen konnte, war Bo Halanda über ihm, griff sein Handgelenk und schlug ihm die Hand an eine Strebe des Gleiters, so dass er vor Schmerz aufschrie. Einen Augenblick später bohrte sich der Fingernagel von Bo's Daumen in den Hals des Jungen. Unter dem Nagel versteckte sich eine winzige Ampulle mit Gift, die nun in Mallis Blutkreislauf schoss. Kurze Zeit später schloss er seine Augen und flatterte ins Nichts. Bo drosselte ihre Geschwindigkeit und tauchte in die Wolkendecke ein. Gedankenverloren starrte sie auf den Jungen. Ein unschuldiges Opfer, aber so war das eben: fressen oder gefressen werden. Sie schwenkte auf ihren neuen Kurs ein: Hól würde sie mit offenen Armen empfangen.

* * *

Der Himmel breitete sich weit und dunkelblau vor der dahintreibenden Armada der Eroberer der Sterne aus. Freiheit! Ja, das bedeutete das Gefühl, ein Wilokie zu sein. Tun und lassen zu können, was sie wollten. Die Wolkendecke tief unter ihnen breitete sich wie ein flauschiger Teppich aus und strahlte, beschienen von den Monden Arax und Golgath in einem zarten Violett, das sich aus den Farben blau und rot der Monde mischte. Xavier umklammerte seinen Kommandostab so fest, dass er drohte, ihn zu zerbrechen. Zu Beginn der Reise war er noch so zuversichtlich gewesen, doch je länger sie unterwegs waren, desto mehr Zweifel stiegen in ihm auf. Er hatte keine Chance, umzukehren oder gar seinem Schicksal zu entrinnen, alles würde sich in nächster Zeit fügen, all das, was sein zukünftiges Leben für immer verändern sollte. Nun, nicht dass er sich diesen Ereignissen nicht stellen wollte, aber die Grausamkeit bestand darin, dass er Berilè tatsächlich liebte. So sehr, dass er an jedem Tag, an dem er sie nicht sah, seelische Schmerzen empfand. Dieses Gefühl verknüpfte sich mit dem Unwohlsein, welches er verspürte, wenn er nur daran dachte, bald gegen sein eigenes Volk zu ziehen und sich selbst als neuen König einzusetzen ... und da war noch etwas anderes, denn im Grunde genommen, erfüllte es ihn mit Stolz, Salomer zu sein. Das war eine ziemlich missliche und undurchsichtige Gefühlssuppe. Der Kaufmann seufzte und wandte sich zum gehen, dabei fuhr seine rechte Hand in seine Jackentasche und ertastete Papier. Flink fischte Xavier den Brief von Berilè hervor, den er schon lange lesen hatte wollen.

»An meinen geliebten Xavier« stand in geschwungenen Lettern darauf. Fieberhaft riss er den Umschlag auf und entfaltete das Pergament.

Hallo mein Liebster,

ich hatte gehofft, du würdest dich besinnen und fliehen, bevor es nun zu spät ist. Du begibst dich freiwillig in die Niederungen des wilokischen Daseins, aber ich denke, du weißt Bescheid. Ich kenne dich, Xavier! Du bist hin und her gerissen, weil du einen Stolz und eine Freude in dir trägst, die du von irgendwoher kennst. Das ist deine Heimat, das ist Salom. Sind wir doch mal ehrlich: Sie haben dich verschleppt, haben deine Familie vielleicht ermordet oder zu Sklaven gemacht. Und dich? Dich, mein Guter, haben sie am Leben gelassen, damit du noch viel schlimmer bestraft wirst, nämlich mit dem Mord an deinem eigenen Volk. Du bist gerade auf dem Weg dorthin, aber ich glaube, auch das weißt du. Nun, für mich gibt's da nicht allzu viel zu sagen, als … Du hast dich so entschieden. Glaube nicht, dass ich dich so einfach davon kommen lasse. Den Xavier, den ich kenne, den gibt es nicht mehr, vielleicht hat es ihn auch nie gegeben und ich habe mir nur etwas vorgemacht, habe mir ausgemalt, du wärst einer derjenigen, die Flüche brechen und neue Pfade beschreiten können, doch ich habe mich anscheinend getäuscht.

Du bist zu einem der Ihren geworden. Ein Wilokie.

Ich weine um dich, aber eines will ich dir noch sagen. Es ist noch immer nicht zu spät, Xavi. Jederzeit ist es richtig, dass du dich besinnst und fliehst. Flieh zu uns! Ich kenne einige Plätze, wo wir dich gut verstecken könnten, wo dich keiner der Übeltäter Crans findet. Ich werde warten und zusehen, was du machst, und ich hoffe, am Ende kann ich stolz auf dich sein, auf das, was du tust, weil es wahrhaftig ist. Doch in diesem speziellen Fall gibt es nur schwarz oder weiß: die richtige oder die falsche Entscheidung. Denn solltest du dem Plan der Wilokie folgen und zum Schlächter deines Volkes werden, so begegnen wir beide uns auf dem Schlachtfeld wieder. Verstanden? Ja, ich glaube, du weißt Bescheid: es kommt auf Dich an. Wenn du das Richtige tust, liebe ich dich in alle Ewigkeit. Aber wenn du falsch handelst – bist du raus. Liebster, ich wünsche dir viel Weisheit bei der Entscheidung deiner Wahl, möge sie glücklich sein.

Deine dich noch immer liebende Berilè

Xavier konnte es kaum fassen. Da prangte doch tatsächlich ein Kuss mit Lippenstift auf dem Papier neben der Unterschrift. Wieder und wieder las er den Brief, bis er ihn schließlich in aller Gänze erfasst hatte, die gesamte enorme Bandbreite. Er faltete bedächtig den Brief zusammen und steckte ihn wieder in seine Rocktasche. Schwarz oder weiß, kam es ihm in den Sinn, wie passend gewählt. Genau dafür liebte er sie, klare Ansagen. Für ihn stand die Entscheidung sowieso schon felsenfest in Stein gemeißelt, seit er von der Familie Tschengil aufgenommen worden war. Er würde …

»Master Tschengil! Master!« Die hohe Fistelstimme seines ersten Matrosen, näselte in sein linkes Ohr. Rasch drehte er sich um.

»Master Tschengil, melde gehorsamst.«

Der Matrose schlug die Hacken zusammen.

»Melde gehorsamst, dass ein Sturm der Kategorie sechs auf uns zu steuert, eine sehr große Bedrohung für unsere Flotte. Deshalb bitte ich Euch, Admiral Kuarto das Kommando zu übergeben, Master Tschengil.«

Am Ende des Satzes hätte er beinahe gestottert.

»Ist genehmigt und danke Kalo, kannst wegtreten. Wir sehen uns nach dem Sauwetter wieder.« Er deutete eine kurze Winkbewegung an und drehte sich wieder dem Himmel zu, der sich zusehends verfinsterte. Der Matrose verschwand hastig die Treppe hinunter. Xavier blickte auf die sich auftürmenden Wolken. Tief sog er den Duft der nach Regen duftenden Nacht ein und begab sich in Richtung Treppe. Er hatte da noch über einiges nachzudenken, einiges, was mit dem Schicksal seines Volkes zu tun hatte.

* * *

Fünf Tage nach dem Sieg Saloms über die Eroberer der Sterne, stand Layla am Fenster des Aussichtsturms auf Schloss Suome und blickte hinunter zum Hafen. Die Toten waren geehrt und bestattet, die Stadt wieder sauber vom Feiern und dem vielen Blut und Urs hatte sich in vollem Eifer in die Arbeit eines Königs gestürzt, ins Regieren. Er organisierte die vielen Gerichtsprozesse, welche man gegen wilokische Bürger in die Wege geleitet hatte, er setzte eine neue Führung für die Redaktion des *Sehers* ein, benannte das Blatt um in *Neues aus Salom* und ließ das ganze Land wissen, dass sich Salom nun wieder unter königlicher Herrschaft befand, und zugleich traf man sich mit unzähligen Dorfoberhäuptern und Stadthaltern aus dem ganzen Land. Kurzum, Urs wusste was er tat, aber Layla fühlte sich immer noch schwach und traurig.

Viez kehrte nach zwei Tagen aus Slyx zurück, brachte jedoch die schlechte Nachricht, dass Kolle sich immer noch in einem außergewöhnlich schlechten Zustand befände und die Weisen aus Slyx nicht wüssten, ob er nicht vielleicht schon tot sei. Sie würden ihn dort vor Ort weiter pflegen, um ihn dann, falls er stabil werden würde, nach Piram zu verbringen.

Zu allem Übel kam auch noch die Nachricht von einem Boten des Wolkennestes, dass der kleine Malli verschwunden und auch Bo Halanda unauffindbar war. Das legte den Verdacht nahe, dass die Kapitänin fliehen hatte können und den

Kleinen als Geisel mitgenommen hatte, oder Schlimmeres. Noch ein schwerer Schlag für alle Beteiligten, denn der immer fröhliche Malli hatte sich während seiner Zeit im Wolkennest zum Maskottchen der Rebellen gemausert. Sie alle würden ihn schmerzlichst vermissen.

Layla starrte in die Dunkelheit. Weit weg auf dem Meer konnte man die Lichter der Fischer erkennen, die grüßend heraufblinkten. Sie seufzte.

Und dann noch diese grässliche Sache mit Zec. Dieser miese Halunke hätte doch beinahe das Werk des *Herzrhythmus'* scheitern lassen. Er hatte die Rebellen an Tschengil verraten und sie in eine Falle gelockt. In Layla kochte es noch immer, wenn sie an die Sache mit der *Gedden* dachte. Im Grunde war nur Zec schuld daran, dass Kolle im Sterben lag und viele Unschuldige ermordet wurden. Sie hatte deshalb extra eine Gruppe der besten Fährtensucher und Krieger zusammengestellt, um diesen Verräter zu fassen, auch Sina und Sol befanden sich darunter. Sogar diese kleinen Wunderwerke der Wilokie, diese Spatzen aus Metall, ließ sie losschicken. Überall in der Stadt, an jedem zweiten Laternenpfahl, hingen Plakate mit einer Darstellung von Zacharias Bux und eine hohe Belohnung war ausgesetzt.

Doch obwohl in Som und Dom sowie in ganz Salom nach Zec gefahndet wurde, schien dieser wie vom Erdboden verschluckt; niemand hatte ihn mehr gesehen. Zec blieb, wie so viele andere wichtige Wilokie, Aufpasser und Sucher, verschwunden. Ganz zu schweigen von Gumm, dem Unterweltboss, und den vielen Clanmitgliedern, die sich gegen den *Herzrhythmus* gestellt hatten; alle untergetaucht und unsichtbar. Ein mulmiges Gefühl machte sich bereits in der Stadt breit, denn das konnte noch sehr gefährlich werden. General Tschengils Kopf thronte derweilen auf der Spitze einer Lanze neben dem Burgtor und verweste langsam vor sich hin. Bisher konnte man nicht klären, wer ihm schlussendlich den Kopf abgeschlagen hatte.

Doch auch etwas Erfreuliches passierte an diesem so trübsinnigen Tag.

Plötzlich klopfte es und Viez stand in der Türe. Geheimnisvoll lächelnd öffnete er die Eingangstür zum Turmzimmer vollends.

»Schau mal, wen ich hier habe«, flüsterte er fröhlich.

Hinter der Türe stand niemand anderes als sein geliebter Großvater Al, der nun freudig auf Layla zu lief. Er umarmte sie überschwänglich.

»Ich freu' mich so! Schön, dich gesund wieder zu sehen, liebe Layla!«

Er drückte sie fest und hob sie hoch.

»Die Wilokie hatten mich zu Arbeiten an den Webstühlen verdonnert, aber untergekriegt haben sie mich nicht. Ich bin so froh, dich gesund und am Leben zu sehen, meine Königin.«

Er setzte sie wieder ab und verbeugte sich tief. Layla lachte befreit auf.

»Und ich freu' mich erst, lieber Al! Ich kann's kaum erwarten, dass wir wieder in trauter Runde unsere Slakflaschen über die Tische erheben und auf eine glückliche Zukunft anstoßen können. Was haltet ihr denn davon, wenn wir das bald mal machen? Morgen im Exzenter? Ich muss unbedingt raus hier und wenigstens wieder ein bisschen das Gefühl für Normalität bekommen. Oh, was würde mich das freuen! Viez, magst du bitte allen Bescheid geben?«

Viez salutierte grinsend. »Mit Vergnügen, meine Königin.«

* * *

Der bestellte Tisch im Exzenter war reichlich mit allerlei Speisen gedeckt und ein großes Fass Slak stand in der Mitte, schließlich kam es nicht alle Tage vor, dass sich die Königin selbst die Ehre gab. Langsam trudelten alle ein, die zum Festgelage geladen worden waren. Sira, die es sich nicht nehmen hatte lassen, einen Trinkspruch auf die neue Monarchie auszubringen. Sol tauchte mit einer Freundin im Schlepptau auf. Layla, Lumi, Viez und sein Großvater, sowie Massek und Naila, die verliebt miteinander tuschelten. Auch Skoch, Holda und Balrum waren anwesend und unterhielten sich bereits ernsthaft miteinander. Balrum, dem das Unglück Kolles nicht aus dem Kopf ging, meinte, dass es unbedingt von Nöten sei, einen Kampftrupp aus Bergleuten und Straßenkämpfern zusammenzustellen, die in den Katakomben Jagd auf die untergetauchten Straftäter machen sollten. Skoch und Holda pflichteten bei und sagten ihre Unterstützung zu.

Urs war wie immer verhindert, da er sich gerade in Gesprächen mit den Landesfürsten befand und die zukünftige Verteidigung Saloms organisierte. Layla und Viez prosteten sich zu.

»Weißt du noch? Hier hat alles begonnen«, rief Viez durch den Lärm der Kneipe und deutete auf einen Tisch in der hintersten Ecke des Raumes.

»Wie könnte ich das jemals vergessen! Ich glaub, die Kerzen, die dort hinten in der Nische stehen, sind seither noch nicht einmal heruntergebrannt«, erwiderte Layla.

„Und jetzt sind wir nur noch zu zweit, du und ich. Ich habe übrigens verfügt, dass wir zusammen in das Haus von Kolle einziehen können; er hätte es bestimmt so gewollt. Du und dein Großvater, ihr habt doch keine Bleibe mehr und das Haus ist groß genug für dich, Lumi, Großvater und mich. Wenn ihr nicht gerade in Elò seid, wohnt bitte hier. Es wird unsere neue Heimat, in der wir uns zukünftig einrichten werden, denn ich will nicht auf die Burg Suome. Regieren soll Urs; ich kann das derzeit nicht, denn das mit Kolle und Malli hat mich schwer getroffen. Viez nickte und starrte auf die Tischplatte. Er dachte an Kolle, Malli und Ziggy. So lange war das alles noch gar nicht her und doch erschien es ihm wie eine halbe Ewigkeit.

Layla vernahm Wortfetzen aus der Unterhaltung neben sich. Sol und Sira erzählten gerade, wie sie von Layla in der

Spinnerei gefangen genommen und von ihr mit gezogener Waffe herum gescheucht worden waren. Am anderen Ende des Tisches lachten Skoch, Holda und Balrum durchdringend laut und stießen mit großen Bierkrügen an; Massek und Naila unterhielten sich tuschelnder und lachender Weise, so wie es Liebespaare eben gerne tun. Man sah Naila an, wie gut es ihr tat, dass Massek sie stützte und von ihrer Trauer um Torrel ablenkte. Layla wandte sich wieder an Viez.

»Ich habe umfangreiche Nachforschungen über Ziggy anstellen lassen. Du weißt doch, er wurde festgenommen und in die Folterkeller der Nomies gebracht.«

Viez schüttelte den Kopf.

»Nein, das wusste ich nicht; hat mir bisher ja auch niemand gesagt. Hast du was herausgefunden?«

»Nur, dass er anscheinend während eines Gefangenentransportes aus dem Gleiter in die Fluten des Exxos gesprungen ist; dann verliert sich seine Spur. Hoffentlich ist er nicht ertrunken!? So wie ich ihn kenne, taucht er irgendwann plötzlich auf und grinst uns frech ins Gesicht.«

Layla lachte kurz auf, als sie an Ziggy dachte, um dann gleich wieder schmerzverzerrt zu Boden zu schauen. Sie vermisste ihn aufs Schmerzlichste, genauso wie Kolle und Malli. Es würde noch lange dauern, bis sie darüber hinweg war.

Kapitel 23

Ziggys neue Heimat

Soviel Zeit war vergangen, seit Ziggy über den Ozean die Flucht ins Nirgendwo angetreten hatte. Weit weg schienen die Torturen während seiner Folterung und weit weg auch die lustigen Gespräche mit seinen Freunden Layla, Kolle und Viez.

Ein heißer Wind strich an der Reling des fliegenden Fischerbootes entlang, während Ziggy sich auf das Geländer stützte und nach unten aufs Meer blickte. Überall nur Wasser, egal wo man hinsah. Aber leider nur noch ganz wenig trinkbares Wasser an Bord. Schon seit vielen Wochen hatte er seinen Trinkwasservorrat nicht mehr auffüllen können, und der ging unweigerlich zur Neige. Weder hatte es geregnet, noch gaben die wenigen Inseln, die er passiert hatte, gutes Quellwasser her. Er starrte zum Bug hin in die Ferne. Hinter dem hellen, wolkenlosen Blau des Himmels am Horizont schien sich ein Unwetter aufzutürmen. Ein schwarzer Streifen, in dem es immer wieder hell aufblitzte, verriet nichts Gutes. Aber vielleicht gab es Regen und er konnte sich etwas Wasser auffangen. Ziggy schritt das Deck ab, befestigte und verstaute alle Gegenstände so gut es ging im Lagerraum des Schiffes, dann stellte er Gefäße auf, um das kostbare Nass aufzufangen und verzurrte sie mit Seilen.

Er arbeitete zügig und präzise, sodass er in kürzester Zeit fertig war, gewappnet für den Sturm. Zu guter letzt stellte er noch einen Stuhl an Deck und beobachtete vom Bug aus die aufziehenden Gewitterwolken. Sie schienen noch weit weg zu sein, aber aus Erfahrung wusste er inzwischen, dass das hier oben, in den Lüften, ziemlich schnell gehen konnte. Ehe man sich einmal umdrehte, fand man sich in einem Hurrikan wieder. Ziggy hatte schon etliche Unwetter hinter sich gebracht und die meisten davon gut überstanden, nur einmal hatte ihn ein Wirbelsturm erfasst und weit vom Kurs abgebracht, also von seinem eingebildeten Kurs, seinem imaginären Ziel, das es in Wirklichkeit nie gegeben hatte. Da es ihm aber im Grunde genommen ziemlich egal war, wo er landen würde, beschloss er, seine Route zu ändern und ein neues Ziel zu verfolgen. Wie weit er sich inzwischen von Salom entfernt hatte, konnte er nicht einmal annähernd schätzen. Die Kompassnadel deutete nur mehr schwach die Richtung zur alten Heimat an und begann sich ab und zu wie wild im Kreise zu drehen. Sein Gefühl für Freiheit hatte sich verselbständigt und bis zur Unkenntlichkeit umgeformt. Zunächst segelte er frohen Mutes in eine ungewisse, aber neue Zukunft, um nach etlichen Wochen festzustellen, dass er sich doch irgendwie einsam und alleine fühlte, vor allem seine Freunde vermisste er unheimlich. Wie mochte es ihnen wohl gehen? Er begann, Selbstgespräche zu führen und versuchte Vögel einzufangen, die immer wieder an Bord landeten. Er beschäftigte sich zum hundertsten mal mit den Büchern und Seekarten in der Kajüte und ordnete die wenigen Habseligkeiten der verunglückten Fischer immer wieder neu. Auch den Safe, in dem die Wocheneinnahmen lagerten, hatte er nebst Schlüssel, gefunden. Im Inneren befanden sich nicht nur üppige Mengen an Münzen, sondern auch etliche geheime See- und Flugkarten der Wilokie. Aber das alles nutzte ihm derzeit nichts, denn er wusste noch nicht einmal ansatzweise, wo er sich aufhielt. Ziggy hatte sich unter Deck ein schönes Zimmer eingerichtet, mit einem großen Bett, einem Schrank für seine Habseligkeiten, einem Tisch und einem Stuhl. Von hier aus konnte er durch das Bullauge direkt aufs Meer schauen und in der Nacht, vor dem Einschlafen, in den Sternenhimmel. Auch er selbst hatte sich verändert. Inzwischen besaß Ziggy schulterlanges Haar und der Flaum in seinem Gesicht spross wild, kreuz und quer vor sich hin. Seine Haut hatte sich den rauen Bedingungen angepasst und dunkelbraun gefärbt, während die Hände schwielig und hart vom andauernden Umgang mit den Segelseilen geworden waren. Oft dachte er an seine Freunde und ob es richtig von ihm gewesen war, über das Meer zu fliehen. Wahrscheinlich nicht, aber nun konnte er es nicht mehr ändern, für den Weg zurück gab es keine Seekarte und die Kompassnadel tanzte.

Ein leichter Wind frischte auf. Kalt und drohend schob er sich in die warmen Luftschichten. Solche Winde kannte Ziggy inzwischen und sie verhießen nichts Gutes. Die erste Böe erfasste das Schiff und ließ erahnen, was da an Naturgewalt auf ihn wartete. Aber es half nichts, da musste er jetzt durch. Er konnte nur zwischen *Verdursten* und im *Sturm zerfetzt werden* entscheiden. Zweiteres erschien ihm nicht ganz so qualvoll und vielleicht gab es ja doch eine glückliche Fügung. Außerdem hatte er solch einen irren Durst, dass ihm das zu erwartende Unwetter wie ein kühles Glas Wasser erschien.

Ziggy kletterte die Stufen zur Brücke hinauf, in das kleine Häuschen, in dem das Steuerrad thronte. Mit starken Gurten fixierte er sich auf dem Kapitänsstuhl, entriegelte das Steuer und packte es fest mit seinen schwieligen Händen. Die erste Welle brach in Form einer schwarzen Wolke herein, die Hagel und Blitze mit sich führte. Ein ohrenbetäubender Schlag ließ das Schiff erzittern, während die kieselsteingroßen Körner herniederprasselten und der Kutter schwankte bedrohlich, als die nächste harte Wucht ihn traf. Die Scheiben der Kajüte standen kurz vor dem Bersten und Blitze schlugen permanent in die Blitzableiter der Masten ein. Eine plötzliche Erschütterung hob das Boot nach oben und kippte es gefährlich auf die Seite. Während sein Kopf nach unten hing, sah Ziggy für kurze Zeit das Meer unter sich blitzen, bis sich das Schiff mit einem mächtigen Satz wieder aufrichtete und im Schauer der Hagelkörner furchterregend durch die Wolkenfetzen schlingerte. Kurz darauf schlug ein Kugelblitz in den Hauptmast ein, spaltete ihn, tanzte über Deck und zerstörte so ziemlich alles, was ihm in den Weg kam. Die meisten seiner mühsam aufgestellten Wasserbehälter hatten sich gelöst, waren über Bord geflogen oder zerfetzt worden. Ziggy vernahm ein summendes Geräusch, eine Spannung, die sich auflud und bedrohlich in der Luft schwang. Das Sirren stach in seinen Ohren und drohte seinen Kopf zu durchbohren. Mit einem ohrenbetäubenden Knall entlud sich die Energie, schlug in die Kajüte ein und zerlegte das Häuschen. Die Macht dieses Blitzes entzog der gesamten Umgebung für kurze Zeit soviel Sauerstoff, dass Ziggy bald ohnmächtig in seinem Stuhl baumelte. Das Fischerboot wurde ein Raub des Sturmes, der es nun hin und her warf und durch die Lüfte katapultierte, als wäre es ein Stückchen Holz in stürmischer See. Doch so sehr sich der tosende Wind auch anstrengte, das wackere Fischerboot richtete sich auf und flog einfach weiter. Immer wieder tauchte es in die schwarzen Wolkengebirge ein, wurde durchgeschüttelt, vom Blitz geschlagen, vom Regen durchnässt und vom Hagel malträtiert. Der Kutter hielt stand. Ziggy bekam von alledem nichts mehr mit, denn ansonsten hätte er gierig den Regen getrunken, der ihn prasselnd umhüllte.

* * *

Stunden später knallte die Sonne vom Himmel, riss gnadenlos am Fleisch des Seemannes und röstete die Wangenknochen in Ziggys Gesicht. Die Haut schälte sich bereits von der Stirn und seine Lippen begannen aufzuplatzen. Das Unwetter hatte sich längst gelegt und das geschundene Fischerboot trieb steuerlos in der sengenden Sonne dahin. Fast alle aufgestellten Wasserbehälter sahen zerstört aus und die wenigen Wasservorräte, die übrig geblieben waren, verdunsteten in der erbarmungslosen Hitze.

Ziggy stöhnte und bewegte seinen Kopf. Seine blutigen Lippen versuchten den Klagelaut zu wiederholen, nur um sicher zu gehen, dass er sich selbst hören konnte und am Leben war. Doch die Stimme versagte und ein elendes Krächzen entfuhr seiner Kehle. Er richtete sich auf und zerrte matt an seinen Gurten, bis er sie endlich geöffnet hatte. Langsam schwankte Ziggy aus dem zerstörten Steuerhäuschen und schwang sich die Treppe hinunter. Wasser! Er brauchte dringend Wasser, und das ganz schnell. Ziggy fiel über ein Stück Tau und robbte über Deck, auf der Suche nach Eimern oder Schüsseln, die er aufgestellt hatte. Doch er konnte nirgends etwas entdecken, was ihm Linderung verschafft hätte. Weiter kroch er, in Richtung Laderaum, und endlich: die gute alte Salatschüssel hatte das Unwetter überstanden und war bis zum Rand mit Wasser gefüllt. Vermutlich geschmolzene Hagelkörner, aber egal. Gierig trank Ziggy das inzwischen lauwarme Wasser und setzte die Schüssel erst ab, als sie geleert war. Mehr! Noch mehr Wasser! Dort unter dem Vordach stand ein ganzes Fass. Es hatte sich als einziges der vielen Wasserfässer nicht aus der Verankerung gelöst und tropfte an der Kante über. Ziggy stand auf, lief zum rettenden Nass und tauchte seinen Kopf unter. Was für ein herrliches Gefühl, kühl und lebendig. Vorsichtig wusch er sich sein geschundenes Gesicht und trank bis er nicht mehr konnte. Aber selbst jetzt verspürte er noch Durst. Na, das würde sich schon geben, wenn sein Körper das Wasser aufgenommen hatte. Erst jetzt sah er sich um. Gemächlich trieb sein Fischkutter dahin, aber wo war er bloß? Vorsichtig bewegte er sich auf die Brüstung zu, und was er sah, verschlug ihm den Atem. Sand! Überall Dünen, die das gleißende Licht der Sonne wie tausend Spiegel zurückwarfen. Er befand sich nur etwa haushoch über einer Wüste, die endlos zu sein schien, und zwar in alle Richtungen. Egal wohin er sah, staubige, sandige Horizonte. Ziggy seufzte, das hatte ihm gerade noch gefehlt.

So glitt er etwa drei Tage dahin, ohne dass sich irgendetwas grundlegend veränderte.

Selbst als er hoch oben an den Himmel stieg, um das weite Land von oben zu betrachten, geschah absolut nichts. Keine Veränderung, nur Sonne, Sand und Dünen.

Die Nadel des Kompasses drehte sich nun beständig im Kreis, und das mit einer sagenhaften Geschwindigkeit. Auch Tiere waren hier Fehlanzeige, nicht einmal Schlangen oder Echsen konnte er von oben erspähen. Bald schon hatte er den Kutter wieder auf Vollgas eingestellt und jagte über die flachen Sandberge dahin.

Am vierten Tag lehnte er an der Außenwand der Steuerkajüte und starrte über die Weiten der unendlich scheinenden Wüste. Es sah so aus, als käme er immer wieder an den gleichen Sandformationen vorbei, er hätte schwören können, dass sich die Landschaften immer wieder wiederholten. Konnte das möglich sein? Oder schufen der Wind und die Sonne einfach nur wiederkehrende ähnliche Formen? Seine Augen hatten sich längst daran gewohnt, nichts Fassbares in den Blick zu bekommen, nichts, woran man sich satt sehen oder festhalten konnte, triste Formlosigkeit in ewig wiederkehrenden Ähnlichkeiten.

Genau deshalb fiel ihm eines Tages plötzlich das Fleckchen Grün inmitten des blendenden Gelbs auf. Was war denn das? Da stand doch nicht etwa ein Baum? Ziggy drosselte sofort die Geschwindigkeit und näherte sich neugierig der Stelle. Tatsächlich, ein Baum, sogar ein sehr mächtiger. Je näher er kam, desto fülliger erstreckten sich seine Äste und Blätter in saftigen Grünschattierungen in den Himmel. Der Stamm des Riesen erwuchs aus einem kleinen Fleckchen Wiese, das einen Kreis im Durchmesser des Blätterdaches um ihn zog. Ziggy landete sein Schiff nicht weit entfernt, sprang in den glühend heißen Sand und lief auf den Baum zu. Als er barfuß die Wiese erreichte und durch das kühle, ja sogar feuchte Gras schlenderte, fühlte er eine Freude in sich aufsteigen, die er schon lange nicht mehr verspürt hatte. Ehrfürchtig strich er über den furchigen Stamm dieses wunderbaren Lebewesens und flüsterte ihm sanfte Worte zu. Das hätte er niemals gemacht, wenn er sich im Wald bei Kakutt befunden hätte. Dort gab es diese Baumriesen zu Hauf, aber nun waren sie beide alleine in dieser großen lebensfeindlichen Umgebung und das machte sie irgendwie zu Verbündeten, fand Ziggy. Viele Male umrundete er ihn und sah in die hohe Krone hinauf, die sich trotz des heißen Windes komischerweise kein bisschen bewegte. Schließlich setzte er sich in das Gras, lehnte sich an den Stamm und kaute auf einem Grashalm. Langsam dämmerte er in einen Halbschlaf hinüber ... aus dem er abrupt wieder erwachte. Etwa zwei Armlängen neben ihm saß jemand. Er rieb sich seine verschleierten Augen. Ein Mädchen.

»Wer ähhh ... was? Hallo«, brachte er krächzend hervor.

Ihr Geist durchforstete sein Gehirn, drang tief in sein Bewusstsein ein und fragte ihn alles, was sie wissen wollte. Ziggy breitete sein ganzes Leben aus, seine Ängste, seine Träume, die Erlebnisse, bis hin zur Folter und seiner anschließenden Flucht. Das geschah in einer solch rasenden Geschwindigkeit, dass der Name des Mädchens erst am Ende der Befragung erklang. Dieses mal aus ihrem Munde.

»Ich bin Xylopee, Drachenreiterin aus Xelda. Du bist verbotenerweise in unser Land eingedrungen und hast dich der Grenzüberschreitung schuldig gemacht, deshalb muss ich dich mitnehmen und zu unserem Ältestenrat geleiten.«

Ihre dünne hohe Stimme säuselte wie der Wind, leise und unaufgeregt. Was sie gesprochen hatte, hörte sich in keinster Weise nach einer Drohung an, eher nach einer Feststellung, die aus logischen Gründen keine andere Handlungsweise duldete.

»Tut mir leid, Xylopee. Ich wollte eure Grenzen nicht verletzen. Ich hab' mich nur in diesem verdammten Sturm verloren und weiß nicht mehr wo ich bin. Zudem sehe ich hier nur Wüste«, flüsterte er, um sich einigermaßen ihrer Stimmlage anzupassen.

»Der Sturm ist unsere Grenze und das Unwetter unser Schutz vor dem Unaussprechlichen, und was du siehst ist eine Fata Morgana, die sich als Wüste tarnt. Nichts ist, wie es scheint«, säuselte Xylopee. Ziggy horchte auf. Diesen Satz hatte er schon mal gehört. Viez hatte ihn damals gesagt, als sie im Exzenter saßen und das Abenteuer um den Stein begann. Wie lange das schon wieder …

»Komm' und trink das!« Sie reichte ihm eine durchgeschnittene Kokosnuss mit einer klaren Flüssigkeit. Er nahm sie dankend entgegen.

»Jetzt schließe deine Augen und trinke.« Sie legte ihm ihre zarten Finger an die Schläfen und ließ sie leicht kreisen, während Ziggy die wohltuende süßliche Flüssigkeit seine Kehle hinunter fließen ließ.

»Und nun öffne deine Augen wieder«, ertönte nun ihre Stimme in seinem Kopf.

Er tat wie ihm geheißen und erschrak so heftig, dass er den Rest des kostbaren Nasses verschüttete und die Kokosnuss fallen ließ, denn die Wüste war verschwunden. Stattdessen tat sich eine üppige Vegetation auf, in welcher sein Baumfreund nur einer unter vielen war. Von überall her konnte man ein Zirpen und Gezwitscher vernehmen, während sich direkt neben ihm ein Bach schlängelte, der nicht nur köstlichstes Süßwasser mit sich führte, sondern aus dem heraus ihn auch neugierig bunte Fische betrachteten. Die Luft war erfüllt von wundersamen Gerüchen von allerlei Kräutern und Blumen. Langsam stand er auf und erstarrte sofort in seiner Bewegung. Vor ihm lag ein Drache, der ihn aufmerksam musterte.

»Oh! Nicht erschrecken, das ist nur Dyngaard. Er ist ein guter Freund und mein Partner«, hörte er Xylopees dünnes Stimmchen wispern. Vorsichtig sah sich Ziggy weiter in der Gegend um. Sein Baumfreund stand in einer kleinen Lichtung im Wald, während sein arg geschundenes Schiff direkt hinter dem Drachen, der in der Wiese döste, parkte.

»Komm' mit, ich zeig' dir unser wunderschönes Land, während wir zum Ältestenrat fliegen. Steig in dein Himmelsgefährt und folge mir und Dyngaard.«

Noch etwas wackelig auf den Beinen und wirr im Kopf schlich sich Ziggy ehrfürchtig am Drachen vorbei, der das genüsslich durch einen Grunzer begleitete.

Sein Fischkutter erhob sich ächzend aus dem kniehohen Gras, so, als ob er genug vom ewigen Fliegen hätte und endlich ausruhen wolle. Die knarzenden Dielen und Balken kamen von den unzähligen Unwettern, die diesen armen Kahn durchgeschüttelt hatten. Wenn möglich, würde er ihn bei nächster Gelegenheit gründlich überholen lassen, genug Münzen waren ja im Safe und vielleicht sollte er auch einen neuen Anstrich ...

Er hielt inne in seinem Gedankengang. Das war doch wohl jetzt das Unwichtigste überhaupt. Der Drache stieg mit Xylopee in die Luft, platzierte sich vor ihm und flog voraus. Der Dschungel unter ihnen wich einem weiten Grasland, auf dem unzählige Herden von Tieren grasten, dann folgte wieder Waldland, das hügelig anstieg und alsbald bergig wurde. Zwischendrin befanden sich immer wieder kleine Dörfer und größere Städte, in denen Bewohner herumwuselten, die manchmal nach oben winkten, aber mehr konnte man aus dieser Höhe nicht erkennen, denn diese Wohnorte lagen eingebettet in der Natur, so als wären sie ein Teil derselbigen. Ziggy konnte es kaum erwarten, sie einmal aus der Nähe zu sehen, überhaupt gefiel ihm dieses Land wunderbar, genau das richtige Plätzchen, um neu zu beginnen und vielleicht – ja vielleicht irgendwann einmal – wieder nach Salom zurückzukehren.

• • •

Musik zum Buch von IRXN auf den digitalen Musik-
plattformen als Download und Stream erhältlich.

Mehr Infos:
www.eroberer-der-sterne.de